誰在門那邊

推薦序一

將「非妳不可」執行到底

撰文：暢銷兩性作家　密絲飄

如果有個男人，具備了以下特質，妳覺得他怎麼樣？

1. 願意擱置原本安排好的行程或工作，只為了見妳一面。
2. 爭吵後會緊抱著妳不停道歉，甚至因怕妳不原諒他而落淚。
3. 經常耗費大把時間精神，製造驚喜、哄妳開心。
4. 認為妳充滿魅力，一定有許多男人喜歡。

怎麼樣？看起來很完美吧？可令人毛骨悚然的是，書中的男主角李、以及我所聽過的、會使用暴力的男人，在第一次動粗之前，都是這樣的完美情人。強暴犯不是24小時勃起，有暴力傾向的人也並非整天都在使用暴力，通常是在受到刺激時才會被誘發，所以，當兩人之間風平浪靜、蜜裡調油的時候，他們通常很正常、很體貼、很nice，可當刺激一來——通常是妳們吵架、而妳表示要離開他、或有這個可能的時候，他們就失控了。

然後，妳就會百思不得其解，懷疑他為什麼「變了」？是因為妳說錯話了？是因為他太害怕失去妳，所以才失控？

女人的盲點是「愛」，我們總以為愛妳的人就會對妳好、反之則否，這樣的邏輯在正常情況下是沒有錯的，但面對一個會失控動粗的人，還能以「正常情況」視之嗎？愛妳的人當然會害怕失去妳，但因為害怕失去便施以暴力卻是一種人格障礙，兩者並不互相妨礙，而是可以同時存在的。

記得曾在電視上看心理醫生說過，試圖用「那個男人若是真的愛妳，就不會傷害妳」來說服籠罩在暴力情人陰影下的女人並沒有用，因為那些甜蜜是貨真價實的存在，暴力情人並非整天揮拳相向，在他們不出手的時候，往往比其他男人更加體貼溫柔、願意付出。女人很善良，善良到不願意辜負愛我們的人，所以凱西才會在李忽而暴力、忽而憐惜的態度裡迷惑，試圖辨識李究竟愛不愛她，因而錯失逃跑的先機；然而凱西之所以在最後能成功脫離，是因為她終於明白，重點壓根兒不在於李愛不愛她，而是她不想要被這樣對待。

在感情的路上，女人真的受夠了若即若離的男人，我們想要一份不會輕易動搖的真愛，想要一個非妳不可的男人。只不過，「非妳不可」四字說起來甜蜜，真執行起來卻很驚悚，真的將「非妳不可」執行到底的男人，在要不到妳的時候，要不就是殺了他自己，要不就是殺了妳。因為，隱藏在「非妳不可」四個字背後的，其實是霸道的殘忍和自私，以愛之名，抹煞了妳說「不要」的權力。

推薦序二

你迷信愛的預感，但不信壞的徵兆

撰文：暢銷書《想念，卻不想見的人》作者　肆一

一抹微笑、若有似無的視線、無聲勝有聲的默契……跟著，你就陷入了愛裡。所有的愛情都是這樣開始，一點點的細微、再多一點，這些都是愛的預兆，最後就凝結成一張無邊際的網，讓人逃不出去。他很好，甚至有點太好，於是你慶幸自己的好運，更加欲罷不能，只是你從來都沒想到，在網子上頭的自己原來真的是隻蜘蛛，而你不過是獵物。你以為的從此停泊，原來竟是囚禁。但就因他很好，所以你才沒想到，也才即使發現了也不去相信。

愛情裡的好，原來可以是壞的，因為他那些從前的好，結果都反過來變成了後來所有壞的脫罪。

你用那些曾有過的好來安慰自己，欲走還留；別人則用那些好來指責你，說你不懂感激，你被夾在中間，動彈不得。每每想要逃脫，那些他曾經對你的好，就會拖住你，只要走得稍微遠一點，反彈的力道就愈是大，然後遍體鱗傷。但你還在用那些好來安慰自己。「他曾經對我這麼好……」「他其實沒那麼壞……」你們以前共有的那些美好經歷，不知怎麼地，卻變成了你後來的願景，以前他可以的，以

後一定也回得去。你覺得好笑，笑到身體都痛了起來，低頭一看，才發現早已是體無完膚。

你才懂了，原來，曾經的好竟成了餵養傷口的養分。

你本來想責怪他，但跟著才發現是自己沒離開，原本你擁有選擇權，只是後來被自己給讓渡出去。你用你的選擇權，去交換了「未來或許會再好」的可能性或是念頭，一直到碎裂了才驚覺自己不僅是沒了選擇，而且也沒了以後。在愛情裡，我們總是相信直覺、相信一點愛的小預兆，拿這些虛無飄渺來當作依據；但在感情變質的時候，卻不相信那些顯而易見的愛的作為。

就像是《誰在門那邊》的女主角凱瑟琳，她曾經有機會可以離開，但她選擇相信愛的預感，所以才到了門口又折回，一次又一次，然後每多掙扎一回，羈絆就會又更深一點，最後才連逃都沒辦法。才錯過了可以回頭的契機，回頭，不是說回到他的懷抱，而是回到愛的最初衷。

書裡描繪出那些愛裡的變化，很日常、很真實，像是尋常的時間的推移、閒話家常的場景，所以才更顯得可怕。因為日子常常就是在這種不知不覺中變了質，規律的生活會掩蓋瑕疵，讓人麻木，習慣了痛。沒有所謂的清醒，因為醒來就只剩碎骨粉身。

其實，離開跟相愛很像，都需要一個剛剛好的時間點，才能夠走得掉或談成一場戀愛。因此，在相信愛的預感時，同時也請去相信壞的徵兆。愛上一個人，他一定有哪裡好，否則你們不會在一起，但這並不表示人會一直都好，能理解這件事，在適當的時候轉身，才是對愛情好。

獻給 Wendy George 和 Jackie Moscicki——她們是堅強又有啟發性的女人。

蘭開夏郡皇冠法庭

李・安東尼・布萊特曼

二〇〇五年五月十一日星期三

晨間審查

庭上：尊敬的法官諾蘭先生

麥克林先生　請說出你的全名。

布萊特曼先生　李・安東尼・布萊特曼。

麥克林先生　謝謝。布萊特曼先生，你跟貝利小姐交往過，對嗎？

布萊特曼先生　對。

麥克林先生　多久了？

布萊特曼先生　我是二〇〇三年十月底認識她的，一直到去年六月中我們才分手。

麥克林先生　你們是怎麼認識的？

布萊特曼先生　因為工作。我當時在執行任務，過程中恰巧遇見她。

麥克林先生　於是就展開戀情？

布萊特曼先生　是的。

麥克林先生　你之前說這段感情結束於六月。這是雙方都同意的決定嗎？

布萊特曼先生 我們處不來已經有一陣子了。我需要離開凱瑟琳去上班，這讓她很嫉妒，還認定我有了外遇。

麥克林先生 你有外遇嗎？

布萊特曼先生 沒有。因為工作，我有時候必須離家幾天；又由於工作性質敏感，我人在哪裡、什麼時候會回家都不能告訴別人，連對女友也不能說。

麥克林先生 是否因為你不在貝利小姐身邊，而導致你們兩位的爭吵？

布萊特曼先生 是的。她會查我手機裡有無其他女人的留言，要求知道我去了哪裡、跟誰見面。我結束任務回家時只想忘掉工作、好好休息，後來卻變得好像我根本沒有休息的機會。

麥克林先生 所以你結束了這段感情？

布萊特曼先生 沒有。我們有時候會吵架，但我愛她。我知道她有情緒問題。她攻擊我的時候，我總是提醒自己這並不是她的錯。

麥克林先生 你說「情緒問題」是什麼意思？

布萊特曼先生 唔，她跟我說過她以前有焦慮症。我跟她在一起的時間越久，感受就越明顯。她會跟朋友出外喝酒，或是在家喝酒，等我回到家，她就開始跟我吵、對我發飆。

麥克林先生 關於情緒問題，我還有幾件事請教。在這段感情中，你是否有貝利小姐在情緒壓力下傷害自己的證據？

布萊特曼先生 沒有。她朋友告訴我，她以前割腕過。

路易斯先生　反對，庭上。目擊者並未被問及貝利小姐朋友的意見。

諾蘭法官　布萊特曼先生，請針對問題作答，謝謝。

麥克林先生　布萊特曼先生，你提到貝利小姐會對你「發飆」。請解釋那是什麼意思。

布萊特曼先生　她會對我大叫，推我、打我和踢我之類的。

麥克林先生　她對你暴力相向？

布萊特曼先生　對。嗯，是的，沒錯。

麥克林先生　你覺得發生過多少次？

布萊特曼先生　我不知道，沒數過。

麥克林先生　那麼在她對你「發飆」的時候，通常你會怎麼做？

布萊特曼先生　我會走開。我工作上遇到夠多類似的事了，不需要回家也遭到同樣的待遇。

麥克林先生　你是否曾經對她暴力相向？

布萊特曼先生　只有最後那一次。她把我鎖在屋裡，把鑰匙藏了起來，對我大發雷霆。在那之前我一直在處理一件特別困難的工作，因此就失控了。我還了手。那是我生平第一次打女人。

麥克林先生　最後那一次——你是指哪一天呢？

布萊特曼先生　當時是六月。我記得是十三號。

麥克林先生　請描述當天的情況。

布萊特曼先生 事情發生的前一天晚上，我住在凱瑟琳家。那個週末我值勤，因此我在凱瑟琳醒來前就去上班。等傍晚我回到她家，她已經在家了，而且喝了酒。她責怪我整天跟其他女人在一起——同樣的話我聽過好多次了。我靜靜聽了一陣，但兩小時後我就受不了了。我想離開，但她把前門的兩道鎖都鎖上。她對我一次又一次地叫罵，打我、抓我的臉。我把她推開，讓她搆不著我，她又朝我衝過來，我就出手了。

麥克林先生 布萊特曼先生，你怎麼打她的？是打她一拳呢，還是甩她耳光？

布萊特曼先生 我出拳打她。

麥克林先生 了解。之後怎麼樣了？

布萊特曼先生 她沒有停止，只是吼得更大聲，又朝我衝來。所以我又打了她一拳。我猜這一次我更用力，她向後倒下，我去看她有沒有怎麼樣，想扶她站起來，那時我一定踩到了她的手。她大聲尖叫，對我大吼，還丟東西。那東西就是前門的鑰匙。

麥克林先生 接下來你怎麼做？

布萊特曼先生 我拿起鑰匙打開門上的鎖，離開了。

麥克林先生 當時是幾點？

布萊特曼先生 應該是七點十五分左右。

麥克林先生 你離開她時，她的狀況如何？

布萊特曼先生 她還在又叫又吼的。

麥克林先生　她是否受了傷，在流血？

布萊特曼先生　我想她可能流血了。

麥克林先生　布萊特曼先生，可以請你說清楚一些嗎？

布萊特曼先生　她臉上有血跡。我不知道那是哪裡來的，但血不是很多。

麥克林先生　你身上有傷嗎？

布萊特曼先生　只有幾處刮傷。

麥克林先生　你是否想到她可能需要送醫？

布萊特曼先生　沒有。

麥克林先生　即使她顯然在流血，而且還在哭喊？

布萊特曼先生　我不記得她有哭喊。我離家的時候，她還對我大吼大罵。如果她需要送醫，我相信她有能力去醫院，不需要我幫忙。

麥克林先生　了解。所以你在七點十五分離開家之後，是否見過貝利小姐？

布萊特曼先生　沒有。我後來都沒有見到她。

麥克林先生　你有沒有打電話跟她聯絡？

布萊特曼先生　沒有。

麥克林先生　布萊特曼先生，在回答我的下一個問題以前，請你仔細想清楚。現在想到那天發生的一切，你有什麼感受？

布萊特曼先生　我對發生的一切深感後悔。我深愛凱瑟琳，還向她求過婚。我一點都不知道她的情緒問題這麼嚴重，我多麼希望當時沒有還手，也希望我能夠更努力地讓她冷靜下來。

麥克林先生　謝謝你。沒有其他問題了，庭上。

——交叉質詢——

路易斯先生　布萊特曼先生，你跟貝利小姐的交往，你會說是認真的嗎？

布萊特曼先生　當時我是這樣認為的，沒錯。

路易斯先生　你是否明白，你工作的條件之一，就是要知會雇主私人情況的改變，包括提供與人交往的細節？

布萊特曼先生　我明白。

路易斯先生　然而你卻選擇不把你跟貝利小姐交往的事告訴任何同事。是這樣嗎？

布萊特曼先生　我原本計畫等凱瑟琳答應求婚之後就要說的。九月底我會有考核審查，到時候無論怎樣我都會提這件事。

路易斯先生　現在我想請你看一下證物WL/1——在證據夾的第十四頁，也就是威廉．雷警官的供詞。雷警官在二〇〇四年六月十五日星期二那天，在你住處逮捕了你。他在供詞中說，他問起貝利小姐的時候，你一開始的說詞是，容我引述：「我不知道你在說誰。」是這樣嗎？

布萊特曼先生　我不記得當時自己確切說了什麼。

路易斯先生　隨後你卻說你深愛著這個女人，而且有意與她結為連理。對嗎？

布萊特曼先生　雷警官和紐曼警官那天早上六點來我家，前三個晚上我一直在工作，那時候才剛上床。我沒弄清楚狀況。

路易斯先生　同樣在那一天，後來你在蘭開夏郡警察局接受訊問時，是否也說了這些話——我再次引述你當時的說詞：「她只是我在調查的人。我離開時她還好好的。她有情緒和心理問題。」

布萊特曼先生　（聽不清楚）

諾蘭法官　布萊特曼先生，請說大聲一點。

布萊特曼先生　是的。

路易斯先生　你當時是否在調查貝利小姐？

布萊特曼先生　沒有。

路易斯先生　我沒有其他問題了。

諾蘭法官　謝謝你。這樣的話，各位先生女士，我們暫時休會午餐。

二〇〇一年六月二十一日星期四

再過幾天就是我的死期了。就這點來說，一年中最長的一日也跟平常差不多。

娜歐蜜·班奈特睜著眼躺在土溝底，那讓她活過二十四個年頭的鮮血一波波滲進她身體下方的石礫。在恍惚間，她沉思著這一切有多諷刺：她竟然就要死了——掙扎求生了這麼久，以為自由就在眼前——死在唯一一個真正愛過她、對她好的男人手裡。男人站在土溝邊上，陰影遮住了他的臉，陽光穿透鮮綠的樹葉，斑斑點點的光影灑落他滿身，一頭金色如光環的頭髮。男人在等待。

血液漲滿了她的肺，她咳起來，氣息吹開了堆積在她下巴處的猩紅色血泡。

男人站著不動，一手握鑿，看著鮮血流出她身體，心裡讚美著那光榮的顏色有如液體珠寶，也驚嘆著即使死到臨頭，她依舊是他這輩子見過最美麗的女人。

等血流慢下來、變成一滴滴的時候，他轉過身，望著介於工業區後方和農地開端之間的這片荒地。這裡人跡罕至，更不會有人來遛狗。製造業產生的垃圾在這塊未開發且滿目瘡痍的地帶堆積了好幾十年，野草穿過空的電線圈生長，生鏽的油桶溢出棕色液體。這塊地的邊緣，在一長排萊姆樹下有條長達六呎的土溝，下雨時髒水就順著土溝流進一哩外的河裡。

又過了幾分鐘。

她死了。

風漸漸增強，他的目光穿過遮棚似的樹葉，望著天上追逐的雲朵。

他拿鑿子穩住身體，小心翼翼地從陡峭的邊坡爬進土溝底，然後毫不遲疑地一鑿敲進她頭顱。第一次鑿子一下就被彈開，然後才在一聲悶響中打破骨頭，鑿進血肉裡。他用力大口吸氣，一次又一次地搗爛她的臉，把她的牙齒、骨頭和血肉敲碎成恐怖、模糊的一團。

她不再是他的娜歐蜜了。

他割下她的每一根手指和兩隻手掌，直到沒有任何可以識別身分的肢體留下。

最後他用那柄血淋淋的鏟子鏟起土溝裡堆積的碎石、砂粒和垃圾蓋住她的屍體。掩蓋得不是很好，血到處都是。

就在他掩埋完畢時——從他割開她喉嚨而她驚訝地說出他的名字那一刻起，他就開始流淚，現在他擦掉淚水——越來越暗的天空落下了第一滴雨。

二〇〇七年十月三十一日星期三

艾琳在門口站了快要一分鐘了，我從逐漸變暗的窗戶上看到她的投影。我繼續瀏覽螢幕上的表單，心裡想著早上出來上班時天是黑的，現在怎麼又已經天黑了。

「凱西？」

我轉過頭說：「對不起，我剛剛恍神了。什麼事？」

她靠著門，一手扠腰，黃褐色的長髮在腦後打了個髻。「我剛才問你是不是快好了？」

「還沒。怎麼樣？」

「別忘了今晚是愛蜜莉的離別歡送會。你會去吧？」

我回頭看著螢幕。「老實說，我不確定——我得先把這個弄完。你先去吧。我晚點再想辦法過去。」

「好吧。」她終於說。她故意咚咚咚地踱步走開，只不過穿那雙高跟鞋踩出的聲音並沒多大。

今晚不行，我心想。今晚尤其不行。我同意參加那場爛透了的聖誕派對已經夠好了，哪會再去慶祝別人的惜別晚會，何況我跟那人根本就不熟。他們從八月起就在計畫那場聖誕派對了，可是在我看來，聖誕晚會開在十一月底實在是早到不行，但日子是大家已經選定的。他們會從那時候起，一直狂歡到聖誕節。不管早不早，我總之是非去不可，否則就會被說成「不合群」，而天知道我多需要這份工作。

辦公室裡的最後一個人一離開，我就關閉表單關上了電腦。

二〇〇三年十月三十一日星期五

星期五晚上的萬聖節，鎮上的酒吧全都爆滿。

我在切雪酒吧喝了蘋果酒和伏特加，而且不知怎麼地跟克萊兒、露意絲和西薇亞走散，卻新交了個朋友凱莉。凱莉跟我上同一所中學，儘管我並不記得她。但這點對我們兩個都無關緊要。凱莉裝扮成沒有掃帚的巫婆，腳穿橘色條紋的褲襪，頭戴黑色尼龍假髮；我則扮成撒旦的新娘，一件緊身紅緞子洋裝，腳上那雙櫻桃紅的絲面鞋比洋裝還貴。已經有幾個人對我毛手毛腳了。

到了一點，多數人都去搭夜班公車，或去計程車等候站，不然就是腳步搖晃地從市區步入冰冷的夜。凱莉和我則前往唯一還有可能讓我們進去的河畔酒吧。

「凱瑟琳，你穿這件洋裝絕對會引來一大堆人注意的。」凱莉說，她冷得牙關打顫。

「我他媽的就希望這樣。衣服這麼貴。」

「你覺得裡面會不會有帥哥？」她說，滿懷希望地看著那排露出疲態的人龍。

「應該不會吧。而且你不是說，已經受夠男人了嗎？」

「我是說我不想再發展兩人關係，又不表示我連性愛都不要。」天氣冷得要命，還開始飄毛毛雨，風把週五夜晚的氣味吹到我身邊，還掀起了我的裙子。我拉緊身上的外套，交叉雙臂蓋住。

我們走向貴賓入口。我記得當時還在想，這樣真的好嗎？也許今晚到此為止就好，卻發現凱莉已經進去了。我走去想跟上她，卻被一面煤灰的西裝牆擋住。

我抬頭看到一對湛藍的眼睛和短短的金髮。你可不想跟這種人吵架。

「請停步。」那個聲音說。我抬眼望著那個守門人。他不像另外兩人那樣壯碩，但還是比我高。笑容非常迷人。

「哈囉，我可以跟我朋友一起進去嗎？」我說。

他沒說話，目光在我身上多停留了一會兒。「可以，當然可以，只是……」

我等他把話說完。「只是怎樣？」

他朝另外一個守門人望了一眼。那人正在跟幾位想盡辦法要進去的青少年閒聊。

「只是我一時之間不敢相信自己會這麼好運而已。」

我當他的面笑了出來。「所以今晚不怎麼樣囉？」

「我對紅洋裝特別著迷。」他說。

「不過這件你應該穿不下。」

他笑了，把絲絨繩拉到一旁放我進去。我把外套遞給衣帽間時，仍感覺到他在看我。我鼓起勇氣回頭看門口，又看到了他，他還在看我。我對他笑了笑，上樓走進酒吧。

那天晚上我滿腦子只想瘋狂跳舞，跟新交的這個好朋友一起對別人笑，穿著那件紅洋裝跳舞，直到目光與某個人——任何人都好——相遇，最好可以在店裡的哪個陰暗角落，被人按在牆上幹一場。

二〇〇七年十一月一日星期四

這天早上我花了好久、好久的時間才走出公寓。不是因為冷——儘管公寓的暖氣好像需要一輩子才感覺得出效果。也不是因為黑，我每天五點以前就起床了。從九月起，這個時間天就是黑的。

起床不是問題，離開家門才是。我沖澡、穿衣、吃過早餐，然後在出發上班前，展開檢查公寓安全的流程。這套流程跟傍晚的那一套相反，但早上做起來就是比較困難，因為我知道時間在跟我做對。只要我想，大可花上一整夜做檢查，但早上我卻必須去上班，因此可以檢查的次數有限。每天我都必須把客廳、餐廳和陽台的窗簾拉開到固定的寬度，否則那天就沒辦法回家。露台的每扇門都有十六個格子，窗簾必須拉開一點，我才能從房子後方的小徑上，一抬頭就看到每扇門的八個格子。如果我透過其他格子看到餐廳的一角，或者如果窗簾垂著的樣子不對，我就得回到樓上的公寓重新開始。

我已經滿擅長把這些事做對了，但還是需要花上好一段時間。我越仔細就越不可能會有站在屋後小徑上一面看表一面責罵自己不小心的後果出現。

門尤其難搞。至少在上一個住處，也就是科爾本那間窄小的地下室，我擁有獨立進出的一扇門。這裡我必須檢查再檢查公寓門大約六或十二次，然後再檢查共用的大門。

科爾本的那間公寓的確有一扇前門，但後面卻什麼都沒有。沒有後門、沒有窗戶，就像住在洞穴裡。當時我並沒有脫逃路線，這表示住在那裡我一直沒辦法覺得安全。但在這裡，情況就好得多：我有一扇通往小陽台的落地窗，窗下是跟其他公寓共用的工具屋屋頂，只是我不知道是否有人會用那間工具屋。我可以從落地窗出去，跳上工具屋屋頂，再從那裡跳上草地、穿過院子，走出柵門到屋後的小巷，只需要花半分鐘。

有時候我還是得回頭再次檢查公寓大門。如果哪一位住客沒把大門關好，我肯定得檢查。畢竟任何人都可能進去。

比方說，這天早上就是最糟的一天之一。

大門不只是沒關好，甚至還開了一條縫。我過去想關時，一個穿西裝的男人朝我這邊把門推開，嚇了我一跳。在他後方有另一個年輕一些的高個子男人，穿著牛仔褲和連帽上衣，一頭深色頭髮剪得極短，沒刮鬍子，綠色的眸子顯得疲憊。他對我笑了笑，用嘴形說「抱歉」，我才覺得好過一點。西裝仍然讓我心驚肉跳。我盡量不去看西裝，但聽到西裝男邊上樓邊說：「……這一間才剛空出來，你如果想要，動作就要快。」

原來是租屋仲介。

原本住頂樓的那堆中國學生一定是終於決定搬走了。他們不再是學生了，夏天時就已畢業——之前他們開派對鬧了一整夜，我躺在樓下的床上，只聽到上下樓梯的重重腳步聲。當晚樓下大門整夜都沒關緊，我推餐桌抵住自家前門，把自己關在屋裡，但那些聲音仍然讓我焦慮得睡不著。

我看著後面那個男的跟著西裝男走上樓梯。

但我萬萬沒想到，那個穿牛仔褲的在第一段樓梯上走到一半，竟然又對我笑了笑。這次他睜大了眼，擺出可憐兮兮的笑容，好像在說他已經受不了租屋仲介的聲音了。我滿臉通紅。我已經好久沒跟陌生人正眼相對了。

我聽著腳步聲走向頂樓，這表示他們已經過了我的家門。我看了看表——已經八點一刻了！我不能就這樣離開，讓他們待在房子裡。

我把公寓大門關緊，鎖上門閂，用力搖晃幾次，確定門關上了。我的指尖沿著門框摸過，感覺門跟門框緊密貼合。我轉動門把六次，確保門真的關緊了。一、二、三、四、五、六。然後再次檢查門框。然後是門把，六次。一、二、三、四、五、六。然後是門栓。一次，然後再一次。然後是門框。最後是門把六次。只要好好做完這些步驟，我就感到安心。

然後我大步上樓回家，一面埋怨那兩個白痴害我遲到。

我坐在床邊，望著天花板，彷彿可以透過灰泥和屋梁看到他們。這段時間當中，我一直抗拒著重新開始檢查窗鎖的衝動。

我專心呼吸，閉上眼睛，想讓怦怦亂跳的心靜下來。他們不會待太久的，我這麼告訴自己。他只是來看看，不會久待。一切都很好。公寓很安全，我很安全，我之前好好檢查過。大門關緊了，一切都好。

不時會有個小聲音讓我驚跳起來，即使那聲音聽起來非常遙遠。是關上櫥櫃門的聲音嗎？也許吧。要是他們打開樓上的一扇窗呢？我聽到模糊的低語，但距離遠得我聽不清。不知道他們會要多少租金——住高一點可能比較好，但那樣我就沒有陽台了。我雖然喜歡離群獨居，擁有脫逃路線卻一樣重要。

我看了看表——再一刻鐘就九點了。媽的他們到底在上面幹嘛？我不小心看了臥房的窗戶一眼，因此想當然耳我得去檢查。這麼一來我的流程又被啟動，於是我再次從門檢查起。檢查到第二遍，站在馬桶蓋上的我指尖正觸摸著結霜且根本打不開的窗時，聽到樓上傳來關門聲，還有外面樓梯上的腳步聲。

「……至少這一區舒適又安全。絕對不需要擔心把車子停在外面。」

「嗯。唔，我大概會搭公車，不然就是騎自行車。」

「我記得院子裡有共用的工具屋，我們回辦公室後我再問問。」

「謝了。我大概會把自行車放在走廊吧。」

放在走廊？這隻笨豬。現在這樣已經夠亂的了。但是話說回來，也許現在又多了一個會特意鎖上公寓大門的人。

我檢查完畢，又查看了公寓大門。還不太壞。我等待著那股焦慮、那股再次展開檢查流程的欲望出現，但並沒有發生。我檢查得很完美，而且只做了兩遍。屋裡一片寂靜，這點也讓情況容易些。最棒的是，這一次大門的確緊緊關上了，表示那個穿牛仔褲的男人離開前，確實關好了門。也許他這個住客還不壞。

我終於搭上地鐵時，已經快九點半了。

二〇〇三年十一月十一日星期二

我第二次見到他的時候，早已不記得之前的事，還花了幾分鐘仔細看他。模樣俊俏、嘴唇性感，我肯定在哪裡見過——是在哪間酒吧跟我親熱過的人嗎？

「你不記得了，」他聲音裡明顯透著失望：「你當時穿了一件紅洋裝。我在河畔酒吧門口。」

「噢，對了！真抱歉，」我說著搖搖頭，彷彿這樣能讓腦子裡多點理智。「只是……你沒穿西裝我認不出來。」這話讓我有理由用讚賞的眼光從上到下打量他。他穿著短褲、運動鞋和一件黑色背心——這身上健身房的標準打扮，跟我上次見到他的模樣截然不同。

「沒錯。唔，穿那樣不太適合上健身房。」

「我想也是。」

我忽然發覺自己仍然盯著他的大腿，也想到才剛結束一小時健身課程的我，樣子一定很可怕——頭髮綁在腦後，脹紅的臉上黏了幾根頭髮，汗濕的上衣。棒透了。

「嗯，很高興又見到你。」他說，目光在一瞬間從我胸口往下看到腳趾，然後又回來。

我不知道他是表現無恥呢，還是有點克制不住。但打量過之後，他微微歪著嘴角笑著，那樣子毫無猥褻意味，只顯得性感。

「我也是。我——我要去沖澡了。」

「嗯。下次再見囉。」說完他轉過身，一次上兩階樓梯地跑進健身房。

沖澡時，我暗暗希望我是在去健身房、而不是在結束健身之後遇到他，那樣我們就能好好聊聊，我也不會一副剛被火車輾過的模樣。一時之間，我考慮著要不要去咖啡店待一陣子，等他運動完——那樣會不會太明顯了？太急切了？

唔，我能怎麼說呢？是有一陣子了。之前幾個都是一夜情，有時候我簡直醉得回憶不起細節。當然這樣沒什麼不對，我只是及時行樂而已。就說是暫時受夠了兩人關係，享受著單身生活好了。也許現在該開始低調一點。也許現在該思考未來了。

更衣室裡空無一人。我擦乾身體時，忽然想到一件事——剛才我的模樣不可能太糟，不然他就不會認出我。他上次看到我的時候，我穿著猩紅色的緞子洋裝，頭髮垂在兩肩。今天我穿著汗濕的運動衣，沒有化妝，頭髮綁在腦後——模樣頗為不同。然而他卻在我一抬頭時就認出了我——我從他眼裡看得出來。

而且他是說：「又是你，哈囉。」

儘管我每個星期都會出去喝幾次酒，但那次之後我就沒再去過河畔酒吧。上週末我去蘇格蘭拜訪朋友，那兩天沒睡多少覺，我累得半死——但我並未因此在下班後拒絕去喝它兩杯。星期五我們去了「酒店」，一家在市集廣場的新酒吧。看在開幕週末酒品促銷的分上，店裡的人越來越多，珊米和克萊兒在進來後的半小時內，就分別跟男人親熱起來。好一陣子時間，我獨自跳舞喝酒、喝酒跳舞，自己尋開心，看到認識的人就跟他們聊天，對著別人的耳朵大聲說話，才能蓋過噪音而被聽見。這裡有不少標緻的男人，卻沒幾個單身的。剩下的都是我認識的，不是曾經跟他們出去過，就是他們曾跟我的幾個朋友出去過。

現在我已經開始期待下一個週末了。星期五晚上我計畫跟克萊兒、露意絲和她妹妹艾瑪一起去喝酒，之後的那個週末就是我自己的。我笑著晃回車上，一邊想著也許我們可以去河畔酒吧。

二〇〇七年十一月五日星期一

晚下班能讓我避開地鐵最擁擠的時段。剛搬來這裡的時候，我犯了個錯，選在尖峰時刻跟大家擠，每天都過得比前一天更緊張。有太多張面孔要注意、太多身體從四面八方擠來、太多藏匿地點，卻沒有足夠空間讓我逃跑。因此我晚下班，這樣正好讓我可以晚上班。我不斷走來走去，上樓下樓，沿著月台走到車門即將關上的最後一刻才跳上車，這樣我就可以確定是哪些人跟我搭同一班地鐵。

今晚我花了一點時間決定該走哪條路回家。我每天都選不同的地鐵路線，在早一站或晚一站下車，走上一哩左右，然後轉搭公車或是再回去搭地鐵。

通常最後一哩路我都用走的，但每次選不同的路走。我從蘭開夏郡搬來這裡兩年了，對倫敦大眾運輸系統已經跟當地人一樣熟。這樣轉車很花時間，也很累人，但反正我也不急著回家。而且這樣比較安全。

有一次我在史都華花園公車站下車，走回家的路上有陣陣煙火，那股酸味瀰漫在冰冷、潮濕的空氣裡。我橫越高街，沿著公園邊緣走，然後急步回到羅利瑪路。從巷子──我恨巷子，但至少這裡燈光明亮──回到車庫後方。我看著牆頭上方──家中餐廳的燈是亮著的，窗簾半開著。我數了十六個格子，每扇門八個。從這裡看來格子是黃色長方形，門的兩邊被窗簾遮住的地方有清楚的分隔線。沒有多餘的燈光透出。在我離家的時間裡，沒人碰過窗簾。我一面走，一面重複檢查。公寓很安全，沒人進去過。

在巷子盡頭左轉之後，就快到家了──塔爾波路。我抗拒著至少走到路盡頭一次再掉頭的衝動。今晚我成功地只試了一次就進入家門。我一面回頭望，一面轉動鑰匙，鑰匙早在我下公車時就握在手裡。我進門後鎖上大門，摸著門的邊緣，確保門跟門框緊密貼合，謹慎得不錯過可能代表門並未關緊的任何突起。我檢查了六遍，每一遍都數過：一、二、三、四、五、六。我轉動門把，六次。

麥肯西太太準時地打開樓下一號公寓的門。

「嗨，凱西！你好嗎？」

「我很好，謝謝。」我說著對她露出最燦爛的笑容。「你呢？」

她點點頭，望著我，頭偏向一邊，像平常那樣看了一會兒之後就回屋裡去了。我聽到她像往常一樣，把電視聲音調到最大。夜間新聞。她每天晚上都這樣。從來不問我在做什麼。

我繼續檢查，心想她是不是明知我得從頭開始才故意打斷我。於是──門框、門把──仔細檢查，凱西。不要搞砸，否則我們就得整夜都在這裡。

終於我把大門檢查完畢。然後上樓檢查。我聽著屋裡的寂靜，幾條街外有警笛聲，樓下公寓有電視聲。更多煙火在遠方綻放。馬路上不知何處的一聲尖叫讓我屏住呼吸，但不久就傳來男人的聲音，然後是女人責備的笑聲。

我打開自家前門的鎖，再次看了看身後的樓梯，然後往門內跨了一步，關上房門鎖住，卡好底部的卡榫、中間的鏈條和頂端的鎖栓。我靠在門上傾聽。門外一點聲音也沒有。我透過人孔往外看。外面沒人，只有樓梯、樓梯平台和天花板上的燈光。我的手指摸過門框，往右轉動門把六次，再往左轉動六次。一、二、三、四、五、六。門閂緊緊扣著門。我把耶魯門鎖轉了六次，打開每一道門閂六次然後又關上，每一次又配合轉動門把六次。等我全部做完，就可以開始檢查公寓其他部分了。

第一件事是檢查所有窗戶、拉上窗簾，並照這個順序把全家走一遍。先是面向馬路的窗戶，每一道鎖都上緊了。我的指尖摸過窗框。然後我把窗簾緊緊拉上，隔絕屋外的黑暗。從馬路上，沒人可以看到我，除非我貼著窗玻璃而站。我檢查窗簾邊緣是否露出部分窗戶，然後走到陽台的落地窗前。夏天時我可以眺望花園，檢查圍牆，但在這個季節，屋外只有一片黑暗。我檢查了陽台門的鎖栓、把邊緣摸過一遍，轉動把手六次。鎖上得密實，把手有些鬆動，然後我拉上厚厚的麻布窗簾，隔絕黑暗。

廚房——這裡的窗戶打不開，但我還是檢查了。百葉窗拉了下來，我站在抽屜前幾分鐘，想像裡面的東西是什麼樣。拉開抽屜後，我看著餐具盤——叉子在左邊，刀子在中間，湯匙在右邊。我關上抽屜，然後又打開再次確認。刀子肯定是在中間，叉子在左邊，湯匙在右邊。我怎麼知道的呢？也許我哪裡弄錯了。我再次打開抽屜檢查。這一次一切都對了。

然後是浴室——窗戶很高，還結了霜，而且這扇窗也打不開，但我還是站上馬桶蓋檢查了，確保窗子是緊密關著的，然後拉下了百葉窗。繼續到我的臥房。這裡的大窗可以眺望後院，但窗簾已經在我今早去上班前拉上了。我鼓起勇氣拉開窗簾，檢查大片的垂直推拉窗。我搬進來時，特地在這扇窗上多裝了幾道鎖，現在我檢查起每一道鎖：用鑰匙轉開、鎖緊六次，確保鎖得緊密。然後我拉上窗簾，讓兩邊的窗簾在中間重疊，這樣我就不會看到黑暗的窗。然後我扭開床頭的燈。我在床緣上坐了一會兒，深呼吸，想讓愈益高漲的緊張感緩和下來。七點半有個我想看的節目。床頭的時鐘顯示現在是七點二十七分。我想去看電視，但儘管我對自己說之以理、告訴自己該做的都做了，家裡都檢查過、沒什麼好擔心的，公寓很有保障，我很安全，我又一天成功地回到了家，緊張感卻仍不消退。

我的心還在砰砰跳。

我嘆口氣從床邊起來，走到前門，重新開始檢查。

不能一直這樣下去。都三年了。這情形非停不可。就是非停不可。

這一次，我把檢查門的流程做了十二遍，然後才開始檢查窗戶。

二〇〇三年十一月十六日星期日

結果並不是在河畔酒吧，而是在健身房。

老實說，星期五晚上有點慘。接連太多天晚上喝酒、沒時間恢復力氣的結果就是完全提不起勁。我累壞了，毫無緣由地感覺悲慘，一點也不想去物色性感的守門人。我們在水壺與鋼琴酒吧喝了三杯，又去女王頭酒吧喝了兩杯，我就已經受夠了。我說我要回家的時候，珊米看著我，好像我在開玩笑似的。星期六我就躺在沙發上看電影恢復體力。

星期天早上，我十點起床，幾週來頭一次感到神清氣爽。戶外的陽光耀眼，空氣清新，一片寧靜，是慢跑的絕佳日子。我決定去慢跑，然後去店裡買些健康食品，早早上床睡覺。

在結冰的人行道上走了幾步路，我就決定放棄慢跑的點子，反而把幾件乾淨衣服丟進包包，開五哩路的車去健身房。

這一次我在他看到我以前就認出了他。他站在游泳池旁邊調整蛙鏡。我懶得去想他能否透過玻璃窗看到我站在這裡盯著他瞧，只看著他滑進水裡、蹬牆游出輕鬆平順的蛙式。游過水中的他幾乎沒帶起多少水花。我看著他沿著泳池的長邊游了兩趟，那股節奏感把我迷住了，直到有人差點被我的運動包包絆倒，才破解了這個魔咒。

到了更衣室，我把包包放進鎖櫃，取出MP3播放器綁上手臂。往健身室走去時，我瞥見鏡子裡的自己。我的臉頰發紅，眼裡的神情讓我僵在當地。甩不掉臉上那個傻笑的我心想：天啊，他真的性感到爆。

二〇〇七年十一月十二日星期一

這天傍晚下班後，發生了一件不尋常的事。

對我來說，不尋常向來不好。有時候，如果那天過得很順，我可以笑著回憶那些不尋常，但在當下從來沒有好受過。水管爆裂、水電工必須到我公寓修理的那天，就造成我這輩子最嚴重的恐慌。

直到現在我都不知道自己是怎麼撐過去的。

我好奇今天傍晚會怎樣，因為目前我覺得很好。我有預感，待會在我毫無防備的時候，恐慌症會忽然發作。但目前一切都好，我也覺得不錯。

剛吃完飯，我就聽到敲門聲。

我僵住了，全身緊繃，好像連呼吸都忘了。門鈴沒響，所以不是同一棟的住客，就是外面大門又沒關好。不管怎樣——即使身體是我性命之所繫，這副身體卻不肯讓我移動半分。我感到淚水滑下雙頰。

敲門聲又響起，這次更大聲。過去從來沒人敲過我的公寓門。

從我坐在沙發上的位置，可以清楚看到門口。我盯著門和門上的人孔。走廊燈通常會像一盞小探照燈般亮著，這時卻被門外的人擋住，我只看到一個黑暗的圓點。我全神貫注地盯著那裡，好像能夠透過堅硬的木頭看清那人龐大的身形。我屏住呼吸，直到心臟怦怦大跳、手指開始麻木。

然後我聽到腳步聲後退，上樓而不是下樓，然後是頂樓公寓的門開了又關的聲音。

原來是他。住樓上的那個男人。

從客廳的窗戶，我看過幾次他出門、回家。有一次他在我正要出門上班時回家，我發現前門關得緊密，這點讓我覺得好過一些，不過當然啦，我還是得檢查。自行車仍然沒出現在走廊上，我也沒看到他進院子，因此也許他還是把汽車停在外面了。

他似乎都在不固定的時間出門、回家。麥肯西太太很令人欣慰，因為她好預測，而且從不出門，至少我從沒看到過。在我回家的多數傍晚，她會出現在一號公寓門口，跟我打招呼，然後進屋。我聽著她家電視的聲音穿透地板傳來。這點其他人可能覺得難以接受，但我不覺得。我喜歡這樣。

現在樓上來了個不可預測先生。

不知道他到底想做什麼。現在都快九點了——不大適合串門子拜訪吧。也許他需要幫忙？一會兒過後，我的呼吸平靜下來，也納悶起該不該上樓去敲他的門。我腦中竟然展開了這段想像對話：

哈囉。你剛才來敲門嗎？我正好在洗澡……

不行，這樣不對——那我怎麼會知道是他？

再一次，我腦中響起那個不請自來的名句：

這樣不正常。正常的人不會這樣想。

去他的世界——到底怎樣叫正常？

二〇〇三年十一月十六日星期日

甚至在看到他以前，我就知道他會在哪裡了。

剛沖完澡的他打扮整齊，穿著敞開領口的白襯衫，正在咖啡吧看《紐約時報》。

我遲疑著不知道該不該去打招呼，就在這時，他的目光從報紙上抬起。一開始他沒有笑，只是目光與我相遇，讓我想著那眼神後面會有什麼含意。那感覺像是個開始，儘管這只是轉捩點。我明明有機會走開，卻站住了沒動。現在，恍然大悟的時刻來了。

他露出笑容時，我走過健身房的大廳，來到他座位旁。「哈囉，我剛才看到你在游泳。」我說，同時覺得這句開場白真是爛透了。

「我知道，我也看到你了。」他摺起報紙，小心地放在桌上的咖啡旁邊。「你要喝點什麼？」

想走開似乎已經來不及了。

「我喝茶，謝謝。」

他站起來的時候，我坐進他對面的椅子裡，一顆心怦怦跳。不管沖澡後我在更衣室裡待了多久，就為「假設他有來」做準備，似乎都還不夠。

幾分鐘後，他端著一個小托盤過來。托盤上有茶壺、杯子和一小罐牛奶。「我是李。」他說著伸出手來。

我抬眼看著那對湛藍的雙眸。「我是凱瑟琳。」他的手很暖，握起手來很有力道。幾個小時後我躺在床上，都還能從掌心聞到他身上的微弱氣味。

我無法決定該說什麼這一點，差點讓我笑了出來——通常要我閉嘴才是難事一樁。我想問他是否喜歡游泳，但這樣問似乎很空洞；我又想問他是否單身，但那樣又太直接了。我想知道他是不是在等我。我發現，這一大堆問題我都已經知道了答案：是、是、是。

他終於開口：「我一直在想你叫什麼名字，我想猜，卻怎樣都沒猜對。」

「那如果我不像凱瑟琳，應該像誰？」

他的目光一直沒離開我。「我不記得了。現在我知道你叫凱瑟琳，其他的名字都沒這個好。」

他的凝視簡直讓人心神不寧。在這樣的強勢目光下，我竟然臉紅了。因此我專心倒茶，慢慢攪拌，先加一點牛奶，然後再加一點，直到出現正確的色調。

「那麼，」他深深吸了口氣：「從我上次見到你以來，你一直沒去河畔酒吧呢，還是我運氣不好錯過了你？」

「沒有，是我一直沒去。忙著其他事情。」

「了解。家裡的事嗎？」

他想探測我是否單身。「朋友的事。我還沒成家，我爸媽在我念大學的時候過世了。我是家裡的獨生女。」

他點頭。「那樣真不好受。我家人都住在康沃爾。」

「你是康沃爾人？」

「我來自彭贊斯附近的村子。一有辦法我就搬出來了。村子裡有時候滿討厭的——大家都知道你的私事。」

一陣短暫的沉默，直到我開口打破。「那麼你只在河畔酒吧工作嗎？」

他微笑，喝掉最後一口咖啡。「對，只在河畔酒吧，一週三個晚上。主要是幫一個朋友的忙。你晚上要不要跟我一起吃飯？」

他的問題突如其來，眼底的神色透著一絲緊張，但從語氣裡卻完全聽不出來。

我笑了笑，喝了口茶。

「好啊，那樣應該不錯。」

我起身離開，夾克口袋裡裝了有他電話號碼的名片。我感到他的目光一直追隨我到門口。我轉身揮手，他的目光仍沒移開，但至少他擠出了個笑容。

二〇〇七年十一月十七日星期六

我的週末是放鬆與緊繃的怪異組合。有些週末很棒，有些就不怎麼樣。有些日期很好。我只能在雙號的日子去買菜。如果十三號剛好是週末，我就什麼事也不能做。單號的日子裡，我可以做運動，但只有外面陰雲滿布或是下雨才行，出太陽就不行。我也不能煮東西，只能吃冷食或加熱食物。

這一切都是為了讓我的腦袋放鬆。我的腦子日日夜夜、無時無刻不在製造曾經發生過和可能會發生之事的畫面，就像反覆看一部恐怖片，卻永遠無法對恐懼免疫。如果我能把事情做對，以正確的順序來進行，仔細檢查、遵循正確的韻律，那麼那些畫面就會暫時離開。如果我能夠離開家門，並且確知公寓裡的一切都絕對安全，那麼我就能得到幾小時的平靜，其中最糟的感覺就只是微微的不安。彷彿有什麼不對勁但弄不清是什麼。不過，更常發生的情況是，我已經盡可能做好檢查，並假設我終於成功出了門，但接下來我卻會一直苦惱自己到底有沒有做對。然後那一整天我腦中就充斥著回家後會發生什麼事的畫面。如果每天晚上我不選擇不同的路回家，那麼就會被人跟蹤。這樣你懂了吧：真相並不好看。

無論如何，這個狀況纏上了我，而且打死不離開。每隔一陣子，我會發展出一條新規則。上星期我又開始數樓梯了，這件事我已經好幾年沒做。這絕對是我不需要的，但我無法控制自己。情況沒有變好，反而變本加厲。

於是，星期六又到了，還是個單數日，而且家裡沒有麵包和茶包了。茶包可不是小事，因為茶是另一條重要規則，尤其在週末的時候。我知道如果我在早上八點、十點、下午四點和八點沒有喝茶的話，就會愈來愈不安，不僅因為沒把事情做對，可能也因為體內缺少咖啡因。我看了看垃圾桶，裡面有早上八點的茶包——是在愚蠢的我尚未發覺那是最後一包的時候丟進去的——躺在馬鈴薯皮和昨晚的義大利麵醬中間。一時之間，我考慮著把它揀出來，但那樣還是不行。

光是我會笨到讓家裡沒有茶包這個事實，就足以造成高度焦慮了。我很擅長自責。如果我出門買茶包，就沒辦法好好檢查住處，因為今天不是雙數日。我也許可以買到茶包、平安回家，但在這段時間內，可能會有人闖進來，正等著我回家。

我花了超過一小時煩惱這兩個選項哪個比較好——哪條規則比較重要？為了甩脫腦中的那些畫面，我把公寓檢查了幾次，但每一次都出了些小差錯。我檢查的次數愈多，就愈覺得疲憊。有時候我就會陷入這種狀況而無法自拔。最後我實在沒有體力再檢查下去了。

一個微弱的理智之聲在我腦中響起，想蓋過一堆自責的雜音：這樣不正常。

九點四十五分時，我縮在角落，身體緊蜷成球，瀕臨自我毀滅邊緣。這時我聽到了——前門關上的聲音——而且關得很密實，然後是樓梯上的腳步聲。

我還沒機會去想，就發現一條出路。如果我不能買茶包，或許可以用借的……

腳步聲經過我的門口，持續往頂樓走去。我等了一陣，揉了揉面頰，把眼淚擦掉，手指有氣無力地順了順頭髮。現在沒時間檢查家裡了，前門是關緊的，我聽到他關門了，我絕對聽到他關上門了。我只需要過去就好。

拿著鑰匙，只把門鎖了一次、又檢查過一次之後，我走上樓梯，停在他家門口。我從來沒上來這裡過。樓梯平台上有扇窗，除此之外沒有其他燈光。我看著往下的樓梯，隱約可以看到自己家門。我敲了敲門，聽著那片寂靜，然後門後傳來腳步聲。

他打開門時，我嚇了一跳。這些聲音都好大聲。

他的笑容很親切。「嗨，你還好吧？」

「我很好。不知道你有沒有茶包可以借我。我自己也有啦，但用完了。」

他一臉古怪神情地望著我。我想盡辦法做出正常的模樣，但我全身上下的毛孔肯定都散發著急切。

「沒問題，請進。」

他把門開著，自己退回屋裡，留下我在門口看著他的背。正常情況下，我寧可死掉也不會跟陌生人進入密閉空間，但現在可不是正常情況。而且如果我想在十點前拿到茶包，就非得這樣不可。

長長的走廊盡頭是廚房，我推測這裡就在我臥房的正上方。難怪那些中國學生開派對會讓我睡不著了。廚房桌上有三個購物袋，他正在翻著袋裡的東西。

「我剛買了茶——我的昨天也喝完了。對了，我叫史都，史都·理查森。剛剛搬進來。」

他伸出手，我握了握，盡可能擠出最燦爛的笑。「很高興見到你。我叫凱西·貝利，住在樓下。」

「哈囉，凱西，仲介帶我看房子的時候我見過你。」

「對。」**給我茶包就好。拜託給我他媽的茶包，不要那樣看我了。**

「是這樣的，」遲疑了一會兒之後，他接著說：「我也想喝茶。在我收拾這些東西的時候，你幫我燒開水好嗎？可以嗎？還是你很忙？」

被這麼直接問起，我實在沒辦法承認自己除了擔心要怎麼弄到茶包以外，其實沒什麼更好的事可做，何況表上顯示再過三分鐘就十點了，這表示除非我現在就煮茶，不然就不可能準時喝到。

於是我照做了。我在水槽旁的流理台上找到不成對的馬克杯，從裡面選了兩個在水龍頭下面沖洗。牛奶在冰箱裡。我把乾淨的水倒進熱水壺煮，然後泡茶，一點一點地加牛奶、攪拌，直到呈現出正確的茶色，而史都收好了東西，聊起天氣，說能在離北線才幾條街的地方找到這麼棒的公寓實在很好。

我得以在分針指到十二的時候啜到一小口滾燙的茶。我感覺身體放鬆了，那股安心感立刻浮現，儘管我是在陌生人家裡喝茶，跟一個剛剛認識的男人一起，而且我甚至沒好好檢查自家公寓就出了門。

我把他的馬克杯放上廚房桌上的杯墊，把杯子握把轉到跟桌邊成九十度角——這點並不簡單，因為桌子是圓的。我試了幾次，角度看起來才對。他看著我，揚起一邊眉毛，這一次我成功地笑了笑。

「對不起，我只是有點——呃，不知道該怎麼說。我猜我需要一杯好茶。」我說。

他聳聳肩對我笑。「別擔心。能有人幫我煮茶是種享受。」

我們坐在廚房桌旁，在友善的沉默中喝著茶。然後：「我有天晚上去敲了你家的門。我想你一定是出去了。」

「是嗎？什麼時候？」

他想了想。「好像是星期一吧。那時肯定是七點半、八點左右。」

其實是九點吧。我盡量做出不明所以的表情。「我沒聽見。也許我在洗澡還是幹嘛的。希望不是什麼急事。」

「也還好啦——我只想打聲招呼，自我介紹一下。我很晚才回家，想知道有沒有吵到你，跟你道歉。有時候我上班到很晚，沒辦法事先知道幾點回家。」

「一定很辛苦吧。」我說。

他點頭。「一陣子之後就習慣了。但我想走樓梯的聲音一定很吵。」

「不會，我睡著以後就什麼都聽不到了。」我撒了謊。

他盯著我好一會兒，彷彿清楚知道我說的根本是謊話，但最後還是接受了。「不管怎樣，如果打擾到你，我很抱歉。」

我想說點什麼，卻又住口。

「說啊。」他說。

「是門。」我說。

「門怎樣？」

「樓下大門。我很擔心門沒關好。有時候大家來來去去，門就開著沒關。」

「別擔心，我一向會把門關好。」

「尤其是晚上。」我強調地說。

「對，尤其是晚上。我向你保證，我每天晚上都一定會鎖好門。」這話聽起來像一句嚴肅的誓言，而且他說的時候也沒笑。

我感到——幾乎——開始要鬆一口氣了。「謝謝你。」我說。我喝完了茶，站起來，再次察覺到周遭環境，急著想回到自己公寓。

「給你。」史都從抽屜裡取出一捲裝食物的小袋子，用袋子套住手，然後從盒子裡抓出一把茶包，把袋子裡外翻個面，再把上面扭緊。

「謝謝。」我接過袋子。「我明天會去買。」我頓了頓，驚訝地發現自己說出下面這句話：「如果你也缺什麼東西……儘管來敲門。」

他笑了。「好。」

他讓我朝門口先走幾步，沒有催我，我是自行走出門外的。「下次見。」我往樓下走的時候他說。

希望如此，我心裡有個小聲音這麼說。

然後最怪異的事發生了。我回到家，坐在電視機前面看了一個半小時的電影，才發現我並沒有做檢查。

這個小疏忽害我之後的下午和晚上的幾個小時都沒休息。

二〇〇三年十一月十六日星期日

十一點半時，我已經墜入愛河了。唔，也許是墜入欲望之淵吧。又也許我的覺察力被昂貴得不得了的紅酒和一杯白蘭地給蒙蔽了。

李在八點時跟我在市中心見面。他到的時候，儘管又穿了西裝，樣子卻更不像是個守門人。這一件的剪裁很合身，西裝外套在二頭肌處稍嫌緊繃，外套下是一件深色襯衫。一頭短短的金髮還有點濕。他親了親我的面頰，要我挽著他的手臂。

在等待餐點送來的時候，他談起命運。他拉起我的手，拇指輕輕地撫著我手背，一面說他差點就永遠見不到我，因為萬聖節前的那個週末原本是他在河畔酒吧上班的最後一天，他只是答應了好友兼酒吧老闆多上一輪班。

「我可能永遠也不會遇見你。」他說。

「但你見到了，而且我們還在一起。」我對他舉起酒杯，啜了一口，慶祝未來，慶祝即將發生的一切。

過了很久，我們離開餐廳，走進冰冷的空氣。我們走到佩妮路的計程車招呼站時，一陣涼風吹起，李脫下西裝外套，披在我肩頭。外套聞起來暖暖地，帶有些微他的古龍水氣味。我把手臂穿進袖子，感覺那絲質的內裡接觸到我赤裸的皮膚，感覺到他的溫暖，還有我在這件外套的包裹下，覺得多麼渺小而安全。即便如此，我的牙關仍在打顫。

「過來，你在發抖。」他說著把我拉過去，輕輕搓起我的背和雙臂。喝了酒又接連過了太多天跑酒吧的日子，我只覺得頭好重，於是把頭靠上他肩膀。我可以就這樣靠著他直到永遠。

「你的感覺好舒服。」

「那就好。」他說。一會兒之後他又說：「我想說，你穿黑色小洋裝搭配我的外套，真的很性感。」

我抬起頭，他的吻很輕很輕，就像他給我的其他感覺一樣，只讓雙唇輕輕擦過。他的手捧著我的面頰，我的頭髮穿過他手指。我想看他的表情，但天色太暗，他的臉在影子裡。

就在那時，一輛計程車停下，他替我打開門。

「請到皇后路，謝謝。」我說。

他替我關好門，我搖下車窗。「你不來嗎？」

他笑著搖頭。「你需要好好睡一覺——明天還要上班。我們會再見的。」

在我還來不及回答以前，計程車就載著我飛馳而去了。

不知道我是當時就徹頭徹尾愛上了他呢，還是覺得有點失望。等我回到家，才發覺身上仍然穿著他的外套。

二〇〇七年十一月二十一日星期三

星期六過後，感覺就像我一天到晚都見到史都。星期一早上我去上班時，他也正要去上班，一副急需刮鬍子、多補幾小時睡眠的頹廢相。

「凱西，早安。」他看到我的時候說。

「嗨，去上班嗎？」

「對。我覺得我才剛到家，但顯然我從到家就一直睡到現在。」

我看著他心不在焉地對我微微揮手，然後我關上房門，用力拉緊，又把門搖了搖來確定。我在門外站了一會兒，給他時間走上馬路、彎過轉角，然後才開始檢查。門關上了，絕對是關著的。我又檢查了一次。

星期二，我聽到他在十一點時走上樓梯。就連那腳步聲聽起來都很疲憊。不知道他是做什麼的，壓力這麼大。

今天早上，在我檢查家門的時候，他打開了樓下大門。我聽到背後出現他上樓的聲音，但我繼續檢查到最後一分鐘。我已經遲到了。

「早安，」他輕快地說：「你今天好嗎？」

他的氣色好多了。

「我很好。你呢？你是不是走錯方向啦？」

他笑了。「我嗎？沒有。我今天休假，剛去熟食店買了幾個可頌麵包。」他舉起袋子給我看，證明他的確去了那裡。「我準備到處閒晃、大吃一頓。你要不要來一個麵包？」

那時的我一定面露驚訝，因為他笑著又說：「不過我猜你正準備去上班吧……」
「對，」我說，但可能說得太急了些。「或許下一次吧。」
他又笑了笑，對我眨眨眼。「我可能會記住喔。」他的目光越過我肩頭。「你的門還好吧？」
「我的門？」
「關不緊嗎？」
我的手還放在門把上。「噢——對。只是有時候會卡住。」我拉了拉門。
喂喂，快走啦，拜託哦。我在心裡這麼說，但他並不懂。最後我只好說再見，離開還沒檢查完的門。
不過有個小補償是，自從史都搬進來以後，我一次都沒發現樓下大門沒關緊。

二○○三年十一月十七日星期一

第二天我一直處於興奮狀態，不斷回憶前晚最美好的時刻，煩惱著他會不會打電話來——他真的會打來嗎？要是打來了我又該說什麼？
結果他那天下午就打來了，那時我正準備下班。
「嗨，是我。你今天過得好嗎？」
「哦。你也知道——就是上班囉。你的外套還在我這裡。」
他輕輕笑著。「對。沒關係，下次見面時再給我。」
「那會是什麼時候呢？」
「愈快愈好，」他說，語氣忽然變得嚴肅。「我整天都忍不住一直想你。」

我想了想。「週末如何？」

電話那頭沉默了一陣。「週末我沒空，要上班。而且我也等不了那麼久。今晚怎麼樣？」

二〇〇七年十一月二十四日星期六

昨晚是聖誕派對。

我覺得生活裡有什麼不一樣了。當然是變糟——就在我對這裡開始感到安全的時候。今天早上，我覺得雙腳站不穩，而且這點跟我昨晚喝了或是沒喝的酒無關。老實說，我已經超過一年沒喝酒了——我想現在的我應該已經不會喝了。

不，這天早上，腳下的地面感覺不一樣，彷彿隨時會崩塌。從四點鐘起床以來，我一直不斷檢查公寓，每一次都必須扶著牆壁才能依序做完例行的檢查。我還是不滿意。我想待會還是得再檢查一次。

昨天晚上，我鼓起所有勇氣出了門。我很早就開始做準備了。從前，為了上夜店，做準備代表沖個澡、花至少半小時選衣服和鞋子、化妝，一邊喝幾杯冰涼的白酒，一邊弄頭髮，同時接收和回覆朋友發的簡訊。**你今晚要穿什麼？要穿藍色那件？待會見。**

最近，準備出門卻代表檢查一切。再檢查，然後再檢查一次，因為我遲了一分鐘才開始。然後再檢查一次，因為這次花的時間比正常情況少了兩分鐘。從我昨晚下班回到家，到該出門之前，我都在檢查。

等我終於走出前門時（感謝老天！），已經七點五十分了。

我已經錯過酒館的那一攤，但我還可以追上他們——也許他們這時正在往餐廳走的路上。我在心裡複習著遲到的藉口，一面加快腳步走向高街。這時我看到史都朝我走來。儘管天色已黑，我還穿了件黑色長外套、圍了條圍巾，他也看到了我。

「哈囉，凱西。你今晚要出去啊？」他穿了件棕色夾克，裡面有條大學式樣的圍巾，呼出的氣息成了一團霧。

我不想跟他講話。我想點點頭，隨便笑了笑，但他卻擋住了我面前的人行道。我說：「對。公司的聖誕派對。」

「喔。」他點著頭說：「我下禮拜也有一場。也許我們晚點會碰面哦，我正要去找朋友。」

「好啊。」我聽見自己說，好像啟動了什麼自動答話器似的。

他給了我一個溫暖的笑容。「那就待會見囉。」他說，然後讓我通過。

我走遠時，一直感覺到他在看我。我無法決定這是好事還是壞事。以前被人那樣看一直是件壞事。過去幾年來我一直覺得別人在注意我，那種感覺怎樣也甩不脫。但這次的感覺卻不同。我覺得安全。

我並沒有想像中那麼晚到，因為公司的人還在一家叫迪克西酒吧的地方喝酒。時間雖然還早，那裡的人卻已經很多了。女同事們已經喝得半醉，說話大聲又興奮，身上幾乎可說是沒穿衣服。穿著最正式的黑長褲和灰色絲質襯衫的我，看起來一定像她們的女管家或姑姑嬸嬸之類的吧。衣服剪裁很合身，但可說是哪裡也沒露，而且不怎麼有歡慶感。

我們的財務經理卡洛琳好像覺得有必要陪我度過大部分時光，也許她也覺得有些格格不入吧。她是唯一已婚的，年紀比我大上幾歲，有三個孩子。跟我一樣，她開始有些白頭髮，但卻精心整弄過，染成了巧克力色外加紅色挑染。我頂多只能把頭髮剪短，每個月去一次美容院實在是折磨，但那是我唯一能找到、剪頭髮時不會跟我聊天的。

至少卡洛琳並沒問我太多問題。她光是自說自話就夠開心了，而我也只是心不在焉地聽。不過卡洛琳可不像表面上這麼簡單。我不相信她是那種愛說空話的人，反而認為她知道我在這樣的環境裡很不好過。如果她問起我好不好、感覺如何，我很可能會崩潰。

於是等我們抵達泰宮餐廳時，我坐在長桌的一頭，卡洛琳坐我對面。她大概以為我只想遠離噪音，但實際上被困在擁擠餐廳的長桌中間才教人害怕。坐在桌子末端最靠近門口的位置，我可以一隻眼對著後面的火災逃生口，不管有誰從那扇門走進來，我都能先看到。我可以躲在這裡。

此時，那群女同事的談話聲已經大得超過我認為有必要的程度，而且還為了一些根本就不好笑的事吃吃笑個不停。她們都有纖瘦的手臂、大大的耳環和直如瀑布的閃亮頭髮。我從來沒有過那副模樣——是嗎？

羅賓顯然樂在其中。他夾在露西和黛安之間，正對著桌子對面艾莉森傲人的乳溝。他的笑聲對我來說向來刺耳，今晚更是大聲得非比尋常。我覺得他很討厭，滿臉油光、頭髮塗滿髮膠、汗濕的手、嘴唇又紅又厚，那副得意洋洋的凌人模樣肯定發自於他低下的自尊。儘管如此，他卻揮金如土，而且可以表現得很貼心。女生們全都喜歡他。

有一次，在我開始上班沒多久，他曾經想用他那套來征服我。他把我困在影印室，問我下班後要不要跟他去喝一杯。我雖然緊張，仍擠出笑容說：「不了，謝謝。」我不想表現得太冷冰冰，但我顯然還是表現出來了，因為接下來我就聽到說我是同性戀的謠言。這個謠言讓我笑了。我猜助長這個點子的，是我的一頭短髮和不太化妝的面容吧。唔，我不介意啦——至少這樣或許可讓一些低級的行銷人員打消念頭。

主菜上來以前、又喝過一輪酒之後，神祕聖誕老人禮物袋出來了。不用說，羅賓能扮演聖誕老人，當眾人注目焦點，自然開心得不得了。

他有一副很明顯是那種很久以前曾經鍛鍊過，但現在只把運動量限制於每週繞高爾夫球場散步個一、兩趟的身材。我猜如果你可以忽略他的話聲和笑聲，或許有可能覺得他很好看。卡洛琳低聲告訴我，他現在跟一個叫阿曼達的行銷人員約會，還說他的婚姻狀況不太好。我可不驚訝。

我發覺，跟阿曼達約會似乎並沒讓他停止跟其他人調笑，而且他還用那套老招對左右兩邊的女孩發動攻勢——其中一個年紀輕得足以當他女兒。她害羞地望著他，我很好奇待會她會不會跟他上旅館開房間。

我的神祕聖誕禮物仍放在餐墊上未拆封。禮物包裝得很美，這是個好兆頭。一時之間，我納悶會不會有人買了個不登大雅之堂的東西給我，那樣會滿有趣的，但若是如此就不會包裝成這樣了。我只有打開來才會知道。

餐桌旁到處是歡叫、呼喊和笑聲，夾雜著撕開包裝紙的聲音。有人給了卡洛琳一瓶紅酒——不是什麼創新的點子，但她似乎很高興。

包裝紙一撕開，我就滿腔後悔，希望自己沒拆開。

那是一對有著粉紅色絨毛邊的手銬，還有一件紅緞子的小可愛。

我的心臟狂跳，但不是因為興奮。我打量著餐桌，看到桌子另一頭的艾琳正焦慮地看我——送禮的一定是她了。我盡可能擠出笑容，用嘴形說「謝謝」然後小心翼翼地把禮物放回包裝紙內，收到座位下。不知道是禮物裡的哪一樣東西引我發作的。那件紅緞子上衣很漂亮，作工精緻，而且會很合身。也許不是這個——也許是——其他事。

「你還好吧？」卡洛琳問。她的臉頰泛紅，說起話來也有些大舌頭。「你的臉色白得跟紙一樣。」

我點頭，不敢開口說話。

一會兒之後，我悄步離開，把神祕聖誕禮物包隨手塞進包包。推開雙層門的時候，我發現我的手在抖。幸好那裡沒有別人。我先進了如廁間，雙手輕輕放在門後，想要呼吸、想鎮靜下來。我的心跳得好快，好像除了咚咚咚之外，完全沒有間隔。

我把禮物從包包裡拿出來。包裝紙至少代表我不必碰到，而且裡面的東西也沒碰到我的包包內裡，碰到的只有包裝紙。我的手發著抖地掀起垃圾桶蓋，一股突來的臭氣讓我皺了皺鼻子，我把整包東西丟了進去。

放鬆的感覺很輕微，卻很即時。我拿起包包，按下沖水鍵，才剛開門就看到三個年輕女孩子進來，她們大笑著聊一個名叫葛瑞的男子，說他人有多爛。趁她們忙著上廁所、互相喊著說話時，我開始洗手。我又洗一次，然後洗第三遍。等到三間廁所的沖水鍵同時響起，門也都打開時，我用紙巾擦乾手，丟下她們走了。

接下來的餐點還算可以。等食物送上桌，我也有事可做時，我覺得平靜了一點。大家都很開心，忙著聊天，這表示我可以觀察其他用餐者，並眺望窗外。

高街上熙熙攘攘，一群群的人從窗前經過，前往其他酒館或餐廳。多數人都開懷地笑著。一會兒之後我發現我在找史都的面孔。這樣可不好。我轉頭向著餐桌，想盡辦法加入對話。

用餐過後，我本想盡快偷溜回家的，但卻沒有成功。

卡洛琳說：「跟我們去喝一杯，來嘛——一杯就好。我們要去洛伊喬治酒吧。別讓我一個人跟這群小孩子在一起。」她挽住我的手臂，把我拖離塔爾波路和家的方向。不知道為什麼，我讓她拉著。今晚我有點想要反抗的衝動。我想記得自由的感覺。

洛伊．喬治酒吧跟其他酒館不同，裡面很溫暖，而且沒有人滿為患。這裡以前是一座戲院，挑高的天花板和高高建起的環場陽台給這裡一種明亮、寬敞的感覺。我點了一杯柳橙汁，跟卡洛琳一起站在吧台旁，聽她絮絮叨叨地說著美國佛州之旅以及汽油有多廉價。我在史都看到我以前就看到了他，但也只早了片刻——我來不及轉開目光，他就看到我在看他了。他笑了笑，對身邊的人說了一句話就朝我走來。

「哈囉，凱西，」他大聲叫著，蓋過嘈雜的聊天聲：「今晚玩得愉快嗎？」

「愉快。你呢？」

他皺了皺臉。「你來了我就好多了。剛才跟羅飛聊天我都快無聊死了。」他用啤酒瓶朝剛才那位同伴的方向指了指。那人戴著眼鏡，隨便圍了條棕色圍巾，一副怪人的模樣，這時正假裝參與他右邊的交談。

「是你同事嗎？」我問。

他笑了。「我的小弟。」他喝了口酒。「聖誕派對好玩嗎？」

「還可以。我已經好久沒出來吃飯了。」我心想，說這什麼蠢話啊。麻煩在於，這個擔驚受怕的人並不是我。我以前是會跟人聊天的。以前的我很活潑、友善而且多話，要我閉上嘴一向不是件容易的事。不知道我能不能再習慣從前。

羅賓呵呵的笑聲蓋過了周遭的聲音，史都瞥了他一眼。「他是你同事嗎？」

我點頭，翻了個白眼。「混蛋一個。」

一陣沉默。我們都在想接下來該說什麼。

「那麼，」他終於開口，朝塔爾波路的方向偏了偏頭：「你在這裡住很久了嗎？」

「一年左右。」

他點頭。「我喜歡那棟房子，已經很有家的感覺了。」

我發現自己在對他微笑。他的綠色眸子望著我，裡面閃著孩子氣的光芒——我已經好久好久沒遇到有那種熱情的人了。「很好。」

嘈雜聲中我聽到有人喊「史都」，我們一起轉頭，看到羅飛站在門口對他招手。他做個舉手禮作為回應。

「我得走了。」他說。

「好。」

「也許待會再見？」他問。

幾年前，這個問題的答案會是直覺反應的「好啊」。我會徹夜待在外頭，從一個酒窟逛到另一個，跟朋友見面，在一個地方丟下幾個朋友，又在另一個地方再跟他們碰面，從酒館喝到夜店，再從夜店喝到酒吧，我行我素，什麼都不管。跟某人待會見可能就是字面上的意思，也可能代表在哪家店門口親熱，搖搖晃晃地走回家，整夜跟對方嘿咻，隔天醒來時只有劇烈的頭痛和想吐的衝動。

「我不知道，我可能待會就要回家了。」我說。

「要我等你嗎？我可以陪你走回去。」

我想從他眼裡看出他是否真心，是否準備陪我走回家，看我安全地進入前門；還是他想陪我走回家，然後看看接下來會怎麼樣。

「謝了，但我沒問題的，反正也不算遠。你去好好玩吧，待會見。」

他遲疑了一會兒，對我笑了笑，微微靠過來把空酒瓶放上吧台，然後跟著羅飛走進黑夜。

「你男朋友啊？」卡洛琳從吧台邊轉頭。

我搖搖頭。

「可惜，他人很好。而且顯然迷上了你。」

「是嗎？」我問，不知道這樣是好是壞。

她猛點頭。「這種事我向來看得出來。他剛才就用那種眼神看你。所以他是誰呢？」

「住在樓上公寓，名叫史都。」

「唔，如果我是你，就會搶先別人一步，進他家去。」

我看著其他人爭論接下來要去哪裡。他們吵著是要搭計程車直接殺去西城酒吧呢，還是要先去紅獅酒吧喝一杯，因為艾琳顯然對那裡的一位酒保落花有意。不管怎樣，我都不會跟他們去，而且我絕對不會接近紅獅酒吧。那裡有守門人。

我們一群人又湧上人行道，舉步維艱地穿過人潮，朝紅獅酒吧和塔爾波路走去。我計畫到時就轉彎往家的方向走。我故意放慢步子，落在後頭，免得被人發現我偷溜。

我聽到身後有個聲音，一聲喊叫。

是羅賓。他剛從洛伊喬治酒吧出來，還在拉褲子拉鍊。他顯然放棄追求黛安和露西了，因為不知怎麼地，他似乎想跟我搭訕。「凱西，」他說，那混合了啤酒、威士忌和泰式綠咖哩的口氣裏住了我。

「我有沒有說過你今晚看起來好動人？」

他的手臂攬上我肩頭，近得我感覺得到他的體溫。我一低頭，從他手臂下躲開，加快腳步要跟上其他人。我不想回話，不信自己的回答會得體。

「美女，怎麼啦？今晚不跟我說話哦？」

「你醉了。」我沉聲說，盯著卡洛琳的背影，想要她回過頭來救我。

「唔，我的愛，」他還加強語氣說：「我當然醉了，這可是他媽的聖誕派對啊！喝醉就是他媽的重點。」

我停步，轉身面對他。體內的恐懼被狂怒蓋過。「羅賓，去煩別人，別煩我。」

他也停了步，那張有魅力的臉轉成冷笑。「冷感的母牛，」他大聲說：「我打賭你只對女人才會濕內褲。」

實在想不通為什麼，但這句話把我逗笑了。

不管怎樣，顯然這個反應是錯誤的。在我還沒回過神來以前，他把我用力往後一推，我腳下一個踉蹌，身體撞上磚牆，他的身子壓在我身上。我一下子喘不過氣來，他的身體重量也讓我無法呼吸，然後他的臉湊上來，嘴巴貼著我的嘴，舌頭伸進了我嘴裡。

二〇〇三年十一月十七日星期一

李終於出現的時候已經快半夜了。

他說他八點或八點左右會到我家，然後就沒了音訊——沒有電話、簡訊，一直到快半夜，仍然什麼都沒有。十一點時，氣得半死的我差點就要出門，但又決定上床算了。我整夜都在抗拒要打電話問他「你在哪裡」的念頭，只把家裡收拾好，打掃了浴室，跟幾個朋友寫了電子郵件，並且越來越憤怒。

直到有人敲門。

躺在床上瞪著天花板的我，不確定是否真有敲門聲，直到第二次更大的敲門聲響起。我考慮要不要置之不理，那也是他應得的，竟然害我白等一整夜！何況我已經換上睡衣了。

我等了一陣子，敲門聲是沒了，但我也躺不住了。怒氣重重地壓在我肚子上。我嘆口氣下了床，走下樓梯，打開走廊上的燈。我打開門，心裡一面複習著要對他吼的幾句話。

他臉上有血。

「噢，天啊！媽的，怎麼回事？」我赤腳跳出門口，碰著他的臉和面頰，感覺到他縮了一下。

「我可以進來嗎？」他問，厚著臉皮對我笑。

他一點也沒醉，那原本是我的第一個想法。他的打扮也跟上次見面時截然不同：一件髒兮兮的牛仔褲、一件原本可能是淡藍色、但現在已經沾上斑斑血跡和油漬的襯衫、一件舊舊的棕色外套，腳下那雙運動鞋肯定已經有多年歷史。但我在他身上聞不到酒味，只有汗水、泥塵和戶外冷夜的氣味。

我的第二個想法，我也問了出來，是：「你到底出了什麼事？」

他沒回答，但我也沒給他多少機會，而是直接把他拉進屋，讓他坐上沙發，然後跑去拿消毒水、棉球、熱水和一條毛巾。在昏暗中，我就著走廊的燈光，輕輕擦去他眼睛周圍的血，摸出他的皮膚發腫。血從他眉毛上的一道傷口滲出。

「你要告訴我嗎？」我低聲問。

他凝視著我，輕輕摸著我的面頰。「你好漂亮，對不起，我這麼晚才到。」

「李，拜託。怎麼回事？」

他搖搖頭。

「我不能說。我只能說很抱歉，我八點趕不過來。我想盡辦法要接近電話，但就是做不到。」

我停止觸摸他的臉，定睛看著他。至少他說的是實話。

「沒關係，現在你來了。」我把一顆棉球按上他眉毛。「可惜晚餐已經毀了。」

他笑了，又痛得皺起臉。

「把襯衫拉起來。」我下令。看他沒有立刻照做，我開始解開他的釦子，把襯衫拉開。他胸口的一側發紅，還有刮傷──瘀青不會這麼快就出現。「天啊，你應該去急診室，而不是來我家客廳。」

他伸手到我背後，把我往下拉到他面前。「我哪裡也不去。」

他的吻輕輕地開始，但只有那麼一下子，然後就變得狂暴而激烈，我也更用力地回吻他。他雙手穿過我頭髮，把我的臉拉到他面前。一會兒之後我推開他，但那只為了能脫掉襯衫。

以第一次來說，其實不怎麼特別。他身上有機油味，嘴裡有即溶咖啡味，臉上有著粗糙的鬍碴，而且身體重重壓在我身上，但我還是迫切地想要他。雖然他似乎忘記了要用保險套這回事，現在的我可不想阻止他。整個過程快速又古怪，腿和手臂交纏，衣服橫擋中間，他的呼吸在我喉間，急促且粗重。幾分鐘後他抽身離開，在我肚子上射精。

在半昏暗中，我看到他一雙藍眼盈滿淚水，聽到他的呼吸慢下來，還有吸氣和抽噎聲。我把他拉回身邊，抱著他的頭撫慰，感覺有水珠滴在我胸口，不知是血還是淚。他說：「對不起，實在爛透了。我不想變成這樣的。我想要我們好好發展，順其自然一點。我每次都這樣，每次都把一切搞砸。」

「李，沒關係，真的。」

等他冷靜下來，我離開沙發上的他，泡了一杯茶，烤了幾片吐司。他像是好幾個星期沒見過吃的那樣狼吞虎嚥起來，我則坐在對面觀察，好奇他到底出了什麼事，要怎樣才能讓他把經過告訴我。之後我扭開水龍頭，跟他一起站在蓮蓬頭下，好好地幫他沖洗乾淨。他閉著眼半倚著牆，我用海棉把他脖子、背上的髒污擦掉。他右肩有一大塊擦傷，像是從車上跌落在柏油路面過。右手腫了，指節有擦傷，顯然他在打鬥中不是只有挨打的分。左臂下方有幾道深深的紅印子，一直延伸到後腰。也許他斷了幾根肋骨。我伸手去洗他的頭髮，用蓮蓬頭的水把頭髮往後沖，避開他的眼睛。他右耳上方的頭髮裡有更多血，被壓扁成硬硬的一塊，但看不出明顯的傷。不管怎樣——血被水沖進排水孔消失了。

二〇〇七年十一月二十四日星期六

我使勁去推，想叫卻叫不出來，純然的恐慌讓我心臟狂跳，同時想辦法用膝蓋去踢他胯間。然後突如其來地，他在一聲悶哼中被拉開。

一時之間，我只看到有個男的抓住羅賓的後頸，把他拖開，然後用力一推，讓他跌倒在地。「滾開！」那個聲音說：「快呀！給我滾，不然我就揍你。」

「好好好，朋友，冷靜點。我這就走。」羅賓手忙腳亂地站起來，拍了拍褲子，大步趕上其他人。那些人沒一個知道發生了什麼事。

是史都。

我仍然僵在當地，背靠著滿是噴漆塗鴉的牆，呼吸又急又短，雙手緊握成拳，手指已經開始刺痛。我覺得我快發作了，卻想盡辦法壓抑著。我真的不想在晚上十一點的高街讓恐慌症上身。

他回來找我，但並沒靠得太近。他站在一旁，讓房屋仲介店窗戶裡的燈光照上他的臉，好讓我清楚看出是他。「你沒事吧？不，這是什麼蠢問題。來，深呼吸——跟我一起呼吸。」

他把一手放在我手臂上，對我的瑟縮置之不理。他要我直視他眼睛。「深吸一口氣再屏住。來，呼吸——屏氣。」他的聲音冷靜且有安撫力，但對我卻毫無作用。

「我要回家，我——」

「等一下就好，先把呼吸調勻。」

「我——」

「我在這裡，不會有事。那個白痴不會回來的。現在慢慢地呼吸。來，跟我一起做一下。看著我，這就對了。」

於是我站直身子，專心呼吸。儘管發生了這些，儘管我依舊恐慌、震驚，卻覺得心跳變慢了。不過顫抖還是沒停。

他堅定、不退縮的目光，讓我放鬆又安心。

幾分鐘過後他說：「好，這樣好多了，你現在可以走路嗎？」

我點頭，不太敢開口說話，然後起步走。我的腿在發抖，走起來搖搖晃晃地。

「來。」他說著伸出臂膀。

我遲疑了一會兒，感覺恐慌又要回來。我想跑開，想盡全力快跑，不要回頭。但我挽住了他手臂，我們開始朝塔爾波路和家的方向走。

一輛警車忽然在我們身邊停下，一位高瘦的員警下車。「請稍等。」他對我們說。

我抖得更厲害了。

「沒事吧？」史都問。

「閉路電視照到你了，」那個警察對我說。他的無線電夾在防彈背心前方，正發出嗶聲和說話聲。

「看樣子有人想找你麻煩。你還好嗎？」

我猛點頭。

「你好像有點搖搖晃晃的，」警察說，用懷疑的眼神打量我：「喝太多酒了嗎？」

我搖頭。「只是——很冷。」我牙關打顫地說。

「你認識這位男士嗎？」警察問我。

我又點頭。

「我要陪她走回家，就在轉角。」史都說。

警察點頭，上下打量著我們。汽車裡的另一位警察說：「老洛——接到特急呼叫了。」

「只要你沒事就好。」他說，一半身體已經上了車。一秒鐘過後，警笛響起，我嚇得跳起來。

我們繼續走。之前除了果汁我什麼也沒喝，但現在每走一步都覺得地面好像在搖晃。

「你不喜歡警察哦。」史都說。那不是問句。

我沒回答。淚水如泉湧般不斷滾落我面頰。光是看到他、看到防彈背心前面扣著的手銬，就讓我驚慌。那警笛更是差點讓我暈過去。

走到前門時，他幾乎已經是撐著我在走了。我像是抓住救生索那樣，緊攀住他的手臂，怕得不敢放手。「上樓來，我替你泡杯茶。」他說。

一等前門在我們身後關上，我就鬆開了手。即使他就在旁邊，我還是檢查了前門，只檢查了一次。我打開門閂然後又關上，把門拉好然後又用力拉，聽到撞擊聲，用手指觸摸門與門框的邊緣，確保門仍然是關緊的。我想再檢查一次，卻察覺他在看我。我勉強擠出笑容。

「謝謝。我現在沒事了。」

我等他上樓，好讓我繼續檢查門，但他卻沒動。

「拜託，請來喝一杯茶就好。我們不關門，這樣如果你想離開就可以離開。好嗎？」

我盯著他。「我沒事的，謝謝你。」

他沒動。

「拜託，史都。你可以回去找朋友。我很好，真的。」

「就來喝杯茶吧。門已經鎖住了，我看到你鎖的。你很安全。」他伸出手等我去牽。

我沒牽他的手，但的確放棄了檢查。「好吧，謝謝。」

你很安全？這麼說還真怪，我邊想邊跟著他上樓。經過自己家門口時，我不敢看，怕會忍不住開始檢查。照這樣看來，我知道今天晚上是睡不著覺了。

他進屋時打開了全部的燈，也開了廚房的熱水器。廚房左邊是寬敞、開放式的客廳，前方有兩扇凸窗，窗台上擺著多葉植物。我閒步走到植物旁往外眺望。雖然天是黑的，這裡卻能清楚看到高街，好幾群人仍無憂無慮地在街上走動。從這個高處，視線可以越過馬路上房屋的屋頂，一直到倫敦往河流方向的閃爍橘色街燈，遠方加那利碼頭上方的燈光一明一滅，還有更遠處亮著燈的穹頂，彷彿一艘降落地面的太空梭。

他在茶几上替我放了杯茶，自己坐在一張扶手椅上。「你覺得怎麼樣？」他輕聲問。

「我很好。」我撒了謊，牙關仍然格格相擊。我坐在沙發上，沙發又低又深，裹住我的膝蓋，舒服得令我驚訝。我忽然覺得好累。

「過會兒就好了嗎？」他問。

「當然。」我說。

他遲疑著，從自己杯子裡喝了口茶。「如果你又開始覺得快要恐慌發作，你會找我嗎？過來敲我的門？」

我思量著這件事，還沒回答。我想說我很樂意，因為我清楚知道他說得對：我之後絕對會再發作；但我也知道，真正發作時，那匹脫韁野馬絕不會讓我有辦法走出家門。

我覺得我的手可能已經停止顫抖，應該可以冒險拿起茶杯了。於是我喝了一口茶。茶很燙，而且奇怪的是，他泡得還不錯。牛奶不夠多，但已經算順口了。

「對不起。」我說。

「你不需要說對不起，不必道歉，那不是你的錯。」

這幾句話讓我又開始掉淚。我放下茶杯，雙手摀住臉，心想他應該會過來試著抱抱我，所以我做好受到驚嚇的心理準備，但他並沒有動。過了一會兒，我睜開眼，看到一盒面紙放在我前面的桌上。我輕笑了一聲，抽起一張，擦了擦臉。

「你有強迫症。」我聽到他這麼說。

我又找回了聲音。「對，謝謝你告訴我。」

「你有沒有看醫生？」

我搖頭。「有什麼用？」我瞥了他一眼。他不帶感情地望著我。

他聳聳肩。「也許那樣能讓你有更多的自由時間？」

「我不需要更多自由時間，謝謝你。我的行事曆根本不算滿。」

我發現我的語氣開始含有敵意了，於是我又喝了一口茶，想鎮靜下來。「對不起，我不是故意要這麼兇的。」我又說。

「沒關係。你說得對，這件事跟我沒有關係。我這麼說實在很無禮。」

我虛弱地對他一笑。「你是心理醫生還是什麼的嗎？」

他笑了笑然後點頭。「算吧。我是毛斯里醫院的醫生。」

「哪種醫生？」

「臨床心理醫師。我在評估病房工作，另外也在幾家門診上班。我專精於治療憂鬱症，但我以前見過很多有強迫症的人。」

媽的，我心想。難怪。現在有人知道我開始發瘋了。我得搬家才行。

他喝完茶，站起來，把茶杯拿到廚房。回來時他把一小張紙小心翼翼地放在我面前的桌上。

「那是什麼？」我懷疑地問。

「我發誓，這是我最後一次提這件事。這是我一個同事的名字。如果你改變心意，要尋求諮詢或幫忙，可以請社區心理健康小組把你轉介給他。他是頂尖人物，專門治療強迫症。」

我拿起那張紙。工整的字跡寫著「亞利斯特．赫吉」，下方是「史都」和一個手機號碼。

「那是我的手機，如果你待會又發作，可以打電話給我。我會下樓陪你。」

是哦，我心想。好像真的會那樣似的。

「我沒辦法去看醫生，真的不行。那工作怎麼辦？要是他們知道我是瘋子，我就再也不可能升遷了。」

他微笑。「你完全不是『瘋子』。你的老闆沒有理由需要知道這件事。就算你決定不去看醫生，也有很多辦法是你可以自己做、而且對病情有助益的。我可以推薦幾本書給你，你可以試試放鬆治療等等的。那些都絕對不會寫進病歷。」

我把那張紙翻面、把玩著。「我會考慮。」

戶外警車的警笛聲傳到了頂樓。「我要回家了。」我說。

我站起來走向房門。門還是開著的，方便讓我到走廊。「謝謝。」我轉身對他說。一時之間我想抱一抱他。我想知道被他雙臂環繞是什麼感覺，會不會讓我覺得安全。但我還是感覺得到羅賓的身子壓住我，這點讓我退縮了。

「我可以問你一件事嗎？」我說。

「當然。」

「你不行嗎？你不能治療我嗎？」

他對我笑。我已經在公寓外面了，他在裡面，我們之間有段空間。「利益衝突。」他說。

我一定露出了困惑的表情。

「如果我們會成為朋友，我會過於投入。那樣就不專業了。」

在我還沒機會對這句話做出反應以前，他又對我笑了笑，說晚安，然後關上了門。我直奔樓下的大門開始檢查。

二〇〇三年十一月十七日星期一

凌晨時分，天還沒亮，我正要進入夢鄉。他把我拉過去，仍因疼痛而咬緊牙關。

「凱瑟琳。」他在我耳邊低語。

「嗯？」

一陣沉默。我睜開眼，看出他的輪廓，就在身邊。「我對你撒了謊。」他說。

我想坐起來，但他按住我。「你聽我說。關於我的工作，我沒對你說實話。我並不只是河畔酒吧的守門人，我還做其他事。」

「什麼事？」我低聲問。

「現在我還不能說。對不起。但我保證從今以後再也不會對你撒謊。」

「為什麼不能告訴我？」

「原因很多。」

「你將來就可以告訴我嗎？」
「或許吧。但現在還不行。」
「是壞事嗎？」
「有時候是。」
一陣沉默。我感覺到他的手摸著我頭髮，把髮絲從我臉上撥開，動作輕柔無比。
「如果你問我其他事，我都會回答。」他說。
「你結婚了嗎？」我問。
「沒有。」
「有固定對象嗎？」
「沒有。」
我想了想。「愛上你我會後悔嗎？」
他輕笑了一聲，輕柔地親了親我面頰。「也許喔。還有嗎？」
「你是好人還是壞人？」
「那要看你是好女人還是壞女人。」
我想了想，覺得他這個答案很聰明。
「你會經常身上帶傷，出現在我家門口嗎？」
「希望不會。」
「另外那個人怎麼了？」
「什麼另外那個人？」

「跟你打架的那個啊。」

沉默。

「他在醫院。」

「喔。」

「但他不會有事。」

「我可以把你介紹給我朋友嗎？」

「還不行。但我猜就快了，如果你想要的話。」

他的手從我面頰往下滑到頸間，摸過我赤裸的皮膚，輕柔地碰著我。「還有問題嗎？」

「你覺得可以再跟我做愛一次嗎？」

他的嘴壓著我的。「我想我可以試試看。」

二〇〇七年十一月二十四日星期六

恐慌症在今天早上四點以前發作了。我一直想入睡，但當然是徒勞無功。我躺在床上，想著發生過的一切，同時又不想去想。我出去喝酒，就是讓自己陷入險地。我這麼做，等於是大開公寓的門邀人入內，即使事情發生在外面馬路上。我到哪裡都感覺到他的存在。只有一件事可能讓我覺得好過些，於是我起床開始檢查。

第一輪檢查並未減緩恐慌，我發現那是因為他還在污染我的緣故。於是我把衣服全部脫掉，丟進黑色垃圾袋。我把包包裡的東西倒在廚房流理台上，然後把包包也丟進垃圾袋。我把垃圾袋拿到樓梯間去放。

我走進浴室，把身體從頭到腳刷洗一遍，想把羅賓的感覺刷掉。洗完後，我的皮膚都發紅了。我用力刷牙，直到牙齦出血，又用漱口水漱口，再換上一件乾淨的慢跑褲和運動衫。

之後，我再次檢查公寓。還是不行。半小時後，我還站在馬桶上，檢查那扇根本打不開的愚蠢浴室窗戶，而且還是覺得自己很髒。是滾落雙頰的淚水在污染我熱熱的皮膚。

我再次脫光。乾乾淨淨的從保暖櫃裡拿出來的衣服又丟進了洗衣籃。

回到浴室。我在裡面站了整整三十分鐘，讓水沖著皮膚，清楚感受到上次刷洗處在發痛。我想說服自己相信，這表示我乾淨了。

髒東西已經沒了，我告訴自己。他消失了，沒留下一點蹤跡。他不在這裡。

仍然不夠乾淨的我，取出指甲刷和消毒肥皂，又開始刷洗。這一次等我洗完，流進排水孔的水都變成粉紅色了。我回想起一件事，模糊又痛苦，像個舊傷口。

我坐在澡盆旁邊，裹著又一件乾淨的浴巾，累得幾乎沒力氣了，心裡卻清楚我非做不可。

等到仍然裹著那條浴巾的我，終於再一次做完這一切時，我從保暖櫃拿出乾淨的上衣和一條緊身褲換上。這樣很糟，我被困住了。想再開始、好好做一遍、再一遍以求萬全、以求絕對確定公寓很安全的欲望非常強烈。

我很冷，全身發抖，衣服在皮膚上擦過的感覺讓人心煩又不安。

我做了唯一能做的事：回到公寓門，重新開始檢查。

到了七點半，我已經累得再也檢查不動了。我暫時壓抑住恐慌，弄了杯熱飲。我在沙發上發抖，抱著那杯茶，很清楚即將發生什麼事，卻仍想盡辦法克制。在晚上這個荒唐的時間，電視上根本沒什麼可看的節目，但我睜著枯澀的雙眼，看起了一場問答秀的重播。我全身的皮膚都又緊又痛，電視的聲音奇妙地讓人安心。或許這樣有效。

等顫抖消失，疲憊湧上，我打了個盹。不知過了多久，我猛地被警笛的聲音驚醒。問答秀結束了，電視上播起一個冗長的真人警察節目。警笛聲到處都是。我告訴自己這只是電視，但已經太遲了。我不知哪來的力氣，找到了遙控器把電視關掉。

我蜷起身子縮進沙發一角，不想太用力呼吸，聆聽起公寓裡的動靜。顫抖比之前更嚴重了，我覺得從頭皮到腳的皮膚都起了雞皮疙瘩。

是我夢見了他，還是他真的來過這裡？我眼中只看到他：他全身重量壓在我身上，按住了我。我想像著那副已經弄破我手腕皮膚的手銬，陷進了腫起的皮膚裡。他的氣味；那股淡淡的酒味吹進我張著的嘴巴。

這不是真的。他不是真的……

等我再度睜眼，我覺得看到了羅賓的臉。他躲在這裡的某處，等著我再次睡著。

顫抖和淚水終於開始消退時，天色已經大亮。我覺得累壞了，筋疲力盡又怕得不敢再睡。我強迫自己站起來伸展一下。想要檢查公寓的欲望很強烈。但我太累、身體太僵硬了。我簡直沒辦法動。

我拖著步子走到廚房。這會兒是因為冷才打顫，而不是因為恐慌。我打開中央暖氣，把熱水壺開關打開。

廚房窗戶下方的院子光禿禿地一片灰，只有長草的地方有些顏色，樹木都沒了葉子。枯黃的葉子成堆放在院子牆邊的角落。風吹動了頂端的樹枝。如果在這裡的我可以聽見，那聲音應該是嘎嘎的嘆息吧。靜謐中，熱水壺咕嚕咕嚕地響了，我的雙眼又開始覺得乾澀疼痛，好像再也哭不出來那樣。外面感覺很冷。我打了個呵欠。

我把茶拿進臥室，把窗簾完全拉開，這樣我躺在床上時，才能看見樹梢在風裡搖曳。

我看著搖曳、舞動的樹枝，看著樹枝後方的灰色雲朵歡樂地飄過。樹梢對著動也不動地躺在被子上、還把自己刷得渾身傷痛的我揮手。

我需要做的只是活下去。

二〇〇三年十一月十八日星期二

第二天早上，七點的鬧鐘還沒把我吵醒以前，他已經穿好衣服離開了。

淋浴通常是唯一能讓我真正清醒的事。我從極度美妙性愛的歡愉溫暖夢境，轉入了有點反胃的不舒適感覺當中，彷彿昨晚喝到有點茫，而且縱情狂歡過似地。但當然我沒有，昨晚我完全沒有喝酒——我還記得夜裡多數時間裡，那段性愛的每一個可口細節。即便如此，淋浴的淨化溫暖，加上我那洗髮精和肥皂的熟悉氣味，也足以把我拉回現實了。但我卻仍在想著昨天傍晚發生的事。那到底怎麼回事？

我拖著身體去上班，吃力地做完幾件等我處理的工作，想驅逐腦中來自睡眠不足和大量做愛的疲憊感。就在我成功忘記他的時候，桌上的手機響了。有簡訊。

昨晚真抱歉。沒留下好印象。原諒我？

我讓手機在桌上放了一陣，沉思該怎麼回答。如果我閉上眼一秒鐘，就可以看見他枕在我旁邊的臉、床邊的燈光、他的金髮邊緣閃閃發亮，那雙藍色的眼睛暗暗地，正用一種難以理解的眼神望著我。還有他眼睛周圍的深紅色瘀青、眉毛下方的腫起、被割傷的皮膚，以及儘管受了傷，他仍然在笑。

沒關係。

我看著這句回答幾分鐘，思考著還能說些什麼。「沒關係。放心好了，你要用什麼面貌出現都隨你」？「沒關係，謝謝你過來」？「沒關係，至少做愛的那部分很不錯，其他部分我就不確定了」？最後我按下返回鍵，刪掉了回覆，不準備回他的簡訊了。正如我的英文老師說過的，如果你想不到正確的回答，就乾脆不要說話。

二〇〇七年十一月二十六日星期一

星期一，我跟往常一樣，一步一步地走去上班，卻累得幾乎想不起來上週我走過哪幾條路。我想去的公車站在一哩外，而且我已經遲到了。我想走快點，腳下卻像拖著水泥。從星期六晚上起，我就沒看到或聽到史都的聲音，只知道他一直在家裡，整個星期天都沒出門。有時候我會聽到樓上有聲音，輕輕的腳步聲、櫥櫃關門聲、洗澡水流掉的聲音，但大多數時候卻是一點聲音都沒有。

卡洛琳十一點來找我。

「下來喝杯咖啡如何？」她開心地問。

真好奇上週末她睡了多少覺。「也許晚一點吧，我想把事情做完。」

「老天，你氣色糟透了。我沒想到你喝了那麼多。」

儘管心情不好，她的話仍逗我笑了。「不賴吧。」

「凱西，你還好吧？星期六那晚，前一秒鐘你還在，下一秒就不見了。羅賓說你想要早點回家什麼的。」

「對——我覺得不太——我是說……我不知道。我不是常出去喝酒的人。」

她笑了。「他們有點吵，對不對？我是說那些女孩子。不過你可沒有藉口哦，你比我年輕。你幾歲？三十五？不准找藉口。」

二十八，我想這麼說，但管他的呢？我幾歲並不重要，六十歲都可以。

「唔，那待會兒下來找我好嗎？我想多聽聽那個住樓上的性感年輕人的事。」她眨眨眼走了。

我很怕會撞見羅賓。幸好他多數時間都在另一間辦公室，幸運的話可能要好幾個月他才會再出現。

我看著窗外，想著那個住在樓上的男人。

二〇〇三年十一月二十八日星期五

等我到了樂園咖啡館，西薇亞已經在角落的桌旁等我了。她面前的桌上有一壺茶和一杯雙份濃縮咖啡，身邊的窗戶滿是霧氣，整個地方溫暖、潮濕而且香氣濃郁，像剛沖洗過的星期日早晨。

「我遲到了嗎？」

「我沒幫你點瑪芬，」她說著熱情地在我兩頰上各親了一下。「我想你會想自己選。他們有蘋果和肉桂口味的。」

「那我們就各點一個怎麼樣？」我說。

樂園咖啡館就像個老朋友。多年前念大學時，西薇亞、我和另外三個大學時代跟我是樓友的女孩，每個月都會來這裡聚會，談天說地，花一個下午喝咖啡、吃東西。凱倫和蕾絲莉都搬走了，凱倫搬去了加拿大，在多倫多大學的聖喬治校區當老師；蕾絲莉搬去了都柏林，跟她家人住在一起。去年西薇亞跟莎夏轟轟烈烈地吵了一架之後，莎夏就不參加聚會了。有時候我會接到她的電子郵件，但她後來交了個男友，男友成了未婚夫，兩人搬進新房子。慢慢地莎夏的生活跟我們之前共有的那段日子就漸行漸遠。

所以現在只有我和西薇亞了。她在蘭開夏郡的地區報社當記者，卻一心想要脫離這個無聊的地方，搬去倫敦。我總認為她很適合倫敦。對蘭開夏郡來說，她已經太活潑、太開放了：一頭金髮和珠寶般亮眼的衣著，讓砂岩和水泥牆前面的她成了大膽的浮雕。

「你好像有新鮮事要說哦？」我說。西薇亞在椅子上動來動去，而且她向來不是會第一個到的。

「還沒啦，」西薇亞不懷好意地說：「首先，我聽說的這個新男人是怎麼回事？一隻小喜鵲告訴我，你跟一個穿西裝的男人共進晚餐。」

那隻小喜鵲一定是瑪姬了，我們剛畢業時她是西薇亞的室友。她得到這個暱稱，是因為她向來只穿黑色衣服，極少跟白色衣服搭配，而且非常喜歡亮晶晶的東西。

我發現那朵快要離開唇邊的微笑又回來了。

「你說不說？」

「可惡，西薇亞。什麼事情都瞞不過你對不對？」

西薇亞開心地輕叫了一聲。「我就知道！他叫什麼名字？你跟他在哪認識的？他的床上功夫怎樣？」

「天啊，你好可怕。」

「你明明也想告訴我。」

我喝了幾口茶，看著椅子上的西薇亞都快坐不住了。

「他的名字是李，我在河畔酒吧遇見他的。但這些都不關你的事。」

「那他人好又帥到爆嗎？」

我從包包裡拿出手機，瀏覽著選單，最後找到我替他拍的那張照片。那是我唯一的一張。那時他剛洗完澡、只圍了條白浴巾，頭髮濕濕地，臉上和身側的瘀青還沒完全消退，一臉淫蕩的表情。

「噢，天啊，凱瑟琳。他簡直棒透了吧？媽的怎麼不是我先遇到啊！」

風水輪流轉囉，我心想，覺得有點得意。

西薇亞修飾整齊的眉毛中間起了一個小皺摺。「那些瘀青是怎麼回事？他是籠鬥打者還是特技演員之類的嗎？」

「不清楚。他都不跟我說。」

這話激起了西薇亞的好奇。「真的？怎樣不跟你說？」

「我不知道他做什麼工作。有天晚上他來我家，一副剛打完架、回家路上還跳車的模樣。他不肯告訴我發生了什麼事。」

「他喝醉了嗎？」

「沒有。」

「噢，天啊，他是混幫派的。」

我大笑。「我想不是。」

「毒販？」

我搖頭。

「那他為什麼不告訴你？」

「我不知道。但我信任他。」

「你信任一個會去打架卻不肯告訴你發生什麼事的人？」

「其他事情他都很坦白。」

「是嗎？你怎麼知道？」

西薇亞說得完全正確。我知道就算他真有一份工作，工時是不固定的，而且經常出差一次就好幾天。我從沒見過他的朋友、家人——至少說他們全在康沃爾是很方便的藉口。我甚至沒去過他家。

「如果你見過他，你就會懂。他的眼神說出了一切。」

她輕蔑地大笑，在桌子下面踢了我一腳。「你清醒一點好不好！」她攪拌著杯子裡最後一點咖啡，從睫毛下望著我。「唔，反正現在也該讓我見見他了。你就帶他來參加我的歡送派對吧。」

「什麼歡送派對？」

憋著不說她有新消息的興奮感終於浮上檯面，西薇亞的眼睛閃著高興的光芒。

「我找到《每日郵報》的工作了，一月就要開始上班。」

「哇！不會吧！」

「就會。我要離開這個鎮了，終於等到這一天。」

我真心感到高興，擁抱著西薇亞，她小聲尖叫、跳上跳下。樂園咖啡館裡的其他人，包括一對年老夫妻和幾個學生都警惕地望著我們；櫃台後的艾琳則對我們縱容地一笑。

那就這樣了，我心想。我會待在蘭開夏郡，老朋友們都去了世界各地，追求人生。要不是因為李，我也會想逃離這裡。

「所以這個派對是怎麼回事？」

二〇〇七年十一月二十六日星期一

回家後，樓下走廊桌上有我的信。除了平常會有的帳單，還有一個大大的棕色信封，上面只用黑色簽字筆寫了「凱西」兩個字。

「哈囉！凱西，你還好吧？」

「我很好，謝謝你，麥肯西太太。你呢？」

「親愛的，我也很好。」她又嚴厲地看了我一眼。我則看著桌上的那個信封，沒有動手拿起來。她退回自己公寓，關上了門。

我把信留在桌上，又檢查起門口，兩次都從開始做到結束。其實我可以只檢查一次就好，但做第二次能讓我拿起那個信封和其他信走上樓。

我把信放在茶几上，開始檢查。但我發現前兩次我做得很急，因為我想看看信封裡是什麼。檢查第三次時，我得強迫自己慢一點，好好地、專心地檢查。檢查完後，我停了停。剛才那樣夠了嗎？我該不該再檢查一次，以備萬一？也許我遺漏了什麼。

我又開始了。

等我坐上沙發、打開那封信已經快九點了。裡面有一疊紙，其中幾張用迴紋針別了起來，最前面還有一張手寫的紙條。

凱西：

我想這些可能對你有幫助。如果有需要，請告訴我。或是有問題想問也可以。

史都

我看著那張紙條良久，看他寫我名字和自己簽名的方式。不知道他是否需要思考該寫什麼。看起來他寫得輕鬆又容易，彷彿隨意從哪裡拿起一疊紙，然後也沒多想就潦草地寫下這兩行字。

我翻著那疊紙，很快就注意到這堆東西一點也不輕鬆。第一份是丹麥丘毛斯里醫院焦慮症與創傷中心以及一家專精強迫症的診所資料。然後是他從不同網站列印下來的幾篇文章，有些段落還畫了線。一份是強迫症研究和治療嚴重症狀病患的新治療選擇文章，作者是亞利斯特．赫吉醫生——以及好幾位都有同樣驚人資格的人。有一份不知從哪裡列印下來的其他療法治療師名單，紙張底下還有兩個手寫的資料，一個是每週三傍晚在附近小學的瑜伽課程聚會，一個是核心放鬆治療師——天知道那是什麼——和電話號碼。下面那張紙是一份強迫症協助團體的清單，其中一個特別畫上了顏色，紙張邊緣有手寫的筆跡——「每月第三個星期二晚上七點半在卡姆登聚會，細節可電艾倫」——和一個電話號碼。再下面是從一本《解開束縛從強迫症中釋放自己的技巧》書裡的三個章節，在不同地方都有畫線。然後還有三份不同的問卷，似乎是用來判斷你是否真的得了強迫症的。

最後出乎我意料之外的是最後一頁的手寫紙條。

凱西：

謝謝你看過這些資料。你已經跨出第一步了。打電話給我，好嗎？

史都

然後又是他的電話號碼，免得我弄丟了他上次給我的那張名片，但我當然沒弄丟。我清楚知道那張小紙片在哪裡，以備不時之需，但我不會需要的，因為我已經把那個號碼記住了。

倒不是說我就一定用得上。

二〇〇三年十一月二十八日星期五

李在河畔酒吧工作。

我穿著那件紅緞子洋裝去找他。他看到我的表情實在難以言喻。我對他笑了笑，眨眨眼，從他身邊走進店裡。整個晚上，我跟認識的人一起跳舞、跟幾個月沒見面的人在吧台旁聊天，後來克萊兒和露意絲到了，我都一直在人群中看到他的臉在舞池邊上望著我。

到了午夜，已經喝了幾杯酒的我更大膽了。我獨自舞著，又在門口看到他。他假裝在看人群，實際上卻在看我。我橫越舞池朝他走去，他的目光一直沒離開我。他拉起我的手，把我往通向大場地、前面有吧台的走廊拉去。他的步伐急促，我被拉得走不穩，只得一直喊：「李！李？你到底要……？」

他推開一扇寫著「員工專用」的門。防火門在我們身後關上，音樂忽然變小聲了。我的鞋跟在水泥走廊上急速敲過，旁邊有另一扇門——是一間辦公室。唯一的燈光是閉路電視螢幕，上面顯示出舞池、門口、樓梯和廁所外的那塊空間。他推開書桌上的一疊紙，紙張四散得到處都是，然後用兩手把我撐起，好像我絲毫沒有重量似地。他的嘴飢渴地壓上了我的。我掀起裙子，免得擋住他接近我。他用一隻手把我的內褲拉到一旁，撕裂後丟到房間地上，然後用力地上了我。

幾分鐘後他一句話也不說地穿好西裝，一眼也沒看我就離開了房間。我坐在書桌上，雙腿仍然張開著，被他的力氣弄得還微微顫抖，看著閉路電視螢幕，直到看到他出現在夜店的大門口，一副剛才只是去查看舞池那邊有沒有狀況的模樣。

直到他抬頭望著攝影機，直視著我的眼睛凝望起來。

我打量著那間辦公室，看著散落滿地的紙、我那件被扯破、丟到角落的內褲，發現自己在想：這樣真瘋狂——我他媽的在做什麼？我在做什麼？

二〇〇七年十二月三日星期一

我這樣勉強度日已經一週了。不時閃過的記憶片段很糟，連帶表示我的檢查也做得很糟。我知道這是因為羅賓的那件事，得花一陣子才能讓我釋懷，然後到某個時間，記憶會開始變淡，到時我就能夠正常地做檢查，讓自己只遲到半小時而不是三小時。

老實說，我不確定回到家、閱讀強迫症的資料是否真的有幫助。那些醫學名詞讓我想起醫院，而我根本不願去想。反正醫院的事我也沒多少印象就是了。就好像那是發生在別人身上的事，彷彿在事情變得太困難之前，我就睡著了，然後在十八個月以前慢慢醒來，模糊地知道自己還活著，唯一要做的就是繼續過日子，把一腳放在另一腳前面，往前走而不是往後退。當然我也該停止閱讀這些資料，真正開始做些有建設性的事。

很晚的時候，我聽到史都回家的聲音。我想有時候，我是躺著等到他在外面上樓的腳步聲出現。我知道他上樓時會想辦法放輕腳步，但老實說我還是聽得到。聽到他走過讓我覺得更安全，因為我就確切知道樓下的門一定會上鎖。他經過後我就可以睡了。有時候那時間將近午夜，他一定累壞了。

今天回家路上，我經過一間圖書館。燈還亮著，我經過時門就自動滑開，像在邀我入內。我通常會避開這類公共場所，但這次心裡有點什麼讓我走了進去。裡面幾乎是空的。學生坐在桌前，幾個人在上網，兩個館員在書上蓋章，一面閒聊，雖然壓低聲音，仍大得聽得見。

我慢慢逛到心理學書區，想找跟偏執和強迫有關的書。我發現一本史都推薦的書，手指摸過書脊。

這裡很靜。我取出那本關於焦慮的書冊，翻到章節目錄。不怎麼歡樂。我聽到後面有聲音，轉頭去看。我站在兩排書架中間，從這裡並沒看到人。一個人都沒有。

我把書放回原位，走到通道底。還有兩個人在工作長桌上，有攤開著的書本、筆記簿和螢光筆。現在櫃台那邊只有一個工作人員了，是個留短髮、戴超長耳環的女人。有個男的把一疊書推過櫃台給她，她把書接過來。

我瞥到一個金髮、體格結實、身穿海藍色運動衣、腳下跨出有自信、有目的步伐的人。是他。

我覺得頭暈，躲到書架後面，心臟狂跳。暈眩的感覺並沒消失，然後是一片黑，周遭開始旋轉。我甚至沒感覺到地面。

一定才過了沒多久，我睜開眼，看到圖書館的那個女員工和其他人站在我身邊。我想快點站起來，但頭還暈暈地，搞不清方向。

「別動，你沒事。慢慢來。」其中一個學生說。他有一頭金髮，卻留著一叢跟年紀毫不相稱的大鬍子。

「要我幫你叫救護車嗎？」那位館員說：「這個時間恐怕沒有急救人員在，所以我不知道……」

「沒關係，我沒事。對不起。我只是昏倒了。」我又想站起來。這次那個年輕人扶起我。他們替我找了張椅子，我感激地坐下。

「低下頭來，就是這樣。」

我趁那學生把手放到我頸後、把我的頭往下推以前，盡可能打量四周，想找那個金髮男子，卻沒有看到。

「你今天吃過了嗎？」那個學生問。

「你是醫生嗎？」圖書館員問。

「我是救生員，我學過急救。她只是暈倒，沒什麼。給她一點時間就會沒事……我包包裡有點巧克力，」他對我說：「你要不要？」

圖書館員想說點什麼，我猜應該跟圖書館裡不能吃東西的規定有關吧。

「謝謝，」我抬起頭：「我不會有事的。我已經覺得好多了。」

她看到櫃台旁開始有人排隊，於是快步走開，留下那個學生和我。他一頭亂糟糟的粉金色頭髮，有點像非洲人那樣，那叢鬍子看樣子大可藏住一家四口人的食物。「我叫喬。」他爽朗地說著伸出手來。他蹲在我的椅子旁，椅子就怪里怪氣地放在心理學書區的正中央。

「我叫凱西。」我說著跟他握了握手。「謝謝你，喬。抱歉——讓大家驚慌，還打擾你念書了。」

「沒關係啦。我在那邊都快要睡著了。」

我站起來。他站在我旁邊，好像覺得我又會暈倒。「你還可以嗎？」

「可以，謝謝，我沒事了。」我給他一個最燦爛的笑容。

「你的氣色的確比剛剛好。你剛才倒下去弄出好大的聲音。」

我看著他點點頭。「唔，我最好回去了。」

「嗯，再見囉。小心點。」

「你也是。掰掰。謝謝你。」

我快步走出圖書館，經過那位女館員的時候匆匆笑了笑。

回到新鮮空氣中的我覺得好多了。我知道剛才看到的那個人不是他。他的身材不對，髮色也不對。那是染出來的金髮，而不是他頭髮的天然金色。

我隨時隨地都看到他。我知道那不可能是他，因為他在幾百哩外，老老實實地關在牢裡。但他仍然糾纏著我，一個經常出現的幽靈，提醒我永遠逃不出他的手掌心。他仍然在我腦子裡，我又怎能逃得開呢？

回家做檢查的路上，我翻出手機，傳了個簡訊給史都。

哈囉，謝謝那些強迫症的資料。別工作得太累了。凱

幾分鐘過去，我正準備彎過轉角，走上塔爾波路，就接到了回覆。

沒問題，希望有幫助。要不要喝杯茶？史

我抬頭看著屋子，視線往上移到頂樓。他的每一扇窗都是亮著的。下方的那一層只有我公寓餐廳的燈，微弱地穿透到前方。他的窗戶看起來比我的溫馨多了。我發出回覆：

我在回家路上。給我半小時？凱

二〇〇三年十二月五日星期五

星期五晚上，我所有朋友都在鎮上喝酒、調情、大叫、跳舞……對陌生人招手、歇斯底里又樂在其中地併攏雙膝、彎下身子，對著那個想在市集廣場跳過垃圾箱、卻跌了個狗吃屎的男子大笑……互相攙扶著從一家酒吧走到另一家，想假裝我們其實沒那麼醉，儘管因為天冷和新鮮空氣，我們其實比

在上一家酒吧的時候還要醉……在如廁間嚴肅地展開討論，抱住哭泣的朋友，因為她認為他已經不喜歡她了，而且反正他是個爛人、根本不值得你這樣對他……再度補妝，擠在亮著霓虹燈的鏡子前，從水槽滴下的水弄得地板滑溜溜地，至少其中一個總是塞滿了衛生紙，水淹到了水槽邊……到了快結束時，抓住某人——大概是克萊兒吧，她那麼纖瘦，至少她這次成功進了廁所——的頭髮，之後有個沒人認得的可憐女孩，光著腳坐在外面樓梯上，雙腿張開成怪異的角度，化開的眼影流下悲傷的雙頰，鞋子放在身邊，包包掛在脖子上……手挽著手走回家，因為沒錢搭計程車，或是時間太晚、太早，就算那時不是冬天，現在也該天亮了。我們不覺得冷，因為體內充滿了伏特加，和對彼此、對任何能夠撐上這麼久的人的友誼和愛……

但今晚我卻沒出門，而是跟李在家。他七點時來到我家，帶了三個旅行袋和一個塔吉鍋，然後把我關在廚房外面。我抱著雙膝而坐，一面看電視，一面喝著他帶來的冰白酒，聽著他跟著廣播唱歌，廚房裡傳來一大堆關櫥櫃門的碰撞聲和鍋子互碰的撞擊聲。

他說他一直到星期二都不需要上班。我把即將到來的週末當成美麗的承諾，想著可以一起去什麼地方，跟他一起入眠，醒來時有他在身邊。想得我開心地顫抖起來。

每隔一陣子，廚房的門就會打開，他出來把東西放上餐桌——餐具、麵包、幾小盆不知什麼的食物，裡面還插著湯匙。

「有什麼我可以做的嗎？」

「你漂漂亮亮地坐著就好。」

我想著那些女孩。她們去了紅牧師酒吧的開幕之夜。這家夜總會由小教堂改建而成，儘管之前的教徒有所怨言，這家夜總會還是開成了。那些教徒們就是不懂，如果他們當初沒有停止做禮拜，在鎮中央沸沸揚揚的異教徒群眾中，這座教堂就還會是繁榮的基督教綠洲，而不是有三個吧台、真皮座椅和貴賓區的現代化夜店。他們本想取名為「天使與惡魔」，但至少這一點被協調會的授權部門否決了。不過還有一個好處：本地報紙說，發出怨言的人都得到一張參加開幕之夜的貴賓票。

我好想看看那家店裡面是什麼樣子。也許下個週末吧？

廚房的門再度打開，一陣溫暖的空氣挾帶著廣播聲襲來。背景是滋滋聲和某種香辣美味的肉香。

他甚至沒有臉紅，而是冷靜、完全掌控一切，自哼自唱著把幾支湯匙擺好，還在桌子中央放了幾個隔熱墊，準備待會兒要放熱的東西。

「確定我不能幫忙嗎？」

他來到我身邊，彎下腰來親我。我的手臂纏住他脖子，把他往下拉，但他掙脫了。「不要讓我分心，就快好了。」

我回到電視前，臉上帶笑，都快流口水了。

二〇〇七年十二月三日星期一

我知道自己只有三十分鐘時間做完全部檢查，這表示我不能匆促完成，一次就要到位。不能犯錯。一切都要檢查六次，把這套規律做好。

沒問題。

我在發出簡訊半小時後走上樓梯，甚至沒時間脫下外套。

他打開門看到我，卻皺了皺眉：「你沒事吧？」

「沒事。」我說，一面跟著他進屋。他的走廊一片明亮。

「你的臉色很蒼白。」

「噢。我在圖書館昏倒了。」

我們在廚房。他把我的外套掛在門後的掛勾上，套在他自己的棕色外套外面。他今天看起來更正式了，我猜他沒時間把上班的衣服換掉吧。深灰色的正式長褲、藍色襯衫袖子捲到手肘。「你昏倒？怎麼回事？」他拉出一把椅子讓我坐。

我聳聳肩。「我不知道。也許我今天吃得不夠多，或是很累之類的吧。」

「那你要留下來吃晚餐。」他說。

「不——我是說——我不是那個意思——」

「你留下來吃晚餐。」

他在爐子上攪拌湯，湯飄散出自家烹調的氣味。同時他也泡了茶，儘管我真的很想自己來，好調出我愛的味道。他一面忙著攪拌茶杯、加牛奶，一面談起他這個星期有多忙。他說在四條街外發現一家很不錯的店，店裡有他在別處都沒見過的香料。

我拿起我那杯茶。跟上次一樣，味道其實還不賴。絕對可以入口。

他從紙袋裡取出幾條麵包，放進烤箱裡加熱。我看著他在廚房走動，覺得好想睡。我並沒有忽略他一次都沒提及強迫症這一點。

「再說一次，謝謝你給我那些資料，真的很有意思。」

他停下手邊工作看著我。一時之間他似乎卸下了心頭負擔。

「很高興聽你這麼說。你有沒有想過找人幫忙？」

「我想過了。可是很困難，你知道嗎？」

他拿出一塊葵花油放在桌上，還放了兩個盤子、刀子、湯匙。「我知道。」

「我不會因為樂趣或毫無理由去做這件事。我是指檢查。那樣會讓我覺得安全。如果我不檢查，又該怎麼知道我很安全呢？」

「不過如果你只要檢查一次就知道你很安全，那樣不是更好嗎？」

「當然。」

「你也知道你沒有合理的理由，需要檢查一遍以上。你做完這些安全檢查行為，是因為你的感覺，而不是因為實際上真有什麼改變而讓情況不安全。」

「我倒是懷疑這一點可以治好。」

「不過肯定值得一試吧，不是嗎？」

他端出兩碗熱騰騰的湯放在桌上。然後迅速從烤箱裡拿出麵包，麵包燙得他不斷換手。

他坐在我對面，直視著我的眼睛。

「謝謝你，你真的很好。」

「只不過是雞湯啦。但不客氣。」

他的目光仍然沒離開我，期待的眼神似乎在等我說什麼或做什麼，把現況往前推進。我不知道他上班時會不會也這樣盯著病人，直到他們開口打破沉默為止。不過我什麼都不想說。我只想要有個理由去看，而且持續看下去。

最後是他先放棄了。他垂下眼開始喝湯，臉都脹紅了。我忍住勝利的輕笑。我隨時隨地、跟任何人比賽互瞪都能贏。這是我在醫院裡學到的。

湯很不錯，事實上是美味極了。我感覺身體都暖和起來。我吃得越多，越感覺出之前有多餓。「你上次吃東西是什麼時候？」我用最後一塊麵包沾取碗底最後一點湯的時候，他這麼問。

「我不記得了，應該不會太久吧。」

「你要我多煮一點嗎？」

「不用，真的沒關係。謝謝。」

「要我跟你一起去嗎？」

忽然換了個話題讓我有點措手不及。「一起去？去哪裡？」

「去看醫生啊。當然我不會跟你進去，但我可以陪你到診療室。那樣會有幫助嗎？算是精神支持那樣？」

「不用，謝謝。」我說，沒看他。

「沒關係。我可以請幾小時的假。」

「史都，我連家庭醫生都沒有。自從我搬到這裡以來，一直懶得去登記。」

我站起來，椅子在嘎吱聲中刮過磁磚地板。

「謝謝你的湯。我得回去了。你也知道的，我有重要的事得做。」我從鉤子上拿下外套，走上走廊，朝門口走去，同時覺得走得越遠，兩面牆壁之間的空間就越窄。

「等一下，凱西。等等。」

我以為他又要再提什麼醫生啦、治療啦、多談談啦、讓情況好轉之類的鬼話，但他卻只給我一個袋子，提起來很沉。「這是什麼？」

「更多湯，兩份都是冷凍的。別忘了吃東西，好嗎？」

「謝謝。」

我幾乎是跑著下樓，回到自己公寓。我在門後站了一會兒，呼吸急促，手裡的袋子很重。我把袋子拿到廚房，把兩塊硬實的高湯塊放進冷凍庫。我發現冰箱裡的東西不多。他說得對，我真該開始多注意進食。畢竟我可不想再昏倒——有可能會發生在上班時。

我檢查起公寓，但心思卻不在上面，不斷想著史都。我表現得很無禮，就那樣撇下他離開，但我實在忍不住。我受不了壓力。

我已經不信任醫生了，尤其在醫院發生過那些事之後。如果我開始信任他們，如果我開始尋求幫助，那一切很可能會再來一次，就在我開始有所進展、找到了工作、公寓和所謂的新生活之時。史都看到的是我現在的模樣，一個花很多時間檢查大門而忘記吃飯、在圖書館裡昏倒、無法接受當面質問和忠告的人。

他沒看到當時的我。他不知道我走到這一步已經是多大的進步。

二〇〇三年十二月七日星期日

星期日早上我們去摩爾甘比海灘散步。天氣冷得刺骨，風把沙子吹到臉上，刺得皮膚發痛，也讓我眼眶泛淚。我的頭髮被吹得亂七八糟。

我迎著風，把被吹到腦後的頭髮繞了幾圈，綁成一個髻。應該撐不了多久，但至少現在會舒服些。

他又拉起我的手。「好美。」他得用吼的才能蓋過風聲。我們走到海浪拍擊沙灘之處，留下濕濕的足印。我撿起一個貝殼，半透明的貝殼閃著鹽水的光亮。我的頭髮又開始鬆散，一朵朵的雲追逐著跑過天際。天色暗了下來，看樣子就快下雨。我從脖子上鬆開那條薄薄的棉質圍巾，圍巾跟外套纏在一起，我解了下來，想把圍巾抖開，風卻不斷把圍巾吹開。我把圍巾纏在頭髮上，想把頭髮綁住，風卻一直跟我作對，嘲笑我白費力氣。

「李！」我叫著。他正把小石子丟進海浪裡。

他聽到了，來到我身邊，卻沒等我開口。他捧住我的臉，親吻著我。他的嘴溫暖有鹹味。我放棄整理頭髮，頭髮在我們耳邊亂飛，這時我甚至忘了手上還拿著圍巾。圍巾被風吹跑，像隻纖瘦的鳥兒飛進空中。

李放開我跑去追，我站著大笑。在我聽到以前，從唇邊發出的笑聲就被吹跑了。圍巾上下飄動，呈各種角度翻飛，圍巾兩端在風裡狂舞。

跟我預料的一樣，圍巾最後降落在潮濕有泡沫的沙上，他把圍巾拿回來給我，用一根手指拎著，圍巾又冷又孤單，還不斷滴著水。

我們放棄跟風對抗，手牽手走回鎮上。海邊的氣味太誘人，我們走進一家薯條店。門在我們身後關上之後，那片寂靜簡直讓人覺得刺耳。我們買了一份薯條，坐在窗邊的塑膠桌前，雙頰紅噗噗的我們分著吃起薯條，一邊看著越來越多人從窗前走過。風吹動了他們的夾克、褲子，讓行人都變了模樣。

「真希望天天都能像今天。」我說。

李又用平常那種深思的眼神望著我。「你應該辭掉工作。」他說。

「什麼？」

他聳肩。「把工作辭掉。那等我可以休假時，我們就可以一起來這裡度過一天。」

我大笑。「那我要靠什麼過活？」

「我有很多錢。我們可以找個地方一起住。」

一開始我以為他是開玩笑，但他不是。「我喜歡我的工作。」我說。

這話讓他笑了。「你每次都抱怨耶。」他說。

「就算這樣，我還是不會辭掉。但是謝了，你的提議很讓人心動。」

戶外一輛警車緩緩駛過，最後停在隔壁店家門外，但沒人下車。「不知道他們在做什麼。」我說。

那時他又用那雙明亮的藍眼睛看著我。

「幹嘛？」我笑問。

「我要告訴你一件事。」他拿起一根薯條咀嚼著，視線卻沒離開我。

「說吧。」我說，心想事情聽起來不妙。

「這是我跟你之間的祕密，可以嗎？」

「當然。」

我當時並不知道是什麼事，只知道這件事即將改變一切。那一刻就給人那種「改變前、改變後」的感覺，彷彿現在是某個時代的結束，另一個時代的開始。

我的頭髮披在臉上和雙肩，因為鹹鹹的風而黏黏地，裡面挾著沙粒，被吹成又厚又脆弱的一大團，像是深棕色的棉花糖。他伸手想順我的頭髮，卻只被卡住，他笑了。他再次看著馬路，看著停在外面的警車和又開始拍打著窗戶的雨水。然後他回頭看我，握住了我的手。

「我只想說我愛你，就這樣。」

我的心飛了起來。當然了，從那時開始，每一次我看著他，想到他那麼說時，一顆心都會飛躍起來，只想笑、只想大叫。

但還有一件事。我就是甩不掉他其實是想告訴我另一件事的感覺，一件跟這個完全無關的壞事，而他在最後關頭改變了主意。

二〇〇七年十二月五日星期三

我準備上床，卻在檢查時犯了個錯，得再檢查一次。這簡直就像一件有愧於心的好玩事，是我允許自己去做，好在睡前能感到絕對的安全。但空著肚子檢查，前幾天晚上又沒睡好，卻不是個好主意。我又被困住了。每一次檢查都會有哪裡不對，有時是忘記數到哪裡，有時是沒按照完全正確的順序去做，有時是手在門上放的時間不夠久，或者就只是感覺不對。

一個小時又一個小時過去，我不斷重新檢查、再檢查……我在凌晨一點時沖了個澡，想讓自己清醒一些，洗好出來時我全身打顫。我換上慢跑褲和恤衫，又從家門檢查起。

還是不對。最後我坐在門邊，頭抵住膝蓋，啜泣發抖，發出的聲音大得我竟然沒聽到他走上樓梯。他敲了敲門，我嚇得魂飛天外。

「凱西，是我。你還好嗎？」

我沒辦法回答，只是抽噎、啜泣著。他就在門的另一邊。

「怎麼回事？」這一次他問得更大聲：「凱西，可以讓我進去嗎？」

沒多久，我說：「我沒事，走開吧。拜託——走開。」

我等著走上樓的腳步聲響起，但卻沒聽到。一會兒之後卻出現他坐在我家門外地上的聲音。我哭得更大聲了，卻不是因為害怕，而是因為憤怒——我氣他控制我的驚慌、堵住了門，打斷了我原本可以保護自己的一些措施。諷刺的是，我的強迫症狀已經消失了，就跟麥肯西太太打斷我在樓下的檢查時一樣。

我從門邊爬開，坐在地毯上，看著門，想著坐在門外的他。他到底會怎麼想我呢？

我清了清喉嚨，盡量清晰、堅定地開口。「我現在好了。」

我聽到他站起來的窸窣聲。「是嗎？」

「是的，謝謝。」

他咳了一聲。「你想要什麼嗎？要不要我替你泡杯茶之類的？」

「不必，我沒事。」跟門說話感覺還真瘋狂。

「喔。」

又是一陣沉默，好像他不確定該不該相信我。最後終於傳來往頂樓走去的腳步聲。

二〇〇三年十二月八日星期一

我考慮過星期一休假，不然就打電話請病假，然後跟李在床上度過一天。

如果他待在床上，那就實在太誘人，我也就不會鑽出被窩。但他在我去沖澡時起床了，等我換好上班的衣服下樓，他已經替我泡好了茶，還準備了一個三明治給我帶去公司。

「你不必這麼做的。」我說。

他雙臂環繞住我，親了親我。「你應該想想我說過的話。」他終於輕聲說：「如果你不去上班，那我們就可以回床上去。」

「你這人好壞喔。」

外面濕漉漉地，有風，而且仍然昏暗。回到屋裡再跟他過一天的誘惑簡直令人難以抗拒。我在餐桌上留下一把鑰匙，好讓他出去時替我鎖門。這麼做似乎很理所當然，我已經知道我今晚不會要回鑰匙了。我們就這樣過了兩個整天，兩個歡喜的日子和三個絕對開心的夜。沒有不舒服、尷尬或拌嘴的時刻，我也無時無刻不高興有他在身邊。

我才到公司十分鐘，手機就響了，是西薇亞。她只要再上幾星期的班就要搬去倫敦了。

我說：「哈囉，紅牧師酒吧那天怎樣？」

她說：「好得很，親愛的，不，說真的，那裡真的不錯。你錯過了很棒的一個晚上。」

「什麼情形？」

「噢，就是很棒，很多紅色真皮沙發、鍍鉻和玻璃的東西，還有廁所。天啊，你一定會喜歡的！他們在裡面放了花、真正的擦手毛巾，還有幾瓶滋潤乳液。你還記得你喜歡那個酒保，就是以前在水壺與鋼琴酒吧上班的那個——他叫什麼來著？傑夫？朱利安？」

「傑米。」

「唔，他也在那裡的吧台後面。吧台人員全都頭戴紅角，吧台正上方有扇老舊有污漬的玻璃窗，窗後有燈光，就像你在聖人的注視下喝著惡魔的飲料。棒透了。」

「哇。你下週末還要去嗎？」

「也許，可能吧。總之，親愛的，我不是打電話來告訴你這個的。」她還故意停頓一下，製造效果。

「幹嘛？還有比紅牧師酒吧開幕之夜更刺激的事嗎？」

「刺激多了喔。我要辦晚餐派對，只找幾個好朋友。地點當然是在瑪姬家，不是我家，因為我開始打包了，家裡亂糟糟的。真不敢相信那樣我還能活到現在……總之呢——你可以來嗎？」

「什麼時候？」我問，不確定她剛才到底有沒有說。

「下星期四晚上。可以嗎？七點多？」

「我當然可以，絕對不會錯過的。你要我帶什麼嗎？點心？沙拉？」

「新男朋友。」她扭扭捏捏地說。

「噢，我想他應該要上班。」我說。

「噢。」

「但我還是會問問，也許他可以溜出來。」

「史恩也會去，還有雷儂和查理。我要帶史提芬去讓大家笑笑。」

換句話說，帶一個男的去，否則就當唯一的壁花吧。

「我會問他啦。如果不行，我就在展翅鷹酒吧跟你碰面慶祝。我絕對不會錯過那一場。」

「好吧，親愛的，星期三晚上告訴我，這樣我才知道要買多少東西。在那之前你就乖乖的。要是乖不起來就使壞。」

「我會的。到時候見囉。」

「掰掰，寶貝。」

現在問李要不要跟我所有的朋友一起晚餐，會不會太早了？不管怎樣，他都會在西薇亞的派對上被叮得滿頭包，所以這樣不過是讓事情提早發生而已？至於瑪姬家的派對向來很讚，她超會做菜的。想到要錯過瑪姬煮的晚餐，原因只是我的伴侶忙著工作無法陪我，那實在是太可怕了。

我吃力地繼續工作，準備十點要去開會。要準備很多會議筆記。同時一面想著上次在瑪姬家的派對，那次只有女孩子，我們吃著烤布蕾，喝了好多白蘭地。

會開完之後，我錯過了一通李用手機打來的電話，於是我回撥。

「嗨，美女。」他說。

「嗨，有什麼事嗎？」

「我剛把碗盤都洗好了，現在我要出去買點東西，晚上才可以替你煮一頓晚餐。你需要什麼嗎？」

「應該沒有。李，你下星期四晚上要工作嗎？」

「幹嘛？」

「我們受邀參加瑪姬家的晚餐派對。」

一陣沉默。「你想要我去嗎？」

當然，我心想，不然我就不會問了。「想。」我說。

「我本來應該去別的地方的，但我應該可以把時間往後延。我打幾個電話，然後再跟你說。這樣如何？」

「好極了。」

「那好。你幾點會回家？」

「我不知道，六點半左右吧。」

「到時晚餐就已經準備好了。」

「真是太棒了，謝謝你。」

「待會見囉。」

二〇〇七年十二月十日星期一

回去上班，星期一早上。離開家門還不算太糟——我想是因為有陽光的關係。週末我睡得好多了，一次可以睡超過幾個小時。我也確保自己一天吃三餐，晚餐吃得飽，這樣似乎讓我穩定下來。

即使星期一早上的檢查很順利，我還是遲到了，我快步沿著人行道走，呼出的氣息在冰冷的空氣中成了一朵朵的雲。我聽到後面有聲音，驚嚇地轉身。是史都。他看起來好愉快、好開心，而且好喘。他說：「嗨，你走路去搭地鐵嗎？」

「對。」我說。他走在我身邊，已經讓我的步伐輕快多了。「對了，史都，我知道我每次見到你都這麼說，但是對不起。」

「對不起？為什麼？」

「我想你在工作上已經聽到夠多那種鳥事了，下班後實在不需要再聽。還有上次你替我煮了湯，我卻說離開就離開。我也覺得很抱歉。那樣實在失禮。」

好一會兒他什麼也沒說，下巴埋在夾克領口裡。我大膽望了他一眼。「不，這件事我想過了。是我給你壓力，我不該那樣的。」

「但你說得沒錯。我必須去做。週末的時候我仔細考慮過，我會去找家庭醫生，登記一下。」我甚至還沒好好想過，這幾句話就說出口了——這到底是怎麼回事？是他，還有他在這裡這個事實，以及出於某個瘋狂的理由，我竟然想看到他笑。

他從沉思中驚醒。「真的嗎？」

「當然。」

他臉上的表情讓我笑了。

他繼續走。我們一起過了馬路，車聲刺耳。他說：「對了，去跟柳樹路醫療中心登記。他們是這裡最棒的，很多很棒的診所，人也都很好，很善良。山吉——馬霍它醫生——你去登記的時候，就跟他約診，好嗎？他很不錯，人也好。」

「好，我會的。謝了。」

我們走過地鐵站的閘口，分道揚鑣：他要往南，我要往北。我看著他走進貼著磁磚的走廊，包包掛在一肩後。

二〇〇三年十二月八日星期一

最後，我在六點四十五分到家，因為要處理一項針對倫敦辦公室某位員工的申訴程序而拖延了時間，真不知道這件事怎麼會落到我頭上。

餐具碗盤已經擺好，酒也上了桌，李在廚房裡，一切都亮潔如新。我實在不知道他是怎麼做到的——煮一餐飯的同時竟然不會堆積髒碗盤。他親了親我面頰。除了煮晚餐之外，他還剛沖過澡，臉頰潮濕、刮過鬍子，香噴噴的。

「對不起我遲到了。」我說。

「沒關係，已經好了，去坐下吧。」

這一次我們吃辣味雞和沙拉、新鮮香草、烤麵包、冰鎮松塞爾白酒。

「我打電話給幾個人，」他邊嚼邊說：「星期四沒問題。可能會有點趕，所以或許我跟你在那裡碰面比較好。」

「噢，好啊。」

他喝酒時有一段沉默。「你確定要這樣嗎？」

「要怎樣？」

「讓我見你朋友。」

「當然，為什麼不確定？」

他聳肩，目光堅定地望著我：「跟一堆人見面，對我是大事情。我只想讓你知道。」

「我看你不像不擅長社交的人啊。」

「那你還不太了解我。」

一陣長長的沉默。「我想知道你做什麼工作。」我說。

他停止吃東西，注視我好一段時間。「大部分你都知道了，我在保全業工作。」

「那範圍很廣耶，我很擔心。」

「你不需要擔心，」他說，聲音溫柔：「我只要小心就好。只是如果你不知道，對你比較好。」

「你不信任我嗎？」

他的雙眼蒙上陰雲。「我也可以拿同樣的話問你。」

那時我就放棄了。「我們不是非去不可。我是說去瑪姬家。說真的，如果你寧願——」

「沒關係，我們會去。」

「李，只是一頓晚餐，又不是測驗。」

他咀嚼著，然後放下刀叉。「要點心嗎？」

點心是溫室草莓和麝香葡萄，我們在床上邊吃邊喝。他沒再提去瑪姬家晚餐或是工作的事，我也沒有。我在他的氣味中迷失了自己，迷失在他溫暖的手碰著我赤裸皮膚的感官刺激當中。我知道明天早上他就會離開，我又會變成一個人。

二〇〇七年十二月十一日星期二

我做到了，我終於做到了。今晚我在另一個地鐵站下車，從那裡要走兩哩路才會到家，但卻會帶我來到柳樹路。我有點希望這麼晚了，那間醫院不會還開著，但實際上卻是如此。

柳樹路從一條大路岔開，卻驚人地靜，像個祕密所在；診所有個小停車場，停車場周圍是幾棟大樓，包括一家牙醫和一間藥局。每個地方都亮晃晃地，停車場沒有空位。屋裡的一切都嶄新且乾淨。儘管醫院人多、候診室半滿，這裡卻一派從容、安靜又和平。角落有棵小聖誕樹，閃爍著光芒，各種顏色的流蘇隨意披垂在樹上。

「我可以幫忙嗎？」我走進櫃台時，接待小姐問。她還對我微笑，跟我原本的期待不同。她很年輕、嬌小，一頭閃亮的紅色短髮。

「不知道我可不可以登記看診？」我問。

「當然可以，請等一下，我拿表格給你。」她回答。

我打量著候診室。有個角落可讓小孩子玩，有個書架和一個裝滿木頭玩具的大木箱。三個牙牙學步的小孩堅定且有目的地把箱子裡的東西拿出來。一個穿著大外套的老人在角落睡著了，仰起的頭靠著牆壁，張大的嘴露出一顆牙齒。

「他沒事吧？」她回來時，我問。

「喬治嗎？噢，沒事啦，我待會再叫醒他。有時候外面天氣冷，他就會來這裡小睡。別擔心，他不是因為約診而等了好幾個小時那樣。」

她遞給我一個棕色的大信封。「裡面不全是表格，還有一些廣告單，是我們經營的所有診所。你需要現在就約診嗎？」

「噢，應該這樣嗎？」

「要是你沒事，就不需要。通常大家都是因為有狀況要看醫生，才會來登記。」

我想了想，不知道要是現在不約，以後我還會不會回來這裡看診。「我想我需要──約診。可以看馬霍它醫生嗎？」

「我看看。你想要下班時間過來嗎？」

「是的，如果可以的話。」

「星期四晚上六點四十五分如何？可以嗎？」

「可以，沒問題。謝謝。」

「你叫什麼名字？」

「凱西．貝利。」

她替我寫了一張約診卡。「如果看診前你能把那些表格填好給我，那就太好了。如果不行，星期四看診時帶來也可以。」

「謝謝，我可以現在就填，不是嗎？」我問。

我拿著筆坐在候診室，把信封放在膝上權充墊子，開始填表。表格很不好填。我不想思考自己的病史，更別提寫下來了。但至少在這裡、在這個地方，我可以這麼做而不崩潰。我坐在打鼾的喬治身邊，寫著憂鬱、焦慮和恐慌症。

我填完表格，交還給接待小姐，然後回到黑暗的馬路，朝噪音和車流走去。我在口袋裡摸到手機，傳了封簡訊。

史，我做到了，約了週四看診。凱

幾分鐘後，在我跳上正好開往正確方向的公車時，我聽到了回覆的嗶聲。

真是好消息。要不要喝杯茶？☺史（啾）

基於某個愚蠢、瘋狂又怪異的理由，簡訊裡的笑臉和那個「啾」代表我進屋時只需要檢查前門一次。只有一次。我不記得只檢查一次是多久以前的事了。檢查完後，我站在那裡，等麥肯西太太出來，一面想著我怎麼會一次就做對。這種事怎麼可能呢？我伸手去摸門，猶豫著，直到聽到身後一號公寓的門打開。

「凱西？是你嗎？」

「對，麥肯西太太。你好嗎？」

「我很好，親愛的，你也好吧？外面很冷對不對？」

「對，你最好快進屋，家裡的暖氣都跑出來了。」

她退回去了——從那聲音聽來，她是去看《東城人家》了——門又關上。我看著前門和幾道鎖，轉身上樓要開始檢查。

我終於走上樓梯之後，又等了一陣子史都才來開門。門裡的他左臂裹在鮮艷的粉紅色棉花吊帶裡。

「怎麼回事？」我問，一面關上身後的門。

「啊，我肩膀被踢到，脫臼了。痛得要死。」

他站在廚房，我泡茶，他則看著我。「真高興你來了，你覺得怎樣？」

「我？我很好啊。真的。你不想坐下嗎？」

「不要。我整天都坐著，快坐瘋了。」

「誰把你肩膀踢到脫臼的，忍者嗎？」

他大笑。「不是，是個病人。是我不對啦——我做評量時問了幾個問題，惹他不高興，結果我還來不及按下緊急呼叫鈕就被他踢到了。這種事以前也發生過。有一次我被踢中胯下——那次才叫真的痛。」

「我以為你只是跟病人坐著、聽他們說童年往事呢。」

「那種也有，在診所裡。但我花不少時間待在短期急症部。有空檔的時候我還要作研究、寫報告。所以工作時間才會那麼長。」

我把一杯茶放在他身邊的流理台上，開始沖洗碗槽裡堆積如小山的髒碗盤。

「我正準備洗碗呢。」他說。

「你準備單手洗碗嗎？」

他看著我，一面喝茶。「只要有心，單手可以做的事情可多著呢。所以你會去看山吉囉？」

「對。那邊的人真不錯。候診室裡有個老人睡得很沉，他們就讓他睡。我覺得那樣很好。」

「不是喬治吧？」

「就是。」

「你想的話，星期四我可以陪你去。」他說。

我看著他，迅速打量了一遍：他穿著襪子的腳，到牛仔褲，再到跟他眼睛顏色相配的深綠色毛衣，然後是他那張疲憊的面孔。

「不用了，謝謝。」

洗完碗盤，我把他上星期做好、冷凍的燉牛肉放進微波爐加熱，我們一起坐在沙發上吃。他說起他在大學和博士學位之間，花了兩年時間旅遊。他走進臥室，找出一個隨身碟，說裡面存了好幾百張照片，問我想不想看。他說他總想把照片做成相本，但一直沒有時間。從旅遊，他談到他在澳洲時看過的一部瘋狂喜劇節目，話題又從那裡聊到雪梨歌劇院拍攝的一片ＤＶＤ。我跟他同聲大笑著，忽然發覺自己開始放鬆了。我覺得溫暖又疲憊，而且真的開始放鬆了。

二〇〇三年十二月十七日星期三

李工作時，會消失好幾天。有時候他會不斷打電話給我，中間還傳簡訊，問我過得如何，希望他能陪著我，問我在做什麼。有時候他顯然根本不能用電話，那我就完全是一個人。

星期三晚上，我下班後回家。從上星期六起我就沒有他的消息。我停在一家超市，買了點菜當晚餐。我準備做砂鍋雞肉，也留一些明天吃。

星期天和星期一，我大部分時間都在檢查電話，怕錯過他打來的電話。星期二我只看了幾次。今天我根本沒看。不知道他好不好。我瀏覽著水果和蔬菜，發現自己在想他不在有多久了。自從我們認識，他離開我最久的一次是多久呢？幾天、一星期，但通常都不會超過一兩天完全沒聯絡。我星期一晚上傳了簡訊給他，但並沒接到回覆。我也打了電話，但他關機了。這件事本身並不是不尋常；他上班時通常會關掉手機，或是所在之處無法充電。

沒有他的感覺很奇怪。儘管有時候，他在身邊會讓我覺得快要窒息，但同時他也讓我感到安全。現在我又恢復單獨一人的生活，卻覺得好像毫無保護、不安全而且脆弱。在超市裡，我也一直覺得有人在偷看我。

等我回到家，把所有購物袋放在廚房，打開幾盞燈光，才覺得好過一些。家裡電話上有一通未接來電；沒有顯示號碼。不知道是不是李，但他應該會先打我的手機才對。我煮了晚餐，自哼自唱著，期待會找本書、泡個澡。煮好之後，我從廚房抽屜抓起餐具，坐在沙發上開始吃。

如果李上班時出了什麼事，我會知道嗎？我會聽到消息嗎？他說得很清楚，他同事沒有人知道我的事。那樣「比較好／才安全」。要是他受傷了呢？要是他又跟人打架，還很嚴重，最後被人刺傷甚至中槍怎麼辦？我會知道嗎？

我在水槽清洗碗盤、擦乾，仍然想著他，想他可能在哪裡、可能在做什麼。我把刀叉放回抽屜，卻覺得哪裡怪怪的。刀叉在抽屜裡的位置互換了。我把洗乾淨的放回去，刀叉卻被放進錯誤的格子——一支叉子夾在一堆刀子中間，一把刀子夾在一堆叉子中間。

早上並不是這樣的。果真如此嗎？我強迫自己回憶烤吐司的情形。我從哪裡拿起刀子的？一定是從正確的位置，不然塗抹吐司時，我拿著的就會是叉子了。

我抓起一把餐具，調換回原本的位置。

我實在不懂怎麼回事。我上樓放洗澡水，一打開浴室的燈就看到了——洗衣籃從水槽左邊被換到了右邊。我一眼就看出不對。

我把籃子放回原位。

有人進來過了。

我從一個房間走到另一個房間，想找這些變化、找出不一樣的事情。我花了一小時查遍所有東西，結束之後仍然不敢相信自己查得夠徹底。我瘋了嗎？搬動家具、變換餐具抽屜這種事，我肯定不會忘記吧？而且我幹嘛這麼做？洗衣籃甚至沒辦法完全放進水槽右邊——右邊跟澡盆的空間不夠，洗衣籃會突出來。

我腦中的疑問並不在於有誰來過——家裡沒有被人闖入的跡象，因此一定是有鑰匙的人，也就是說那人一定是李。我的疑問是——為什麼？他為什麼要來這裡，把東西搬來搬去？

我繼續找，或許哪裡留了張說明為何這麼做的紙條，也許紙條在他出去要關門的時候被吹掉了。我沒找到紙條。

二〇〇七年十二月十二日星期三

我醒來，一時之間不清楚自己在哪。我好像埋在一堆外套裡面，好像參加了某個瘋狂派對，最後醉成一團，倒在樓上的床上。

那股驚嚇讓我大叫出聲，一種被勒住的喊叫。我掙扎著要站起來，卻被那堆外套和一條毯子纏住，我膝蓋著地跌落在地毯上，正準備站起來，周邊視野卻出現了一個人，正朝這裡跑來。這景象讓我尖聲大叫。

「凱西？」

是史都。我瞥了一眼，發現他只穿一條短褲，一手扶著脫臼的臂膀。

我在史都的客廳，縮在沙發上。我還穿著上班的衣服，裙子和上衣都皺得不像話，鞋子在地板的另一頭。地上的絨毛毯糾結成一團，上面是我那件黑色羊毛外套，和史都的棕色外套，還有一件厚重的四季通用型夾克，像是你會穿去爬山的那種。

我的心臟狂跳，呼吸急促。「我——我在這裡做什麼？」

「沒事的，你睡著了。我不想吵醒你。」

廚房牆上的鐘指著六點半——差不多是快要天亮的時候。

我不記得自己睡著了，只記得我跟史都坐在這沙發上，看著某個他在澳洲看過的喜劇演員DVD，因為笑得太厲害而流淚。

我的呼吸慢慢平緩下來，心臟終於恢復正常速度。「我該走了。」我說。

「對不起，我不是故意要嚇你的。」

我打量著他。他站在廚房裡，身上只有一條短褲——我應該感激他沒裸睡。

我拾起鞋子，想盡辦法穿上，因為平衡感還沒完全恢復。我從那團被毯中抓起自己的外套，把剩下的一大團放回沙發。

我終於開口：「對不起……呃……我弄出這麼大的聲音，你的手臂沒事吧？」

「老實說，我快痛死了。待會我會再吞幾顆藥。」

「我該走了。」我又說。

「好。」

他讓我出去，我回頭瞥了他一眼，心想他說昨晚不想吵醒我是哪門子蠢主意，同時又想著他一聽到我尖叫，就從臥室跑出來。

二〇〇三年十二月十八日星期四

「凱瑟琳，親愛的！」西薇亞一把拉開瑪姬家的門，給了我一個緊緊的擁抱。她雖然不住在那裡，但卻是當然的女主人。

同時她也意有所指地看著我身後。

「他一時脫不了身，」我解釋：「對不起，希望他待會就到了。」

「脫不了身？」她重複：「他是去偷皇冠珠寶什麼的嗎？」

我大笑。「說不定喔。」

我走進客廳，跟大家打招呼。克萊兒和雷儂在沙發上，克萊兒橫跨雷儂膝頭，把雙腿放在沙發扶手上，他稍顯不安，身子僵直地坐著，她則被露意絲說的話逗得粗聲大笑。

「凱瑟琳！你總算來了，」原本盤腿坐在地板上的露意絲靈活地站起，親了親我面頰：「克萊兒已經喝醉了。」

「克萊兒，你真的很弱耶。」

「我知道啦，」克萊兒因為笑得太厲害，眼淚都流下來了。「說真的，露，不要這樣對我，我差點高潮呢。」

仍僵直地坐在克萊兒背後的雷儂睜大了眼。

「那他人在哪裡？」克萊兒說。查理是露的暫時男伴，一頭長髮、清醒而且打扮體面，我們都覺得他配露有點太過理智了。

「我們會等嗎？老實說我很懷疑啦。」查理說。

「他一時脫不了身，」我重複：「叫我們不要等。」

你真是個混蛋，我心想，但我嘴上沒說。

瑪姬的先生麥克斯在廚房跟她吵得頗大聲，爭論加熱板上正在燜煮的食物裡到底加了香菜沒有。我親了親他們倆打招呼，他們開心地繼續拌嘴，好像我不存在。

史提芬從廁所出現。「那個新男友呢？」他親了親我的雙頰，一面問。

「天啊，你們真是的，等他來了，你們不會一直拷問他吧？」

「那要看他多有魅力了。」西薇亞說，遞給我一杯跟水果碗一樣大的酒。為了配合瑪姬對單一色彩的喜好，西薇亞穿了件斑馬紋的裙子，下面是一條桃紅色的網眼絲襪，這種絲襪只有擁有西薇亞那雙美腿的人才穿得出美感。不過，黑白配的主題從裙子開始，也在裙子結束，因為她的上衣是不同色調的紫和粉紅。跟往常一樣，她看起來美極了。

史提芬是西薇亞的幾位「嘿咻友」之一——是我最喜歡的一位，我很高興他也在。他已經結婚了，但卻樂意跟任何吸引他的異性上床，他太太艾琳也一樣。西薇亞每隔兩個月就享受一次性愛洗禮，而在兩次性愛洗禮中間，他們有時會衣著完整地去鎮上玩。艾琳跟我們一起出去過幾次。她是個開心果。西薇亞有一次跟我說，有一次她從鎮上瘋狂玩樂之後，醒來時發現自己在史提芬和艾琳那張特大號的床上，跟他們倆相擁著。

門鈴響起，大家都期待地望著我。我對大家使出「拜託規矩點」的眼神，但等我打開門，來者卻是珊米和史恩。

「噢，他還沒來？」珊米說，一面走進客廳。

「媽的，拜託哦，請你們冷靜一點好不好？」我說。

話一出口，我就後悔了。我幹嘛這麼正經八百的？這些人都是我最好的朋友，至少女孩子們都是，可說是我花了一輩子相處的人。我們多年來互吐戀情苦水，歷史悠久；如果她們之中有誰帶著新男友出現，就算不是認真的伴侶，我大概也會跟她們一樣好奇。

「西薇亞，」珊米說：「你那件是用真正的斑馬做的嗎？」

「當然不是，親愛的，我在哈洛蓋特買的。」

「可是毛毛的耶。」

瑪姬想盡辦法拖延晚餐時間，但半小時後麥克斯開始發牢騷，於是我們都坐了下來，大家立刻開始聊天，傳遞麵包、酒、湯匙和幾碗蔬菜。我悲慘無語地坐在一張空椅子上，把食物舀進盤中，只希望自己不在這裡。

二〇〇七年十二月十二日星期三

我在高街上看到史都，他辛苦地單肩扛著幾只沉重的袋子，夾克另一邊的袖子空蕩蕩地。他背對著我，朝塔爾波路的方向慢吞吞地走。

我應該立刻追上去，提議幫他拿袋子，然後享受回家的幾百碼路上有他的陪伴。

當然，我完全沒有這麼做。我在一家美容院門口躲了幾分鐘，然後假裝在研究書店櫥窗，低著頭，直到他彎過轉角，看不見為止。

我並不是因為在他家沙發上醒來還放聲尖叫而覺得不好意思。從那時候起，我越想這件事，就越覺得糟糕。他是醫生，還是精神健康方面的醫生，是我過去三年來一直想避開的那種人。他有醫院的氣味，渾身散發出權威：告訴你該怎麼做、診斷你、給你藥吃、替你做決定、引導你的人生走向他們可以控制的道路。

我大著膽子往右邊看了看，視線越過一堆裹著溫暖大衣的人、車和公車，想看看他是否還在。

「我就想是你。你好嗎？」

我猛地轉身，看到他在我左邊，除了那幾個沉重的袋子之外又多了一個。

「我很好。謝謝。唉呀，這些東西看起來好重。」

「是有一點。」

他一定是在我沒注意的時候轉彎，回到轉角那家藥局裡了。我遲疑了一會兒，知道自己不太可能讓他揹著那些袋子走回家，同時也明白這表示我不能走平常經過後面小巷的路回家。

「你跟我同路嗎？」他笑著問。

我感到一陣不理智的怒意，主要是因為自己想避開他的可悲行為，以及我竟然沒想到可以走進店裡，躲得好一點。我沉思著回答「不同路」，想著找藉口說要跟別人碰面，但有時候直接承認比較容易。

「來，我幫你拿這些袋子。」我們開始走的時候，我這麼說。

「沒關係啦，真的。」他說。

「那就給我幾個好了。」

「謝謝。」他把最輕的兩個袋子給我，我們繼續走著。

「你的肩膀怎麼樣？」

「我想今天好了一點。也許待會會更痛，我只是出來買點牛奶。」

我們沉默地走了一會兒。我覺得很不安，像是想突然開步跑。他跟我之間維持著一段距離，距離大得迎面而來的路人不斷從我們中間走過。不知道他是否覺得我走得太快了。

「你的約診是明天，對不對？」他終於開口。

我放慢腳步，直到跟他並行。我不想在高街上談那些醫療鳥事。「對。」

「你覺得沒問題嗎？」

「我想是吧。」

我們過了馬路，轉上塔爾波路。這裡的人比較少，人行道也更窄。

「抱歉我上次嚇到你了。我應該叫醒你的。」

「我根本不應該睡著。別擔心，不會有下次的。」

我感覺他望了我一眼，但我故意讓目光直視前方。

「我知道這對你一定很困難。」他說。

這句話讓我受夠了。我轉身面對他，袋子驟然甩起，撞到我的腿。「不，史都，你不是什麼都知道。你根本不懂。你以為你都知道，只因為你每天都在看穿別人的心。哼，我有些什麼心思，你根本一點都不知道。」

非常有可能他很習慣這類的情緒爆發，習慣被別人質問，但或許地點不是在他家外面的人行道上。他嚇了一跳，一時之間說不出話來，於是我抓住機會。

「待會見了。」我說著把袋子放下。他可以自己拿到樓上。

「你要去哪裡？」

「不知道，」我說著走開：「我只是還不想回去。」

我聽到門打開、然後在他身後關上的聲音，那之後我才回過頭看。他已經進屋去了。我幾乎就快到巷子口了，一時之間我真想直接過去，開始檢查房子後方，但我太生氣了。我覺得很激動，神經都像被拉得太薄的橡皮筋那樣繃得好緊。

二〇〇三年十二月十八日星期四

我甚至沒聽到門鈴響，但忽然間我發現瑪姬離開餐桌，然後帶著李回來。

「嗨，抱歉我遲到這麼久。」

有一會兒——就那麼一會兒——大家震驚得說不出話來，都看著他：一身深灰色的西裝、金髮、淡藍色的眼睛、溫暖的笑容。然後所有女孩都在同一時間開始說話。

西薇亞從桌子的主位上跳起，雙臂環抱住他脖子，其他人都站著等著要親他面頰或是跟他握手。當然啦，我是最後一個，還被困在餐桌的另一頭。等他有機會坐下時，他親親我，對我眨眨眼，輕聲說：「對不起。」

我覺得我好像著火了。我已經一個星期沒見到他，這段時間中，我不只一次想像他死在水溝裡。我覺得孤單又寂寞，還覺得好像被人跟蹤、偷看。但現在，忽然間，一切都沒事了：我那帥氣、性感的男友回來了，我幾乎快忘記他有多麼可愛。

大家都放鬆了，露意絲開心地告訴大家，克萊兒有一次在女王頭酒吧笑得太厲害，尿都憋不住而弄濕了內褲，最後只得在烘手機下面把內褲烘乾。史提芬跟李談起他剛買的汽車，我開心得滿面春光。他的模樣——好看、鎮靜、祥和；他對他們微笑和因為遲到道歉的方式；還有他竟能抽空替西薇亞買了一瓶香檳、替瑪姬買了一束長梗白玫瑰；但最重要的是，所有女孩子那帶點畏怯、呆望著他的模樣——而他卻坐在我身旁，全神貫注地聽史提芬說話，右手放在桌下我的大腿上。

我聽到袋子裡的手機響，在袋子裡摸索著，心想大概是李說已經在路上的延遲訊息。

古怪的是，發訊息的是西薇亞。

他的眼睛顏色是真的，還是戴了隱形眼鏡？

我用拇指按下回覆：

是真的啦。

我看著桌子另一頭的她，正開心地跟麥克斯聊天。麥克斯終於冷靜了些，臉上那副總是有壓力的緊繃神情也和緩多了。

克萊兒的雙頰開始緋紅。「克萊兒，你要不要暫停一會兒？」珊米說著瞪她一眼。「我們可不想重複上次在柴郡那天晚上的表演吧？」

「別使壞，」克萊兒噘起嘴：「總之呢，那件事讓我想到，你還沒告訴大家在柴郡跟傑克發生了什麼事吧？」

「噢，老天，那超好笑的。」

「快說，」克萊兒堅持，然後一口氣又接下去說：「傑克當時在柴郡，已經醉到不行了，他知道自己快要吐了——」

「跟你一樣。」雷儂說。

「——就跑去男生廁所，」珊米接下去說，因為克萊兒已經快要笑倒了：「他急急忙忙地推開其中一間廁所的門……一個可憐男正坐在裡面上大號，傑克一把推開門，把他嚇得半死。但問題是傑克已經忍不住了——」

「——或是他醉得沒發現馬桶上面有人。」克萊兒補充，眼淚滑下雙頰。

「所以他就吐在那個可憐人的大腿上……」

「天啊，而且這還不是最好笑的……」

「等他可以喘口氣了，他就想，等一等，我剛剛把一個陌生人吐得滿身都是，如果我是他，我一定會有點不爽，於是他開始盤算，攻擊也許是最佳的防衛，於是他往那人臉上揍了一拳，然後逃出廁所。」

大家都在笑，除了查理以外。

「天啊，」克萊兒說：「我要去尿尿了，馬上回來。」

「所以你是說，」查理認真地說：「他吐在陌生人大腿上，然後又揍了人家一拳？沒有任何理由？」

「類似那樣吧，對。」珊米邊說邊擦眼睛。

「拜託誰把肉汁傳給我好嗎？」查理說。

「查理，你真的很沒趣。」露意絲說。

「我肯定我見過你，李，」史提芬說：「我們是不是在工作上見過面什麼的？」

「我想沒有。我在河畔酒吧當過守門人。」李說：「也許是在那裡？」

「有可能。你去過那間新對手的店了沒？還滿精彩的呢。我是說紅牧師酒吧啦——我們星期五去了。」

「沒有。老實說，我不是很愛上夜店——太常看到之後的那種亂象了。」

「真有你的，」麥克斯從餐桌另一頭大聲說：「我就一直對這群人這樣說：他們最好長大點，把錢花在合理的地方，不然就拿去投資。」

「噢，閉嘴啦，你這個老討厭鬼。」瑪姬開玩笑地說：「大家不要理這位老爺爺。他已經忘記該怎麼享樂了。」

「感謝你，我非常樂在其中。」

「……是哦，是填字遊戲和聽第三台廣播讓你樂在其中吧。」

我們邊吃邊聊，每隔一陣子李的手就會摸到餐桌下，放在我大腿上。他的手溫暖沉重，不要求回應。吃完後，我在桌下抓住他的手，捏了一下。他用帶疑問的眼神看著我。他的眼睛真的好美、好坦誠。其他人都忙著聊天，沒注意到我們。

我在他耳邊輕聲說：「你今天去過家裡了嗎？」

他露出困惑的表情。「我在上班啊。怎麼了？」

「有人把刀叉調換位置了。」

他給我一種「為什麼會有人要做這種事」的表情，但同時眼底也閃了閃。

「你是想開玩笑嗎？」

「我只想要你知道，你有我照顧。」

我感覺面頰脹紅。不知道為什麼我忽然覺得不安，但實際上就是這樣。

「你大可留張字條給我。」我說。

「那樣太明顯了。」他說著眨眨眼，笑了笑。

我喝掉最後一口酒，把這件事想了想，對西薇亞說的話大笑。

李用拇指撫摸著我的手，動作輕柔，讓我打顫。

「李。」我沉聲說。

「嗯？」

「請再也不要那樣。」

「不要哪樣？」

「不要把我的東西變換位置。拜託。好嗎？」

他的臉陰沉了一會兒，但他點點頭。幾分鐘後，瑪姬來收盤子時，他放開了我的手，之後就一直沒再碰我。

二〇〇七年十二月十三日星期四

醫院比幾天前忙碌，更多人在等、更多聲音。我坐在角落，雙膝併攏，努力回憶我這樣對自己到底是為什麼。在我正對面有個男人不斷咳嗽，每次都沒掩住嘴。一個穿著骯髒睡衣的嬰兒從玩具箱裡拿積木丟他哥哥，兩個孩子的母親置之不理，只顧著跟旁邊的女人聊纖維瘤和《X音素》節目。我不只一次想要站起來走出去。畢竟，我並不算真的有病——這裡很多人的病情顯然比我更嚴重。我肯定是浪費他們的時間吧？

「凱西．貝利？」側邊一條走廊裡傳來聲音，我抬頭看到有個男人從轉角探出頭。

我像被螫到似地跳起來。

我快步跟著馬霍它醫生走進走廊，轉進一個很不幸地飄著酒精消毒洗手劑的房間。

「你是史都的朋友？」是他問的第一句話。

「是的。」我說，納悶他怎麼會知道。

「他是好人。」

山吉．馬霍它體型瘦小，體面地穿了一件深色長褲，粉紅色襯衫和領帶，黑鬍子修剪整齊，還戴了副時髦的眼鏡。「我能幫你什麼忙？」他問。

我把檢查門窗和恐慌症的事告訴他。我說情況愈來愈糟。他問我有沒有想過傷害自己，我說沒有；他問是否曾發生過什麼事，造成我感到恐慌，我說了羅賓的事。然後當然我也把其他的事都告訴了他。那部分我說得很簡短，還說我很努力地想要忘掉那一切。

他在電腦上按了幾下。跟史都說的一樣，他說他會轉介我到社區心理健康小組做評估。他說可能要等上幾個星期才會輪到我。

似乎就這樣了。

「我聽說史都最近沒上班。」最後他說。

「他的肩膀脫臼了。」

「真可惜。不過，至少那表示我們星期日有機會贏了。」

我搭公車回塔爾波路。我的感覺很怪，好像整件事都是我在做夢，同時也覺得有點不安。還沒到家，我就已經滿腦子想著回家做檢查了。我有預感，要做對檢查會很困難。

二〇〇三年十二月二十二日星期一

聖誕節前的最後一個星期一。深夜購物。在兩天大假前的最後一次採買衝刺。

現在是六點半，鎮中心仍然人擠人。我在公司就換好衣服，準備晚上跟女朋友們去喝酒。我上街是想替李找禮物，然後再去柴郡跟大家見面。他這個星期都要上班，地點不是河畔酒吧，而是另外有個無名的工作，讓他離開我好幾天，之後才又把疲憊且偶爾脾氣不好的他給吐出來。

我在瑪莎百貨瀏覽著男用襯衫，想找一件適合他、能映襯出他那雙藍眼睛的衣服。

我完全沉浸在購物時刻裡，幻想著聖誕節，跟著微弱的音樂哼唱著《聖誕寶貝》，這時一個人影出現在我面前，停步。

我抬頭，那人是李，一臉勝利的表情。

我小聲尖叫，李緊緊抱住我，然後給了我一個長長的吻。他有薄荷的氣味。

「我以為你在上班。」幾分鐘後，等我們坐在一家咖啡店的桌旁，我說。

「我是在上班，只是剛好休息一下。」

咖啡店很安靜，只有我們、一對坐在門口附近的年輕夫妻，另一對年老夫妻坐在面對高街聖誕燈的大觀景窗前，桌上有一壺茶和兩道有魚的餐點。櫃台後方的工作人員正在擦亮檯面，用保鮮膜把東西包起來。

「我昨晚很想你，我就是沒辦法不想你，還有你濕濕的陰部。」他說。

我覺得全身發熱，看了看四周。沒人近得可以聽到我們說話，但即便如此，他並沒有壓低聲音。
「你現在濕了嗎？」他問，目光沒離開我。
我實在忍不住。「快了。」
他往後靠進椅子，垂眼看著自己大腿。我開始覺得有點不安了。我傾身向前，越過桌面，跟隨他的視線，看到了預料當中的事。
「李，拜託，不要在這裡。」
一時之間我以為他會反對，會推我一把，要我伸手到桌下，但結果他只嘆了口氣，又坐直身體。
「那你打扮成這樣，準備去哪裡？」
「我要去柴郡找露意絲和克萊兒。」
他仍然注視著我，最後我笑了。「幹嘛？怎麼了？」
「你在店裡找到想買的東西了嗎？」
「那是我的事。」
「你已經跑了好多家店了。伯頓、普林斯播、下一站，現在又到了這裡。」
「你一直在跟蹤我？」
他聳聳肩，但忽然那個無恥的笑容又回來了。我不確定他是否在開我玩笑。「這麼說吧。我是今晚眾多想偷窺你裙下世界的男人之一。」
「唔，至少你是可以撫弄裙底東西的那個幸運者。」我說。
他喝下最後一口咖啡，站了起來。「我得回去上班了，」他說著低下頭，用力親吻我的嘴：「別太晚回家。」

坐在大窗前的那對老夫妻站起來，拍了拍椅子，整理著好多只購物袋，這時穿著咖啡店制服的女服務生走來，要收他們的碗盤。

我捧著咖啡杯繼續坐了一會兒，想著自己到底是不是真的想去柴郡，但他忽然又出現了，像堵磚牆似地站在我和咖啡店的其他人中間。

「把你的內褲脫下來。」他說。

我抬頭看他。「你開玩笑吧。」

「沒有，把內褲脫掉。沒人會看到的。」

我盡可能用最小的動作，掀起裙子，扭屁股讓內褲滑到膝蓋，再往下拉到腳踝，然後盡快往旁邊跨出一步，把內褲在掌中捏成一個小球。

「給我。」他說著伸出手。

「幹嘛？」但我還是遞給他了。

他把手伸進外套口袋，然後又親親我，這一次比較溫柔了。「乖女孩。」

我坐著不動，膝蓋併攏，凝視著正前方，直到確定他已經走遠，才從座位邊緣滑下來站好。我覺得有點頭暈，而且既害怕又興奮。

我逛夠了，於是抓起手邊最近的一件藍色襯衫，拿到櫃台付帳。

從高街往柴郡的整段路上，我閃避著購物人潮，從等公車的隊伍後方擠身穿過，裙下一直感覺冷颼颼地——換個情境，這感覺就還不錯——這段時間裡，我一直在想他是不是還在觀察我、這是不是個測驗。我應該把他找出來嗎？我不想表現得太明顯，視線瞥過一張張面孔，看著商店、巷子，但我一定很容易被看出來。儘管外面很冷，儘管在十二月只穿短裙而且沒有內褲很不對，我仍然毋庸置疑地被他不期然的出現弄得興奮難耐，心裡半期待剛才有機會的時候，我應該在桌子底下握住他。

二〇〇七年十二月十三日星期四

我到家一個半小時了，檢查過程慘不堪言。每一次以為已經做好的時候，我又感到不安和恐懼。如果我沒做對，檢查就失去意義。我已經雙手發抖、淚眼迷濛，卻仍離不開家門。

這一次我聽到了腳步聲，聽到他頂樓公寓的門打開又關上。我站著沒動，屏住呼吸，不想發出聲音。

他輕輕敲門，卻仍嚇了我一跳。「凱西？是我。你還好嗎？」

我回答不出來，只能抽氣和啜泣。

我聽到一聲嘆息。

他說：「你不好，怎麼回事？」

我發著抖做了個深呼吸。「沒事。我很好。」

「你可以開門嗎？」

「不行。你走吧。」

「我只想幫忙，凱西。」

「你幫不了我的。走開。」

我哭得更用力了，而且又氣又害怕，氣他站在外面，不讓我崩潰。

他卻沒有走開。

最後我試著站起來，拉著門把讓身體站直。透過人孔，我看到他扭曲的臉。走廊上沒有別人。

我的手在發抖。我拉開頂端的門閂，花了一點時間開鎖，榫眼鎖花的時間更久。等我打開所有的鎖，門開了之後，我雙膝一軟，坐倒在地上。

他從另一邊推開門進來，帶入一陣冷風和冬天的氣味。他關上門，坐在我身邊。他並沒有靠得太近，只是跟我一起坐著。

剛開始我沒辦法看他。

「試試看做個深呼吸，然後屏住。」他輕聲說。

我試了。但我不斷抽氣。「我好——我……我好累。我沒辦法……沒辦法檢查。」

「我知道。專心呼吸，不要想別的。只要想你的呼吸就好。」

我試了。我的手指刺痛。臉上的皮膚也刺痛著。

「你可以握住我的手嗎？」他伸手到我倆中間的空間，穩穩地舉在空中。

我伸出手，碰了碰，縮回，然後又碰了碰，接著他握住了我的手。他的手冷得像冰。「對不起，我的手很冷。現在再試著做深呼吸。你可以看我嗎？」

我也試了。呼吸仍然亂七八糟。如果我不讓呼吸平靜下來，就會昏倒。

「只要想著呼吸。跟我一起做。吸氣——屏住，繼續屏住。這就對了。然後吐氣。很好，來，再一次……」

感覺像是花了一輩子，但最後我的確覺得好多了。我的手又開始有感覺，呼吸變慢，我又能夠控制了。我像要溺水似地抓住他的手。

「很棒，」他低聲說：「你做到了。」

我搖搖頭，還是不太能開口。淚水不停地流。我抬眼望著他，他那雙溫和的眼睛，正不帶任何評斷意味地望著我。我挪了挪身子，朝他移過去，他動了動，伸直雙腿，背靠著我的門。我靠得更近，然後他沒脫臼的那條手臂攬住我，我把臉埋在他胸前，那裡好溫暖，還有他的氣味。他把手放在我頭上，輕撫著我的頭髮。

「沒事了，凱西，」他說，我感到聲音在他胸膛裡震動。「沒事了。你很安全。你沒事了。」

我覺得好累，幾乎要當場睡在他身邊的地板上，只要他一直這樣抱著我、不放手。我睜開眼，只看到他身上那件藍色的棉質襯衫，隨著他的呼吸起伏。我想我該起來。身上到處都開始痛，恐懼被一股緩慢卻強烈的尷尬取代。

最後我仰起頭，他輕輕地鬆開手。「來，我們找個更舒服的地方坐。」

他站起來，扶我走到沙發。我坐下然後縮起身體。我想要他坐在我旁邊。如果他照做了，那我就會再次靠在他身上。

「可以替你泡杯茶嗎？」他說。

我點頭，還在發抖。「謝謝。」

我聽著他在水壺裡裝水、馬克杯哐噹互碰，又打開櫥櫃找茶、打開冰箱。水壺的水煮滾了。有他在這裡的感覺很奇怪。自從搬進來以後，除了那個蠢水管破裂，我得讓水電工進來以外，我從沒讓別人踏進家門一步。

等我聽到他把馬克杯放上我面前的茶几，我已經打了個小盹。

「你現在沒事了吧？」他問。

我坐直身體，握住杯子。我的手已經不發抖了，但聲音卻仍沙啞，喉嚨發痛。「對，我沒事了。謝謝你，謝謝你泡的茶。」

他看著我喝茶，也一副累得不得了的模樣。

「你吃過東西了嗎？」

我撒謊：「吃了。你的肩膀還好嗎？」

他笑了。「很痛。」

「這次的事我很抱歉。你怎麼會知道的？」

「我聽到你在哭。」

「你應該讓我繼續哭的。」

史都搖搖頭。「做不到。」他喝了一口茶。「你的恐慌症是不是愈來愈嚴重？發生得更頻繁？」

「我想是。」

他點頭。「剛才那樣算很糟嗎？」

我聳肩。「還有過更糟的。」

他目光堅定、帶著讚賞意味望著我，像個他媽的醫生。以前在醫院，他們就是那樣看我的，好像在等我做什麼、說什麼、展示一些症狀好讓他們確認哪裡出了問題。

「對不起，我以為你會沒事的。山吉——他真的很不錯，有時候有點隨性。他怎麼說？」

「沒關係，他人很好。他要轉介我做評估什麼的。他說你不去，他們星期日就有機會贏，那是什麼意思？」

他大笑。「這個無禮的混蛋。我是國家健保信託的橄欖球員，山吉好像以為我殘障了。」

我跟他在同一時間喝完茶。

「總之呢，你做到了，」他看著我說：「你跨出了第一步。」

「對。」我說。我跟他目光相對，現在不能轉開了。

「你願意告訴我嗎？」他說得好輕，我幾乎沒聽到。

「告訴你什麼？」

「這一切是怎麼開始的。」

我沒回答。

一會兒之後，他說：「你睡覺的時候，要我待在這裡嗎？」

我搖搖頭。「真的，我現在沒事了。謝謝。」

沒多久他就離開了。我覺得更清醒了，而且老實說，我想要他再抱我一次，緊緊抱住我、待在我身邊，但要求他那麼做並不公平。於是他走了，我在他身後鎖上房門，然後上床。

現在我必須想想該怎麼進行這一切。面對我的下半輩子。一天一天來，先跨出一步，再跨出一步。

我不能繼續這樣太久，我不能這樣下去。

二〇〇三年十二月二十四日星期三

到聖誕節之前，一切都很好。

唔，也不算完全好啦，跟一個出門上班好幾天的人約會其實一點都不好，但等他回來，一切又好了。他需要一去好幾天時，都會事先警告我。等他重新出現，看到毫髮無傷的他，我總會放下心頭的大石，什麼樣的責備都拋到腦後。

他在的時候，幾乎都跟我住在一起。我上班時，他會整理家裡、修理壞掉的東西、煮飯等我回來。

他不在的時候，我想念他的程度遠遠超過自己預料。每天晚上我都會想他是否安全、要是他出了事，我到底會不會知道。儘管他再度出現時，通常都是渾身疲憊、極度飢餓而且需要洗澡，卻從來沒再帶著傷出現在我家門口。不論頭一次發生了什麼事，我想要相信他現在是為了我而更小心了。

這不是我這輩子第一次單獨過平安夜。李不知道在哪裡上班——他說這次輪到他了。他試過要換班，好跟我在一起，還說他會想辦法早點走人，但到了平安夜晚上十點，他還是不見蹤影。

去他的，我想。

準備出門並沒有花多久時間。我最喜歡的洋裝、高跟鞋、迅速化了點妝、把頭髮梳高，沒多久就有幾撮頭髮掉了下來，我已經準備好了。

十點半，我來到柴郡，珊米和克萊兒也都到了。她們已經喝掉了幾杯烈酒，我絕對需要努力趕上進度。克萊兒已經找到一位可能候選人當慶典之夜的床伴；不過那人看起來頗為年輕，而且似乎醉得有些厲害，不太像能夠有所表現。

「不必羨慕她的伴。」我在珊米耳邊喊，蓋過從十月起就不斷播放的巫師《真希望每天都是聖誕節》歌曲。

「對，但你應該看看他的朋友。」珊米喊了回來，用啤酒瓶瓶口指著角落，一個深膚色而且更好看的男人正看著他們倆，臉上是種怪異的表情。

「很友善吧？」

「不像耶。」

那個朋友走過來自我介紹，沒想到他人還算不錯。他在我耳邊說他叫賽門，是軍人，再過兩週就要去阿富汗了。我聽著，看到珊米流露出諂媚而且帶著一絲羞辱的眼神，因為這位深色眼眸的性感天神似乎太注意我了。

「賽門，」我在他耳邊喊：「這是珊米。我準備要離開了，聖誕快樂！」我在他面頰上啄了一下，也許是求好運吧，然後對珊米眨眨眼，起身去找我放外套的地方。

所以柴郡不能去了。但我喝得還不夠多，我邊想邊踩著高跟鞋走上橋街，想看看牆洞酒吧的人有多擠。感謝老天，我把外套穿在洋裝外頭，因為現在開始下雨了。天並沒有冷到下雪，但還是冷得刺骨，一時之間我還想，要是乾脆回家會不會好些。

「不行，老兄，我不要。不可能，你可以滾蛋了！」

巷子裡傳來吵架聲，我不知怎麼往那裡望了一眼。三個男人一副快要開打的樣子，其中一個比另外兩個還要醉。他們半隱在陰影下。也許是販賣毒品吧，我心不在焉地想，同時低著頭繼續走，這種事不要知道最好。

牆洞酒吧外排著隊伍，但不算太長。我跟另外幾個不怎麼熟的人一起擠進隔壁超市門口。

就在這時我看到剛才在門口爭執的三人當中的兩個人走上橋街，從我們旁邊經過。

其中一人是李。

他沒往這裡看，只是繼續走，對另一人說的話大笑，兩手插在牛仔褲口袋。

就在那時，一群醉鬼蜂擁而出，在人行道上開始找聖誕沙威碼吃。酒吧裡的噪音跟著他們湧出。不同的是，那是聖誕音樂，夾雜著一股暖風和啤酒加汗水的氣味。

「你要不要進來？」守門人撐著門對我說。

去他的，我想。我在守門人臉頰上啄了個聖誕小吻，擠進溫暖和混亂當中。

二〇〇七年十二月二十一日星期五

今晚我下班回到家時，有張紙條等著我。看到紙條，我笑了。紙條放在公寓外的樓梯平台，就在我門外。我猜史都以為我可能會反對他把紙條從門下塞進公寓吧，所以就留在門外，反正他知道除了他，不會有別人走過我家門口。

我在開始檢查家門前撿起紙條，放進外套口袋。等到一個半小時過後，我終於坐在客廳裡了，才開始看。

凱，希望你一切都好。一直在想你。星期六有沒興趣出去喝一杯什麼的？史（啾）

天啊，想，我想，是我的第一個念頭。光這點就讓我笑了。我，出去喝酒？跟一個明知我有心理問題、見過我恐慌發作的男人？我的情況一定好很多了。

如同史都替我列印出來的某些資料上所建議，我一直在練習深呼吸。去年情況變得愈來愈糟時我也嘗試過，但當時恐慌和可怕的念頭正悄悄蒙上心頭，而且我在能夠嘗試冷靜下來以前，就已經很恐慌了。後來我會因為沒有好好呼吸、沒有把事情做對而開始緊張，結果只讓情況更糟糕。

現在既然我比以前更清楚引發恐慌的原因，這辦法也許真的有效。所以每天晚上下班後，我在每天作息裡加了一條新規則。檢查公寓過後，我會坐在客廳地板上，閉上眼睛，呼吸。慢慢地吸氣、吐氣。我要自己先從一次三分鐘開始，打開廚房的計時器。剛開始，要閉上眼睛那麼久實在很困難；每一個聲音都會干擾我。頭幾次嘗試時，我發現那個老完美主義、那股想要掌控人生的欲望，代表著如果我在計時器響起前就睜開眼睛，或是如果我因為樓下馬路上的聲音而轉頭向著窗戶，就可以責備自己。

事情就是這樣開始的。我做了一件看似是好主意的事。畢竟，替公寓上鎖是好事吧？然後不知怎麼地，有一天我沒鎖好門，而那可完全不是好事，因為如果你要為自己好，就必須把事情做對，不然就失去意義了。然後我開始對這件事感到苦惱，想像著如果沒鎖好門、如果我用這段草包人生中敷衍了事的態度，把鎖門的事也敷衍過去，可能會發生的所有壞狀況。

於是，我第一次嘗試深呼吸練習時，簡直慘不堪言。最後我做了兩次，兩次都失敗，於是我起身用檢查公寓三次來彌補失敗。

這樣實在滿爛的。我不得不想，看醫生、再次跟醫療專家接觸是否真是改善人生的最好辦法。我原本過得也不錯啊！我還活得好好的不是嗎？

後來，睡前我又試著做深呼吸，結果第二次還不賴。事實上，在練習深呼吸的時候，我發現我想起了史都。他坐在我冰冷的地板上，他的手握住我的手，用說話帶領我呼吸，那安撫人的聲音多麼冷靜，目光透著焦慮。在不知不覺間，計時器響了，我成功做到三分鐘沒睜開眼睛。

那天晚上，是我長久以來睡得最好的一次。

我把史都的紙條放在面前的地板上，盤起雙腿，花了一點時間聆聽公寓內外的聲音，然後閉上眼睛，再次開始。吸氣，吐氣，吸氣，吐氣。我認定，想像史都跟我在一起是唯一能成功的辦法。管他的，如果能成功，那一定是好事，對吧？於是我把他從冰冷又涼颼颼的地板上拿起來，走上樓，進入他的客廳，坐上那寬敞座深的沙發，在軟軟的沙發裡放鬆自己。這裡有陽光而且溫暖，陽光穿透窗戶，照上他的臉，他一手放在我上臂，正對我說著以前跟我說過的那些話，另外還說了些別的。

「我在這裡，沒事了，你很安全。現在吸氣，吐氣。再一次，吸……然後吐。對了，你做得很棒。

吸氣，吐氣。」

五分鐘後，我睜開一隻眼，看著廚房的鐘。

我忘記設定那個鬼計時器了。

二〇〇三年十二月二十四日星期三

等我回到家，已經快凌晨兩點了。回家的大半段路上我都有人陪伴：三個醉醺醺的男子和他們的兩位女友正好搖搖晃晃地往我要去的方向走，於是我跟著他們，一面跟其中一個女孩克莉西聊天，沒想到她竟然是珊米的表妹。

皇后街的最後一小段其實不算太糟，風勢減弱了些，雖然還是寒冷刺骨，我喝下的伏特加卻足以抵擋最冷的寒意，而且我的羊毛外套也很暖。我想，回家後我可能會泡杯茶，然後好好一覺睡到天亮……

一個人影坐在我家門口，我接近時他站了起來。

是李。

「你去哪裡了？」他問。

我從手提袋底部掏摸著鑰匙。「出去了，去鎮上，不想待在家裡。你到了很久嗎？」

「十分鐘，」他在我頰上親了親：「要進去嗎？我那兩顆都快要凍壞了。」

「你怎麼不用鑰匙？」

「你叫我不要用的，忘了嗎？」

「什麼？」

「你說我不該進來亂動你的東西。」

「我不是那個意思，你當然可以進來。」

進了門，他拉我轉身，把我按在牆上，掀開我的外套，嘴巴侵入了我的嘴。他的吻帶著逼迫意味，而且很乾，有他的味道──沒有酒精。所以他沒醉，只是親得很用力。

「我今天一直沒辦法停止想你，」他在我頸際輕聲說，兩手滑過我的衣服、摸過緞子質料。「這件洋裝讓我好想要你。」

我拉下他的皮帶，解開他的褲子，丟到他背後。就在走廊上，我心想，也沒什麼不行。

「告訴我，」他呻吟著在我頭髮裡說：「告訴我你從沒穿這件衣服跟別人幹過。」

「沒有，只有你。這是你的，我是你的。」

二〇〇七年十二月二十二日星期六

今天天氣很好，我把這當成一個好兆頭。而且，當然啦，今天是雙數日，代表出門喝一杯是個絕妙的主意。

我敲門時，他已經在等了。我提議等我準備好就去找他，這樣他就不必多等半小時讓我檢查完畢。我的檢查都做完了，而且做得很順。

「你的肩膀怎麼樣了？」我問。

「好多了，至少藥片還有效。」他說。他現在已經不用吊帶了。

高街仍然擠滿了利用聖誕節前最後幾個購物日的人潮，但史都引我轉進一條小路，然後走上一條窄巷。走道盡頭有家小酒館，取了個撫慰人心的名字叫「放心酒吧」，外面放了塊黑板為「美食」打廣告，他替我開了門。

酒館才剛開始營業，我們是第一對客人。吧台很小，兩張深座位的沙發放在開架式火爐旁，火爐正慢慢吞噬掉幾球報紙，然後才開始燃燒整齊堆疊在報紙上方的木材。小巧的燈串在吧台周圍，角落的一棵真樅樹有格調地裝飾成銀色和白色。感謝老天，至少在這裡沒有聖誕歌曲。

他遞給我一杯酒，我坐進火爐旁的其中一張沙發。我伸手過去取暖，但火爐卻還沒暖起來。

「你看起來很累，」他在我對面坐下，我這麼說：「你睡眠不足嗎？」

「老實說是不多，但我已經習慣了。如果下班時間很晚，通常我都不容易睡著。」

我啜了一口酒，感覺酒精立刻滲入頭腦。他身上到底有什麼，讓我覺得安全得可以考慮喝酒？

我說：「我一直在練習深呼吸，你給我的那堆資料裡，有一整章都在談這個。」

史都傾身向前，把他的健力士啤酒放在我倆中間的桌上。「真的嗎？聽起來很有進展。你只要繼續練習，一直到習慣成自然，這樣你就可以在需要的時候做，而不需要想太多。」

我點頭。「我向來不擅長放鬆，但目前為止還算不錯。」

他舉起杯。「那就敬新的開始。」

一陣沉默，我開始覺得想睡了。

「那個白痴銷售經理還會來煩你嗎？」

我搖頭。「幸好我一直沒見到他。不知道如果碰面，我要跟他說什麼，但等到那時候我再來擔心吧。」我想了想：「我一直沒有好好感謝你——唔，你知道啦。謝謝你救出了我。還有謝謝你對我直言不諱。如果沒發生那件事，我可能還癱在哪個地方呢。至少我覺得現在我有進步了。」

他微笑。「別提了。總之，我才應該感謝你。」

「謝我？為什麼？」

他嘆氣，打量我一陣子，好像在考慮該不該把心裡想的事說出來。「我搬過來的時候，心情其實不太好。老實說我並不想搬離以前的房子，但卻非搬不可。可是那棟房子——我也不知道——卻有家的感覺。我想有一大部分是因為你。」

「因為我？可是，為什麼？」

他聳肩，我發覺他看起來有點不自在。「我不知道。只是——很期待見到你。」他大笑，顯然有點不好意思，我忽然明白他喜歡我。我是說，他真的喜歡我，而且想要在不嚇到我的情況下讓我知道。

我想說可是你對我根本不熟——但那並不是實情。他對我的了解遠比我任何同事還多，而且我已經沒有朋友了。

我聽到自己用微弱的、似乎是從別處發出來的聲音說：「你讓我覺得很安全。」

那之後的氣氛不太一樣了。不知道是不是我喝得太多——幾乎喝掉一整杯酒耶，老天爺——還是因為這家酒館的人忽然變多了，酒吧旁擠滿了人。史都凝視了我好久，我也迎視著他的目光。有人過來收走我們的空杯，咒語瞬間打破。「再喝一杯嗎？」他問，雖然我開始起身準備去點酒，他就揮手要我坐下。

沙發很舒服，我大有可能就這麼睡著。

「這裡有人坐嗎？」一個聲音問，是個年輕女人，她身後還有位婦女——從那些購物袋看來，應該是出來逛街大採購的母女吧。

「有，但你們可以坐那邊——還有空位。」我說著拍拍身邊的沙發。跟一般大眾這樣接觸，不知道還要多久才會讓我受不了。

我從對面的沙發上抓起史都的夾克，披在我身邊的沙發背上。我得抗拒想去嗅嗅的衝動，這點讓我咯咯笑了。天啊，我已經喝醉了。我頂多只能再喝一杯，就一杯。

史都在彷彿過了好久好久之後回來了，他瞥了那兩個女人一眼，在我身邊坐下。那兩個女人聊了開來，談起一個叫法蘭克的人，說他離開朱麗葉是多糟糕的錯誤。沙發並不大。

其實這是個測驗。如果我做得到，如果我能在公開場合讓他坐在離我這麼近的地方，如果我能跟這個我仍然不怎麼熟、卻已經出於直覺地喜歡並信任的男人聊起來——隨口說個幾句也行——那麼也許會有什麼結果。在未來的某一天。

「你還好吧？」他問。

什麼好？我想問，但他其實是指我離他這麼近，他的大腿都碰到我了的這個事實。除了想侵犯我的羅賓，以及照顧我度過恐慌症的史都以外，這是我第一次跟男人有任何肢體接觸，自從他以後。

「我很好，」我說，很好奇自己的臉有多紅。「我只是在想——為什麼我會覺得……不知道耶。跟你在一起我不會害怕。我跟別人都會怕。什麼人都一樣。可是你在這裡，我就不怕了。但我對你一點都不了解。」

他一口喝掉半杯啤酒，下定決心似地把杯子放在面前的桌上。

「我很高興你跟我在一起不會害怕。你也不需要怕。」他拉起我的手，握著。我低頭看著我的手指被包在他掌心，納悶為什麼我的手指仍然冰冷，身體的其他部分卻很暖和，又心不在焉地想他的手又大又有力，指甲剪得短短地。我想找恐慌，恐慌卻沒出現。我的心跳得頗快，但不是因為害怕。

「至於了解我……嗯，我必須告訴你一些事情。我想告訴你已經有一陣子了，但一直沒機會。現在我要說了。」

我原本準備說每次見到他，我總是不讓他有機會開口，幸好我忍住了。

「在我搬來這裡以前，我跟女朋友漢娜一起住在漢普斯敦。其實她是我未婚妻而不是女朋友。我以為我們很幸福，但顯然並非如此。」

他忽然住口，看著我的手在他掌中握緊。我輕輕捏了捏他。「發生了什麼事？」

「她有了別的對象，跟一個同事。她還懷了孕，卻墮胎了。我一直到事情發生之後才知道。實在是——很不好受。」

「真糟。」我說，也感覺到了。那股心痛像氣味般從他身上散發出來。

他用拇指輕輕搓揉我的手背，讓我發顫。

「所以我猜你還沒準備好展開另一段感情囉？」我大膽地問，想用微笑把問句軟化一些。我告訴自己，說出來最好。天知道要是我再喝幾杯會怎麼樣。

幸好，他也微笑回應我了。「還沒，對。」他喝乾了那杯酒，然後又看我們的手，說：「但我覺得你也還沒準備好。」

我搖搖頭。我想了又想，最後只能說出：「我不知道會不會有準備好的那一天。」

「有那麼糟嗎？」他問。

我點頭。只有在警察偵訊我的時候，我才真正談過那件事，而且即使如此，我也只是回答他們的問題。他們想讓我在醫院的時候多談一些。我學到可以告訴他們什麼、說哪些話會讓他們高興，向他們保證我在康復中，好讓他們放我出院、別再管我。我真的出院時，他們原本要讓我接受諮詢，但卻一直沒有開始。不管怎樣，我都不會去的。我只想要逃跑，快速跑掉，再也不要回頭。

我從沒想過現在會談起這些，但話卻從我嘴裡溜出，彷彿是別人在說，而我只是坐著聆聽。「我受到攻擊。」

他有一陣子沒說話。然後：「他們找到攻擊你的人了嗎？」

我點頭。「他在坐牢。刑期三年。」

「三年？那不久啊。」

我聳肩。「不過是時間而已，不是嗎？三年、三十年，他們很有可能根本抓不到他。至少那讓我有足夠時間逃跑。」

二〇〇三年十二月二十五日星期四

聖誕節當天，我睜眼就看到燦爛的陽光。李不在床邊。我聽到樓下有鍋子碰撞聲，跟我的頭痛同聲合鳴。我看著另一頭的鬧鐘——九點半。

我想要覺得興奮、快樂、有聖誕氣氛，但頭痛的我這時只需要被照顧。

我又睡著了，等我再次睜開眼，旁邊的李端著一托盤的早餐。「醒來囉，美人。」他說。

我坐起來，想要忽略頭部的感覺。「哇！」我說。吐司、果汁，還有香檳——顯然我過去二十四小時內喝得還不夠多。

李脫下牛仔褲和恤衫，又爬回我身邊的床上，拿起一片吐司吃了起來。「聖誕快樂。」他說。

我親了親他，然後又親了他一下，直到我差點把托盤踢翻。後來我坐直身子，喝了點果汁。

「我昨晚失控了。」他說。

我驚訝地望著他。「失控？為什麼？」

他目光堅定地望著我。「你穿那件洋裝出去，我嫉妒得快瘋了。真對不起，那樣是不對的。」

一段長長的沉默，中間只有他的咀嚼聲。

「你為什麼對紅洋裝特別著迷？」我問。

他聳肩。「我並不是對所有紅洋裝都著迷，只對你的，還有穿著洋裝的你。」

「我昨晚在鎮上看到你了，你在巷子裡跟人吵架。」我說。

他什麼也沒說，只把托盤放到床邊。

「看起來像毒品交易之類的。你的工作就是這個嗎？交易？」

「你問我這些問題沒有意義，凱瑟琳。你知道我不會回答的。」

「你的工作讓我害怕。」我說。

「所以我才不跟你說。」他說。

「如果你受了傷——很嚴重的傷——我會知道嗎？會有人打電話告訴我嗎？」

「我不會受傷。」

「但要是受傷了呢？」

「我不會受傷的。」他從我手裡拿起空了的杯子，放到床邊桌上，然後把我拉倒在床，開始親我。

「李，我的頭真的好痛。」

「我有辦法讓你的頭痛好一點。」他說。

當然，其實並沒有讓我好一點，但總是值得一試。

二〇〇七年十二月二十二日星期六

我放開他的手，喝了一口酒，讓那冰冷的酒液降入喉底。我覺得有點不安，不知道是因為酒，還是因為我們的話題。

「我想我有點醉了。」我笑著說。

他讚賞地看著我。

「唔，你的臉頰是有點紅……」

「要不要回家了？」我說。忽然間我不太想待在外面了。說真的，才兩杯酒，我就不行了。幾年前，我可以喝上一整晚，第二天還好好的。

我們來到戶外，冷空氣迎面撲來，我覺得雙腿發軟。

他伸臂攬住我。「站穩了，你還好吧？」

我小小地在內心瑟縮了一下，我想他應該沒感覺出來。我想要這樣——想要他，好想好想，可是彷彿我的身體不讓我接近他。

「我在想你剛才說的話，關於社交的。你說接受強迫症治療可能會讓我更有時間跟人往來。」

「嗯？」

「對。現在我在想，你那種社交所帶來的傷害，遠比我以前習慣的還小。」

「我那種？這算是用讚美包裝的貶詞嗎？」

我大笑。「也許吧。我以前不是這樣的。」我說。我們穿過人潮往塔爾波路走，我的牙關微微打顫。

「不是嗎？」他笑著說：「怎麼，你以前曾經清醒過？」

我輕輕推了他一下，又盡快讓他手臂回到我身上好讓我站穩。「不。我是說，我以前是大派對咖。每天晚上都上夜店喝很多，從來不待在家裡。其實那樣滿蠢的。」

「為什麼？」

「唔，我一直讓自己處於險境。我以前會喝到大醉，最後進了陌生人的家，或是邀請別人來我家。有時候我醒來時，完全不記得自己在哪、做過什麼。回想起來，真不敢相信我現在人還在這裡。」

「我很高興你還在這裡。」

「我打賭你希望遇見當時的我，對吧？」我開玩笑地說。

他捏了捏我。「我只是很高興能遇見你。」

天啊，我想，拜託停止對我他媽的這麼好了，我受不了，我不值得。

我說：「是這樣的，我住過院。兩次。我想應該讓你知道。」

「是在你受到攻擊以後嗎？」

「第一次是受到攻擊過後，等我身上的傷好了以後，他們就讓我出院。我想他們並沒想到我的精神也出了問題。不過我也沒有好好照顧自己就是了。所以後來我在一家徹夜開門的藥局鬧了一場，然後穿白袍的人就來了。不知道是什麼人。」

「或許是醫生吧，也許還帶了些警察來。」他幫忙猜測。

「之後約一年，案子才受審。後來我又復發了，那就是第二次。」

「你有沒有尋求適當協助——像是治療？」

我聳肩。「隨便啦。至少我現在還好好的。我已經進步很多了，真的。」

他點頭。「看得出來。」

「我只是想讓你知道，以備萬一。」

「萬一怎樣？」

「萬一這點對你有什麼差別。」

我們回到了公寓大門外。他替我開了門，站在一旁讓我先進去。進了走廊，他退後然後冷靜地對我說：「檢查一次。一次就好。」

我看了他一眼，意思是「我他媽的想檢查幾次就檢查幾次，謝謝你哦」，但我只檢查一次。一次感覺就夠了，因為他在旁邊。

他先上樓，到了我家門外，他停步，在門的另一邊等著，免得擋到我。「謝謝你跟我出來。」他說。

我站著沒動，望著他，覺得兩人之間的鴻溝像道裂縫，我想跨越。

不知道是他還是我先移動的，但忽然間他抱住了我，我的雙臂伸進他夾克裡，緊緊地環繞著他。他的一隻大手捧住我的頭，然後一個怪異的念頭跑進我腦海，覺得這樣好奇怪，又想到我現在是短髮、不是長髮了。這感覺就像我成了另外一個人。忽然間我又想留起長髮，好讓我感覺他的手指穿過頭髮、捧住我的頭。

他呼出一口氣，像在嘆息，我仰起頭親了他。一開始他並沒有回吻我——他僵住了一會兒。然後捧住我的那隻手來到我臉上，涼涼的手指碰著我滾燙的皮膚，然後他也吻了我。他的口氣微微有健力士啤酒的味道。我覺得膝蓋開始發軟，他攬著我腰間的手抓緊了些。他雖然肩膀受傷了，卻還是讓我覺得好強壯。

我應該緊張的。我心想，我應該他媽的嚇壞了。但我並沒有，我不想要他放手。

他抽身看著我，一隻手扶住我的背，另一手在我面頰上。也許他是想看看我有多醉吧，我好奇地想。但並不是。他那雙綠眼睛裡帶著焦慮，他在檢查我是否沒問題。

顯然我沒問題，因為那時他又親了我，而且比他想要的更用力一些——他的鬍碴刮過我的嘴。慢慢地，他放開了我，我的手不知怎麼伸進了他的襯衫，這時不情願地從他背後的皮膚上滑開。他退後一步，以便看著我。

我心想，拜託不要為剛才發生的事道歉，他媽的拜託不要說對不起。

「你要進來嗎？」我問，瞥了家門一眼。我想脫下他的衣服，想要他上我。就在那時候、那一刻，我搞不好會付錢請他那麼做。

一段長長的沉默，每過一秒就越可怕。然後他搖搖頭，一副難以決定接下來該怎麼做的模樣，而某種內心交戰終於獲勝，因為他往前跨出一步，又親了親我，迅速地在我發熱的臉頰上啄了一下，然後輕聲說：「我們明天見。」才轉身一步跨兩階樓梯地回到頂樓公寓去了。我聽到鑰匙插進鎖孔、門打開又關上，然後是一片寂靜，只剩我還站在自家門外，好像剛下班回來。

只不過我身子有點搖晃，好像被大風吹著，而且很想很想尿尿。

二〇〇三年十二月二十五日星期四

我們身子仍然交纏著，但我的手機卻響了。我輕易地把鈴聲屏除腦海，專注地感受李的身體和韻律。他皺起眉，我感到他身子因為分心而緊繃。「他媽的電話。」他低聲說，一手摸過前額。

「別擔心。」我說：「別管電話，不要停。」

但氣氛已經變了。他粗暴地推開我，一把抓住我的頭髮，把我轉向前方。突來的疼痛讓我慘叫出來，但他置之不理，強迫從後方進入我。我掙扎著，但他把我的頭拉得往後仰，更用力地戳刺。

只多花了一分鐘。我聽到他高潮來時會發出的聲音，然後他抽身離開，立刻跳下床，進了浴室，用力關上門，力氣大得連窗戶都振動得哐噹響。

我躺著沒動，只覺得被他拉扯過的頭皮刺痛，一面聽著胸腔裡心臟怦怦跳的聲音。剛才那是他媽的怎麼回事？我聽到蓮蓬頭開始噴水。

電話再次響起，我接了起來。

「親愛的！聖誕快樂。」是西薇亞。

「哈囉，你好嗎？」

「喝得還不夠醉，你呢？」

「現在才十二點半耶。」我看了看時鐘說：「你現在就開始了？」

「當然。別告訴我你還在床上。」

「有可能。」

「唔，」她生氣地說：「要是有李陪著我，我也會躺在床上。」

「那歡迎你來。他早上發了一頓脾氣。」

「哦，要我過來修理他一頓嗎？」

「不用了，沒關係啦。」我說，想到那畫面就大笑。「你待會要做什麼？」

「你也知道，就那些啊……老媽要我幫她煮午餐，我想穿新衣服出門，還不就那樣。」

我在幾分鐘後結束通話，穿好衣服——一條破牛仔褲、毛衣和一雙厚襪。樓下的廚房一團亂，水槽裡有吐司麵包屑和用過的茶包。我清理到一半，跟著廣播裡的聖誕歌曲輕哼，這時李走下樓。他只穿一條牛仔褲，其他什麼都沒有，上半身整潔、皮膚還有些潮濕。他抓住我，雙臂環繞我的腰，讓我嚇了一跳。

「你沒事吧？」我說。

他把臉埋進我頸間。「嗯。除了那通該死的電話。是誰打來的？」

「西薇亞。」

「想也知道。」

「知道嗎？你弄痛我了。」我在他臂彎中轉身面對他。

「怎麼弄痛你了？」

「你扯我頭髮，那樣很痛。」

他做出一個古怪的笑，揉了揉我頭頂。「對不起啦。你不喜歡粗暴一點嗎？」

我想了想。「我不確定，但不是那樣的粗暴。」

他鬆開我，退後一步。「所有女人都喜歡粗暴，說不喜歡的只是在撒謊。」

「李！」

但他大笑著走進客廳。**也許他只是開玩笑，我想，也許他不是有意的。**我的手指從髮根梳到髮尖，幾根長髮隨之而落。我看著頭髮，在垃圾桶上甩甩手，把頭髮丟了。

二〇〇七年十二月二十三日星期日

又是星期日，今天是陰天，因此嚴格說來應該是個好日子。也許晚點我會去慢跑。

不過，就在這一刻，一切都感覺糟糕透頂。

在他留下我獨自站在家門外、自行上樓之後，我覺得自己的表現蠢極了。那是種模糊的覺醒，喝下兩杯酒（兩杯耶！老天爺）的我覺得有點暖和、暈陶陶地，但是現在——在這個晦暗、有風、十二月早晨的冰冷光線下，我只想到自己開心地告訴他我住過院，不只一次而是兩次，以及我親他的時候他僵在當地、之後從我緊抓著的手指間抽身離開，然後想盡辦法三步併兩步地逃到樓上。

我到底以為自己在幹嘛啊？他一定感覺到我身上散發出的絕望了。難怪我是個徹頭徹尾的瘋子。難怪我不把周圍檢查上四十遍就走不出家門。現在我不只是瘋子，還是個絕望的瘋子——想嘿咻的欲望強烈到幾乎想對去年度每一個對她表現出興趣的男性投懷送抱。好像光這樣還不夠似地，這男的還是心理醫生——要是有人知道瘋子是什麼樣，那肯定是他。

通過門口之後，我看到鏡子裡的自己。我臉上滿是淚水。一定是在他親我的時候，我不知不覺地流淚了。淚水下的面頰豔紅如火，我的模樣不像只是在近距離親吻了他，簡直就像我被他給甩了。

說起來，其實這樣也沒錯。

不過，換個樂觀的角度想，這一切讓我大為分心，使我擺脫了一貫的苦難，昨晚我只把公寓檢查了一次。一次而已。

但我沒睡。我清醒地躺了好幾個小時，把他的話和我的話從頭到尾想了一遍，想分析出自己是從哪一點認定他想說他喜歡我，而我能夠想到的都很爛，而且大可以有別的解釋：他說他還沒準備好談戀愛（這話他的確說過），而我也還沒（這句他也有說），還有他跟未婚妻之前過得很糟。這些話的箇中含意似乎是他需要我的陪伴，也享受跟我在一起的時光，因為顯然我們誰都不想展開戀情，而他花時間陪我絕對安全，不會有我想對他投懷送抱的狀況。偏偏在他說了上面那些之後，我他媽的就對他投懷送抱了。

可惡。

到了這天凌晨三點，我起身下床，打開暖氣，穿著睡衣發抖，拿了杯茶坐了十分鐘。等暖意開始滲透身體，我決定來試試深呼吸。反正，有何不可呢？我他媽的沒別的事可做了。

這一次我很努力地不去想史都。現在想他可能會讓情況更糟，而不是更好。當然啦，我越不想去想他，這件事就變得越不可能。我抬頭看天花板，聽著自己耳朵裡震耳欲聾的寂靜，猜想他是不是也難以入眠。如果是，就是因為他躺著納悶下次見到我時該怎麼說。「呃，哈囉，對，我知道我回吻你了，但其實我寧可刮掉自己的眉毛也不想再親你。可否請你不要再對我投懷送抱了呢？非常感謝。」

我甚至對自己展開嚴肅的勸說。**我不會讓這件事妨礙我。我要從強迫症中恢復過來。我每一天都要有進步。我要漸漸恢復，因為我做得到。**他只是指出了這一點，並沒有讓我有進步，讓我進步的是我自己。

之後，我再試做深呼吸，這一次我成功了。只有三分鐘，計時器響的時候，我鬆了口氣。之後我覺得冷靜許多，我爬回床上，戶外開始變亮，我終於睡著了。

早上我起床後，一時之間只記得被親的感覺、他嚐起來多麼可口，他給我的感覺多強壯、溫暖、安全，然後才想起整件事的前後關係，只覺得想吐。喝過早上八點的那杯茶後，我決定勇敢一點，去慢跑。我換上運動衣、運動鞋，看著窗外的雲層，想看看天會不會下雨。那樣就會讓我清醒了，我心想，而且我應得的還不止這樣；在雨中甚至凍雨裡慢跑半小時，那才是我應得的報應。

我檢查公寓三次，過程還不錯，但對週末來說並不好。我用一個大安全別針，把鑰匙別在運動衣口袋裡，查看是否穩固，然後總算出發了。

外面的風比我想像的還大，這代表要通過公園的慢跑路線大部分會是迎風。等我跑到公園門口，我的臉已經失去知覺了。到了公園裡，我成功一路跳上山丘，呼吸到胸口發疼，然後在山頂上喘氣，凝望著下方一直到河邊、加那利碼頭和穹頂的景色。雲朵奔過天際，每過一分鐘就變得更暗、更有暴風雨將來的氣勢。

我回頭跑下山丘，完成繞公園一圈回到門口，這時雲層破開，大滴大滴的冰雨落了下來。我想去那間咖啡館的遮雨棚下避雨，咖啡館沒開，但我不喜歡慢跑結束了還待在公園裡，尤其在這種昏暗的天光下，無法看清對面的來人。於是我繼續跑。

接著，當然啦，等我跑回塔爾波路，雨已經減弱成毛毛雨了。我渾身濕透，頭髮被雨和我的汗水弄濕，翹得亂七八糟，臉頰因為寒冷而刺痛。

就在我來到屋外時，大門打開，史都走了出來。他忙著檢查門有沒有關緊，因此一開始並沒看到我。一時之間我考慮要不要躲到隔壁屋的門後。

來不及了。

「嗨！」他說，聲音爽朗、友善，讓我退縮。

「哈囉。」我說，一面重重喘氣，希望自己剛才跑快一點，就能在他出來前先到家。

「我正要去買點東西當早餐。你要不要來一點？」

「呃——我得換衣服。」我的說詞好爛。

「沒關係，」他說著打量我濕透了的運動衣。「你去換上乾衣服，好了以後到樓上來。培根和蛋可以嗎？」

「很好啊。」我說。

他對我笑了笑，從我身邊走過。

「史都。」我說。

他轉身看我，鑰匙還拿在手上。

「我只是想說——呃——謝謝。謝謝昨天晚上，那個——你知道的，你沒進來，拒絕了我。我很抱歉，我想是酒精讓我不太清醒。」

他一臉困惑。「我沒有拒絕你啊。」

「什麼？你沒有？」

他朝我跨出一步，一手放在我上臂，就像那天晚上要幫我冷靜下來那樣。「對，我沒有，我只是沒有趁機占你便宜。」

「那不是同一回事嗎？」

「不，完全不同。我才不會拒絕你。」

他對我笑了笑，我心臟狂跳，卻不是因為慢跑。然後他說：「待會見囉。」然後往高街走去。我站在那兒，大氣也不敢透一口，看著他走過轉角。

二〇〇三年十二月二十五日星期四

我們在沉默中吃著晚餐，我覺得有些尷尬。晚餐是李煮的——幾片火雞肉、烤馬鈴薯、肉汁，甚至還有一罐蔓越莓醬。他戴了一頂從餅乾裡拉出來的紙帽子，邊喝酒邊注視著我。

我很生氣，卻不清楚為什麼。我一直期待著這天，期待聖誕節，想著能跟另一個人分享會有多美妙，現在我卻有點希望他根本不在場。不知道能說些什麼把他趕走，而不會引發爭吵。

是因為他說的話，說女人都喜歡粗暴的嗎？我推敲著，但這念頭並未激起怒意。他甚至可能說對了。我並沒有特別喜歡，這點沒錯，但在其他情況下我的感受可能會不同。

不，不是那件事。而是李掌控局勢的感覺。

我上樓換衣服，下來時卻發現他把我關在廚房外。他說我們要等晚餐後才能打開給對方的禮物，之前不行；我只要坐在沙發上，拿著香檳耐心地等就好。弄得我在自己家裡卻覺得像個客人。

我對這種尷尬情況的解決辦法就是盡量喝醉，而我正朝那個目標穩健地邁進。

「好香喔。」我終於開口，其實是想打破那股壓迫人的沉默。

李點頭。「很高興你喜歡。」他替我斟滿酒。

「現在可以打開禮物了嗎？拜託。」我一等他吃完就說。

我腳下超級不穩，他得拉著我的手才能扶我從桌邊站起。我在聖誕樹旁咯咯笑著倒地，他坐在我身邊。

「我得幫你才行，對吧？」他說著遞給我一個包裝精美的長方形小禮物。

「不，」我說，稍嫌用力地把東西抓過來。「我可以的，感謝你哦。」

邊喝酒邊打開禮物花了好久好久——幾張CD，都是我沒聽過的歌手、一條在我手腕上閃閃發亮的手鍊、一個新的皮革錢包和一枝鋼筆，筆身上還刻著我的名字——李在壁爐裡點了幾根蠟燭，喝酒的速度比我慢許多，也打開了他的禮物。他的禮物比較少，主要是因為我也有來自其他女友的禮物要拆。我看著他打開禮物——大部分是衣服、幾瓶鬍後水和一支新手機。他看起來很高興，真的很高興……也或許是因為酒，讓我的判斷力變差了。

然後我打開一個盒子，在幾層面紙之下發現一件內衣。我當然得立刻試穿啦。我笨手笨腳地脫掉衣服，用被酒精麻痺的手指拉牛仔褲，後來他來幫我，當然結果我根本沒穿到新的內衣，因為我們最後又在地板上做愛起來，就在我那株高三呎、隨意裝飾著白色小燈和幾個玻璃掛飾的可悲聖誕樹下。

他在我體內挺進，我大口吸氣，肩膀摩擦著地毯，這時我覺得好像置身事外、想作嘔，這感覺讓我想起那些出門喝酒的夜晚，最後跟根本不認識的人上床的感覺。

我忽然震驚地清醒過來，不知道這樣對不對。我納悶他是不是我的真命天子。這難道不是太多夜晚跟一個剛碰面的男人回家的最終結果？在樓下地毯上跟人嘿咻，手指和嘴唇都因為太多酒精而麻痺？最後假裝高潮，因為我累得沒辦法繼續，想等他加快速度達到高潮，因為我想要獨處，想要睡覺，想吐。

李一定察覺到我的不舒服了，因為他動作慢了下來，把我的臉轉過去面對他。我睜開眼睛。他在我的正上方，臉上是難以捉摸的表情。因為流汗，他的頭髮濕濕的，前額也閃著光，燭光在他臉頰上投出陰影。

「凱瑟琳。」他輕聲說。

「嗯？」我以為他要問我是否都好，我也準備做出最棒的鼓勵微笑，好讓他快點上完我，這樣我就可以喝杯水，去個安靜點的地方躺下，好好地感受房間在旋轉。

「你願意嫁給我嗎？」

不管他說什麼，都沒有這句話來得嚇人。

「什麼？」

「你願意嫁給我嗎？」

之後，過了幾個小時，帶著陣陣頭痛躺在床上的我才想到，最完美的答案應該是親吻他、掌控局面、讓他繼續未完的事，用拖延戰術給自己多點時間思考。但當時我腦子裡全是酒精，結果遲疑了太久。

他抽身離開，坐起來，背對著沙發。

我搖搖晃晃地挺直身子。「我可以想一想嗎？」我問。

李看著我。讓我驚嚇的是，他臉上竟然有淚。他在哭——這個勇悍的男人有一份在巷子裡吆喝別人的工作、會抓起我的頭髮說女人都喜歡粗暴性愛——竟然在哭。

「噢，李，別哭。」我雙腿跨坐在他大腿上，用手指擦著他面頰，歪過他的臉好讓我親他。「沒關係。我只是沒有想到而已。」

但我低估了他自尊受傷的程度。幾分鐘後，他穿好衣服，跟我吻別。「我明天還要上班，」他說，聲音溫柔。「我們晚點再見。」

「但是你剛喝了酒，李。別開車回家。」

「我會走到鎮上叫計程車。」他說。

反正這也是我想要的——幾分鐘前我一直希望他起身回家，留下我一個人，現在他真的走了。**小心許願啊，凱瑟琳**，我對自己說。

小心些。

二〇〇七年十二月二十三日星期日

等我沖完澡，又花了十分鐘煩惱跟昨晚接吻過的人一起吃早餐應該穿什麼最恰當，煎培根的香味已經一路飄下樓、從門縫下進了我家。

我成功鎖上家門，檢查一次，然後上樓了。想回頭再檢查有沒有出錯的欲望很強烈，但我仰賴著即將跟史都在一起的事實，讓好事盤據腦海。

他沒關上門，但我還是敲了敲。「哈囉？」

「我在這裡。」我聽到他喊，於是跟著聲音走進公寓後方和廚房。這裡真的很亮，陽光穿透那幾扇大凸窗照進起居室。他把客廳裝飾過了，一棵聖誕樹放在角落，窗邊還有小燈，感覺溫暖、溫馨又有節日氣氛。茶几上堆著一疊週日報紙，廚房的小桌上有一壺茶，吐司架上有排列整齊、直冒熱氣的幾片吐司，還有一罐華倫西亞牌的柳橙果醬。

「你來得正好。」他說。

他把兩個裝得滿滿的盤子放上桌，我坐在他對面倒茶，把牛奶倒進杯裡攪拌，一次一點，直到茶呈現出想要的顏色。

我極度、無可言喻地開心，臉上的笑一直停不下來。有個距離這麼近的人陪伴，能夠跟我分享這樣的一天，就足夠了。因為一直笑，我幾乎沒辦法咀嚼早餐。然後我大膽瞥了他一眼，他正熱切地看著我。

「你看起來很高興。」他好奇地說。

「我是很高興。」我笑著說，嘴裡塞了培根和吐司，吐司上還有一抹液狀的蛋黃。

他臉紅了，我不懂為什麼。我想起了昨晚。

為了立刻改變話題，我說：「你真的很會做菜。即使你一邊的肩膀脫臼了也一樣。」

「我今天早上在想一件事。」他說。

「什麼事？」

「嗯，你聖誕節要做什麼？」

我發出空洞的笑。「什麼也沒有，就跟去年一樣。待在家裡看無聊的聖誕電視節目。」

「我請了阿亞來吃聖誕午餐，他聖誕節沒人陪。你要不要也來？我們可以一起過聖誕節。你說呢？」

「你難道沒有家人，或是可以一起過節的人嗎？」

他搖搖頭，一邊咀嚼著。「其實沒有。我可以去找我妹，但她住在阿伯丁。羅飛也回去做背包環遊世界之旅了。此外，我明天和聖誕節的第二天都要上班。聖誕節當天能夠休假，我已經很幸運了。」

我喝下最後一口茶，心想如果再倒一杯會不會不禮貌。

「這個阿亞就是你跟我提過的那個亞利斯特嗎？世界頂尖的強迫症專家？你要我跟他一起過聖誕節？」

「呃，對，還有我。那你會來嗎？」

「你真好。我可以想想嗎？」

「當然。」

吃完後，我們就著茶壺裡的一點茶，坐在充滿陽光的客廳。我坐在象牙色的地毯上，把《週日時報》攤開在身邊的地板上，專心致志地閱讀世界其他地方的新聞、其他人的創傷、其他世界、其他生活。

他坐在沙發上看《電訊報》，偶爾也唸幾段給我聽，一面笑剛才唸的那幾句。

等我的腿開始發麻，我把報紙折疊整齊，拿了本雜誌到沙發上的他身邊坐下。雜誌上有篇關於強迫症的文章，通常我會避免閱讀這類東西，因為那跟我的狀況實在太像，但現在我卻看得津津有味。文章描述了史上患有強迫症的名人，還說這個病經常被誤診為怪癖。

我拿給史都看，他向我靠近，好從我肩後看那篇文章。我感覺到他的呼吸。

我感覺自己身體繃緊，不知道他會不會又親我，同時又好奇血管裡沒有撫慰人的酒精，我能不能應付得來。他陡然坐起，走到廚房，打開熱水壺準備泡一壺新茶，那時太陽躲到雲後面，房間暗了下來。

「我真的應該回去了。」我說。

我想他沒聽見。幾分鐘後他拿著茶壺回來，小心翼翼地放在茶几上的報刊和行動協助廣告中間。

「唔，你想的話當然可以。但我還滿希望你能多留一會的。」

「真的嗎？」

「你經常這樣問，」他說著在我身邊坐下。「好像你不相信我似的。」

「你用心理醫生的眼光看我。」我皺眉說。

「我是心理醫生啊。」

「唔，我以為你請了病假。」

「你為什麼生氣了？」

「因為你分析我。」

他用手遮住笑。

「因為那表示你知道我的頭腦怎麼運作，我卻完全不知道你每分鐘都在想些什麼，這簡直快讓我煩死了。」

他忙著替我倒茶，毫無疑問地，他清楚知道喝杯茶——而且這茶的顏色完全正確，實在令人分心——就會阻止我起身離開。

「我昨晚吻了你。」我氣沖沖地脫口而出。我完全沒想到自己想說這個。

「對。」他說。

「我覺得我的生活變了。」

他用那對綠眼睛望著我。「嗯。」

「改變總是讓我怕得要死。」

「喔。」

「嗯？喔？就這樣嗎？」

他聳肩，拒絕被我語氣裡的怒意釣上鉤。「我同意你說的話。改變當然嚇人，但你會撐過去的。不是嗎？」

我無話可說，覺得房間在旋轉。進行得不太順利。我怎麼會從幾分鐘前的滿心喜悅、瘋狂歡暢變成現在這樣呢？我一定有什麼超大的內部自我毀滅按鈕。

「我不知道你要我怎麼樣。」我難過地說。

他又那樣凝望我了，我最怕那樣，好像他可以看透我的感覺，但我忽然醒覺是他雙眼凝視的方式、他看著我的方式。他說：「凱西，那只是個吻。」

我雙頰在燃燒。「你認為那不代表任何意義？」

「我沒有那樣說。」

「你為什麼對難堪的對話這麼有一套？」

他大笑。「也許因為我經歷過的困難對話比簡單對話還多。」

我有種感覺，不管我說什麼，他都會有聰明的答案，於是我咬住嘴唇。目光接觸：這是另一件他擅長的事。不過這一次他贏了。我怕如果注視他的眼睛太久，我可能會哭出來，於是我喝掉剩下的茶，下定決心似地把茶杯放在桌上。

我說：「真的，我要走了，謝謝你的早餐，很好吃。」

他送我到門口，說：「隨時歡迎。」

史都說得對，當然是這樣。那不過是一個吻，不過是交談幾句，不過是早餐。我檢查門口、窗戶、廚房抽屜和其他東西，一面想著他說過的每句話，好奇我到底是哪一點不懂。

二〇〇四年一月七日星期三

「哈囉，美女！」

「靠！李，你差點讓我心臟病發。」

我話還沒說完，人已經進了他的懷抱，就在公司冷颼颼的停車場。我很晚才出來，不期待會有什麼事比尖峰時間龜速開車回家更令人興奮，而他卻在這裡，在我的車旁邊等。停車場的照明很差，一片昏暗。

他親了親我，又慢又溫暖。

「你來這裡做什麼？」我問。

「我提早下班，就想給你個驚喜。我們去哪裡逛逛吧。」

「我可以先回家換衣服嗎？」

「現在這樣很好啊。」

「不行，說真的，我整天都在上班，寧可先換衣服……」

「上車。」他拉開停在我車子正後方的一輛車車門。

「我喜歡這輛車，」我說著滑進乘客座。「你的車怎麼了？」

「我直接從公司來，這是公務車。」

「喔。那是什麼公務？」

當然了，這個問句沒有答案。他打扮得很體面，深色西裝配深灰色襯衫，而且剛刮過鬍子。不知道他是否真的從公司直接過來，還是剛去過健身房。這輛車看來跟其他車子沒什麼兩樣，沒有CD、沒有停車票根，擋風玻璃上也沒有公司停車證。

我們開出鎮外。「要去哪裡？」

「一個不一樣的地方。」

他開車時一手放在我大腿上，目光不離馬路。儘管我累得半死，忽然的肢體接觸仍讓我一陣興奮。他的手掀起我的裙子，摸到我裸露的腿。一時之間我以為他會繼續往上，但他卻停在那裡，手放在我大腿上。我的手按了上去。

「我們來早了，」一會兒之後他說：「我想我們應該停一會兒。你覺得呢？」

當然了，他並不是在說停車欣賞風景，不過至少他成功找到一塊還算迷人的地方才停。這是山頂上的一座停車場，這座鄉間停車場晚上已經關門，但幸好他們懶得把大門上鎖。我們在樹林間開下一條陰暗的小路，直到樹木分開，露出一塊空地，鎮上的燈火鋪陳在我們下方的山谷間。

李解開安全帶，看了看昏暗的車外。角落還有一輛車停著，裡面沒人，不過天黑得看不清楚。

即使座位已經退到後面，在車裡還是很怪，於是我們到了車外，靠著車門，我的裙子掀到腰際，脫下的內褲不知被丟到哪裡。他的臉埋在我胸口，我的手穿過他頭髮，寒冷和興奮讓我發顫，高跟鞋陷進柔軟的土地。

「我不該這樣的。」他終於開口，就在我喉際，聲音不比嘆息大多少。

「為什麼？」

他抬起頭。天色暗得我看不清楚，只感到他堅硬的身軀壓著我，勉強看出他輕飄飄的頭髮被微風吹動。「我沒辦法停止想你，今天一整天，我滿腦子想的就是還要再過幾分鐘才能跟你見面。」

「那是好事，不是嗎？」我輕聲說，親吻他的面頰和耳垂。

他搖頭。「我應該專心工作的話，就不是好事。那樣好像欺騙，我不做那種事。」

「你是說像跟別人上床那種欺騙嗎？」

他大笑。「我不跟別人上床，只跟你。我跟你在一起的時候不會想工作，所以我工作的時候也不該想著你。」他說完退開，調整西裝。從外套口袋裡拿出一球深色質料的東西。「我想這是你的吧？」

我打開車門，回到溫暖的車內。「等一下，那不是我剛才穿的。」

「當然不是，我替你帶了一件乾淨的。我想你可能會需要。」

「那原本那件呢？」

他聳肩。「我想是留在停車場的哪裡了吧。」

「你有打火機嗎？我不能把內褲丟在停車場啊。」

「沒有，我沒帶打火機。」他扭開引擎。「我們走吧，我餓了。」

半小時後，我們來到河畔的一家漂亮老酒館，等著帶位。一大杯紅酒和生起的柴火讓我身子暖了起來。我慢條斯理地看著菜單，李坐在我對面，唇上帶著饒富興味的笑容打量我。

我先覺察到了。他的身子忽然緊繃起來。我從眼角瞄到他身子一僵。

我抬頭，李正在看我身後的某個人、或是某樣東西。我直覺地轉頭去看。我身後的餐廳桌旁坐滿了要吃晚餐的人。

「可惡。」他壓低了聲音說。

「李？怎麼回事？」

「別回頭看。」他的語氣冰冷。一會兒之後，他站起來。「在這裡等，好嗎？我馬上回來。」

我回頭看到他朝餐廳的洗手間走去。我覺得不安。他看到誰了？另一個女人？儘管他叫我別看，我還是在座位上轉過身，面對著用餐室，等他再度現身。通往洗手間的門打開了，但出來的不是李，而是兩個男人，第一個穿著西裝，肩上掛了個小背包，另一個年紀大些，打扮得比較隨性，穿了黑色皮衣和牛仔褲。他們大笑著。我以為他們會坐在用餐室，但他們卻直直朝我走來。我縮回扶手椅裡，埋首看菜單等他們走過。他們走到酒館門口，握了握手，穿牛仔褲的那個走到外面的停車場後就消失了。

幾分鐘後李回來，一面對著手機說話。他又坐在我對面。「對，好。我們外面見。」他說完啪一聲闔上手機，放進夾克口袋。

「李，怎麼回事？」

「對不起，我們現在一定要走，去車上等一會兒。」

「什麼？」

「我得跟人碰面。我們不能在這裡等。」

「你開什麼玩笑！」

他傾身朝我過來，把汽車鑰匙塞進我掌中。「給我他媽的閉嘴，上車去。我一下子就出來。」

我跺著腳步出餐廳，用力甩上門，儘管周圍沒有別人讚賞我的熊熊怒火。獨自在車上的我打開置物箱，希望能找到什麼線索，但裡面卻是空的，什麼都沒有。

幾分鐘後我看到酒館的側門打開，看到李的身影朝車子走來。他打開車門，帶來一股冰冷的夜晚空氣。

我滿懷期望地看著他。

「那家酒館有點爛，」他高興地說：「我們應該去別家。」

「什麼？」

他的手指按住太陽穴，閉上眼，好像我讓他很頭痛似的。

他說：「好，接下來的事情是這樣：幾分鐘後會有幾輛車子開過來，我會跟車裡的幾個人見面，說明剛才發生的事，然後如果運氣好，我們就可以開車走開，另外找一家酒館吃晚餐。」

「要是運氣不好呢？」

「那我就得幫他們，你要留在車上，把頭低下來，而且不要說話。」

「你到底會不會告訴我他媽的到底是什麼事？」

「等事情結束以後，我保證。」

他彎下身來，在黑暗中親我。一開始我把臉頰轉向他，但他把我轉過來，找到我的嘴，另一隻手伸進我夾克裡，拉扯我的上衣。

一輛車倒退停進我們旁邊的空位。我看到車裡有三個人，儘管天色暗得根本看不清楚。「好，」李沉聲說：「你待在這裡，好嗎？不要下車。懂了沒？」

我點頭。他下車，爬進另一輛車子的後座。車門打開時，車內燈並沒有亮。雖然模模糊糊，我仍看著車裡的人影。看起來他們好像在討論什麼，但我什麼也聽不到。幾分鐘後，四扇車門全開，人都下了車。李對我笑了笑，眨眨眼。我沒心情回應他。他們全都走到酒館側門，走了進去，看起來就像一夥朋友要進去喝兩杯那樣。

車裡很冷。我考慮要不要開引擎好讓車裡暖和些，或是打開廣播。一時之間，我甚至想要開車回家，把他丟在這裡跟那夥朋友在一起。倒不是因為我倆這頓浪漫晚餐被粗魯地打斷，而是他那樣對我發號施令的方式。我開始在腦中練習一大堆要對他開罵的說詞，等這件事——誰知道這是什麼鳥事——結束以後。

酒館的側門忽然打開，混亂發生了。

我在座位上往前傾身想看清楚，又馬上縮回去，因為之前看到的那個男人從門口跑向車子，肩上有個背包，他身後緊跟著第二個男人，穿著連帽上衣，再後面就是李。李大喊著什麼，然後朝有背包的男人衝去，兩人倒在石子地上，酒館的門又打開，另外兩個男人跑了出來。

現在回想起來，當時我對發生的事情一點概念也沒有。後來看到李在口袋裡摸東西，取出一個可能是紮線帶的東西，把那人的手腕拉到背後綁起來。穿連帽上衣的男人也被帶離馬路，李的另兩個同事一人站一邊，把那人拉起來，這時我才終於想到這大概是逮捕行動。

李在逮捕那個有背包的男人。

二〇〇七年十二月二十四日星期一

這是個大出錯的日子。這一天，我脆弱的世界在耳邊崩垮。

我四點時結束工作。我一直在替一家建造來放我們存貨的新倉庫籌備聘僱活動，倉庫就在我工作的製藥公司總部旁邊的工業用地上，原本預計四月開始運作，我們也已經聘僱了多數的管理人員。現在我們只有上級長官和工人，其中多數人大可從當地聘僱。新聞廣告會在新年的頭六週刊登，如果那之後還沒有足夠的合格候選人，我們就要找經紀公司幫忙。

我在肯辛頓路搭上地鐵，離家只有半哩路。我選了圓環路走巷子進去，這樣就能從屋後檢查窗簾，再走一段塔爾波路，從前門進屋。我特別連續兩天走同樣的路線搭地鐵回家，也盡可能減少檢查次數。早上通常要花一小時——肯定比以前好太多了。

距離前門還有幾步路，我聽到身後有人喊叫，我轉身，嚇了一跳。是史都，他正從塔爾波路上跑來。

「你今天提早下班。」我說。

「對，感謝老天。你好嗎？」

「很好，謝謝。」

一陣沉默。不知道有他在一旁，我要怎麼檢查門戶。

「那──你會來喝一杯嗎？」

「什麼，現在嗎？」

「對，就是現在。」

「我正準備去──呃──」

「來嘛，來嘛。」

他不耐煩地站在走廊，等我檢查大門。

「這裡有張給你的紙條。」他說著朝走廊上的桌子指了指。

他打斷了我，我咬著牙。要是他繼續說話，我們就得在這裡待上一整晚。「先讓我做完這件事，然後就去看。」

當然了，就在我快要檢查完的時候，一號公寓的門打開，麥肯西太太出現，一身耀眼的花圍裙和拖鞋。「凱西，是你嗎？」

「還有我。」史都說。

「噢，好啊！你們在一起。」她嚴厲地瞪了我一眼，就像每次她碰到我正在檢查門的時候那樣。我們三個站在那裡互看。

「唔，我不能站在這裡閒聊一整天，」麥肯西太太終於說：「不然就什麼事都做不成了。」

她回到屋裡，史都和我對望一眼。「她也這樣對你嗎？」他輕聲說。

我點頭。「千萬不要對她提到聖誕節，她最討厭這個話題。」

「我知道。我上星期就犯了這個錯。這就是那張紙條。」

那是一張「你不在的時候」紙條，已經印好的，上面有我的名字。除了有標準的方格讓人勾選外，表格上唯一的內容就是一個名字——珊．赫蘭茲——一個手機號碼、一個市話號碼，和一段文字：

請盡快回電

他在我還沒會意過來以前就把紙條交到我手裡，當然，到了那時候，因為被打斷了那麼多次，門戶已經需要重新檢查，我得重頭開始整個討厭的檢查程序。

「凱西，門已經鎖好了，」看到我的表情，他柔聲說：「我們不能整晚都站在這裡，上去喝一杯吧。」

「我不能就這樣不管。」

「可以，你可以的。來吧。」

「你為什麼忽然這麼急？」

「我不急啊。」他說。

他多麼安祥、冷靜得不可思議，我發覺自己開始不耐煩了。「你何不先走，讓我把這邊處理完？」

「我才不要容忍強迫症。」

我忍不住大笑。「你什麼？」

「凱西，你不需要我來安撫你。你會讓自己的病情得到控制。如果我一直參與你的檢查儀式，即使只是等你把它做完，你要努力復原的動力就不會那麼大。」

「真他媽的，你真是他媽的心理醫生。」

「對，你說的沒錯，我就是。但我已經下班了，現在真的很想跟你上樓去，然後一起喝一杯。所以快來吧。」

他讓我帶頭上樓，我手裡抓著那張紙。我沒有回頭看門。到了二樓，我停了一下，看著自家門口，想進去開始檢查的欲望非常強烈。

「來吧，凱西，不要停。」史都說。他已經走上半段樓梯了。

「我得去打電話給這個人，這個……」我看了看紙條：「珊．赫蘭茲。」

「從我家打。」他說。

我還是沒動，於是他走下樓梯到我身邊，說：「你家還是跟早上離開時一樣安全，不是嗎？」

我還來不及多想，他牽起我的手，說：「上樓吧。」

那之後，我就能動了。

史都的公寓比我的溫暖許多，燈光全開之後也很明亮。他打開烤箱，開始在廚房忙碌起來。「我們要喝茶呢，還是要喝酒？」他問。

「我想我們喝酒吧，」我說：「要我開瓶嗎？」

他從冰箱取出一瓶酒遞給我，我在碗櫃裡找到兩個酒杯。他說：「你最好打給那個珊．赫蘭茲，免得待會忘了。」

我拿著那張紙條走進史都的客廳，坐在沙發上，慌張地看著紙條。都這麼晚了，撥打市話號碼似乎沒有意義，那可能是公司電話，於是我撥了手機號碼。電話響了好久，終於有人接聽了——是個女的。

「調查警司珊．赫蘭茲。」

調查警司？「你好，我是——凱西．貝利。你留言給我。」

「請稍等。」有模糊的聲音，背景還有說話聲，好像這位赫蘭茲警司把話筒貼在夾克上之類的。我覺得心跳加快，嘴唇發乾。想吐。警察他媽的想要什麼？不可能會是好事，對吧？

「是的，很抱歉，貝利小姐。你叫凱西，對吧。謝謝你回電給我。」

更多模糊的聲響。

「是這樣。我這裡是卡姆登警局的家暴部門，因為李．布萊特曼的事打電話來。」

「嗯？」我的聲音幾乎啞了。

「其實只是禮貌性通知啦，我是想告訴你，李．布萊特曼會在二十八日星期五結束拘禁，獲得釋放。」

「這麼快？」我覺得自己的聲音像是從很遠、很遠的地方傳來的。

「恐怕如此。他提供的釋放住址在蘭開夏，所以我想你不需要擔心會在馬路上撞見他之類的。我在蘭開夏的同事打電話來告訴我們他的資料，好讓我們通知你。」

「他——他知道我在哪裡嗎？」

「除非你告訴過他。而我們肯定不會說。我相信他不會跑太遠，凱西，你不需要擔心。如果你有任何顧慮，請打電話給我們。你可以打這支號碼，或是我留下的另外那支。只要你擔心，隨時打來都行。好嗎？」

「謝謝你。」我勉強擠出這幾個字，掛斷了電話。

我坐著等待。我感到驚慌像浪濤朝我湧來。我想一直到我聽到那個聲音、那個高音調的可怕哀號，還好奇了一下聲音是從哪來的之時，都還在等——直到我喘不過氣，才發現那是我的聲音。我縮回沙發上，盡量想把身子縮小。想要消失。

像這樣的時刻，我認定是危險的。滲透我人生的恐懼忽然間漲到了新高，我的存在成為毫無意義的努力，是一場衝刺太過的挑戰。

那時刻裡的一切都有點模糊。我看到史都在我身邊坐下，但整個房間都在搖晃，好像發生了地震似的。我感覺他攬住我，聽到他在說——呼吸？但我分辨不出他到底說了什麼——我把他推開，沒幾秒鐘就開始作嘔，我吐出來時，他已抓起垃圾桶，放在我面前。

然後只有我的呼吸聲，或者甚至不是——而是小口小口的喘息，夾雜著我完全控制不住的顫慄和發抖。我的手指也刺痛著，但現在已經太遲了，地面開始接近我了。

二〇〇四年一月七日星期三

整段回家的路上，李幾乎沒開口跟我說話。

他停車在博斯派克路上的外帶店裡買了包薯條。未開封的薯條放在我家餐桌上，那氣味讓我流口水，雖然我已經完全沒了食慾。我們坐在黑暗中的沙發上。他坐下，把我拉到他腿上，我身子僵硬，皺著眉，像個任性的小孩。我甚至不記得自己到底為什麼這麼生氣。

「我們得談談這件事。」他溫柔地說。他從背後攬住我，臉對著我的脖子。

「我們早就應該談了。」

「你說的對。對不起。今晚發生的鳥事我也很抱歉。」

「那個拿背包的男人是誰？」

「他是我們的目標之一。我已經跟蹤他好幾個星期了，但我顯然沒料到他利用那家酒館當見面地點，不然我絕不會帶你去。」

「所以你是警察囉？」

他點頭。

「那你為什麼不能早點告訴我？」

一陣沉默。儘管如此，我的態度已經開始軟化。他把玩著我的手，手指穿過我的指間，把我的手拉到他嘴邊，親吻我的指尖。他說：「我沒想到會這樣，我不做這種事的。我不對女人動心，跟別人在一起的時間也不會長到需要告訴人家什麼事。你要知道，要談這個工作並不容易，我多數時間都在當臥底，這種事自己來比較簡單。」

「看起來很危險。」我說。

「可能看起來比實際上危險些，但我習慣了。」

「那第一天晚上，就是你全身是血來到這裡的那個晚上，你就是在當臥底嗎？我以為你跟人打架了。」

「對。那件事就沒那麼簡單了。但那種事並不常發生，多數時候我只是坐在車上等狀況，或是在不通風、沒窗戶的房間裡聽簡報，不然就是趕著看完三百封電子郵件。」他動了動，伸手到背後。「我好像坐在一塊磚頭上面——這是什麼？」

那是我的行事曆。我們進屋時，我把筆記本跟包包一起丟在沙發上。

我抽身站起來，說：「我去拿薯條，你要配什麼嗎？還是要喝點什麼？」

「不要。」我聽到他說。

我打開熱水瓶。如果我現在需要什麼，那就是一杯茶。

「介意我看看嗎？」他喊。

幾分鐘後我端了兩杯茶過來，他打開了燈。我的行事曆攤開在他腿上，他正在翻頁。

「你在做什麼？」

「我很好奇。這些人是誰？」

行事曆的後面全是用透明袋裝的名片。「就是我在會議上認識的人之類的，你不該看的。」

「為什麼呢？」他問，但他闔上了本子，交還給我。

「我是人事經理，李。裡面有些是行政人員的資料，如評議會之類的。」

他微笑。

「好吧。薯條還是熱的嗎？我餓死了。」

二〇〇七年十二月二十四日星期一

我慢慢清醒，臉仍貼著地毯，鼻端聞到嘔吐的氣味。

我幾乎立刻又開始驚慌。史都想讓我慢慢呼吸，他抱著我，撫摸著我的臉，平靜地跟我說話，但一開始這些都沒用。我甚至聽不到。我又吐了一次。幸好我呼吸得足夠，這次並沒昏倒，但說起來能無知無覺還比較仁慈些。

最後我聽到他說：「回到我身邊。凱西，跟我一起呼吸，來。我不想叫救護車，跟我一起呼吸。你做得到的，來。」

好一段時間過後，我才平靜得可以清楚聽到他說話，明白他說了什麼。他替我拿了幾件乾淨的衣服，一件田徑褲和恤衫，因為他不想留我單獨待在家裡，而我也不準備下樓。我虛弱得站不起來，因此他扶我到浴室，留我在那裡脫衣，坐進他替我放好的洗澡水。他在半開著的門外等，在我坐在浴缸裡時跟我說話，我則坐在那裡，渾身發抖，盡量不去看自己、不去看那些傷疤和它們代表的意義。

這感覺就像他又回到我腦海裡了。或者還沒：但已經蠢蠢欲動。他的影像、我一直努力要壓制的，一直都在那裡。他們曾經失去殺傷力，可是現在……

我用了史都的沐浴乳，但我的手抖得把沐浴乳都灑在手腕和水裡了，但手上的皂液已經夠多，能讓我洗去頭髮和身體上的嘔吐味。沐浴乳的氣味熟悉得古怪，讓我覺得好過一點。我往臉上潑水，用肥皂水沖洗嘴巴。

「我在想第一次見到你的情形，」他說著，那聲音近得彷彿他就坐在我旁邊，但其實只是透過開著的門傳來。他坐在門外玄關的地板上，我看到他伸直了的雙腿。「那個仲介忽然衝進門，你當時一定正在做檢查，你看我的表情超嫌惡的。」

「我不記得了——有嗎？」我的牙關仍在打顫，喉嚨發痛。我尖叫過了嗎？我覺得好像有。

「你有。」

「門沒關——他們沒把門關緊。」

他大笑。「你這個可憐的東西，他們沒關好門，你到底是怎麼撐過去的？老天爺。」這時，他的語調變了。「你當時看著我的樣子，就是有人在你正在檢查門戶時跨越了界線。我當時覺得你真是我見過最漂亮的生氣鬼了。」

我用發麻的手指拔塞子。聽著水流掉的聲音。我在樓下公寓裡聽過的，那咕嚕咕嚕、希哩希哩的聲音總讓我猜想他為什麼要在凌晨三點洗澡。

「我不漂亮。」我沉聲說，看著左臂上的傷痕，和大腿根部更深的幾道傷。最糟的傷痕還是紅色的，那裡的皮膚仍然又緊又癢。

「恐怕那得由我決定。你好了嗎？」

我勉力站起，用浴巾裹住身體。浴巾仍因為他早上才用過而有點濕。我覺得好累好累，所有力氣都流失了，於是坐在浴缸邊，等皮膚自己乾。我不想碰自己的身體。

「要是我去煮熱水，你一個人可以嗎？」他說，他的聲音嚇了我一跳。「把你的衣服拿出來，我拿去洗。」

「好。」我說，聲音微弱又粗啞。我快要失聲了。我想起當時的情形，第二天警察想跟我訪談，我卻說不出話來。我尖叫了三天。他們得等到我的聲音恢復，才能好好跟他們交談。當然，到了那時候，他也已經說了好多好多。

我穿上他留給我的恤衫和長褲，那感覺很不一樣，衣服大得我得抓住腰帶，免得褲子掉下來。我覺得像是身子半裸，尤其還露出了臂膀。傷痕很難看，我不想讓他看見。浴室門後面有件海軍藍的浴袍，我穿上浴袍，袍子幾乎能在我身上裹兩圈，而且下襬長到地板。這樣就行了。

我在廚房找到他。我的衣服在洗衣機裡轉，空氣中隱約有消毒水的氣味。他把一杯茶放在廚房桌上，我坐在桌旁，赤腳接觸磁磚地的感覺很陌生。我從沒在他家脫下襪子，更別提身上的所有衣服了。

「你想談一談嗎？」他說。

「我覺得我做不到。」我低聲說。

「你可以告訴我，他們在電話上說了什麼嗎？」

我想了想，在說話以前先在腦中試著演練一遍。「她說他二十八號會被釋放。」

「攻擊過你的那個男的嗎？」

「對。」

他點頭。「好。幹得好，」他說，彷彿我是才剛解開一道複雜數學題的明星學生。

「她說他會去蘭開夏郡的住址，還說她不認為他會到這裡來。」

「他知道你住哪裡嗎？」

「我想不知道。我搬家了。搬了三次。那時候除了警察，只有一個人認識我——溫蒂。」

「你想溫蒂可能會有危險嗎？」

我想了一下，然後搖搖頭。「我想他不知道我們後來變成朋友。我在她發現我以前，從來沒跟她交談過。之後他就被捕了，不過她有出庭作證。」

我喝了點茶。茶弄痛了我的喉嚨，但感覺很美妙。我感覺自己立刻就鎮靜下來。

「你不會有事的，」他溫柔地說：「你現在安全了，他再也不會傷害你。」

我想微笑，想要相信他的話、想信任他。不，我的確信任他，畢竟，我穿著他的衣服和浴袍，坐在他家廚房。「你不能保證這種事。」

他想了想，回答：「不，我不能保證，但你已經不是孤身一人了。你可以選擇離開這個邪惡的男人，一天一天變得更健康、更強壯，直到你不再害怕為止，或者你可以讓他繼續傷害你。這是你可以做的選擇。」

雖然情況不對，我卻在微笑。

「你今晚要留在這裡過夜嗎？」他問。
我想了一下。我想回家檢查門戶，但同時又覺得害怕。我怕回家，我怕置身在一個沒有史都的地方。
「對。」我說。
「那我去睡沙發。」
「不，我不介意沙發。你需要舒適的床。」我說，指了指他的肩膀。
「你上次睡在我的沙發就嚇壞了。」
「我想我醒來發現自己在你床上，會比在你沙發上更驚嚇吧。」
「只要你確定就好。餓不餓？」
我不餓，但他幾個鐘頭前放進烤箱的砂鍋菜還在烹煮，於是我們把碗放在膝上，拿幾塊麵包沾肉汁吃。菜餚又燙又辣，刺著我的喉嚨，但味道很不錯。他拿出那瓶我一直沒機會打開的酒，我們喝將起來。
「或許不是個好主意。」史都說著喝光了第一杯酒。
「你是指什麼？」
「酒啊。你今晚很不好過，我明天也需要精神煮聖誕午餐。」
「可是很不錯。」
他轉向我，微笑著。我覺得他一副累壞了的樣子，眼睛蒙上陰影。「今天上班時，我一直在想今晚要回家大醉一場。」
「為什麼？」
「老實說，去年的聖誕節我過得很糟，我想把它忘掉。當然，喝得大醉並不是辦法，但我想應該有幫助。」

「去年聖誕節出了什麼事？」

他替自己斟了酒，也把我的酒杯加滿，儘管我才啜了幾口。「那時就是漢娜開始出狀況的時候。」

「你的未婚妻嗎？」

他點頭。「我煮了聖誕晚餐，我們一共四人——我、漢娜、漢娜的哥哥賽門和他女友蘿西。賽門是我大學時最要好的朋友，我也是因此才認識漢娜。我們就快吃完的時候，漢娜的手機響了。她不該值勤的，但她說那是緊急狀況，而且她要去。賽門對她大發脾氣，罵了她一頓，她則叫他滾開，然後抓起外套出門。賽門氣得不得了，我實在不懂，一直叫他算了。氣氛變得很怪，之後不久他們就離開了，我獨自在家，直到她在凌晨三點又回來。我在沙發上等她等到睡著。」

他轉向我，回憶讓他皺起眉頭。「那真是有夠爛的聖誕節。原來她答應了那個第三者，要跟他一起過聖誕節。賽門是知情的，而且顯然準備告訴我，所以蘿西才叫他離開。她不想破壞我的聖誕節。」

「你什麼時候發現的？」

「一直到七月。」他往後靠進沙發，喝乾了那杯酒：「我不想談那件事。」他下定決心似地說。

他洗碗，我看著晚間新聞，然後他從臥室拿出被子，裹在我身旁。被子好大。

他說：「我衣櫃裡有睡袋，你用被子。」

我說：「謝謝。」我的目光跟他相對，覺得心跳加快。如果他又想吻我，我不知道自己會怎麼做。但他只是笑笑，回到臥房。我聽著他在家裡走動、關掉廚房電燈、打開走廊燈的聲音，我躺在他的沙發上，蓋著溫暖又柔軟的大被子，聞著被子上洗衣粉和他鬍後水的些微氣味。我從沒想過我可以睡著。我躺在那兒，想著不睡，一直到我睡著。

二〇〇四年一月十七日星期六

西薇亞的派對在展翅鷹酒吧。過去幾年來，這家酒吧一直是眾多美好夜晚的場地。西薇亞跟酒吧經理有段斷斷續續的戀情，雖然是多斷少續啦，但他們沒吵架的時候都還是朋友。

我們搭計程車到了酒吧，李的心情很差。

「如果你不喜歡，我們不必待太久，真的。一、兩個小時就好，如何？」

「好啦，隨便。」

要不是因為他很帥這個事實，我大可以叫他滾。我無法決定他是一身西裝、刮了鬍子、香氣撲人最好看呢，還是穿牛仔褲又全身髒兮兮比較好看。他今晚介於這兩個極端之間，穿著牛仔褲和海藍色的襯衫，襯得他雙眼比以往更明亮、更藍，而且——至少——更澄澈了。我們來到門口，聽到裡面傳來的吵鬧聲，做好心理準備，他拉起我的手，捏了一捏。

全都是因為那件蠢洋裝。

他從淋浴間出來，用浴巾擦乾的身子完全赤裸，以一種只有他那種體格的男人才做得出的自信態度，閒步晃進我臥室。當時我正扭著身子要穿那件黑色的絲絨洋裝。

「你要穿那件嗎？」

他的手滑進我腰間，身子緊貼著我。

「當然。」我愉快地說。

「怎麼不穿紅的那件？」

「因為我們只是去展翅鷹，那是酒館，而且不是很時髦。我不能穿紅緞子那件，那樣太盛裝了。」

他看著敞開的衣櫃，然後看了看掛在衣架上的紅緞子洋裝，在其他黑色和紫色的衣服當中，那件洋裝鮮亮如珠寶。一時之間我以為他會把衣服朝我丟過來，但他只是坐在床上，一個一個地解開洋裝後面的釦子。

「李？」

彷彿他忘了我的存在。他站在我身邊，把臉埋進我頸間，舌頭舔過我的皮膚，在我耳邊吹氣，讓我全身的汗毛都豎了起來。「穿那件紅的。」他輕聲說。

「李，不行啦，真的。這一件哪裡不好了？」

「沒有哪裡不好，也很漂亮，你很漂亮，但你穿紅色很好看。」

「我穿黑色也不錯啊，不是嗎？」我說，凝視著我們在衣櫃門上鏡子裡的影像。

他一手摸上我大腿，移到前方，讓我雙腿發軟。然後另一手拉起我的洋裝——在我還沒會意過來以前，他把我拉到床邊，把洋裝掀過我頭頂。我大笑著向後倒在被子上，他在我肚皮上吹氣，又跟我扭打著讓我脫下了袖子。

我讓他替我脫衣。我讓他在接下來半小時把全副注意力都放在我身體上，然後，等他穿好衣服下了樓，我再次穿上那件黑洋裝。計程車來的時候，我正好著裝完畢。前往酒館的整段路上，他都沒跟我說話。

二〇〇七年十二月二十五日星期二

聖誕節早上，我睜開眼睛，太陽已經射進窗戶、照上我的臉，讓我以為夏天到了。我聽到史都在廚房的聲音，而那個亞利斯特再過幾個鐘頭就要來了。

他發現我坐起來。「哈囉，」他說：「聖誕快樂。」他穿著牛仔褲，一件磨損的灰色恤衫。「我來煮熱水。」

「我該起床了。」我說，脖子以下卻仍窩在被子裡。

他來到沙發，在我旁邊坐下，肩膀移動時他皺了皺臉。「我在想啊，」他說，眼睛盯著我：「如果你要的話，我可以打電話給亞利斯特取消午餐。」

「什麼？取消聖誕節？」

「如果你覺得寧可一個人的話。經過昨天那件事。我想他一定沒問題的。」

我對他微笑。「你真好，但我沒問題，真的。」

我把被子往上拉了點，忽然發覺身上穿的衣服很少。昨晚嘔吐和恐慌發作的記憶又回來了。「那最好穿上衣服，」他開心地說：「你要我下樓替你找幾件衣服，還是你昨天穿的那幾件也可以？衣服都洗好了。」

我想著下樓回到自家，獨自一人挑選該穿什麼衣服。如果不是因為有陽光，我可能會需要他跟我一起去。我看著窗戶，陽光透了進來。這樣的日子裡不可能會發生壞事。

「我想我應該沒關係。我下去換衣服，然後再上來。」

「也帶些換洗衣物過來。」他說著站起身。

「換洗衣物？」

「就是牙刷那些東西。我是說，如果你今晚想留下來過夜的話。」

我並不準備留下來過夜。事實上，要是我能再度離開家門，他就已經很幸運了。我拿著折疊整齊的上班衣服，上面還放了一雙鞋，走下冷颼颼的樓梯，心想，我準備至少用接下來的兩小時做檢查。

家裡沒問題。很冷，因為通常我現在已經去上班，中央暖氣六點就關了。窗簾也正常，跟我上次離開時一樣。家裡的一切都在該在的地方。我一個個房間巡視、檢查，想著身上除了史都的恤衫和腰際鬆垮垮的運動褲以外，什麼都沒穿，卻在家裡這樣檢查還真是特別。

檢查了三遍之後，我沖了個澡暖暖身子，又洗了頭髮，整理出稍堪入目的髮型，然後看著衣櫃，不知道自己到底有沒有什麼衣服，不會讓我穿了看起來像五十歲，或是像要躲在一堆沒有型的布料後頭。最後我找到一件黑色緊身上衣，是上班時穿在西裝外套下面的，另外還有一件黑裙子，短得頗為大膽。還有一條黑色褲襪。我看起來就像新手忍者。最後，在抽屜深處，我找到一件淡粉紅色的羊毛衫。至少這可以遮住我手臂上的傷痕。我沒扣上釦子，而是把兩邊的下襬綁在腰際。

我悲傷地看著那些正式的鞋子，全都很適合搭配長褲，全都適合在我覺得需要拔腿快跑之時穿，卻完全沒誘惑力。

去他的，反正我不需要鞋子，我只是去樓上。

我拿毛巾把頭髮擦乾，找到一些化妝品，上了點妝，畢竟我不想嚇到他。之後，我看了看鏡子。我的樣子非常奇怪、非常瘦，一點也不像我。如果他真的下來找我，我想他要是能認得出我就算幸運了。

我不想去想那件事。我找到一個袋子，裝了幾個必要用品如牙刷、慢跑褲和一件恤衫、乾淨的內衣。我只放了夠用的幾件，這樣如果晚點不想下來，我可以不必下來。

我把袋子放在門邊方便拿取，然後開始檢查。

二〇〇四年一月十七日星期六

展翅鷹酒吧裡全是人，大多數是西薇亞在《蘭開夏衛報》的朋友。噪音大得刺耳，甚至有個ＤＪ，儘管音樂已被喊叫和笑聲淹沒。從喧鬧聲和那些在場人士的情況來判斷，他們今天已經喝了大半天的酒。

西薇亞在吧台，旁邊圍了一群男人。她穿著桃紅色的裙子和一件跟她眸子同色的翡翠綠絲質上衣，領口的釦子開到露出大部分乳溝和櫻桃色胸罩的邊緣，看起來比平常更美、更不同凡響。看到我的時候，她尖叫一聲，撥開身旁穿西裝的那群男人，搖搖擺擺地走來抱我。她身上飄著昂貴香水、琴酒和炸豬皮的味道。

「噢，我的天啊！你相信嗎？我竟然真的要去《每日郵報》了！」

我們一起跳上跳下了一會兒，然後我想起李，於是往旁邊退了一步。

西薇亞帶著最嫵媚的微笑跨前一步，對李伸出手，優雅地行了個屈膝禮。「李，又見面了。」

李彬彬有禮地微笑，親了親她的面頰。這麼做對西薇亞顯然不夠，她用雙臂圈住他的脖子，賞了他一個擁抱。他從西薇亞的肩頭看著我，對我眨眨眼。

之後，他似乎放鬆了。我在酒館裡穿梭來去，跟認識的人交談，喝酒超過該喝的限度，從不熟和完全陌生的人手裡接過酒來喝。偶爾我會瞥李一眼，每一次他看起來都很自在，大部分都在跟卡爾．史蒂芬森聊天。卡爾是西薇亞剛到報社工作時的編輯。後來，我看到李跟西薇亞那群人在一起，西薇亞一下子跟他聊，一下子跟其他人聊。他看到我在看他，對我笑了笑，又眨眨眼。

我心想，剛才還鬧成那樣呢，一面愉快地看著李站在吧台邊，興高采烈地跟刑事記者蘭．瓊斯談天。夏天的時候，蘭曾經鍥而不捨地追求西薇亞，儘管安娜貝．瓊斯太太不只一次威脅說要用指甲刀把他去勢。

我來到吧台的李身邊，窩進他臂彎。

他的回應是在我耳朵上方印下一個帶有啤酒味的吻。

「啊，你從沒提過這位年輕漂亮的女狐狸是你的！」蘭說著朝我的方向舉起濕濕的酒杯。

「哈囉，蘭。」我說。

「凱西，你這隻小花貓。你好嗎？怎麼沒來跟我說話？」

「其實我現在就是來跟你說話的啊。」我說：「而且跟我希望李再替我買杯酒這件事一點關係也沒有。」

他聽懂了暗示，對著吧台喊，同時遞出一張十鎊鈔票，替我換來一杯伏特加，蘭則低聲說要去尿尿。

「所以你玩得很愉快囉？」我大聲在李耳邊說。

他點頭，目光與我相對。我愈來愈擅長看懂他了。我頗能掌握他在想什麼，而這點讓我雙腿發軟。我的目光沒離開他，同時故意把手按在他牛仔褲前方，感覺到他變得多硬。我讚賞地捏了捏他，看他閉上眼，臉上發紅，然後鬆手，吞了幾口我的酒。

「你他媽的真會逗人。」他在我耳邊低吼。

「等我們回家你就知道了。」我說。

他的表情告訴我，他可不準備等那麼久。

老實說，我太過享受挑逗他的那一段了。我去跟西薇亞跳舞，她已經脫下了魯布托紅底鞋，正赤腳在充當舞池的難看油氈地上跳舞。

我看到他看著我們，西薇亞也看到了。她把我拉過去，給了我一個大大的親吻加擁抱。

「西薇亞，你真是輕佻耶！」她終於鬆手時，我對她喊。

「少來，」她回吼：「在我滾去倫敦以前，沒機會來個三P嗎？」

我大笑，朝他瞥了一眼。他臉上的神情簡直是無價寶。「嗯，」我說：「要是我問他，你想他會怎麼說？」

她的手臂環繞我的腰，我們一起轉身，好好看著他。「他真是帥斃了！」她喊。

「我知道，而且他是我一個人的！」

我們大笑、擁抱，隨著〈果醬女郎〉音樂跳上跳下。

不過，擁有西薇亞全副注意力的時光並沒有維持多久，她被兩個我不認識又汗水淋漓的年輕男人拉開。我不認為他們也是報社的人，但西薇亞似乎不在意。

李消失了。我待在舞池裡，幾乎是被兩邊的人擠住才能站直，耳邊回盪著噪音，暗暗希望自己穿了比這件絲絨洋裝更酷的衣服。

最後我決定得先去上洗手間才能繼續，於是我搖搖晃晃地走向女廁，瞥了隊伍一眼，然後走進了男廁。

「我沒在看。」我邊說邊轉過頭，不看幾個站在尿盆前的男士，把自己鎖進如廁間，蹲踞著解放。

上完廁所，我繼續找他，從一具具醉醺醺的熱切身體中間穿過。他又倚靠在吧台旁跟蘭說話。

「可以請你讓我倆獨處一會兒嗎？」我有禮貌地喊，蘭揚起眉毛，點點頭，轉身向吧台又點了一杯酒。

我抓住李的手，拉他進了走廊，經過廁所，來到外面的啤酒園。門邊的地區擠滿了出來透口氣的人，但我把他拉得更遠，穿過啤酒園盡頭的大門，通往遊樂場。這裡夏天的時候人滿為患，但現在卻空無一人，而且非常、非常黑。

我並不需要拉他。事實上，他一明白我要帶他去哪裡，就掌控了主導權，反而開始拉我。一叢野草讓我絆了一跤，我的屁股邊緣坐上一張野餐桌，掀起裙子，很高興自己決定穿上褲襪，也很高興我把內褲丟進了男廁的垃圾桶。

我只能隱約看到他的輪廓，映襯著天際微微的橘光，但我可以聽到他的呼吸。我用一根手指勾住他牛仔褲的腰帶環，把他拉近，解開他的皮帶、釦子和拉鍊，他則一手伸進我大腿內側。等他發現我沒有穿內褲，我聽到一聲低沉的呻吟。

他粗暴地吻了我，強迫我張開嘴，然後移到我耳邊，喘著氣嘶啞地說：「你真是骯髒的婊子……」

「閉嘴，」我對著他的嘴說：「我打賭你很高興我今天穿了這件洋裝吧？」

因為他喝了點酒，今天的過程比較長。在刺骨的夜晚空氣裡，他用力幹我，我雖然很樂在其中，卻也有些擔心我們發出的聲音會被別人聽到。我心裡另一個不體貼的部分則開始擔心背後會被刺傷。

然後他抽身離開，把我轉過身，一手把我推上桌子，另一手把我的裙子拉到腰際，然後再次從後面進入我，同時發出咬緊牙關的呻吟。撞上桌子的我一時喘不過氣，手指觸摸著木頭上的粗糙苔蘚，準備迎接他的每一下衝刺。他抓住我的腰，推著桌子上的我向前，兩手的力道很大，讓我發痛。

衝刺當中我聽到了其他聲音——是他嗎？太遙遠了。然後——毋庸置疑地——女生的咯咯笑。顯然別人也在享受不一樣的夜晚空氣，而遊樂場正是良地。我不知道該不該說話，身子緊繃起來，這點顯然起了效果，因為就在那時他射了。他以強大的力道進入我，我的肚子摩擦過粗糙的桌子邊緣，感到一陣強烈的刺痛。

他立刻抽身離開，拉上牛仔褲，讓我姿勢古怪地站著把裙子放下來。我聽到李清了清喉嚨，兩個人影從溜滑梯後方出現——那件鮮粉紅色的裙子即便在這麼微弱的光線下也看得清清楚楚。而在西薇亞身後

——像握住救生索般緊抓著她的手的——是卡爾．史蒂芬森。他一臉不好意思的表情，用手臂抹了抹嘴角。

「晚安。」西薇亞咯咯笑著說，對我眨眨眼，從我們旁邊走回酒館。

我們牽著手從側門回到停車場，然後繞回前面找計程車。我又開始發抖了。

「媽的，你們女人為什麼就是不穿外套呢？」他一面說，一面用雙臂圈住我。

「我有你給我溫暖啊。」我說著親了親他脖子。

晚上的那一段沒問題，搭計程車回家也沒問題，尤其他的手伸進我裙底，一路挑弄我直到回家。

不過，等我們到了家，情況就變了。

「我想我要去沖個澡。」我說著把鞋子踢進樓梯下的櫃子。他站在客廳，一臉陰雲，雙手插在口袋。

「我要回家了。」他說。

我回到客廳，耳中嗡嗡作響，不確定到底有沒有聽錯。「你說你要回家？為什麼？你不留下來嗎？」我走向他，環抱住他的腰。他的手仍插在口袋裡，之後才抓住我的上臂，輕柔卻堅定地把我推開。

「怎麼回事？」我問，一股下沉的感覺開始蔓延，喝得暈陶陶的快樂感覺漸漸消失。

他終於直視我的目光，但他的眼神卻帶著一種我從沒見過的怒意。「怎麼回事？你他媽的真的都不知道？老天哪。」

「李，拜託，告訴我。我做了什麼事？」

他搖搖頭想弄清楚。「那你剛才是怎麼回事？從男生廁所出來？還不小心把內褲留在裡面？」

「我只是因為女廁要排隊才去男廁的。每次女廁很多人的時候，西薇亞和我都那樣。」我小小聲地說。

「西薇亞！」他爆炸了。「那又是另一回事！你以為自己在幹嘛？在舞池裡跟她親熱來親熱去？還一直摸她？」

「我以為你會覺得那樣很有挑逗氣氛，」我說，覺得淚水開始湧上。整件事急轉直下。「又不是我真的會對她怎麼樣。」顯然這不是提議來個三P的好時機了。

「噢，媽的少開始給我哭，」他大吼：「你他媽的敢給我哭哭看。」

我忍住淚水。「李！我在廁所脫掉內褲，因為我知道我會直接去找你。」

「對，可是我怎麼知道？你可能在裡面跟別人幹。你他媽的骯髒婊子。」

這句話戳中我的神經。「不准你那樣罵我，怎麼？你忽然正經八百起來啦！你在院子裡上我的時候，我可沒聽到你抱怨。」

「然後你又派了個朋友在那裡當觀眾看我們！」

「我根本不知道她在！」

「你們經常這樣對吧？去外面觀賞對方？幹！」

「沒有！」這句算是撒了點謊，我們做過一、兩次，好玩嘛。我們比賽看誰能先帶別人去遊樂場。但今晚沒有……

「李……」我輕輕碰了碰他的手臂，想讓他平復心情，鎮定下來，但他甩開我的手。

「別這樣，對不起嘛。不是那樣的，李。」我又試一次，這次他用力推開我，用雙手。我向後倒進沙發，喘不過氣來。

他大口吸氣，背對著我。「我最好回去。」

我從沙發上坐起來，忽然對他高漲的怒火感到震驚，也對可能失去他感到絕望。「對，你最好走。」

他離開之後的第一個鐘頭，我洗了個久久的熱水澡，然後一個房間一個房間走著，回想他說過的每一句話，想他是怎麼看待我的行為。我並沒有跟別人嘿咻，甚至沒跟別人打情罵俏，而西薇亞是我全世界最要好的朋友，她當然不能算進去。他失控了。但之後我又想他在派對上除了我，誰也不認識，我卻拋下他，整晚在人與人間來來去去，又笑又開玩笑，又撥頭髮又眨睫毛的。還在舞池裡跟西薇亞親熱。噢，老天。

第二個鐘頭，我縮身坐在沙發上，抱著雙膝，神思不屬地盯著電視螢幕，什麼也沒看進去，酒精的效力開始消退，我只覺得想吐。

就在我考慮要不要上床，即使明知自己絕對睡不著之時，門上有一聲輕敲。然後一切又都沒問題了，因為他就站在門外，走廊的燈光照在他臉上，眼中蘊著淚水、受傷、恐懼和赤裸裸的受傷。他跌跌撞撞地走向我，說：「對不起，凱瑟琳，對不起……」

我擁他入懷，拉他進屋，輕柔地親他，把淚水吻掉。他凍壞了，走了好幾哩路。我替他脫下衣服，讓他進淋浴間，這一切簡直就像他第一次跌進我家，眉毛流著血，還斷了三根肋骨的那個晚上。

「真的很對不起。」他輕聲說，我在他身邊的床上躺下，用身體想讓他暖和起來。

「不，李，你說的對——是我失控了。對不起。我再也不會那樣對你了。」

等他跟我做愛的時候，動作非常輕柔。

幾小時後，躺在臥房的黑暗中，聽著他規律、深沉的呼吸，那個從我第一眼見到那雙眼睛的時候起，就一直在我腦中盤旋的疑問，終於以輕聲細語浮現。「李，是誰傷了你的心？那個人是誰？」

他過了好久好久才回答，我還以為他睡著了……然後是那個名字，像個咒語、魔法般輕輕進入空氣：「娜歐蜜。」

第二天早上我已經忘記手臂上的瘀青是怎麼來的了。但我忘不掉那個名字，也忘不掉他說那名字的方式，帶著那樣的崇敬：一個呼吸，一聲嘆息。

二〇〇七年十二月二十五日星期二

我回到樓上，還沒走進公寓，就聽到了聲音。他們沒關門，這種事通常會讓我驚慌，但反正這也不是我家。

史都站在廚房。我從走廊朝他走去，緊密地關上身後的門。他忽然停了說到一半的話，往這邊看。我彎過轉角，終於，亞利斯特．赫吉出現了。「啊，你一定是那位了不起的凱西；我聽說了好多你的事。親愛的，你好嗎？」

「我很好，謝謝你。很高興見到你。」

我跟他握手，接過一杯酒，立刻想到我得表現得非常隨興才行。

「親愛的，過來跟我坐，看看能不能找些有節慶氣氛的音樂來聽。」

亞利斯特帶我走進客廳時，我回頭瞥了史都一眼。他對我笑了笑，眨眨眼，回去準備午餐了。

亞利斯特的體格結實但不過火，有早白的頭髮，跟我差不多。他有個大肚子，把棉質襯衫繃得緊緊的，肚子掛在他那件棕色燈心絨長褲的腰帶上。儘管腰圍寬廣，他的姿態卻輕盈得很，而且我們一起瀏覽過一大堆ＣＤ之後，他還很高興地從沙發上跳起來，從史都的收藏中選更多ＣＤ出來。

「史都，親愛的小子，你沒有聖誕歌曲。」

「看看電視上有沒有。」史都回答。

「我得承認我也沒有聖誕歌曲。」我說。

「噢，真可惜。要是沒有聖誕歌曲，我完全不覺得有氣氛。」他切換著頻道，最後找到一群同聲高唱的男合唱團，團員的嘴張成天使般的圓，眉毛揚到髮際。

我的面頰開始發紅。我才喝了半杯酒。

「你的肩膀怎麼樣？」亞利斯特喊。

「好多了，復元中。」

他故作神祕地靠向我。「他有沒有告訴你是怎麼回事？」

「他只說被一個病人踢到肩膀。」

「啊，那你沒聽到完整版的故事。我早該猜到的。我們這個理查森醫生啊，算是個英雄，他站在一個愈來愈激動的病人和一位護士中間，把那人摔到地上──」

「他說得太誇張了。」史都突然出現，拿著酒瓶替我們斟滿酒。

「──單手把那人制伏，等到幫手過來。」

我看著史都。

「通常不會那麼糟，」他說：「我看的多數病人都悲慘得不想動。我不常看到暴力分子。」

亞利斯特揚起眉毛。我看了看他，又看了看史都。

「總之呢，阿亞，工作的事說得也夠了。我想凱西不會想聽那些可怕的細節，對吧？」

「他有沒有告訴你他得的獎？」

「沒有。」我說。

史都發出嫌惡的聲音，回到廚房了。

「他對治療年輕人憂鬱症的研究，獲得了衛理獎。他是第一個得到這個獎的英國精神科醫師。我們部門對他真是引以為豪啊。好啦，好啦，我就不說了。但我就知道你不會告訴她，所以我才得說說。」

「你們在同一個地方工作嗎？」我問。

「噢，不，現在沒有了。我在焦慮症與創傷中心，那是另一棟樓。史都在憂鬱症與情緒失調病室，也會去危機部門。不過他剛開始是跟我一起的，這人真是聰明到不行。」

「我聽得到喔。」史都從廚房裡喊。

「我知道，親愛的，所以我才說好話。」

亞利斯特繼續看起劍橋國王大學教堂輝煌的內部，我則去看看史都做飯需不需要幫手。

「有什麼我可以幫忙的嗎？」

「沒有，一切都在掌控中。」

最後他讓我負責布置餐桌，儘管那是兩人用的小餐桌，更別提要坐三個人。由於第一瓶酒已經空了，我又開了一瓶。亞利斯特帶了幾包幸運餅，於是我在每個人的餐墊上放了一包，然後又去跟亞利斯特坐在一起。

最後，在我快要餓昏、那撲鼻的香氣快要讓我受不了的時候，史都說：「好囉。」

晚餐棒極了。史都用濃郁的梅子肉汁煮了鹿臀肉，配上蔬菜和烤馬鈴薯、烤防風草和約克夏布丁。肉煮得棉軟透爛，美味非常。我們喝的酒讓我覺得暖烘烘地，而且不只一點醉意。

我們打開幸運餅，對那些低劣的笑話大笑，喝了更多酒，最後在傍晚六點左右吃了點心，那時大家都已經很撐了。亞利斯特吃什麼都多添一份，又吃又嚼，我和史都則四目交投而笑，好像我們之間有什麼不對外人說的祕密。

我要史都坐在沙發上，自己則和亞利斯特洗碗，不過史都並沒閒著。幾分鐘後他就過來坐在廚房桌旁看我們，在我告訴亞利斯特製藥界的趣事以及我忙著培訓新的一年的倉儲人員時加入交談。這些事跟精神健康病室的可怕世界相比，無聊得無可救藥，但他們仍然聽我說。史都切下一些鹿肉，用錫箔紙包成小包讓亞利斯特帶回家。

收拾好一切之後，我煮了一壺茶。戶外很黑，也開始下雨，雨滴劈哩啪啦地打在窗玻璃上。這樣的夜晚待在家裡真好。

「這頓午餐真的很好吃。」亞利斯特稱讚著，一邊像展示獎盃那樣撐出他的大肚子，寵愛地拍著。

「很好，」史都說：「雖然有點超過午餐時間了。」

亞利斯特高興地在我們之間一屁股重重坐進沙發。「我不會待太久，」他說，又神祕地對我眨眨眼。「我肯定你們兩個寧可單獨在一起。」

我覺得臉頰發燙，也聽到史都咳嗽了一聲。

「我們只是朋友。」我迅速說。

「那當然。」亞利斯特說，臉上是個大大的笑。

「今天的公車服務怎麼樣？」史都隨便問。

「噢，老實說呢，有點不穩定，」亞利斯特說：「其實滿嚇人的，不管是不是聖誕節，畢竟大家還是得走動啊。」

「你回家應該沒問題吧？」

「嗯？噢，對，我想沒問題。」

一陣長長的沉默。

「我應該要準備回去了。」我說。我忽然有個可怕的預感，好像史都有目的地想把亞利斯特趕走。我們兩人喝掉了三瓶半的酒，房間的邊緣也不再固定不動。要是他計畫做什麼呢？我回想起前一天晚上，睡在他家沙發上，裹著他的被子，穿著他的衣服。

「阿亞，你明天要做什麼？」史都再次開口。
「噢，天啊，我有報告要趕。我這壞人還沒得休息哩。」
「那最好不要拖到太晚喔。」
「嗯？」亞利斯特抬頭看了史都一眼。「噢！當然，對了，我得回去了。天啊，現在這麼晚了嗎？」
他以驚人的速度站了起來。
「我也該回家了。」我說。
「親愛的，我想我們應該很快會再見面，對吧？」
「嗯——對，我想是吧。」
「我非常期待。」
我的雙頰發燙，找到了他的外套，史都找到了他的包包，然後史都跟他說下週見，他們要一起喝咖啡，討論什麼事，然後亞利斯特一下子就被推出門外，史都下樓去送他離開。我站在廚房，緊張地不斷換腳站立，想盡辦法不要跌倒。
我聽著樓下走廊傳來的回聲：
「史都，晚餐很棒，第一流的，非常謝謝你邀請我……」
「真的，很高興你來了……」
「還有，」他壓低了聲音，但卻沒低到我聽不見：「我明白你說凱西的意思——她真是塊瑰寶，對吧？非常出色，比漢娜好太多了。朋友，你實在有一套，幹得好。好啦，我得冒雨去……」
然後是關門和門拴鎖住的聲音，不久我就聽到他一次跨兩級階梯上樓。
我動也不動地站著，心臟狂跳。

「你還好吧？」他問。

「我覺得有點——不知道耶——有點醉吧。」

他懷疑地打量我。「你忽然臉色發白。過來坐一坐。」

「不，」我抗拒地說：「我要回去了。」

「你確定？再待一會兒吧。」

「不要。」

「凱西？怎麼回事？我以為……」

「不要！」

我走向門口，一把拉開門時雙腳在走廊的薄木板地上滑了一下。我扶著扶手走下樓梯，摸索著找鑰匙，用力打開門，然後重重關上，心臟狂跳。

幾個小時過後，我檢查過門戶，累得半死，又沖了個澡，縮著身子坐在沙發上，我傳了簡訊給史都：

剛才真對不起。謝謝你的晚餐。凱

我等了又等，將近半小時過後，回覆才傳來。只有短短幾個字，也是我應得的。但即便如此，我的心仍然一沉。

沒關係，無所謂啦。

二〇〇四年一月三十日星期五

一月的時候我打電話給西薇亞，那是她開始新工作之後的一週。我第一次打去，是電話答錄機。原本我想傳簡訊的，但不知道該怎麼措辭，也不知道該先說什麼比較好。我選的那天時機很糟，我頭痛欲裂，而且顯然荷爾蒙高漲，因為我一直哭。

那天晚上我又試了一次，這次打通了。我以為背景會有酒吧的噪音，但卻很安靜。「嗨，西薇亞，是我。」

「凱瑟琳，你好嗎？」

「親愛的，我很好。你工作怎麼樣？我超想知道的。工作好嗎？你現在方便說話嗎？」

「很好，我再過一小時左右就要出門，但我只是坐在這裡假裝在看文章什麼的。一切都很順利，只是非常忙，簡直忙到昏頭。感覺上《蘭開夏衛報》已經是好久以前的事了。」

「那公寓呢？」

「唔，那又是另一回事了。我夾在一個整天超愛把《木匠》節目開到最大音量的人，和一對不是吵架超大聲就是炒飯超大聲的夫妻中間，我覺得我今天一整天的寫照就像〈才剛開始〉那首歌。所以我還在找房子。」

「西薇亞，我想你。」

「我知道，我也想你。蘭開夏那邊都好嗎？」

「在下雨。」

「工作呢？」

「很累、很忙，壓力很大。」

「我們那些姊妹淘呢？」

「有一陣子沒見了。」

「什麼？你很可憐嗎？都沒出去喝酒？」

「唔，我都跟李出去，但已經好久沒見到姊妹淘了。」

電話那頭有一陣長長的沉默。那聲音聽來像是她在一大堆鞋子裡找東西。

「西薇亞，我好擔心。事情不對勁。」

「什麼事？」他說。我仍然聽到一些聲響，然後是一句壓低了的咒罵。

「跟李啊。我——有時候我有點害怕。」

終於她停止手邊正在做的事。「你怕什麼？你不是怕李吧？他那麼好。你是不是怕失去他？」

我頓了頓，想找適當的字眼來說。「他不是永遠都那麼好。」

「你們吵架了？」

「我猜算吧。我不知道——我最近很累，他工作又忙。等我們真的見面，事情都要照他的意思走，而且他不喜歡我單獨出去喝酒了。」

西薇亞嘆口氣。「不過，親愛的，老實說，他不是沒有道理。看看他見到你的時候，你是什麼樣子——我們大家是什麼樣子。只要可以，你每天晚上都出去，唯一的目的就是跟人打情罵俏。難怪他會緊張讓你出去啊。」

我沒說話，所以她又繼續：「親愛的，你現在進入兩人關係了。有完全不同的遊戲規則。」

她的語氣放軟了些。

「李是個好人，凱瑟琳。別忘了你曾經跟哪些爛人在一起過。我很清楚他只是想保護你。他不只人帥到不行，而且還愛你，真的。上次的晚餐派對過後，大家都這麼說。他真的是完完全全、一心一意地愛你。這正是我們都在等待的。我真希望也有這樣一個對象，我希望我能有你所有的。」

「我知道。」我盡量不讓她聽到我哭。

「親愛的，我得出去了。週末再給我電話，好嗎？」

「好，你好好去玩吧。要照顧自己喔！」

「我會的。先掰囉，掰掰。」然後她就掛斷了。

二〇〇七年十二月二十六日星期三

無所謂啦。

過去二十四小時，我把家裡檢查了好多次，累得無法再繼續。檢查過後通常會感受到的輕鬆並沒有出現，但驚慌也沒出現。我在想史都，好奇自己是否搞砸了。不知道我在這裡唯一的朋友還會不會跟我說話。

他不懂。他怎麼會懂？他根本一點頭緒也沒有。

不管怎樣，我是幫了他一個忙。他曾經受過情傷，曾經被漢娜背叛過。他不需要跟像我這樣的人再來一段扭曲的戀情。

這天早上我聽到屋裡不知哪裡有聲音。我爬到門口，豎起耳朵聆聽。是史都和麥肯西太太在樓下。

「……保暖嗎？」

我聽不清楚她的回答是什麼。她的話似乎一直說不完，彷彿她在兩句話之間都沒有停頓。我想要打開門，以便聽清楚些，但那又得讓我重頭再檢查一遍。

然後我聽到她大笑，還有他。「從那時候起，情況改變了不少，對吧？」他說。

然後又是麥肯西太太——左一句、右一句斷斷續續地，是那段門口邊我所熟悉的簡短對話：「不多聊了……還有事情……」

然後是史都：「如果你有任何需要，就跟我說一聲，好嗎？別客氣……」

然後是他上樓的聲音。我緊貼著門，屏住呼吸，眼睛透過窺視孔看。我是想知道那到底是不是他嗎？還是我那麼迫切地想見他，想知道他好不好？

他的身影進入視野，被窺視孔內的鏡片扭曲了。他拿了一個袋子，袋口露出一條麵包。我想要他停步、遲疑、看我門口一眼，但這些事他都沒做。他繼續走上樓，一次跨兩級階梯。

二〇〇四年二月二日星期一

快樂像幽靈的氣息飄忽來去。整個一月，我的心情就在期待見到李去工作，到思念他，到期待他再次去工作之間反覆。

打開家門的時候，第一個念頭就是李又來過了，還移動了我的東西。有股氣味，還有不知哪裡吹來的風。家裡冷颼颼地，感覺很怪。我叫著：「哈囉？李？」儘管心裡明知他在工作，因為他稍早才傳了幾封簡訊給我。不過要是他提早回家給我驚喜，我也不會意外，因此我小心翼翼地走進起居室，怕他躲在什麼地方準備跳出來嚇我。

家裡並不亂，不像你會覺得有小偷來過的那樣。一直到我發現我的筆電連同充電電線都不見了，然後看到陽台的門，發現門沒關緊，外面的鎖被破壞，好像被人用電鑽鑽過時，我才明白。

我伸手到包包裡找手機，撥了李的號碼。

「嘿，」他說：「有什麼事？」

「我想有人來過我家。」我說。

「什麼？」

「後門是開的，我的筆電不見了。」

「你現在在哪裡？」

「在廚房，幹嘛問？」

「什麼都別碰，到車上去等，好嗎？我這就回來。」

「要不要報警？」

「我來。我馬上就到。好嗎？凱瑟琳？」

「好、好，我沒事。」

坐在外面的車上，我開始發抖、哭泣。並不是因為筆電被偷。而是有人進了家門，闖進屋裡，翻弄過我的東西。搞不好那個人還在裡面。

巡邏車在李抵達前幾分鐘過來，即使發生的事情我才說到一半，李卻跟那個警察握了握手，兩人走進屋內，把我留在外面的車上。半小時後，一輛白色麵包車裡的犯罪現場調查員告訴我她的姓名，可是我幾秒鐘後就忘記了。我跟她一起進屋，把鎖和放有我筆電的餐桌指給她看。

那之後沒多久，李和那位穿制服的警察從樓上下來。他們一直握手、大笑，然後那個警察就走了。那個犯罪現場調查員在採集指紋、用海綿擦拭幾個平面的時候，我替她泡了杯茶。在我看來，她毫無章法。

等她離開，我又開始哭。

「對不起。」我說。李把我擁進懷裡，抱著我。

「沒關係，你很安全。我在這裡。」

「想到這裡被人闖進來過，我就受不了。」我說。

「我已經跟鎖匠聯絡了，他一會兒就到。別擔心。你今晚要我留下來過夜嗎？」

「可是你應該去上班的，不是嗎？」

「我可以不去，只要不關手機，免得錯過什麼事情就好。如何？」

我點頭。

好幾個鐘頭過後，後門換了一個新鎖，李在床上跟我做愛，這一次非常輕柔，一切都慢慢地來。我在想那人會是誰，不知道他有沒有來我們的臥房。不知道他還碰過哪些東西。

他對我如此溫柔、充滿憐愛，我終於不再去想闖入者的事，我也在李的手指和嘴所帶來的刺激中迷失了。

等我終於睜開眼，他正凝視著我的臉，唇邊帶笑。「你應該更常那樣。」他低聲說。

「哪樣？」

「完全放鬆。」

「李，別走好嗎？」

「我就待在這裡。你想睡就睡。」他的手指從我的太陽穴滑到面頰。「你想過我之前問你的事了嗎？」

不知道假裝不知道他在說哪件事有沒有意義。「我想過了。」我說。

「結果呢？」

我睜開眼睛，羞赧地看著他。「繼續問，有一天我會給你驚喜，答應你的。」

他笑了，伸手撫摸我面頰，長而輕的觸摸從我的臉開始，在我大腿邊結束。他說她愛我，聲音低不可聞。他這樣的時候——溫柔、冷靜、快樂——我是愛他的。

二〇〇七年十二月二十八日星期五

早上醒來時，我覺得想吐，但及時趕進了廁所。我在馬桶旁待了幾分鐘，不知道是吃了不消化的東西呢，還是因為聖誕節當天喝的那麼多酒，身體有了延遲反應。

就在我坐在磁磚地板上發抖的時候，我想起來了。他今天會出獄。

現在過了五點，外面還是黑的。等我可以站起來，我刷了牙，想回到床上，卻似乎做不到。我的腿移向公寓門口。

我知道門是鎖著的，但我還是得檢查。我一面檢查（六次，一、二、三、四、五、六），一面告訴自己門是鎖住的。我昨晚鎖上的。我記得把門上鎖，也記得我檢查過。我記得我他媽的檢查了好幾個鐘頭。即便如此，門還是可能沒鎖好，我可能有疏漏。要是我在不知不覺中又把門鎖打開了呢？要是我在檢查時出了錯，而我沒發覺呢？

再一次。從頭開始。

今天他的感覺很強烈。我可以在空氣裡聞到他、感覺到他。我記得那種感覺，等他回家，知道我沒有辦法脫身，逃走和爭執都毫無意義，放棄還比較容易。

現在呢？

我檢查了門，但那感覺仍然很強烈。

我必須重新開始。我的腿快凍壞了，全身是雞皮疙瘩。我應該去拿件衣服、穿雙襪子的。但是情況不對：門很可能敞開著，而他站在門外等待。等我犯錯。

我再次專心致志地檢查。我的呼吸已經開始加快，心臟在胸腔裡怦怦跳。我就是擺脫不掉他站在門的另一邊、等我停止檢查，等我走開，好讓他趁機進來的畫面。

這樣很糟，非常糟。我的電話在廚房，史都在上班，而且無論如何自從上次那封簡訊之後，我就沒再見到他或跟他說話了……我離不開門口，甚至沒辦法走到浴室。

就這麼一次，我嚴厲地告訴自己。再一次，然後就好了。再一次，離開門口就是安全的。我嘗試深呼吸，不想再只是短促地抽氣，想屏住呼吸，想回憶史都的聲音。

我結束了好多次檢查，然後停了。

我開始覺得冷靜許多，呼吸也慢了下來。趁這個時候我回到浴室，不看窗簾，直接爬回床上。我的胃在翻攪，寒冷讓我直打顫。床邊的時鐘顯示七點二十分。兩個鐘頭了，反覆只做檢查門這件事。

我又下床，找了雙襪子和連帽絨毛上衣，然後到廚房打開暖氣。

我找到電話，打去公司。自從開始在那裡上班以來，我一次都沒請過病假，但今天必須例外了。我絕對不可能有辦法走出家門。

我成功地在半小時內都沒做檢查，然後決定要打開窗簾，結果這又讓我重新開始。幸好我必須在八點的時候停下來，泡上一杯非泡不可的茶。

我拿著茶坐在沙發上，拿起之前沒看完的書。那是史都推薦、有關強迫症的一本。其中一章建議識別出所有強迫症狀、規則，然後依照重要程度列舉出來。我伸手拿筆記本，找到紙筆。

我花了很長一段時間，非常仔細地思考，寫了又劃掉、劃掉又重寫，但最後我的清單長這樣：

強迫症狀

- 檢查大門
- 檢查窗戶和窗簾
- 檢查家門
- 檢查廚房抽屜

抗拒

- 紅色衣服
- 警察
- 人多的地方

規則

- 喝茶時間
- 在雙數日購物
- 數步子

樓下大門毫無疑問是最重要的。我發現，自從史都搬進來之後，我不知怎地好像把檢查大門的責任轉嫁到他頭上了。不知道我能不能慢慢走出這個坑，把其他責任也推到他頭上，但我也不知道這樣對他是否不公平。

我看了看時鐘——八點半。

監獄放人都是幾點呢？他現在已經出來了嗎？他會是什麼模樣？身上還有錢嗎？他會去哪裡？

我閉上眼，想想點其他事情。

需要多久呢？他多久以後就會找到我？我試著想像他出了監獄，要去什麼地方，也許去朋友家吧，天知道他可能還有一大票朋友。也許他會找到別人，找另一個女人。也許坐牢已經讓他改變了。也許他根本不會來找我。

這就是自己騙自己了。

他一定會來找我，只是時間早晚問題。

我又想吐了，而且剛好及時趕到廁所。我吐不出東西來，除了痛苦。

二〇〇四年二月二十四日星期二

對我來說，那次被偷改變了很多事情。那之後我再也不覺得安全了，即使有李跟我在一起。他不在的時候，或是我去市區、去上班，或者甚至從家裡開車去上班然後又回來，我都一直覺得受到監視。單獨在家的時候，我就覺得家裡還有別人。

我不斷發現有愈來愈多東西不見的事實，更是於事無補。要不是因為被闖空門，我可能會以為是我把東西放錯了地方，但那些都是我不常用、而且很確定放在哪裡的東西：比方說，我的護照。護照一直都放在衣櫥深處的一個舊包包裡，還有一個裝了歐元的皮夾，皮夾也一起不見了。一本舊日記。我甚至想不出來這東西為什麼會被偷，但事實確是如此。還有我那支根本不能用的舊手機——原本一直都放在客廳的書架上。

每一次，我都覺得好像又被偷了一次。

李說這種情況在類似的竊盜案中很常見。他說，那次的搜查很徹底。滿多人完全不知道自己掉了什麼。他說過去幾個月來，我住的那一區發生了幾起竊案，有些人還被偷了不只一次。

只要沒工作，他就每天晚上都待在我家，有時候還會不期然地出現，自己開門進來，把我嚇個半死。有天晚上，他穿著骯髒、發臭的衣服，好像睡在外面似的。他在客廳脫掉衣服，讓發臭的衣服堆成一堆放在地上，然後直接上樓沖澡。

再次下樓的時候，他身上的氣味好多了，樣子也好多了。我替他做了晚餐，之後他在樓下客廳跟我做愛，溫和、輕柔、充滿憐愛。他聽我絮絮叨叨地說些工作上的瑣事，把頭髮從我脹紅的面頰上撥開，吻掉我前額的汗水，說我是他整個星期見過最美的事。之後他又穿回那些骯髒的衣服，回到黑夜裡。

我又過了兩天沒有他的日子，沒有蹤跡，沒有隻字片語，也沒有電話，然後星期二我提早下班回家，又有了家裡有人來過的感覺。我完全不知道是什麼讓我有這種念頭的；門上了兩道鎖，窗戶全都密閉，但屋裡的感覺就是不同。我甚至沒脫下外套，就把所有地方都先檢查了一遍，尋找放錯位置的東西。什麼都沒有，一點蹤跡都沒留下。也許不管是什麼，這種存在感，這種李來過的感覺，都是我想像出來的。也許這只是我單方面的期望。

我煮了晚餐，之後打電話給珊米聊天。我看著電視上的瘋狂節目，洗了碗盤，把東西都收拾好，邊收邊跟著廣播哼唱。

十一點四十五分，我關掉電視，想要上床。屋裡忽然沒了聲音，靜得教人難過。中央暖氣一小時以前就關了，現在很冷。

我檢查了前後門，邊走邊關掉電燈，我把客廳的窗簾拉開一點，但就在這時我覺得看到外面有東西：一個形狀、一個影子，就在馬路對面——在那棟已經求售好幾個月的房子旁邊。那是個寬寬的形影，像是男人的，站在屋前和車庫之間的黑暗地帶。

我等那東西移動，也等我的眼睛適應光線，看出那究竟是什麼。

那東西沒動，我越是瞇起眼，就越覺得隱約記得那裡有個樹叢還是小樹什麼的。只是在暗中顯得很怪而已。

我關上客廳的門，打開樓梯間的燈，疲倦地往樓上走。我脫下衣服，換上睡衣，刷了牙。我扭亮床邊的電燈，掀開被子。

原來是這裡。

躺在被子下，色彩鮮艷地襯著白淨床單的，是一張照片。

我盯著照片好一陣子，心臟狂跳。

那是一張列印出來的數位照片，我的照片。我拿起來，手抖得圖像都模糊了，但即便如此，我仍認得出，而且清楚知道照片上有什麼：我，全裸地躺在這張床上，雙腿張開，紅著臉，幾絲頭髮黏在面頰上，眼睛直視鏡頭，臉上是純粹的性、誘惑和赤裸裸的欲望。

照片是他在我們共度的頭幾個週末拍的，就是我們在摩爾甘比海灘跟風對抗，和他第一次說他愛我的那個週末。當時我們亂玩相機，互相拍照，拿照片開玩笑，後來他讓我把照片從記憶卡裡刪除。顯然那時他已經複製了一份。

我凝望著自己的眼睛，想像當時的自己，那個多麼想要這樣的自己。我看起來好快樂。好像我墜入了愛河。

不管那個人是誰，都不是現在的我了。我把照片撕成碎片，丟進馬桶沖掉。碎片全都快樂地再次浮上水面，像風裡的碎彩紙旋轉漂動。

二〇〇八年一月九日星期三

跟孩子度了個長假之後，卡洛琳今天終於回來上班。我從我辦公室敞開的門裡看到她，當時我正在打電話，她曬黑的手朝我這邊揮了揮。

「你氣色真好，」後來我去找她時說。「玩得很愉快囉？」

「棒透了，」她說。她從頭到腳都是秋天的不同色調，從黃褐色的頭髮到曬成古銅的膚色，從深綠色的裙子到那件斑駁枯葉色的夾克。「每天都好熱，孩子們玩得開心，我也有空把腳翹在泳池旁，看完四本書。我還遇到一個叫帕歐洛的人。」

「不會吧——真的？」

「真的，他也很棒。」

我們一起去員工餐廳，即使她連夾克都還沒脫下來。「我實在不敢想會有幾封電子郵件，」她說：「我不在的時候情況很慘嗎？」

「還好啦。但我想是因為下週的開幕啦。總監會來談新倉庫。」

卡洛琳發出呻吟。「我需要巧克力。」

我們坐在窗邊喝茶，眺望著外面廣闊的綠草坪和幾株彩色的矮灌木。

「你的聖誕節過得怎樣？」她撕下一大塊巧克力瑪芬，一面問我。

「很好，謝謝。」

「跟史都一起過的嗎？」

「我跟他一起吃午餐——還有他朋友亞利斯特。」在她還沒機會興奮起來以前，我又這麼補上一句。

「只有吃午餐嗎？」

「只有吃午餐。」

她意味深長地看了我一眼。

「後來就有點走下坡。」我說。

「什麼意思？」

「我不小心聽到他朋友跟他提到我，所以我有點害怕，就這樣。我有點匆忙地離開，我想他覺得被冒犯了。從那時候起我就沒有他的消息。」

已經兩個星期了。我想他在家，每天去上班，但我都沒見到他。他沒有來敲門，也沒傳任何簡訊。其實，在聖誕節當天我衝出他家門之後，會這樣我也不驚訝啦——事實上要是他在找其他地方住，我也不會訝異。畢竟，誰會想要自家樓下住了個瘋女人呢？

「我以為你們兩個會成為一對呢。」她輕快地說。

「沒有，」我說：「但沒關係啦。我寧可單獨過日子。」

卡洛琳拍拍我的手，掉了一些瑪芬屑。「我想一定沒事的，」她說：「你也知道男人，他們有時候就會敏感過頭。」

我喝了幾口茶，沒回答。「你還沒跟我說帕歐洛呢，」我說：「他是不是年輕又帥到爆？」

「噢，天啊，我簡直說不出來。他是旅館的服務生。真的不怎麼樣，但至少隨叫隨到，我也不必每次都把孩子丟給我媽照顧一小時以上。她以為我跟我們上次見到的那個女的——米蘭達——出去了。真是好玩。」

半小時後，我們回到辦公室。我邊爬樓梯，邊想著史都。希望現在就是回家時間。

二〇〇四年二月二十七日星期五

星期五晚上，九點，李和我在市區。之後，他答應我們會去紅牧師酒吧，跟已經在那裡的女朋友們聚一聚。

我過去從來沒有對這樣的一個夜晚既期待又怕得要死。我終於可以看到紅牧師酒吧的內部了，我會整晚跟朋友們跳舞、大笑、談天，同時李整段時間內都會在我身邊。我想跟他在一起——但不是今晚。

我們到夜店時已經過了十一點。儘管隊伍都快排到橋街的轉角，守門人一看到李，就揮手讓我們從貴賓入口進去。一路上李跟五、六個穿西裝的守門警衛又是握手、拍背又是打招呼的。我閉著嘴，克盡職責地站在一旁，冷得直打顫。

不知為什麼，對我今晚的穿著，我們沒有爭吵。我選了一件細肩帶的黑色短洋裝，下襬有亮片裝飾。他看了看，說：「只要有穿褲襪，你就可以穿這件。」很公平，我心想，反正不穿會太冷。

我脫下夾克，給衣帽室託管。李回去跟門口的人說話了，那人才剛到，身材比較矮，留著鬍子。我想那可能是業主吧，我在報上看過他的照片。名叫貝瑞還是布萊恩什麼的。

那扇有鏡子的門後似乎滿是聲音、燈光和溫暖的空氣，我想著要不要走過那扇門去找朋友，點杯酒，在沒有他的情況下開始放鬆，但我並沒考慮太久。我最好等待。

不久他來接我，拉起我的手臂，在我顴骨上親了親，帶我通過那兩扇漂亮的鏡子門。

這家店很大。在意想不到的地方有幾個有舞池和吧台的房間，這表示儘管地方大而且人很多，卻仍能給人溫馨的感覺。不少教堂建築都保留著，幾張禱告長椅靠牆而放，拱頂從一個地方連到另一個地方，然後，正如西薇亞說過的，一面巨大、發光的彩色玻璃窗掛在其中一個吧台上方。再過去的空間忽然寬敞許多，那裡曾是教堂的中殿，現在祭壇的位置上卻有ＤＪ。房間裡充滿各式各樣的聲音、燈光和跳舞的人，上方是兩個垂著紅絲綢的高空鞦韆，高懸在觸摸不著之處，兩位穿著紅色緊身衣、頭戴尖角的舞者在鞦韆上隨著音樂的節奏前後擺盪，令人歎為觀止。這地方的頂端，在石頭拱門之間有幾個陽台，手拿飲料的人倚靠著鍍鉻的欄杆，觀望著下面跳舞的人。

我們穿過擁擠的人潮，我的胸口跟著貝斯的節奏跳動，不斷尋找朋友。李一直沒鬆開我的手，直到抵達其中一個比較安靜的吧台，他才鬆手替我們買了杯酒。我背對著他而站，渴望離開，找個地方跳舞，好好放鬆一下。

肩膀上有人輕拍一下——是克萊兒，總算來了。我抱了抱她。「這裡很棒吧，對不對？」她在我耳邊喊。

「對，真的！露意絲呢？」我吼了回去。

克萊兒聳聳肩，隨便往大舞池的方向比了比。「李呢？」她喊。

我往身後的吧台指了指。他看到了克萊兒，正比出「你要不要來一杯」的手勢。

她搖搖手，舉起一個酒瓶，瓶裡還插了根吸管。「他真的好體貼唷，對不對？」她在我耳邊喊。

幾分鐘後，他帶著我們的飲料回來。我迅速喝掉半杯，把杯子遞給李，拉起了克萊兒的手。「跳舞嗎？」我看著李等他同意。他沒有笑，但也沒有說話。我知道他會盯著我的每個行動。

克萊兒和我穿過人群往大舞池走去。跳舞讓我覺得好多了。有短短那麼一陣子，約兩首歌的時間，我甚至忘了李還在。一時之間，我彷彿變回了自己，回到了從前：只要我想，就可以隨心所欲地跳舞、跟人說話、打情罵俏、談天、喝酒，直到快要站不穩腳步。

然後我瞥了陽台一眼，他就在那兒，穿著深色西裝、站在陰暗凹室內的他幾乎隱身無蹤，只有被光照到的時候迅速閃一下，然後又沒入了黑暗。我寧可他在跟別人說話，或是隨便地看著房間，不然至少有副樂在其中的樣子。但他只是盯著瞧——我。

我對他笑笑，但他沒有回我。也許他根本不是在看我。

我開始覺得有點不安。

在舞池裡找到我們的露意絲正在看我。她拉著我的手臂，在我耳邊喊了句什麼，但音樂聲太大，我聽不出她說了什麼。

但她也不需要再說，因為忽然間，有人從背後抓住我的腰，開始挑釁似地摩擦我的背。我嚇了一跳，回頭看到是戴倫。戴倫是露意絲的同事，去年我跟他短暫玩過一陣。他在我耳朵上方啄了一下，一副很高興看到我的模樣，但在看到我的臉之後，他臉上的笑容馬上就消失了。

我勉強笑了笑，跟他拉開距離，繼續跳舞。戴倫邊跳邊繼續朝我們接近，但由於舞池裡人這麼多，他的距離其實已經很近了。等我覺得鼓足勇氣了，才抬眼看了看陽台。

他不見了。

一時之間我好奇這是不是我的機會。「露，」我喊。「洗手間在哪？」

「什麼？」她的手圈在耳朵旁，好像這樣就能聽清楚似的。

我拉住她的手，開始把她拉離舞池到邊上，但我有點太遲了。從四面八方朝我擠壓過來的人群中，我忽然感到有人過於親暱的觸摸，一條手臂環繞住我身體，一隻穩定的手蓋上我胸部，把我往後拉，溫暖的氣息在我頸邊，他的舌頭忽然碰上我皮膚，聲音很大，我卻仍然聽不清楚：「你要去哪裡？」

露意絲的手鬆開，跳舞的流動人潮把她帶了回去，我則跟我的愛人跳了一陣，他仍從後面抱著我，所以我看不到他的臉。儘管周邊都是人，我仍感到他全身都貼著我，我太清楚了。我把頭往後靠上他肩膀，他空著的那隻手把我的頭髮從頸邊撥開，他才好親我、咬我。我的長髮繞在他拳頭裡，像一條粗粗的黑繩，把我的頭往後拉，露出更多皮膚，最後我只能看到上方的拱形天花板，和天花板上旋轉的燈光，那一對來回擺盪的高空鞦韆讓我覺得好像身子在旋轉。

我的膝蓋開始發軟。他把我拉離人群，從一條窄道走進陰暗的角落。人群來來去去，用叫喊蓋過噪音，他們大笑著，毫不理睬我們。他的身體把我壓在牆上，一手捧住我的臉，開始親我。另一隻手抓著我雙手手腕高舉過頭，把我整個人按在粗糙的石牆上。我覺得有東西要伸進我皮膚，在他的抓握下掙扎。他更用力地按住我手腕。我不想被親，我覺得被困住了，覺得恐慌。

「吹我。」他說，聲音低低地在我喉際。

「不要。」我說，聲音輕得沒讓他聽見。

他開始想拉我跪下，但我抗拒著。他的手忽然抓住我的臉，把我拉到從另一個房間射來的光線下。

「我覺得不舒服。」我喊。

他懷疑地看著我。

「我想吐。」我說。

他一定信了，因為他帶我從通道走到廁所，然後放開了我，脫手的力道讓我跌跌撞撞地通過門口。這裡靜得出奇，音樂像是來自遠方的低聲撞擊。洗手間裡全是女生，擠在鏡子和水槽前擦乳液，儘管空氣很潮濕。

最後一間廁所是空的，我踉蹌走進去，關上門，然後上鎖。我坐下來哭，雙腿在發抖。我彎下腰抱住膝蓋，身子縮成球，一面啜泣一面搖晃身體。

幾分鐘、或是幾秒鐘過去了。我想到這星球的任何地方，就是不要在這裡。我從衛生紙抽取架上拉出幾張紙，擦乾臉頰，看著上面的黑色眼影、眼線和淚水，看著我拿紙的手在發抖。我到底怎麼了？一切是什麼時候開始變得這麼糟？

「凱瑟琳！」我聽到露意絲的喊叫聲，然後廁所門上有人在敲。「你在裡面嗎？親愛的，讓我進去。你還好吧？」

我伸手打開門鎖，她進來看到我的臉，又把門鎖住。她蹲在我旁邊，拉起我的手握著，想讓我停止發抖。「親愛的，怎麼啦？出了什麼事？」

「我只是──我只是覺得不舒服。」我說，又開始啜泣。

她摟住我，我的臉陷進她的頭髮裡。她身上有香水、髮膠和汗水的氣味。我愛她，同時又希望她是西薇亞。

「沒事的、沒事的，」她沉吟著，輕輕搖晃我，拿了更多衛生紙幫我擦臉。「你要我去找李嗎？叫他來帶你回家？」

我用力搖頭，整間廁所好像都旋轉起來。「不要，我馬上就好，再給我一分鐘。」

她把頭髮從我臉上撥開，想要我看著她眼睛。「親愛的，怎麼回事？你不大對勁。怎麼了？」

「一切都不對，」我勉強說出口，淚水又開始流。「我不行——我再也……不行了。」

門上又有人敲。「露？是我。讓我進去。」

是克萊兒。露意絲打開門，克萊兒也進來了，她只能勉強擠進門後才能把門關上。我們三個擠在只容一人的廁所內。已經好久沒這樣了。我又回到這裡，跟姊妹淘在一起的念頭讓我虛弱地笑了笑。

「看，這樣好多了，」克萊兒說：「你只是需要我，對不對？露意絲，你真是沒用。過來，親愛的。」她用手肘推開露意絲，用她那百分之百純天然且傲然挺立的雙G罩杯把我裹住，直到我真的快要無法呼吸。

「夠了啦，她快噎死了，你看不出來嗎？」

最後我們三個差點笑了出來。我已經停止哭泣，甚至也不覺得緊張了。我們擁成一團，然後打開門又一起衝出去。

「我們需要補個妝。」露意絲說，在她的迷你包包裡找急用化妝品。她們端詳著我哭花的臉。

「所以是怎麼回事？」克萊兒說：「你知道你可以跟我們說。親愛的，不管什麼都行。我們會撐過去的，對不對？」

「是——我不知道。我也不確定。工作最近很忙，我每天都好累，又睡不好。還有……李，我不確定跟李好不好了。」

「這些傷痕是怎麼回事？」

克萊兒抓起我的手，正就著頭上冰冷的光看我手腕上的紅色痕跡。他把我按上粗糙石面的地方有幾條長刮痕，幾條小血絲。

「我不知道，」我說：「一定是不知怎麼刮到了。」

露意絲和克萊兒迅速交換了一個眼神，我站著不動，讓露意絲幫我畫下眼瞼的眼線。

「來——跟原來一樣美啦。」她一會兒之後說，讓我轉身面對鏡子。

一時之間我認不出自己。

「走吧，李會想我們在這裡幹什麼去了，」克萊兒說：「我跟他說我只是進來找你。」

「他在等？」我問。

「對，就在外面。他來找我，說你不舒服。」

「噢。」我沒動。

「凱瑟琳，你能找到他真是幸運，」克萊兒說，回來抱了我一下：「他帥到破表，而且顯然非常愛你。真希望我也有像他那樣的情人。」

「他……他有時候滿緊繃的。」我說。

忽然，洗手間又擠滿了女人，在水槽邊推擠著、互相大叫著。

露意絲親了親我面頰。「他不正是我們一直都想要的嗎？一個會正眼看你的人？會站在廁所外面等著你回來的人？我們都太習慣緊繃的另一面了，凱瑟琳。我們太習慣什麼都不在乎的男人。你有了一個不僅在乎你，還把你當成絕對、完全的頭號要人的人。全世界他只在乎你。你知不知道找到這樣的男人有多棒？」

當然，我沒有答案，但她們也不需要：她們已經穿過亮片、高跟鞋和黑色小洋裝朝門口而去，那裡正如她們說過的，有他在等。

我擺出最燦爛的笑臉，一步一步地走，心裡想著待會可能會發生什麼，我又該如何降低傷害。

二〇〇八年一月十二日星期六

史都和我走路去地鐵站。時間還早，天邊才開始透光，路上很靜，因為今天是星期六，我們卻都已起來，走出門外。

「我以為你不跟我說話了。」我終於開口，想趕上他的腳步。我的牙關打顫。

「什麼？」他說：「你怎麼會那樣想？」

「我以為你氣我在聖誕節那天那樣甩下你就離開。」

「噢，那個啊。還好啦。我大概只是酒喝多了。反正那是好久以前的事了。」

他昨晚傳了簡訊給我，是自從「無所謂啦」起的第一封。

凱——明天有計劃嗎？沒有的話我要帶你出門。

早上七點等我。史

半小時後，我們來到維多利亞車站，仰頭看著電子看板。我身上裹著史都那件像是要穿去極地探險的大外套，因為外面還是冰天凍地，而且我似乎暖和不起來。夾克的下緣剛好到我膝蓋上面。我看起來一定像個小孩，但至少我不發抖了。他也把一頂無邊帽戴在我頭上，還有一雙絨毛手套。

至少外面開始有光了，微弱的冬季陽光穿過陰暗的烏雲下方照射下來。星期六一大早，車站還很靜，只有幾個觀光客和幾隻勇敢的鴿子啄食餡餅屑，一個孤單的清潔夫駕駛著發出嗶嗶聲的地板打光車。我看著他一會兒。他似乎故意朝站著看巨大看板、等待發車訊息的人開去，讓人家拿起袋子走開。

「第十四號月台，」史都說：「走吧。」

火車裡很暖和。我們面對面坐著，我幾乎是立刻就脫下那件大夾克，摘下帽子。我只穿著絨毛衣，史都則把那件夾克塞進頭上的置物空間。

「我大概得整天都抱著那件夾克了，對吧？」我說。

「不，等著吧。風會很大。你會很高興有帶夾克。」

當然了，他說得對。布萊頓車站很冷、通風良好，但我們走下山坡，朝海邊走去時，風勢卻變得更強。等我們到了海邊，我甚至把大衣的帽子又罩上羊毛帽，史都緊緊抓住我的手，免得我被風吹走。灰色的海水波濤洶湧，風帶起的白色水花和泡沫刺得我們雙頰發疼。我們站了一會兒，緊抓著漆成藍色的欄杆，感受著強大的風力，欄杆外就是屋頂板和遠方的混亂。

史都說了句什麼，我沒聽見，話一離開他嘴邊就被風吹跑了。然後他拉起我的手，我們走回小路上的避風處。

時間還早，但即便如此，商店裡已經滿是想找一月折扣商品的人。我把史都拉進一家露營用品店，買了一頂小一點的海藍色帽子，帽子附贈手套，這樣史都就可以戴他自己的了。我們逛了一會兒，然後進了蘭恩區。這裡的人也不少，甚至因為商店與商店間的狹窄空間而給人更擁擠的感覺，但風已經沒那麼大了，氣氛也比較輕鬆。

但我覺得會看到李。

我已經有過幾次類似的時刻了：在火車上有個男的走過我們身邊，穿著厚厚的藍色夾克，一頭金髮——我一直沒看到他的臉，但他的體型足以讓我嚇一跳；我們站著面對海上吹來的強風時，有一對男女沿著海濱人行道遛狗（還是名種阿爾薩斯狗）。那人絕對不可能是他，因為看在老天分上，他旁邊有女人和狗，但即使如此，我還是覺得很不舒服。

快到十點了——喝茶時間。我們在蘭恩區一個小廣場旁找到一家咖啡館，廣場上有位街頭藝人在冷風裡表演，戴無指手套彈木吉他，用搖滾的嗓音獨唱，沒有鼓也沒有樂團幫襯。我們在舒適的角落裡找到一張深色木頭小桌，在桌旁的兩張木椅上坐下，叫了咖啡壺和一壺茶。然後一個男的走了進來，經過我們的桌子，走到咖啡館後方。我縮進椅子裡，別過頭。

「幹嘛？」史都說：「怎麼了？」

我打起精神。「對不起。沒事。你剛才說什麼？」

「那個男的嗎？」他壓低聲音問。

我點頭。「沒關係啦，真的。對不起。」

「他叫什麼名字？」史都問。

我有一陣子沒說話。我轉開目光，想弄清楚自己是否準備好把這件事跟別人說了。他注視著我，眼神堅定不屈。他一定會問到底，雖然他不會催我，但也絕不會罷休。

「李，他的名字是李。」

他點頭。「李。你以為你看到了他。」

「對。」我看著放在大腿上的手，指甲深深陷進掌心。

「沒關係，」他說：「這都是過程，療癒過程。」

「我甚至在他還在坐牢時都看到他。所以我都很少出門。」

他對我笑。「你要接納這些想法，不要抵抗。就讓這些念頭來，接納它們而不要覺得愧疚或難過。這些都是過程。抗拒只會讓事情更困難。」

他越過我肩頭，看著我剛才看到的那個男人。「他在看報紙，你何不看一眼？」

我看著史都，好像他完全瘋了。但他的表情沒變。「我在這裡，你很安全。看一眼吧，快。」

不敢相信自己真在這麼做的我，轉過頭，朝咖啡館後方的牆角瞄了一眼：更多張深色木頭桌、像我們這樣吃午餐的情侶、一對爸媽帶著兩個小孩在這種冷天吃冰淇淋，然後就在後面，一個金髮男子手裡拿著一杯熱騰騰的飲料，正在看《每日快遞報》。

我的呼吸哽在喉間，直覺就是要轉身躲起來，但我繼續盯著。那人不是他。我已經知道那不是他了，但恐懼和突來的恐慌並沒有停止。現在我可以看到那不是他——這人比較老，髮色偏灰而非金色，眼角有皺紋，臉型也更瘦。他的身材沒有李那麼結實，而且如果不穿夾克，他瘦多了。

他察覺我在注視，從報紙上抬起頭。我們四目相對，他微笑。他竟然對我微笑。然後忽然間，他跟李就一點也不像了，只是個陌生人，一位享受著咖啡而且對我微笑的友善男人。

我也微笑回應。

「好一點了嗎？」我坐回椅子裡，史都這麼問。

「嗯。」我說。

「你做得到的，」他說：「你比自己想像得還要勇敢。」

「也許吧。」我邊喝茶邊說。茶溫暖又好喝。

我們走出咖啡館、回到蘭恩區時，我都還微笑著。陽光照耀著，雖不暖和，卻振奮了一切。我們走回碼頭。

風勢減弱了些，但碼頭上仍強風虎虎。我們坐在風勢較小的避風處，看著海浪，看著海鷗在欄杆上保持平衡。海上的雲又黑又厚，我們身後的陽光卻把一切都照得明亮閃耀，把濕濕的木板照出亮閃閃的光澤。

「風有點大喔？」一個老頭對我說。他的帽子低低地壓到蓋住耳朵，毛毛的灰髮隨風亂舞，眼鏡鏡片上被波浪噴濺出點點水珠。

「是有一點。」我表示同意。

他緊緊握住他太太的手，兩人的手顯得蒼老，皮膚有斑點和皺紋，他太太的結婚戒指磨損嚴重，鬆垮垮地戴在大大的指節後方。她有著玫瑰般顏色的雙頰和藍色雙眸，一塊有圖案的手帕固定住頭髮，也保持耳朵溫暖。他呵呵笑著，指著一隻全身有棕色斑點、腳上有大大的蹼的小海鷗，小海鷗離開欄杆，飛了起來，瘋狂地撲來撲去想跟風對抗。

我們在能力範圍內盡可能繼續走遠。遊樂場的雲霄飛車大部分都關了，防水布上下飛動，座椅也都是濕的。走上碼頭的另一邊是瘋狂的行為——風吹打著我們腿上的牛仔褲，飛起的浪花就像水平的雨。西碼頭的鬼魂在起伏的海面上飄，像死去多時的海上怪物的骸骨。

我們回到另一頭，走回海邊，進了一家炸魚薯條店，店裡滿是穿著濕外套、對著風大笑的人。我們買了一份裹在紙裡的大薯條，坐在店外的牆上，以手抓薯條吃著，一面聆聽身邊的海鷗尖叫高喊，等著我們掉幾根薯條。我以為會有海鷗從我手裡搶走薯條。

我聽著史都告訴我他小時候的海邊旅行，說碼頭盡頭有投幣式的電動玩具，他的腿被陽光晒傷，竹竿上掛著漁網。

「你爸媽呢？」我問。

「我十五歲時，我媽死於癌症，」他說：「我爸住在瑞秋家附近。他過得不錯——還算適應。我幾個月前短暫見到他一面。我下個月會請幾天假再去找他。」

「瑞秋是你姊姊？」

「對，比我年長也比我聰明。你爸媽呢？」

「他們死於交通意外。我當時在念大學。」

「那一定很難受。真遺憾。」

我點頭。

「沒有兄弟姊妹？」

「只有我。」

我們吃到只剩紙包最底下幾根硬如石頭的薯條。史都沒理會請勿餵食海鷗的招牌，把最後那些薯條倒進水溝，把紙包丟進垃圾桶。

「我想去度假，」我們走回山坡朝市中心走去時，他這麼說：「我們去找些廣告傳單來看。」

二〇〇四年二月二十七日星期五

他直接帶我回家，這是好事也是壞事。我甚至不知道我想要的是什麼了。

回家的路上，在計程車裡我們都沒說話，儘管他仍握著我的手，輕卻堅定。我一直望著窗外，心不在焉地看著雨水在窗玻璃上追逐，被街燈照得像一顆顆橘色的珠寶。

他拿出我的鑰匙，替我開了前門，站在門外讓我先進去。我沒有坐下，他也沒有。我看到他的臉，很訝異他竟然露出頹喪的模樣，讓我沒辦法再看他一眼。

「我覺得我們應該冷靜一下。」我說。這話一出口，我就感到一陣輕鬆。

「什麼？」

「我說——」

「我聽到你說的話。我只是不敢相信。為什麼？」

「我只是覺得——我只是覺得我需要一點空間。我想多跟朋友一起出去。我想要一點自己的時間。好好思考。」

我在沙發邊上坐下，雙膝併得緊緊地。我感覺緊繃的氣氛像潮水一樣高漲。

「我上班的時候，你有很多自己的時間。」

「我知道，我也很喜歡那樣。但我不喜歡回到家，發現你趁我出門的時候來過。我要你把備份鑰匙還我。」

「你不信任我？」

「我只想要我自己的空間。我喜歡知道東西都放在哪裡。」

「這個跟其他事情他媽的有什麼關係？」

「你在我出門時進來，留訊息給我，還把我的那張照片放在被子下面。」

「我以為你會喜歡。你難道忘了我拍那張照片時的情形嗎？我們當時在做的事？我都記得，我一天到晚想著。」

「我記得你說你刪掉了。但你顯然沒有。」

他沒回答。

「李，我受過驚嚇。從那次被闖空門開始。我不喜歡你趁我不在家的時候進來，那樣好像我家已經不是我家了。」

一陣沉默。我從眼角餘光看他，站在我左邊的門口旁。他一動也沒動，連外套都沒脫，就像個固體的影子、一個黑色幽靈、一場噩夢。

「你想回到跟任何人、每個人都可以搞的生活，」他說，聲音冷得像冰：「你想回到那樣。」

「不，我只想要一點空間，如此而已。除了我的朋友，其他人我都不想見。我只想要——思考。確定這是對的。」

那時他忽然往前跨出一步，我想我一定瑟縮了一下之類的，因為等我抬頭看他，他又僵住不動了。他的臉色鎮靜、沒有表情，但眼神裡卻怒火熊熊。他一句話也不說，又後退一步，出了門口。我聽到前門打開又喀答一聲關上。

他走了。

我坐著不動好一會兒，等待著。我不知道我在期望什麼，也許我以為他會回來。也許他會回來打我、對我丟東西、大叫或是罵我。

最後我放棄，到樓上，換掉那件有愚蠢亮片的愚蠢黑洋裝，我已經決定再也不要穿了。這件衣服要丟到我第一個拿進門的慈善救濟衣袋裡，不管這袋子要花我多少錢。那件紅的也一起丟。這兩件我都不想要了。

一直到幾個鐘頭過後，我躺在床上，仍然睡不著，納悶著剛才到底什麼情況時，我才發覺他並沒有把鑰匙還我。

二〇〇八年一月十四日星期一

卡洛琳和我在去溫莎的路上，準備跟資深管理團隊開會。她負責談預算，我則負責報告新年要開張的新倉庫有何聘僱計畫。卡洛琳邊開車邊談工作的事，我們在M4公路上超速行駛。我很累，喉嚨發痛。

離開辦公室，在我來說向來不是好事情。這樣會打亂我的生活規律。我已經在計畫回家時要做的檢查，告訴自己必須把檢查做對、做好，這樣就不會淪落到整晚哭哭啼啼，弄出聲響，讓隔著天花板的史都聽見。

「親愛的，你看起來累壞了。」她那時說。

「是嗎？」

「是昨晚吧？」

「其實不是。我想我可能快感冒了。」

我繼續凝視窗外。要是可以睡著，就算幾分鐘也好，我就會覺得舒服許多。

「你跟樓上那個可愛男人的情況怎麼樣了？」

「噢。嗯，原來他還是肯跟我說話的。他帶我出去玩了一天。」

「聽起來很有前途啊。」

「是還不錯啦。」

「你怎麼不是很肯定？」

「卡洛琳，我們只是朋友。」我說。

「朋友個頭啦。」她說。

我忍不住大笑。「我看得出來，他只想當朋友。」

「真希望你們別再繞圈子，正式有個開始吧。」她說。

「嘿，不會發生什麼的。如果真有，那早就該發生了。我的確喜歡他，至少我認為如此，但我更喜歡獨處。」
「你不會有時候覺得寂寞嗎？」
「不會。」
「噢，我就會。自從伊安離開後——其實還滿慘的。我想為了孩子振作一點，可是他們週末去找爸爸的時候，整個房子都好靜。我想過參加俱樂部什麼的，你覺得怎樣？」
「你是說那種單身俱樂部，像約會經紀公司那種？」
她的面頰泛紅。「有何不可？要認識好男人並不容易啊。我還滿希望——也許……」
「也許怎樣？」
「也許你可以跟我一起去？」
我看著她的側臉，她直視馬路，手指緊握著方向盤。我試著想點別的話說。
「我們到了，」她說著把車停在停車場。「你準備好面對獅子了嗎？」

二〇〇四年三月十二日星期五

頭幾天，我覺得空虛得出奇，整個人彷彿被掏空了，好像我做了什麼嚴重的事，而這事一直沒能收尾。同時我也感到害怕，我每天晚上一回家，就把門上了兩道鎖。我一到家，就尋找他來過的跡象，但東西都沒被動過或改變過。至少，沒有我看得出來的東西。
我以為這一切會很容易——我以為他會恢復理智，或許他沒有我想的那麼壞，我發現我也在想，或許我犯了個錯。他的床上工夫很棒，能讓我們每一次的性愛都不一樣，卻都很令人興奮。我想過要傳簡訊請他回來，但最後我只把手機放回包包、放到我看不見的地方，不去碰。

那天晚上過後，我有兩個星期沒有見到他。怪異的是，我晚上會哭、會想他。我發現這是我的問題，我才是那個要求別人投入全副心神的怪咖——難怪他會覺得跟我相處很困難。難怪他一走就不回頭。我傳了幾封簡訊給他，但都石沉大海。我打電話到他手機，卻直接被轉進語音信箱。

他離開後兩個星期，我接到克萊兒打來的一通電話。

當時我在上班，正在處理一份下午要完成的剪報，忽然間克萊兒就打來了。她的聲音很怪、很緊繃。她問我過得好不好。

「我很好啊，親愛的。你呢？」

「我只是覺得你犯了個大錯，這樣而已。」我聽到哭音即將出現，雖然她盡力壓抑住。

「犯錯？什麼意思？」

「你跟李啊。他跟我說，你跟他分手了。我真不敢相信。你為什麼會那樣？」

我正準備說話，她卻沒給我機會開口。

「他說她本想帶你去度假的。他說他非常期待，因為你改變了他的生活、你讓他在覺得自己再也不會幸福的時候，覺得很幸福。凱瑟琳，你知道他前一任女友的事嗎？他有沒有告訴你娜歐蜜的事？你可知道她自殺了？她留了張紙條要他去見她，確保發現她屍體的人是他。他一直忘不掉那件事。他跟我說，他仍然會做看到她屍體的噩夢。然後他又說你跟他分手，跟他說你想出去多認識別人——凱瑟琳，你怎麼可以這樣？你怎麼可以這樣對他？」

「等等，克萊兒——不是那樣的——」

「你知不知道？」她繼續說，現在哭起來了，每說幾個字就抽噎一下，想要把話說完整。我可以清楚想像她的模樣，那漂亮的面孔被大量滾下面頰的淚水弄花：「你到底知不知道這一切有多不公平？我願意用一切來換像李這樣的男人。我願意放棄一切，放棄世界上的任何東西，只要有人能像他對你那樣對我。凱瑟琳，他愛你，比什麼都愛你。你真是他媽的擁有了世界上的一切，卻毫不在乎地甩掉，還——還傷了他的心。我實在受不了。」

「其實不是那樣的。」我總算開口。

她終於沒話好說，只能零星地抽噎幾下，不斷吸鼻子。至少她還沒掛斷。

「你不知道跟他在一起的情形。他到處跟蹤我，趁我不在家的時候到我家……」

「凱瑟琳，是你給他鑰匙的耶。如果你只要他在你在家的時候去，那你給他鑰匙他媽的做什麼？

「你知道是什麼讓整件事更糟嗎？就算你那樣對他、傷透了他的心，他還是全心全意、無可救藥地愛著你。他跟我說了好多你對他說過的話，之後他說，如果我見到你，就要問你肯不肯去見他。他又回到河畔酒吧去工作了，他說他想見你、想看看你好不好。他說他不會去你家，因為你叫他別去。怎麼樣，你會去嗎？」

我說我會考慮。

顯然這或多或少是她期待的反應，因為她最後丟下一句：「我還是不敢相信你做出這種事，希望你覺得驕傲。」然後就掛斷了。

之後我哭了，關上辦公室的門，希望沒人會進來。克萊兒以前從來沒有那樣對我說話過。她是忠誠的朋友，一個了解朋友永遠比男人優先的人，也懂得不管男人怎麼說都不可靠，尤其當男人說朋友壞話的時候。

接下來的時間我都像是裹在悲慘的迷霧裡。我盡快做完報告，不帶任何思考或熱情地交了出去。克萊兒的話在我腦中不斷盤旋，我一定是大錯特錯了，她才會那樣對我說話。我想著她說的話，想著他沒有我是多不快樂，想著他有多愛我。我想到他的前任女友，那個叫娜歐蜜的──自從上次半夜那句低語之後，他再也沒有提過她的名字──也想著他為什麼選擇告訴克萊兒而不是我。我想他之前一定過得很悲慘，又想他後來多麼快樂。是我讓他快樂的。

報告一結束我就離開公司，託辭說我頭痛，這其實也是事實。我回到家，又哭了一陣，想著克萊兒，想著我不能失去這樣一位閨中密友、一位跟我認識時間最久的朋友。等我在床上躺了好幾個鐘頭，想著這一切，之後我脫下睡衣，穿上那件紅洋裝。衣服沒有我上次穿的時候那麼合身了──在我腰間和胸部周圍有點鬆垮，好像有個巨人趁我不注意的時候把衣服撐大了。但我還是穿上了衣服，也上了點妝，去河畔酒吧找他。

儘管發生了這些事，我真正想要的，是重複上次他在河畔酒吧辦公室裡那樣幹我的體驗。我要他看我的眼神，彷彿我是他見過最完美的生物；我要他拉住我的手，把我拖進走廊到辦公室，好像他急著想進入我，一秒鐘也不能多等。

我走過排隊的人，直接來到貴賓入口時，他正在跟守門主管泰瑞大聲談笑。看到有著一頭削短金髮的他，儘管天又冷又雨，仍是一身曬成古銅色的皮膚，還有那件剪裁合身的深色西裝，凸顯出他的肌肉和結實的身軀，我胸口一緊。

「嗨。」我說。

「凱瑟琳，你來這裡做什麼？」他問。他想用冰冷的語氣說話，但我已經看到他眼底的反應了。

「我在想你可能會讓我進去，好讓我跟裡面的朋友聚聚。」我說著對他微笑，又不著痕跡地眨了眨眼。

泰瑞走過來。「抱歉，親愛的，今晚裡面滿了。你得跟其他人一樣排隊。」

我可不準備加入那排長龍的行列。「沒關係，我去其他地方就好。」我對李投下帶著捨不得意味的最後一眼，然後朝市中心的方向走去。

但其實我招了最近的一輛計程車，直接回家了。果然，凌晨三點，我聽到他來敲門。

「你為什麼不用鑰匙？」我開門的時候問。我沒時間問別的，而且他也不準備回答。

他抓起我的上臂，把我往後推進客廳，連燈也懶得開、身後的門也懶得關上。他的呼吸粗重，我碰他的臉時，他臉上是濕的。我吻著他，舔掉他面頰上的淚水。他發出粗啞的抽噎聲，貪婪地探進我嘴裡，狂野地親我，到我嚐到了血味。他一聲低吼，用力把我一推，我四肢攤開地倒向沙發，還來不及說什麼話，他就扯下我的睡褲，自己迅速又笨拙地解開西裝褲子，我聽到鈕扣被扯落的聲音。我只有時間想到這次會很痛，他就已經開始了。他進入我的時候，我痛得叫了出來。

我說不了嗎？那次沒有。他強暴了我嗎？也不算，那次沒有。畢竟，是我替他打開門的。這天稍早的時候我去夜店，目的就是要他。現在我得到了，我不覺得我有權利抱怨。

但很痛。我的嘴唇裡有被他的嘴侵入時的刮傷，第二天我痛得幾乎走不動。但他回來了，至少回來了幾個鐘頭。第二天早上我起床時，他已經離開了。

二〇〇八年一月二十三日星期三

該是重新專注的時候了。

我今天有評量，這感覺像是我走過了什麼里程碑似的。

社區心理健康小組位於李歐尼霍布斯屋，在柳樹路旁邊那條街。從前面看起來，這棟房子很普通，跟我們住的那棟差不多——有宏偉的凸窗，前門則需要補個漆。門柱上有個黃銅招牌，前面窗戶上貼了海報，替從戒菸診所到產後憂鬱症自助團體的一切打廣告。

外面下著雨，使得這裡顯得更陰森了。窗戶看起來好像在哭。

我推開大門，走廊有個接待櫃台，一到樓梯通往二樓。櫃台後方是原本這棟房子的前室，裡面放了好幾張書桌，好幾個女人把紙張從一個紙匣改放到另一個紙匣，邊聊天邊喝飲料。牆壁上貼滿了海報，如果你想找什麼特定的資訊，絕對沒有希望找到。

「我有評量的約。」我對接待櫃台的小姐說。

「在樓上。你的口音不像本地人，對吧？你從哪裡來的？」

她肯定快五十歲了，長長的灰髮在背後綁成一條辮子，幾絲頭髮在她的臉周圍糾結成團。「北邊。」我說。通常我都這樣對倫敦人說，他們也都毫無疑問地接受，好像「北邊」是個無以名狀的單一混沌體，從塔丁頓服務站起始。

這女人看來是個例外。

「你是蘭開夏郡人，」她說，幸好沒有等我回答：「我在那裡住了二十年，然後才搬來這裡。這裡薪水比較高，但人就沒那麼友善了。」

我看著她身後的擁擠房間，有六、七位女士抿著嘴坐著，聆聽我們說的每一個字。

我爬上樓梯。到了樓上，牆上貼了張有折角的紙，紙上以黑色筆跡熱心地寫著「社區心理健康小組左轉」。沿著左邊一條走廊走，我看到另一個接待區，這裡剛油漆過，是令人覺得安心的米白和淺棕色。櫃台後面沒人，所以我找了張舒適的椅子，坐下來等。我來早了。

一個女人從右邊的門出來。她穿著寬鬆的上衣和牛仔褲，頭髮綁成往外翹的兩束，唇上有個小環，一臉迷人的笑，露出均勻潔白的牙齒。

「嗨，」她說：「你是不是凱西．貝利？」

「對。」我說。

「他馬上就來。我是護理師黛比。」那女人說，仍在微笑。「你有沒有把問卷帶來？」

「噢——有……」我在包包裡翻找。

黛比從我手上拿過問卷。「先填好可以替你省點時間。」

我等待著。從走道盡頭看不見的地方，傳來一扇門打開、腳步聲越來越接近的聲音，一個男人的頭從轉角探出來。「凱西．貝利？」

我站起來，跟著他走。我一直在想史都。這位諮商師問問題的時候，我一直在想史都。這位醫生是里歐納．派瑞，看起來像隻隨便刮過鬍子的獾，灰黑色的鬍子跟頭部兩側的灰黑色頭髮和耳朵裡冒出的大量毛髮完美相連。他問我花多少時間檢查門、窗戶、抽屜等等的時候，我想著要不要撒謊。檢查門窗感覺實在太蠢了。我知道那樣沒道理，但我就是沒辦法阻止自己。

於是我說了實話。有時候要幾個鐘頭。有時候我上班遲到好幾個鐘頭，必須加班來彌補。社交生活？少來了。我晚上其實不想出門，這樣是好事，不是嗎？

之後，他問我李的事。我說起那些回憶和突來的念頭，像是一些他做過的事，一些我想要忘記的事，還有其他事情如噩夢、恐慌發作，以及凌晨四點還清醒地躺在床上，怕得不敢入睡。也說了我想要避免的事如社交活動、擁擠的場合、警察和紅衣。

他聽著，一面作筆記，偶爾看我一眼。

我在發抖。

我並沒哭，還沒有；談到這件事只讓我覺得身心震撼。

我急忙說：「我還在嘗試深呼吸，我想要控制恐慌。有時候有效。」

他說：「這樣很好，那你就已經知道，你是這件事的主控者。如果你能夠偶爾控制恐慌，那只需要多加練習，再加上幾個其他技巧，之後你就可以一直控制住。你已經有了起步，而且做得非常好。」

「謝謝。其實是史都啦，不是我。」

「史都？」

「他是我朋友，也是精神科醫生。」

「他可能指點了你一條明路，但你要嘗試控制恐慌，卻是你做的選擇。除了你，沒人可以做到。」

「我想是吧。」

「而且別忘了，如果你已經做了，表示你可以做更多。那表示你應該也可以控制檢查的時間。事情不會立刻發生，還需要時間，但你做得到。」

「所以接下來呢？」

「我會把你轉去做認知行為治療。此外，我想你應該試試用藥物幫助克制恐慌。不過藥物需要花點時間才會起作用，所以如果你沒有馬上感受到效果，也不必擔心。你需要花上好幾個星期。」

「我以前試過吃藥。可以的話，我寧可避免。」

「我看過你的筆記，他們在醫院給你的藥是另外一種。我這些藥不會讓你覺得昏昏欲睡或茫然失措，我想要你試試，因為你的評量結果顯示，你可能有創傷後壓力症候群以及強迫症的其他元素。」

「史都說，希望能把我轉介給亞利斯特・赫吉醫生。」

「好，我會這麼建議。他在這裡還是在毛斯里有看診的樣子。你會收到一封信，然後要打電話給他的祕書。我想你應該很快就可以見到他。在那之前，我會請黛比給你危機小組的電話，以備不時之需，但我想你應該不會用到。」

「你覺得我需要多久恢復？」

他聳肩。「很難說。每個人都不同。但你應該可以在幾次治療過後，感受到正向的效果。你必須準備投入一些努力——就跟生命中很多事情一樣：你投入得越多，收穫也越多。」

我終於回到馬路上的時候，天已經黑了，雨也終於停了。車流完全壅塞，也許北環線上發生了什麼事故。公車走公車道，相對起來流動性高得多，但也不會太快。

我覺得我好像踏上了什麼里程碑，好像再也不會有回頭路。出院後，正是這點最讓我害怕；我曾經如此失控，生活完全由我既不喜歡又不信任的陌生人左右，我必須遵照他們制定的時間表和指示，聽人家告訴我何時吃東西、睡覺，何時上廁所。

第二次我一出院，就知道我寧願死也不要再回去。我搬離蘭開夏，帶著燦爛卻死氣沉沉的笑容，以空洞的承諾說我會盡快參加當地的心理健康服務。我遠離醫生、護士、社區服務和那在我看來毫無道理的可怕制度。這制度已經達到目的了：它把我一把拉起，直言不諱地指出其實我並沒有死，我活得還不錯，最好振作起來，好好過生活。我不只一次想過，要是我當時死掉還比較仁慈一點，就不必經歷這段復元的過程了。但搬走也讓我了解到，如果有人要掌控我的生活，那個人必須是我。沒有別的選擇。我掌握主導權，控制生活的每一天，以秒計算每件事，數著步伐，安排喝茶時間；這麼做讓我有了目的和理由，無論日子多爛多晦暗多孤單，都能一步一步度過每一天。

我不想放棄這一切。這樣讓我覺得安全，即使只有一陣子。

二〇〇四年三月十六日星期二

手機鈴聲嚇了我一跳。我一直坐著等什麼事情發生，等他回來，等他打電話，既抱持希望，同時又恐懼。但螢幕上顯示的名字不是李，而是西薇亞。

「西薇亞？」我說，盡可能讓聲音聽起來高興點。「你好不好？」

「我很好。親愛的，你好嗎？」

「我都好。倫敦怎麼樣？」

「你真的好嗎？」

一時之間我無法回答，只有緊抓著話筒，看著牆上的某處，想用全副心神專心，免得崩潰。「我很好。」我又說。

「露意絲說你變得有點怪。她很擔心你。」

「怪？我才沒有變怪。那是什麼意思？」

以西薇亞來說，她的聲音鎮靜得出奇，很有安撫意味。「沒有什麼意思，她只是擔心你。她說你手臂上有傷痕，說你上個月跟他們出去，可是半小時以後就回家了。克萊兒說上次李在她肩頭哭——你們吵架了還是怎樣的。」

我沒回答，她說：「喂？凱瑟琳？」

「我還在。」

「親愛的，你要我回去嗎？我週末可以過去，也許待一天？」

「不用不用，真的，我沒事。只是——我跟李的情況不太好。」

「到底出了什麼事？」

「他——他……西薇亞，有時候他讓我害怕。他會推我，我不喜歡那樣。」

一陣很長、很長的沉默。我說出來了。我承認了我跟白馬王子的完美戀情並不如她們大家所想的那樣完美。現在一切都會沒事了，因為西薇亞知道，西薇亞會說出最恰當的話，讓我覺得好過，因為她是我全世界最好的朋友。我等著她說出幾句同情的話，等她叫我甩掉他、斬斷這段關係，叫他滾蛋而且就用「滾蛋」這兩個字說，然後跑掉，不要回頭。永遠。

她再次開口時，我驚嚇得太厲害，一時之間甚至忘了呼吸。

「凱瑟琳，我想也許你應該找人談談。」

「什麼？」

「你最近過得真的不太好，工作上壓力很大很大，對不對？」

我沒回答。真不敢相信會聽到這些話。

「我知道露意絲擔心你。我們都擔心你。李也擔心你。我想你應該去跟別人談談——找你的醫生？或是公司同事？」

「等等，李擔心我？」

她遲疑了。「親愛的，他愛你。他覺得你只是想我之類的，但我知道不止如此。他說你一直在傷害自己，弄傷了你的手臂。親愛的，請不要生氣，我不想在離你這麼遠、什麼忙都幫不上的時候讓你生氣……」

我聽到自己的聲音提升到歇斯底里的高音調。「西薇亞！他讓我害怕耶！他告訴我要穿什麼衣服、告訴我什麼時候可以出去。不管你怎麼試著委婉地說，這都不是他媽的正常關係吧！」

她沉默了。

「不管他怎麼跟你說，那些都他媽的不是真的。行嗎？」

「凱瑟琳，別生氣，拜託，我──」

「別生氣？」我重複：「你他媽的期待我說什麼？還有，你跟李是從什麼時候開始會通電話的了？」

「他跟露意絲通電話，她說她擔心你。露意絲昨晚打電話給我，之後李也打來。我們全都好擔心好擔心你，凱瑟琳。你的表現真的很怪，我們都只想要你回歸正常的自己……」

「真不敢相信我會聽到這些。這不可能是真的。」

「親愛的，聽我說。李說他想盡辦法確保你沒事，但我還是覺得你去找人談談比較好。凱瑟琳，聽我說。我要你去找人幫忙。你要我替你找幾支求助電話號碼嗎？」

我拿著電話遠離耳朵，滿腔驚詫的恐懼瞪著話筒，然後按下「結束通話」鍵，使勁往牆上一丟。電話裂成了至少三塊，最大的那塊躺在我的地毯上，發出微弱、怪異的高音，像隻痛苦的動物。

我把手按在嘴上想停止──什麼？尖叫嗎？現在已經沒有人了，完全沒有了。只剩下他，還有我。

二〇〇八年一月二十三日星期三

公車慢吞吞地駛入傍晚的車流。天已經暗了，但市區仍是亮的：商店櫥窗、街燈、車燈，到處的燈光都反映出被雨淋得濕漉漉的馬路。公車內又暖又潮濕，窗戶上起著霧，有幾百個人和骯髒座墊的氣味。

我不喜歡在公車上用電話，但我急著想跟他說。我壓低了聲音。

「嗨，是我。」

他的聲音聽起來非常遙遠。「怎麼樣？」

「不錯。唔，其實也滿困難的啦，但我做到了。他會把我轉給亞利斯特，還給了我一些藥片。」

「什麼藥？」

「不知道，藥單子在我包包裡。他說那些是選擇性什麼什麼的。」

「選擇性血清素回收抑制劑。」

「隨便。他說他認為我有創傷後壓力症候群和強迫症。」

「很好。」

「是嗎？」

「我是說，診斷得很好，我也這麼想，但我不能診斷你。」

「嗯。工作都好嗎？」

「我猜還好吧。反正已經結束了。」

走道對面的男人盯著我。他看起來一點也不像李，但仍然讓我心神不寧。他很年輕，一頭直髮隨便剪到耳際，嘴巴和鼻子上有斑點，一對空洞的眼神和黑眼圈，而且盯著我看。

到了下一站，多了幾個人下車，我考慮著要不要下車走回家。走道對面的男人也站起來了，我以為他要下車，於是留在座位上沒動，沒想到他在走道上站了一會兒，等公車又開動，他卻坐進我前面的椅子裡。

他身上有股霉味，像是濕濕的衣服在洗衣機裡放了好多天那樣。他脖子後方有幾個斑，而且每隔幾秒鐘就吸一次鼻子——不是讓鼻道暢通那樣，反而像是在偵測空氣。

我在下一站下車。我以為他會跟蹤我，但他留在車上。我站在雨中的站牌下，看著公車開遠，看到車窗裡的他，那對眼睛仍然盯著我。

二〇〇四年三月十九日星期五

回家的路上，我在鎮上的郵局停車，拿了幾份護照表格。在那裡的時候，我逛了幾家店，看了看衣服，但懶得試穿。我只是還不想回家，暫時還不想。李今天要上班，從昨晚起我就沒接到簡訊或電話。

我打開前門，立刻察覺有什麼不對勁。不是哪裡有風，也不是氣味，不是任何有形的東西。車道上只有我的車，沒有李或其他車輛的蹤跡。但我就是知道，有人在我不在家的時候進來過。

我站在門墊上好一會兒，身後的門仍然開著，一面想我該進去呢，還是該上車開走。走廊上沒有人，我可以一眼看到盡頭處的廚房——一切都跟我離開時一樣。

這樣太蠢了，我這麼告訴自己。沒人來過，這只是你豐富的想像力和那個混蛋小偷在作祟。

我把鑰匙和包包放在廚房，走到客廳，卻陡然站定。李坐在沙發上看電視，卻把音量設成靜音。

我嚇得倒抽一口氣。「老天爺，你嚇死我了！」

那時他站起來，走向我。「你他媽的去哪裡了？」

「鎮上，我去了郵局。反正你不要那樣對我說話就對了，我去了哪裡有那麼重要嗎？」

「你在郵局待了他媽的兩個小時？」

他距離我只有幾吋。我感覺到他身上的熱氣，就像他的怒火。他的手垂在身體兩側，語氣平淡。

即便如此，我還是怕了。

「如果你再那樣跟我說話，我就再出門。」我說著背對他。

我感覺他的手指圈住我上臂，用力拉我轉身，我的腿都離開了地面。「不准你這樣走掉。」他對著我的臉說，熱熱的氣息撲上我的面頰。

「對不起。」我低聲說。

他放開我，我跌向門口。他一離開我身邊，我就開始跑，衝向大門，不管鑰匙還留在廚房——我必須出去，我必須逃。

我沒有成功。他比我先到大門，我還來不及思考，他已經一拳打上我的側臉，打在我眼角上。

我倒在樓梯旁的地上。他高高站在我上方，低頭看我。我嚇得喘不過氣，一面啜泣一面摸著面頰，想知道有沒有流血。然後他蹲在我身邊，我縮了縮身子，以為他又要打我。

「凱瑟琳，」他說，他的聲音很低，冷靜得可怕。「不要再讓我那樣，好嗎？只要準時回家，或是讓我知道你要去哪。就這麼簡單。這樣是為了你好。外面有些很危險的人，我是唯一能照顧你的，你知道的吧？所以讓自己輕鬆些，照我說的話做。」

那感覺像是個轉捩點。彷彿否認我跟李的關係到了盡頭，我知道他可以做什麼、可能會怎麼做，以及對我有什麼要求。彷彿有扇門在以前那天真、無憂無慮的凱瑟琳面前重重關上了，只剩下我：那個無時無刻不害怕、回頭看有沒有被跟蹤，那個清楚知道不管未來會怎樣，都不可能會好的人。

幾個鐘頭過去，等我終於鼓起勇氣看鏡子時，我臉上幾乎沒有痕跡。那時的感覺好像顴骨被他打斷了。我的頭在痛，但皮膚表面只有一點點勉強看出的隆起和一小塊紅斑。好像他根本沒有打我。

二〇〇八年一月三十一日星期四

我在丹麥丘下公車。過了馬路，國王大學醫院的燈亮晃晃地，一輛救護車閃著燈，響著刺耳的警笛駛進側門，然後進入意外急診部。我站在斑馬線前，看著那輛救護車，後來才發覺一輛汽車停下來等我通過。我走向馬路對面的毛斯里醫院，這棟美麗的老建築砌著紅磚，磚牆前有幾根又大又白的門柱。

我站著看了好一會兒，想著一百年前這棟樓一定也是這副模樣，也許只是沒那麼多車子。上次我接近醫院是被車子從後門載進來的，我在救護車裡面，縮身坐著，擠進車上的角落。當時我下定決心再也不要回來，再也不要讓別人那樣載我。現在我卻在這裡，站在一家精神病院前，而且我還要像個正常人那樣從前門走進去。要是我可以鼓足勇氣往前走就好了。

「找人嗎？」

是史都。他穿了一件看起來急需整燙的襯衫，袖子捲到手肘，醫院的工作證夾在胸前的口袋上。

「我都忘了你長什麼樣子了。」我說。其實我們只有幾天沒見面，他的輪班時間不同，我也要上班，但感覺卻像好幾年。

「要不要進去？」一會兒之後他說。

我看著他，回頭看了看門口。我看到裡面的人走來走去。

「我不確定。」我說。

「你想的話，我們可以去別的地方，」他溫柔地說：「但我的時間不多。」

我深呼吸一口氣。「不，我們去吧。只要確定我可以再出來就好，可以嗎？」

我們走過大門，轉進彷彿無止境的走廊，經過醫生、病人、醫療和護理人員，然後忽然間左邊出現一家餐廳。「我帶你去了所有最好的地方。」他說。

「沒關係啦，別傻了。」

我在一張空著的桌旁坐下，他去點飲料和餐點。我看著他排隊。人群總是讓我緊張，但置身這裡讓我感覺更糟。識別醫護人員很容易，因為一看就知道他們屬於這裡；其他人如訪客親友會看著黑板上的菜單（上面除了被劃掉的烤馬鈴薯以外什麼都有），躊躇著該選剩下沒幾個的三明治還是放了好久的蛋糕。也許其中有些人還是病人。

史都身後排了三個人，其中一個男的背對著我，讓我覺得不安。他跟其他人在一起，跟一個女孩說笑，但他身上有點什麼讓我想到……是笑聲嗎？我從這裡就能聽到。我把心思放在史都身上，專心看他，但那男的還在。他也有一身肌肉，肩膀寬厚。我開始覺得有點想吐了。

我在椅子上轉身面對牆壁，專心看著雪白的牆，試著想些別的事。數到六。不會有事的，那人不是他。

「起司沙拉還是火腿？」史都把托盤放在我面前，我嚇了一跳。

「起司沙拉，謝謝。」我說。他把沙拉遞過來，開始打開他的火腿。

「我們週末出去玩吧，」他說：「你覺得呢？我們星期六出發——天氣應該不錯，對吧？我星期天有場比賽，假如肩膀好了的話。」

這時，之前排在史都身後的那個男人經過。他比布萊頓咖啡館裡的那人更像他。不過我還是看著。沒錯，我看著他，強迫腦袋辨別出不同。

史都順著我的視線，看著坐在幾張桌外的那個人，跟朋友和剛才聊天的那女孩在一起。他們還在大笑。

「那是洛伯，」他說：「跟我一起打橄欖球。」

「噢。」我說。

我抬頭，看到他在看我，目光堅定。「你沒事吧？」

「沒事。」

「確定？」

「對。」

「你的臉色有一點——蒼白。」

我想笑。「我一直都很蒼白。真的啦，我沒事。」

「你今天早上做檢查做了多久？」

我聳肩。「沒注意。」

他的目光沒有移開。

「史都，真的，我沒事。別這樣，好嗎？」

「抱歉。」

吃完後，我們走回長長的走廊，朝大門前進。門廊裡仍然很多人來來去去。我數著回到門口的步數，除了出去之外什麼都不想，又倔強地想要是我忽然開始跑，他們會怎麼樣。我們來到戶外的寒冷當中，我終於又可以呼吸新鮮空氣、汽車廢氣，聽到戶外的聲音。我又自由了。我甚至沒有意識到他還在我身邊，直到他拉起我的手。

我訝異地看著他。

「我知道現在不是好時機，這裡也不是好地方，但我想要告訴你一件事。」

我等他繼續說，看著他握住我的手，發覺他其實很緊張。

「記得我親你的那次嗎？第二天我說那只是個吻。你還記得嗎？」

「記得。」

我怕得不敢看他，於是我看著馬路，望著南向的車流，三輛公車逆向行駛，目前為止沒有一輛是開往河邊和家裡的。

「對我來說那不只是個吻。我那樣說是因為——我也不知道。我不知道我幹嘛那樣說。那樣很蠢。從那時候起，我就一直想著這件事。」

就在那時我看到了她。

就在開往西諾伍的六十八路公車頂層。我的注意力被一頂鮮粉紅色的貝雷帽吸引，帽子喜氣洋洋地戴在一團金色捲髮上，那人正在離我遠去，卻用熱切的目光望著我。盯著我。

是西薇亞。

我回頭向著他。「你剛才說什麼？」

二〇〇四年三月二十日星期六

李星期天不用上班，因此我們又去了摩爾甘比。我並不想去，但那樣總比待在家裡好。我的臉仍然敏感，雙頰的瘀青被手指碰到的時候也隱隱作痛，但沒有別人會知道。他有辦法重重打我，讓我牙齒互撞，卻不留下任何傷痕。

天氣暖和，藍天無雲，陽光燦爛。人很多，我們花了很久才找到停車位。最後我們沿著空地走回鎮上。我們走路時，他牽著我的手。我在他身邊仍覺得緊張。

「那天的事很對不起。」他說。這是他第一次提到這件事。

「什麼事？」我問。

「你知道的。」

「我要你說出來。」也許這樣太挑釁了。但我覺得這裡比較安全，跟其他人、其他家庭、騎腳踏車的小孩一起走路，總比我在自己家裡這樣說安全得多。

「吵架的事，我很抱歉。」

「李，你出手打我。」

他露出真正驚訝的表情。「我沒有。」

我停步面對他。「你開什麼玩笑？你往我臉上打了一拳。」

「我以為你跌倒了，不管怎樣，對不起。」

這大概是我能得到最好的回答了。我們又繼續走了一段。我身上暖多了，於是脫下毛衣。潮水退了，大片沙之後的海水遠得我幾乎看不到。

「李，我也很抱歉。」我說。

他把我的手拉到嘴邊，親了親。「你知道我愛你。」他說。

儘管發生了那些事，他眼底的神情和他遲疑的勉強微笑，幾乎又唬住了我。

我說：「這樣不好，我做不到。你讓我害怕，李。我不想再跟你在一起了。這樣對我們兩個都不好，不是嗎？」

我看到陰雲蒙上他的臉，不是怒意——不是，但也許是失望？我以為他會放開我的手，但他卻握得更緊。

「別這樣，」他沉聲說：「不要這樣。你上次就後悔了。」

「沒錯。但從那時候起，又發生了別的事。」

「什麼事？」

「比方說，你出手打我。你跟克萊兒談我的事，還有跟西薇亞。她以為我瘋了，李。這樣不公平。她是我最好的朋友，你卻讓她轉而對付我。」

「什麼？」他輕笑一聲：「她是這樣說的嗎？」

我感覺淚水刺痛雙眼。我不想哭，不想在這裡。我在一條長椅上坐下。他坐在我身旁，又拉起我的手。

「她有沒有說，我怎麼會有她的電話？是她自己在展翅鷹酒吧裡給我的。她到吧台那裡找我，要我替她買杯酒，趁你不在、天知道你人在哪裡的時候。我替她買了酒，她把手放在我屁股上，捏一下，然後把一張紙放進我夾克口袋，說我無聊的時候可以打給她。」

「我不相信你。」

「對，」他沉聲說：「你相信我，因為你知道她是怎樣的人。」

我生氣地用手背揉著面頰。

「過來，」他柔聲說著把我拉過去，抱著我：「不要哭。沒關係。」

他輕輕摟著我，我的頭枕在他肩頭。他的手指穿過我頭髮，把臉上的頭髮梳開。「你不需要害怕，凱瑟琳。你不需要怕，只是這工作太累人了。我不擅長表現情感，一有壓力或一生氣，就忘了我在跟誰說話。對不起我嚇到你了。」

我抽身好看著他眼睛。「李，要是我報警呢？要是我告訴他們你做了什麼呢？」

「最可能的情況是，他們會派人過來寫口供，然後把口供歸檔，之後就沒了。」

「真的嗎？」

「不然就是會有一段冗長的內部調查，我會失去工作和退休金。」他伸出一根手指撫過我面頰，把最後一滴淚擦掉：「我有東西要給你，不管怎樣，我要你留著。」

那是一枚戒指，放在一個黑絲絨盒子裡。這枚白金戒指上有顆大鑽石，在陽光下耀然生光。我沒碰，但他把戒指放進我手裡。「我知道我們的開始有些波折，但情況會越來越好，我保證。再過幾個月，我會問問轉調，找個壓力沒那麼大的工作，表示我可以更常在家的。請你說你會考慮，好嗎？凱瑟琳，你願意至少考慮一下嗎？」

我想了想。我想著我該怎麼做，才能阻止他再打我；想著準時回家、如果要在沒有他的情況下去哪裡就得告訴他，想著穿上他決定的衣服、做他叫我做的事。我說：「好，我會想一想。」

他吻了我，就在燦爛的陽光下，我也讓他吻了。

以前我總認為，待在受虐關係裡的女人很愚蠢。畢竟，你肯定會在某個時刻，忽然覺醒情況跟以前不同，你忽然害怕跟伴侶在一起——而那肯定就是該離開的時候。走遠遠地，不要回頭，我總是這麼想。何必留下來呢？我也看過電視上的那些女人，接受雜誌專訪，她們總說：「沒那麼容易。」而我總是認為不，就是那麼容易——只要離開、走得遠遠地就好。

除了那個覺醒時刻（我的這一刻已經過了），還有一個新的覺醒，就是離開其實並不是容易的選擇。我試過了，還犯了錯邀請他再回來。仍然愛著他，他那仍藏在心底的溫柔、脆弱的一面只是其中一部分，同時還有對於「要是我做出什麼讓他發怒的事，他會怎麼樣」的深深恐懼。

重點已經不是離開了，而是跑走。

重點是逃。

二〇〇八年二月二日星期六

有太陽而且不算太冷，因此我們搭地鐵到河邊，沿著南岸散步，直到累得走不動為止。我們坐在泰特現代美術館外的長椅上，用可拋棄式杯子喝著熱茶。感覺像是春天的第一天。

「我星期四去醫院找你的時候，還以為看到了認識的人。」

「李嗎？」他問。

「不，是別人。西薇亞。」

史都在長椅上傾身向前，頭轉向我。「西薇亞是誰？」

自從星期四起，我就一直在想這件事：告訴他。我也在想該怎麼解釋。

「在這一切發生之前，她是我最要好的朋友。她搬到倫敦，因為她找到了一份很棒的工作。」

「你跟她斷了聯絡？」

我點頭。「唔，其實不只是那樣。她不相信我。在我跟李的情況開始走下坡的時候，我試著要告訴她。我需要她幫忙。我不知道她為什麼不肯。後來我就沒再跟她聯絡了。」

他等著我繼續，把杯子放在座位旁的人行道石面上，杯裡僅剩的一點茶散發出熱氣，熱氣裊裊繚繞。

「我一直在想你說的話。」

「我說的話？」

「關於……那個吻。」

「啊。老實說，我都不知道你到底有沒有在聽。」

「我只是嚇了一跳而已。我以為你對我沒有興趣。」

他輕笑一聲。「我隱藏情感的技術一定比我想像中好。」

一段沉默，我努力想接下來要說什麼。

「聽我說，」他說：「別擔心。我知道這時候對你來說很困難。我不想因為這件事，讓我們做不成朋友。」

「不是的，」我說：「我必須告訴你。我需要你知道我發生過什麼事。你知道以後，才可以決定會有什麼感覺。」

「怎麼──現在嗎？」

我點頭。「這裡比較好，我不會在這裡崩潰，因為有很多人走過。」

「好吧。」他說。

「很糟喔。」

「好。」

我深呼吸一口。「那是一段很糟糕的戀情，而且情況越來越不好。最後他差點殺了我。」

一段長長的沉默。他看著我，看著他的手。最後，他說：「有人發現了你？」

「溫蒂。她就住隔壁。我一定嚇壞她了。」

「我很遺憾，」他沉聲說：「很遺憾你經歷了這些。」

「他攻擊我的時候，我懷有身孕。我自己甚至不知道，後來在醫院他們才告訴我，小孩已經沒了。我不知道我還能不能生小孩。他們說可能性不大。」

他別過頭。

「我必須告訴你。」我說。

史都點頭。我發現他眼中有淚。我把手放在他背上。「噢，天啊，拜託不要難過。我不想讓你難過。」他的雙臂環住我，把我用力抱緊，我們就這樣維持了幾分鐘。

「你知道最糟的是什麼嗎？」我終於開口，對著他肩膀說：「不是坐在那個房間等他回來殺掉我。不是被打、不是疼痛，甚至也不是被強暴。而是事情過後，沒有人，甚至連我最好的朋友都不相信我。」然後我坐回去，眺望著河面，一艘駁船緩緩駛過，往下游而去。「史都，我需要你相信我。比我這輩子需要任何事情都還需要。」

「我當然相信你，我永遠都相信你。」

史都用手指擦掉眼淚，移過來親我。我把手指放在他唇上。「等一下，」我說：「想想我剛才說的話。我要知道你可以接受。」

他點頭。「好。」

我們起身，開始往回走向滑鐵盧橋。「為什麼不相信你？」他問：「她聽起來不太像好朋友啊。」

「因為他很有一套。他可以蠱惑任何人。他在我所有朋友面前都是魅力十足的。我朋友只覺得我很不知感激，他不可能會是我說的那樣。然後他開始趁我不在的時候，跟他們說話，對他們說我的事，但都是編的。他會跟西薇亞說，我的其他朋友也會跟西薇亞聊，說著他對她們說的話。在我還不知道發生什麼事之前，朋友們全都忙著討論我怎麼會完全瘋了。」

我們面前有個小男生，跑著要趕上哥哥，卻一踧栽倒。他媽媽扶他站起來，替他揉著，沒給他機會哭。

「你剛才看到她了？看到西薇亞？」

「她在往南的那輛公車上，坐在頂層。」

「她看到你了嗎？」

「她盯著我看。感覺好怪。」

「你擔心嗎？」

「什麼？看到西薇亞嗎？我想不是。只是看到她，我嚇了一大跳。我沒想到會再見到她，她卻忽然出現了。我是說，我知道她在倫敦，但即使如此……」

我們就快回到地鐵了。

「我們回家吧。」他說著抱了抱我。

我想不出還有什麼是我更想要的。

二〇〇四年四月二日星期五

我在準十二點離開辦公桌，關掉電腦螢幕，從門後抓起外套。市中心人潮洶湧，不過星期五都是這樣，全是購物的、退休的、做媽媽的、小孩、學生，還有一些實在應該在上班卻不知為什麼沒上班的人。太陽照耀著，這點總是讓更多人湧進市中心。我可以聞出風裡的夏日氣息，儘管天還算冷。也許週末會有好天氣。

我討厭人群。我寧可閒步走過市中心，不要看到一個活人；但今天我必須跟珊米見面。

到了波雷洛咖啡館，珊米已經在等我了，她坐在窗邊的一張桌旁。

「我們去後面坐好嗎？每次坐窗戶旁邊我都覺得冷。」

珊米揚起眉毛，但拿起包包、外套，跟著我到咖啡館更裡面。

自從這家店換老闆之後，我就沒來過了。以前這裡叫做綠色廚房，是素食、純素的店，專賣本地產的有機產品，後面兼賣咖啡。這家店維持了一陣子，但等到長長的暑假來臨，學生紛紛離開，顧客就不夠了。聖誕節過後，這裡以波雷洛咖啡館重新開張，推出退休人士特餐（一英鎊可以喝到茶和一塊蛋糕），價格合理多了。

「生日快樂，」我終於說，在珊米頰上親了親。「你好嗎？」

「我很好，謝謝，」珊米回答。穿著紅色開許米爾毛衣的她看起來好美，那是她新男友送的生日禮物。唔──也不算新男友啦，他們在平安夜當天的切雪酒吧裡認識，但在我的感覺裡還算新。聖誕節過後，我只見過她一次。

「更重要的是，你好嗎？」

「更重要的是？這句話什麼意思？」我問。我真的不想才見面就這麼快開始談這個。

「我好久好久沒看到你了，」她說：「我只是好奇。」

那時服務生出現，正好分散我們的注意力。我點了一大杯茶，和一片全麥吐司。珊米點了一杯拿鐵和起司布羅曼餐[1]。

「你跟賽門相處得怎樣？」我問。

這句話填補了接下來的半小時，一直到珊米吃掉一半午餐。她仍然熱烈地愛著這個新男友，計畫著未來，也許等輪到他有薪留職的時候再結婚──全都談到了。

譯注

1 英式午餐的一種，冷食。

「那你呢?」她終於問,一口喝光剩下的咖啡。「你跟李怎麼樣?」
「噢,很好啊,」我說:「我們很好。」
「所以他沒有求婚或做什麼戲劇化的事囉?」
「唔──有,算吧。」
「算吧?」
我瞥了窗外一眼,看有誰在看。
「他一直在求婚啊,每個禮拜都這樣。」
「什麼?可是你卻不答應?你沒答應嗎?」我看得出來,珊米就是不敢相信。
「我不覺得有必要。我們現在這樣很好,相處愉快,偶爾吵吵架,跟其他情侶一樣;為什麼要改變呢?」
「為什麼要改變?你可以辦婚禮耶,老天!禮服、蜜月和禮物!還可以跟所有的好朋友大醉一場!」
我聳肩。「我又沒說永遠不結婚,只是說目前我們有更重要的事情。我工作上真的很忙,不想在這種時候還要頭痛安排婚禮的事。」
「唔,」珊米說著拍了拍我的手:「他顯然愛死你了,對吧?」
我慢慢攪拌茶,看著表面上的波紋旋轉扭動。「對。」我說。
「那幹嘛這麼難過?」她問。
看來我表現得並不好,我心想。我應該要開朗、高興、滿口生日快樂的祝福才對,但我卻沒辦法欺瞞她。
「我想西薇亞。」我說。這完全是真話,儘管我們上次的交談很糟糕。

「她只是去了倫敦，又不是離了好幾百哩。」

「我們兩個都很忙。」

「我聽說你們吵了一架。」

「是嗎？」

她點頭。「克萊兒跟我說的。她說自從你認識了李，就變得怪怪的。」

「我知道。」

「所以到底怎麼回事？」

我聳肩，躊躇著要不要把我這一面的故事說出來，不知道這樣對我到底好不好。「我也不清楚。」我並不信任她，不完全信任。她算是仍然跟我有聯絡的，即便如此，我們的聯絡也很零星。誰知道她有沒有跟李談過呢？也許我們這裡一結束，她就會打電話給他，報告我說了什麼話、穿了什麼衣服、吃了什麼東西。廚房有人打破了盤子——那聲音嚇了我一跳。我回眼看珊米，卻看不出她那是什麼表情。

「克萊兒說的對，你變了。」

我搖搖頭，喝光最後一口咖啡。「沒有。只是工作壓力很大，我累壞了。你也知道那是什麼情況。」

她傾身過來，又拍了拍我的手：「如果你想談心，我在這裡。你知道的，對吧？」

我成功對她擠出燦爛的笑。「當然。但我沒事——真的，我想我只需要休息一下。昨晚怎麼樣？切雪酒吧人多不多？你們有沒有去很多家夜店？」

「有，市區擠死了，真不知道為什麼。」

「今天是學期最後一天，昨天晚上所有學生都要在回家前大玩一場，滿足願望。」

她大笑。「不過不只是學生——還有好多別人。我看到愛蜜莉和茱莉雅——她還問起你。以前跟愛蜜莉一起上班的羅傑也在。你還記得他嗎？他之前追過你，對不對？」

我厭惡地笑笑。「恐怕是。他後來變得滿可怕的——總是打電話到公司找我。」

「還有凱蒂，她也問起你去哪裡了。」

「真抱歉，聽起來昨晚真的很棒。我錯過了真是可惜。」

「你已經好久好久沒出來玩了。」

「我知道。對了，」我說，迫切想要改變話題：「我們下週末去曼徹斯特怎麼樣？去逛逛新鞋、一起吃午飯？」

「我下週末不行，要去看房子，」她說：「不過我會打電話給你，好嗎？我們晚點可以去。聽起來是個好主意，只是別讓我花太多錢。」

我替她付了帳，雖然珊米想要阻止。我堅持這是長尾巴的人的待遇。我那群老朋友裡面，她是我唯一還有聯絡的了。即使我不是很相信她，她仍是我唯一的朋友。

來到戶外冰冷的空氣中，她緊緊擁抱我，緊得我全身都發痛。她的雙臂環抱住我背後，又拍又揉，好像想把暖意給壓進我身體。

「老天，你變瘦了。」她說。

「我知道，很棒吧？」

她有點嚴肅地看著我：「你確定你都好？你保證？因為我覺得事情不大對。」

「珊米，一切都很好。」

我沒辦法保證。如果她又要我承諾，我就會崩潰了。我會完全輸掉這一盤。我只能撒那麼多謊，而承諾對我很重要，我不能隨口說說。

「你確定？」

她又抱了抱我，只是使力使錯了地方。我盡量不要皺眉，但其實很痛，我全身都痛。

「我確定。」

「你知道有需要的時候該去哪裡找我，對吧？」她說。

我點頭，然後她往上走回山丘，往工作的大學去了。不知道她有沒有猜到是什麼事。她知道事情不大對勁，但她並不清楚內情。

我知道內情，卻無法複述。

我看了看市集廣場，想知道會不會看到他，並沒有。但那不表示他不在。有時候他在，有時候不在。我已經不擅長分辨差別在哪裡了。我只覺得隨時隨地、每天每刻都有人在監視我。有時候這樣是比較容易、比較安全，也讓我比較難犯錯。

我數著步伐回辦公室：四百二十四步。至少，這是一件好事。

二〇〇八年二月十二日星期二

今晚回家的時候，天還不算黑。早晨也愈來愈亮了，球莖植物在倫敦的一片灰裡，從每一吋空著的土壤中探出頭來。

我縱容惡習，搭乘圓環線回家，享受那不太黑的傍晚，想著晚餐要煮什麼。

等我抵達塔爾波路，天色變得更暗，也更冷了。我沿著後方的巷子走，抬頭看著屋後和我家，看著陽台和窗簾。我看著院子門，門開著，露出後方的厚厚草皮。

窗簾垂掛的樣子跟我離開時一樣。我看著我窗戶透出的微弱黃光，睜大眼睛想看到窗戶後方的房間。

一切看起來都很完美，就跟我離開時一樣。

我走到巷子盡頭，轉個彎，往回走到馬路。我從陰暗中走出來時，一個人影從身邊經過，到了馬路的另一邊，往背離房子的方向而去。那人的身影讓我停步，縮回陰影中。

是李。

跟每次一樣，我一看到高個子的男人，跨出那有目的的大步伐，有一頭金髮和寬闊的肩，就會認為是李。我屏住呼吸，強迫自己去看，這時那人走到路的盡頭，彎過轉角，過馬路走上高街。時間不夠讓我確定。不是他，我告訴自己，是你的腦袋又在胡思亂想了。不是他，一直都不是他，只是你的想像。

我沿著塔爾波路走回屋子，想把那種感覺甩掉，想回到幾分鐘前的自己，期待做點東西吃、沖個澡、看部電影或什麼的，聆聽門外樓梯上史都的腳步聲，然後上床睡覺。

我進了屋子，關上身後的門，開始檢查，手指觸摸過門的邊緣，感覺門跟門框密合，檢查鎖都栓緊，又檢查門把，一、二、三、四、五。又檢查，轉動。

我結束檢查，等待著。事情不對。事情非常不對。我再次開始，重頭做起，檢查門，檢查鎖。

是哪裡？哪裡不對？

不是門……

我凝視著門好一會兒，五官全都活躍著，聆聽著。然後我緩緩轉頭。

回頭看著一號公寓的門。

寂靜。

我的腿不想動，但我強迫他們動。我來到門口，敲了敲。我以前從沒做過這種事，甚至從來沒想過這麼做。

「麥肯西太太，你在嗎？」

寂靜，完全的寂靜。沒有《東城人家》、新聞或任何電視節目的聲音。我看了看背後的門，看著走廊的桌子，上面凌亂地堆著郵件。沒有什麼不對。門還是關著的。

我又敲起門，這次更用力。也許她出去了，也許她去度假還是幹嘛去了。我這麼想的同時，又清楚知道她一定出了事。

我吞了口口水，忽然害怕起來。我把手放在門把上，卻又縮回。我在口袋裡摸到手機。這樣實在有夠蠢。我準備說什麼呢？「噢，嗨，史都，可以請你回家嗎？麥肯西太太把電視關小聲了。」

我把手放回門把，轉了轉。門開了，而且在我來不及阻止以前就大大敞開，向後撞上牆，發出響亮的「砰」一聲，聲音一路迴盪到頂樓。

屋裡的燈是亮著的，一股暖風傳來，有煮熟的食物氣味，但很淡了。

「哈囉？」

我不期待回答。我跨過門檻，只走出一步。她家跟樓上的我家一樣：客廳在正前方，廚房在右邊最裡面，眺望著院子；浴室和臥室在我右手邊。從我站著的地方看不到她，於是我又跨出一步。我腳下的地毯有著複雜的圖案，已經磨損了。

我可以一眼望進客廳，看到電視——好大一台，難怪聲音可以大成那樣。但電視是關著的，只是一大片深灰色。

我現在到了臥室門口。我看著右邊——可以看進臥室裡面，燈亮著，但裡面沒人。我回頭看了看敞開的門，看著通往我家和頂樓史都家的樓梯。

「麥肯西太太？」我的聲音聽起來好怪，變了調似地。我想從聲音裡聽到安慰，但裡面的顫抖卻讓我更害怕。

我往裡面跨出一步。房間敞開在我眼前，窗戶在我左前方，窗簾是拉上的。正前方的右手邊是廚房。我右邊有張小餐桌，鋪了張整潔的白色蕾絲桌巾，中央放了一盆非洲堇。後面的窗簾是開著的，窗外一片漆黑。

她在廚房，我只能看見她穿著拖鞋的腳。

我跑過去。「麥肯西太太！你聽得見嗎？你還好嗎？」

她側躺著，一邊臉上有血，但還在呼吸，儘管很微弱。我手忙腳亂地從口袋裡摸出手機，撥打一一九。

「這裡是緊急專線，你需要什麼服務？」

「救護車。」我說。

我告訴他們地址，說麥肯西太太沒有意識，呼吸微弱，頭上有血。

我握著她的手。「沒關係，麥肯西太太。救護車就快來了，馬上就到。你可以聽見我說話嗎？沒事了，你不會有事的。」

她發出一個聲音。嘴角的皮膚乾裂。我在流理台上找到一條擦碗巾，打開水龍頭沾濕，擠掉多餘的水，在她嘴邊輕按。

「沒事了，沒事了，」我輕聲說：「別擔心，你沒事的。」

「凱瑟……」

「對，是我。別擔心，救護車就要來了。」

「噢……」她眼中有淚。「我的——頭……」

「你一定是跌倒了，盡量不要動，他們馬上就過來。」

她的手冰冷。我到她臥房找暖和一點的衣服。床上有條針織的床罩，看樣子是手工織成的——我把床罩拉起來，回到躺在廚房地板上的她身邊，蓋在她身上。

我聽到外面有警笛聲，聲音還很遙遠，但越來越近。我必須離開去開門，但現在我卻不能動。

「門……」她說，聲音很微弱。

「沒關係的，麥肯西太太。我會讓他們進來，別擔心。」

「門——沒有……沒有……我看到……外面——」

警笛聲在屋外停止。

「麥肯西太太，我馬上回來……」我跑向前門，雙手在發抖。

綠色制服。一個高大的男人和一個矮個子女人。

「這邊，她躺在地上。」

我退後，讓他們進行該做的事。

「你知道發生了什麼事嗎？」那位女醫務員只是樣子年輕而已，個頭比我小，深色的頭髮削短。

「不知道，我看到她的時候就是這樣。她一定是跌倒了之類的。我住在樓上，她通常會出來打招呼，我可以聽到她家的電視聲。今天她沒出來，我覺得很怪，所以我就敲門……」

我發現自己像個瘋子似地語無倫次。

「沒關係，你放輕鬆點，」她說：「她不會有事的，我們會照顧她。你在發抖，你會頭暈什麼的嗎？」

「不，不，我沒事。只是——請你們小心一點，好嗎？」

等他們把她抬上救護車，我已經比較鎮靜一點了。我站在門口，看著他們把推車、擔架還是什麼名稱的東西推進救護車後方。

我聽到有人沿著人行道跑過來，看到史都大步跑向這裡。「凱西——噢，老天，我還以為——」他上氣不接下氣地，兩手撐住膝蓋。「我看到救護車，還以為……」

「是麥肯西太太。我回家的時候，忽然發現沒聽到她的電視聲。她的門沒鎖，我進去後就看到她躺在廚房地上。」

「她傷得很重嗎？」

他們正把救護車的後門關上。「她頭上有血，一定是撞到什麼了。」

最後，救護車駛離了塔爾波路。

「來吧，」史都說：「我們進去。」

他讓我檢查門，自己則走進麥肯西太太家裡關燈。我檢查完畢後，站在門口等他。

「你在做什麼？」

「找鑰匙。別擔心，我找到了。」

他關掉屋裡最後一盞亮著的燈，到門口跟我會合。他把門鎖上，把鑰匙放進自己口袋。

「她有家人或朋友嗎？」

「我沒見過。」

到了二樓樓梯頂，我們一起停步。「上來喝杯茶？」他說。

「好。」

我在史都的廚房裡煮茶，他去沖澡。

我坐在他家廚房的桌旁，捧著茶杯，感到不安。我想著躺在地上的麥肯西太太想要說話，想要告訴我什麼事。門……跟門有關的事。

她看到外面有動靜。

不知道她跟我看到的是否一樣：那個人影，那男人的黑暗身形。我記得剛才看到那個人走遠，那背影很像李。他是否來過公寓了？她是不是看到他在門口，才會被嚇著？

「盡量別擔心，」史都說著走進廚房。「我想她一定沒事的。你想的話，我們明天可以去探望她。」

他很暖，身上有沐浴乳的氣味，穿著恤衫和牛仔褲。看到他，我腦中所有關於邪惡和陰暗人影的念頭都蒸發了。過去幾個星期以來，每次我以為見到李，最後都只是我的想像。這次又為什麼應該是他呢？

我把他的茶杯遞給他。茶已經快要涼了。換成我是喝不下去的。

「謝謝。」他坐在我對面。我來不及別開目光，他的視線已經跟我相遇。

「我星期四要去阿伯丁。」他終於說。

「去看你家人？」

史都點頭。「我爸生日。通常每年這個時候我都會回去。」他把茶杯小心地放在桌上。「我是想問你要不要跟我一起去。」

我忽然覺得好熱。

「但我猜這樣太倉促了。」

「對，我想也是。」而且也太突然了吧，我想。既然這麼晚才問，我什麼都不能做，那又何必問呢？就算我真的想去也不行啊。「何況，星期五是我第一次看診。」

「噢——對，我忘了。」

你沒忘，我想著，因為我並沒有告訴你。而且我也懷疑亞利斯特會告訴你看診時間——他幹嘛要說？事後批評他毫無意義。我又沒來由地生氣了。

「我要你知道，我一直在想你告訴我的事。」

我沒回答，只把茶喝完想隱藏不安。我覺得緊繃、坐立不安，像穿了小兩號的衣服。

「我想我們應該慢慢來，」他說：「我想先讓你的病情好轉。」

「噢，你人真好。」我頂嘴。

「凱西——」

「我們就像現在這樣慢慢來怎麼樣？」我說著迅速站起來，椅角在磁磚地上搖晃。「或是再慢一點，完全放棄算了？」

「我不想要那樣。」

「很好。那我想要的怎麼辦呢？」

「你想要怎麼樣？」

「我要……我只想要感覺正常。只要他媽的改變一下。我想再一次覺得自己是正常人。」

我受不了再看他了，他一派輕鬆、自信地坐著，於是我轉過身，朝門口走去。

「凱西，等等。拜託你。」

我轉身面對他。「我不知道你對任何事情的真正感覺。」

「等我覺得你冷靜得可以聽了，就會告訴你我的感覺。」

「史都，你有時候真的都把別人當小孩。」

「好吧，」他說著朝我跨出一步，然後又一步。「你想知道我的感覺。」

我點頭，站著不動，抬起下巴，我氣得可以承受他未完的攻勢、要怎麼對付我，不管是用語言或是行動。

「你在聽嗎？」

我點頭。「你說。」

然後他吻了我。

我完全沒有料到。他吻了我，讓我背靠著他通風良好的走廊牆壁，一手捧住我的面頰。每次我以為吻完了，他又繼續吻下去。他貼著我的身體暖和又厚實，壓著我貼著牆壁。他比我高好多，比李還要高，體格也更健壯。我應該害怕，應該像兩個月前在高街，被羅賓或多或少以同樣方式對待的時候，有一樣的反應，可是我卻發覺自己舒展開來，緊繃的肢體放鬆了，冰冷的手指暖和起來。

時間一秒一秒地過去，史都忽然退後一步，揚起一邊眉毛，挑戰似地打量我。

「噢。」我說。

他又往廚房那邊退後一步，給我多一點空間。

「那就是我的感覺。」他說。

「嗯。」

他笑了，一個燦爛、開心的笑。

我清了清喉嚨。「唔，我想我們最好多談談這件事——也許下次吧。」

「對。」他說。

「也許等你從蘇格蘭回來。」

「我沒問題。」

「我現在要回家了。」

「好。我們下星期見。」

二〇〇四年四月五日星期一

今天應該是我媽的六十五歲生日。我經常納悶，要是她還活著，會是什麼樣子？我們會不會一起出去吃飯？還是我會出錢讓她享受一次抒壓療程，或者也許我們週末可以去哪裡玩？我好奇我們會不會變成好朋友，我會不會一時興起就打電話給她，想聊天、求安慰、想要聽聽一個友善的聲音。

我想她。

如果她還活著，我的人生可能截然不同。如果爸媽沒在我大四那年雙雙過世，我的行為可能不會是那個樣子。我可能不會夜夜買醉、跟人上床、吸毒，然後在陌生的房子裡醒來，納悶自己在哪，前一天晚上又做了什麼。我可能會念到更高的學位，可能已經當上了公司總監，掌管一家全球公司，而不是在一家塑膠製造工廠當人事經理。

我可能也不會在萬聖節的頭一個晚上去河畔酒吧，穿著紅緞子洋裝，敞開心房，等待心碎。我可能不會穿上那件夾克，口袋裡有著我在健身房咖啡廳買茶的收據。我可能不會把收據放在口袋，讓他找到，然後發現找出我的辦法。我可能有辦法離開，再也不會見到他。

我可能逃得掉。

就連現在，假如我爸媽還活著，也許他們能夠教我怎麼逃離他。他們會知道他很危險，但我會聽嗎？也許不會。

如果媽還活著，也許我現在已經嫁人了，嫁給一個和善、穩定、誠實的人；也許我會有個小孩，或許兩個、三個。

去想可能會怎麼樣沒有意義。今天將是我奮鬥的開端，我這麼決定——我每天都這樣下定決心，直到他突然來到我家，開門進來，顛覆一切，整個情況完全落入他的掌握。

不過，今天可不一樣。

我接到喬納森．鮑德溫的電子郵件。雖然需要思考一陣，但我記得他這個人。四年前我們一起上了一個月的培訓課程，地點在曼徹斯特。他是個外向、熱情的人，我們相處愉快。我隱約記得答應要保持聯絡，但我們一直沒有這麼做。現在他忽然發電子郵件到公司給我，問我過得如何。他說他要替他的管理顧問公司在紐約開分公司，問我是否有同事可以推薦。我回信說我會想一想，再告訴他。對我來說，這有點像是預兆。不知道紐約是不是我的答案。

我從公司回到家時，李在等我。

不是像他曾經做過的那樣，在門口等——不，他在家裡，在廚房，正忙著替我倆煮晚餐。以前他也會這麼做，而我會很開心。今天，我打開家門聞到烹飪的氣味時，卻只想逃跑。但逃跑沒有用。

他想要什麼時候到我家，就什麼時候到，一切都隨他所欲。我記得沒多久以前，我還把這件事看得很重，我想要自己的空間，想要一個可以讓我鎖住的大門，讓我知道除了我之外，沒有別人進得去。我記得告訴過他，我想要回自己的空間。我記得請他還我鑰匙，但他卻掉頭而去。我記得他就這樣走開，連吵架都沒有。

想到那段時間，我真不敢相信他這麼輕易就放我走，而我卻這麼笨、這麼蠢，還去找他。我很可能逃得掉。要是我不去找他，完全避開他，再次開始跟朋友們出去，也許就自由了。

但我沒有。

二〇〇八年二月十三日星期三

史都在一點半的時候打電話來。我坐在辦公室裡，跟卡洛琳一起討論倉儲工作的申請人。「喂？」

「嘿，是我。你現在方便說話嗎？」

「當然。」

「我去看麥肯西太太了。」

「她還好嗎？」

「不太好。顯然自從進了醫院，她就沒清醒過。他們做了不少掃描，看樣子她的頭部撞得比原本想像得還重。」

「真糟糕。」

「他們問我們是否認識她的家人。」

「我不清楚。」

卡洛琳做出詢問的表情，問我是否需要她避開。我揮手要她坐下。

「也許我們可以問問管理公司。他們的資料裡也許有什麼人——我也不知道。」

「我今天下午有空就打過去。」史都說。

「如果不行，就讓我打。」

「我再跟你說。」

一段短暫的沉默。不知道他是不是在想那個吻。我經常在想。

「你明天是幾點的飛機？」

「很早。我星期日就回來。你會想我嗎？」

我笑了。「不，當然不會。現在我一個星期裡就難得見到你幾次，因為你每天都要上班。」

「嗯。也許我應該重新排排我的優先順序。」

「也許。」

他是在跟我調情嗎？感覺很像。不知道要是現在坐在我辦公室裡的是他而不是卡洛琳會怎麼樣。

「我明天可以打給你嗎？」

他絕對是在跟我調情。

「你一定有更重要的事情要做。」

「開什麼玩笑——只是我爸和瑞秋而已。」

「就算這樣，你不也說過你不常跟他們見面，就好好利用這次的時間吧。你也可以多休息，你最近工作得太辛苦了。」

「我想知道你跟亞利斯特的約診怎麼樣，還有你的感覺如何？」

「好吧。老實說，我盡量不去想。」

「我明天晚上打電話給你。如果你不想跟我講話，就把電話關掉。」

「我可能會關喔。看我感覺怎樣再決定。嘿，我要回去工作了，祝你一路順風，下禮拜見。」

「好。」

我掛斷電話。
「我來猜，」卡洛琳說：「史都？」
「我們樓下的鄰居有天晚上跌倒了，被救護車送進醫院。史都去看她——她的情況不太好。」
「噢，真糟糕。」
「我明天晚上會想辦法去看她。也許到時候她就好一點了。」
「他要去度假還是什麼的嗎？」
「他要去阿伯丁看他爸爸和姊姊。」
「你把他整得好慘。」她說。
「有嗎？才沒有。真的？」
她揚起眉毛當回應。
「他問我會不會想他。」我說，一面回想他那語調是不是我一廂情願想出來的。
「你當然會想他啊。」
「卡洛琳，看在老天分上，才四天耶。他有時候上班的時間長到我一連兩個星期都見不到他，現在他只是要去阿伯丁而已，哪會有什麼差別？」
「他會打電話給你嗎？」
「他說會。」
「那就對了，」她說：「如果他從現在到從阿伯丁回來以前，每天都打電話給你，那你就明白了。」
「明白什麼？」
「他愛你。」

我一下子反應不過來。我以前從來沒有這樣想過。我一直把史都當成一個我可以信任的人，一個了解我腦子裡在想些什麼，甚至是覺得我有魅力，可能想跟我上床的人。但從沒把他當成一個可能愛上我的人。沒把他當成一個我可能愛上的人。

「你幹嘛，預言家呀？」我對她認真的表情笑。

「記住我的話，」她說：「你看著好了。」

二〇〇四年四月九日星期五

我以為他在上班，但他卻醉醺醺地回來，用他那把鑰匙打開門。當時我在看電視新聞，一剎那之間我很開心——回到了期待見到他的心情，期待情況恢復從前那樣，輕鬆、快樂，像情侶那樣樂在其中。

但他卻絆了一跤，半個身子跌進門內。我從座位上站起來去接他，他卻重重一拳打上我的臉，我往後撞上茶几。

我嚇得沒有動彈，只是躺在那裡，看著眼前的地毯，納悶剛才發生了什麼事。然後又覺得整個頭痛得入骨，原來他一把抓住我的頭髮，把我拉得雙膝跪地。

「人渣，」他邊說邊重重喘氣：「你這他媽的婊子……完全他媽的是人渣。」

他用左手甩我耳光，我的臉頰熱辣辣地發痛。要不是他仍然抓著我頭髮不放，我很可能又會往後倒。

「我做了什麼？」我喊。

「你就是不懂，對不對？媽的人渣！」他的聲音寒冷如冰，我聞到他身上的啤酒味。

那時他放開我的頭髮，但就在我還沒往後坐倒、站起來以前，他的膝蓋一抬，重重踢上我鼻子，我覺得鼻子好像斷了。仍在驚嚇中的我尖叫著想要爬開，想要站起來，淚水滾落雙頰，沖開了從鼻子和裂開的唇邊流下的血。

「你是我的，你他媽是我的女人。我要你做什麼你就做什麼。懂不懂？」

我哀叫著，用濕滑的手抓住餐桌桌腳，閉上眼睛。我感覺他又抓住我頭髮，拉我離開餐桌，還聽到一個肯定是我的聲音在哀求他：「放開我，求求你，求求你……」

他用左手解開牛仔褲，腳步搖晃地走到沙發，把我像個破布娃娃似地拖著，我則手忙腳亂地想站起來，好把頭皮上的拉力消除掉。

他嘆口氣一屁股坐進沙發，牛仔褲滑到大腿，陰莖挺著——彷彿看到無力抵抗又流血的我讓他興奮起來——然後叫我開始吸。

手上、嘴裡都是血的我，啜泣著照他的話做。我想把他的陰莖咬斷，吐在他臉上，我想用拳頭用力打他睪丸，讓他得動手術割除。

「看著我。他媽的婊子，我叫你看我！」

我抬眼看他的臉，看到兩件讓我害怕的事。第一，那個笑容，他眼裡的神情告訴我，他志得意滿之極，而且這件事不會這麼快結束。第二，他手裡拿了一把黑色手柄的折疊刀，距離我的臉只有幾吋。

「給我好好做，那我也許就不會割掉你的鼻子。」

我好好地做，盡可能做到最好，鮮血、鼻涕和淚水從我的臉流到他胯間。他沒有拿刀子傷我——至少那時沒有。

我需要逃開。我需要確定在他完全沒發現的狀況下逃開，因為我只有那麼一次機會。

二〇〇八年二月十四日星期四

星期四下班後，我搭北線往南方的河流方向。我在維多利亞站的攤子上買了一束花，有小倉蘭和粉紅玫瑰，然後搭公車到康柏威爾和國王大學醫院。

在沒多久前見到西薇亞的同一個地方下車，感覺很奇怪。我一直打量四周，看看她會不會又出現，結果當然是沒有。她不在公車上，也不在人行道上。距離史都上班的地方這麼近，而他卻在好幾百哩外，這感覺也很奇怪。

我花了好久才找到住院區。我從大門進去，卻到了鄰接公車站、在毛斯里對面的一棟建築。我在拜倫區的一個側間找到麥肯西太太。她不是睡著了，就是沒有意識，嘴巴張開粗聲呼吸。她瘦了不少，不然也可能是我想像出來的。但不論如何，她看起來好小，幾乎像個小孩，躺在大大的病床上。床邊矮櫃上的花瓶裡已經放了一束怒放的黃水仙，花瓶旁有張卡片。

「哈囉，麥肯西太太，」我輕聲說，想要叫醒她，同時卻又不想吵她。「我又替你帶了些花來。你覺得怎麼樣？」

這是什麼蠢問題？我坐在床邊的訪客椅子裡，拉起她的手。沒想到她的手很溫暖，手背上有之前扎針留下的瘀青。

「真抱歉我沒有更早發現你，」我說：「真希望我當時在場。」

我覺得手上好像感到一緊。我捏了捏她的手。

「麥肯西太太，你那時是不是跌倒了？是意外嗎？」我的聲音有些發顫。「不知道你是不是受到驚嚇還是怎麼了。是不是看到什麼人或什麼事讓你嚇到？」

又來了，像是非常輕微的抽動，好像她在做夢，而手卻有了自主行動。

「你在這裡很安全，」我說：「他們會幫你恢復的。史都和我會照料你，你什麼都不必擔心。」

不斷地單方面交談很困難。我看著那張卡片。上面是藝術家畫的幾朵紅花，上方寫著「祝福」。我的好奇心大起。卡片裡面寫著：

早日康復。史都（三號公寓）和凱西（二號公寓）

哦，就這樣啊。希望她醒來後還會記得我們是誰。我沒去找第二個花瓶，只把我的花雜亂地插進放黃水仙的花瓶裡，然後到角落的水槽邊把水加滿。

「我要回去了，」我說著又捏了捏她的手。「我很快會再來看你，好嗎？」

我在丹麥丘的公車站等車時，才一打開手機，手機就響了。

「喂？」

「嗨，是我。」

「嗨，我。」

「我說過會打電話的，對吧？」

「沒錯。你的旅途愉快嗎？」

「還不錯，謝謝。你好嗎？」

「我都好。我現在就站在毛斯里外面等公車。」

「是嗎？你去看過麥肯西太太了嗎？」

「對，她睡著了。」

「他們有沒有說她情況怎樣？」

「我沒見到別人，我進病房後只待了一下。啊，我的公車來了。」

「噢。你不能在公車上跟我說話嗎？」

我排隊上車，身後有一對年老夫妻和一群扛著滑板的青少年。

「可以是可以，但我寧可不要。」

「那我待會兒可以打給你嗎？」

我笑了。「你想的話，當然可以。」

「什麼時候方便？」

「給我至少兩個小時——你知道我到家以後有幾件事要做。」

二〇〇四年四月十九日星期一

李第一次傷我，我是指他第一次讓我留下傷口的時候，接下來那個星期我必須請假。我假裝得了感冒——老實說，我星期一早上打電話去辦公室時，聽起來一定感冒得很嚴重。我臉上的傷痕花了一個星期才能用化妝品蓋住，唯一剩下的就是我嘴唇上的割傷，不過那傷痕看起來就像經歷過一場可怕又難好的感冒。幸好，我的鼻子並沒有斷，就算真有，也不是太嚴重。

不必說，我沒去看醫生。

他在我身邊待了五天。第二天早上他很冷漠，看我的樣子好像我幹了什麼蠢事，在馬路上跌了一跤似的。即便如此，他還是替我煮了湯，幫我洗澡、擦臉，動作輕柔得令人吃驚。

接下來那天他特別溫柔。他說我是他唯一愛過的女人，還說我是他的，只屬於他。如果有別的男人敢看我，他就會殺掉對方。他語氣輕蔑地這麼說，彷彿那是交談中沒什麼意義的隨興之言，但我相信他真的會做。他是說真的。

目前，我必須陪他玩下去。那五天裡，我盡量表現出他想要的樣子。我說我是他的，只屬於他；還說我想結束這段關係是個錯誤。我說我愛他。

星期三晚上他離家回去上班時，我考慮著我的選擇。一開始我待在家裡，躺在床上看電視，假裝什麼都沒發生。我等待又等待，免得他又回家，免得這是一次測驗。

我想打電話給警察，但我知道他會查我的電話。我想離家逃跑，盡快跑去警察局，希望他們會保護我。他們當然不會。我夠幸運的話，警方會訊問他，然後展開什麼調查，在調查期間內他可以自由來去，自由傷害我、殺掉我。不值得冒這種險。

星期四我打電話找鎖匠，把前後門的鎖都換掉了。

那天晚上是我第一次開始好好檢查門戶。

到了下星期一還是沒有他的音訊。不知道他是不是永遠離開了。我心裡有些希望他對自己所做的事感到後悔，也許改變了對我的態度，並決定再也不來煩擾我。

當時我還至少有點樂觀。

星期一我回去上班，得到好多人的同情，但其實他們不需要那樣。我說我感冒了，沒人懷疑我的說法——我在那一星期瘦了三公斤，臉色蒼白、憔悴，嘴唇上還有疙瘩。我的鼻梁已經不腫了，瘀青也可以用數層粉底輕易掩蓋住。

我並沒有待到太晚，四點就下了班。我並沒有請太久的假。

星期一下午回到家時，我花了二十分鐘左右檢查所有門窗。一切都很安全，我安心地嘆了口氣。

當然，我並沒有檢查臥室。當時我不覺得有必要。

十點多我上床的時候，就在我床上有一小堆閃亮的鑰匙和一張紙條：

幫你的新鎖多打了幾副鑰匙。

待會見（啾）

接下來一小時左右，我再次檢查全家，淚水撲簌簌滾下雙頰。我想找出他是怎麼進來的，但一直沒找到。

那天晚上是我第一次恐慌發作，也是之後多次的開端。

二〇〇八年二月十五日星期五

為了跟亞利斯特第一次的看診，我星期五下午請了假。我以為自己會更緊張。我在李歐尼霍布斯屋的樓上等著，心裡想著聖誕節那天。

診所更忙碌了，有幾個人也等著看診，希望他們沒有一個是要等著看亞利斯特的。這裡有幾間診療室，不斷有人進進出出。今天沒看見黛比和她的唇環。一樓診所的接待櫃台後方有一位身材穠纖合度的女士，五十幾歲，一頭灰髮，海軍藍的羊毛外套上別了個國家衛生事業局的名牌，上面寫著名字：珍。

她並沒有跟我說話，只是問我的名字。她也沒跟候診室裡的任何人有目光接觸，只是密切注意她的電腦螢幕和用一條細長鍊子連接在桌上的原子筆。

「凱西？」

我一跳站起，走進走廊，來到唯一敞開著的門口。亞利斯特一定是在我看到他以前，就走進了這裡。

「請進，請進。親愛的，你好嗎？又見到你了，真好。」

這句熱情過頭的歡迎讓我以為他會跳起來親我面頰，幸好他並沒有。他坐在一張皮製的扶手椅中，旁邊有一張椅子和一張沙發。他看起來氣色很不錯，對我笑著，要我坐下。

我選了那張椅子。「又見到你了，」我說：「聖誕節那天，你回家一路上都好吧？」

「噢，對。我在路口叫到了計程車，還很訝異這麼容易就找到車子了呢。聽史都談起你這麼多好事情以後，可以見到你真的很棒。」

我開始覺得有些不安。

「那麼，」亞利斯特開口：「我剛才看了你的評量。你看過派瑞醫生了，對嗎？」

「對。」

「他開了選擇性血清素回收抑制劑給你？」

「對。」

「很好，很好。你吃這個藥吃了——我看看——差不多有三星期了？」

「差不多。」

「這種藥有時候的確需要一點時間才會起作用。你可能要等一陣子才會感覺出效果。」

「反正這藥沒有讓我恍神，我原本擔心的是這個。」

「嗯，不會，從你的病例看來，這種藥跟你以前吃過的不同，比較對症。你知道嗎？我真的覺得你之前吃藥時一定過得很不好。我是說你上次接受治療的時候。」

我沒回答。

「其實我不該下評論，可是──嗯。總之呢，親愛的，在我看來，你可能有兩種病同時並存。你的評量說明你顯然患有強迫症，程度以耶魯布朗強迫症量表來看，是我們所說的中度到重度。我也同意派瑞醫生所寫的，你同時也有不少創傷後壓力症候群的症狀。這個病的症狀就壓力方面來說，跟強迫症相似，但卻包含如過往記憶重現、噩夢、誇大的驚嚇反應和恐慌發作等病徵。」

他把筆記翻面。「我想你患有這些……」

「對，我想是。」

「你會說情況越來越嚴重嗎？」

「有時候好，有時候壞。十二月初的時候，我受了點驚嚇；之後一、兩個星期，有幾次頗嚴重的恐慌發作和做噩夢，強迫症也更嚴重了。然後情況變好了一陣子。平安夜那天發生的其他事又讓我再度發作，那段時間裡的一切又變得有點糟。目前還算不錯。」

亞利斯特一邊點頭一邊虔誠地拍著他的大肚子，好像裡面裝的不只是晚餐，還有個小嬰兒。「是懷疑的害蟲，對吧？你很清楚門已經上了鎖、水龍頭關緊了、開關也關了，但就是會懷疑，所以又回過頭一次次檢查……」

他翻了翻紙張，在一張有折角的紙條上寫了幾行潦草的字。「好消息是，我們提供的治療可以幫你對付強迫症和創傷後壓力症候群。你需要願意在家自己努力──你越有準備去努力，結果就會越好。這段期間當中可能會有幾次退步，但只要多給點時間和心血，你的病情就會越來越好。可以嗎？」

我點頭。

「那我們從頭開始。你可以跟我說說你小時候的情形嗎？」

我就說了，剛開始說得很慢，把整個令人難過的故事娓娓道來——但卻似乎一直說不到我遇見李的那一刻，從此我那危險的生活彎向了懸崖邊。那是之後的事。

第一次看診花了一個半小時，下星期需要一小時，此後每週一次一小時，除非我覺得需要延長。我同意回家嘗試幾件事，包括一個叫「暴露與反應預防法」的辦法。辦法很合理，要我暴露在已經察覺到的危險中，然後等到焦慮消退，而不執行任何平常有助於降低焦慮的檢查或儀式。就理論上來說，這樣一來，焦慮就會自行降低。就這樣一次又一次地重複。

我還是有點懷疑，但我答應試試看。

離家還有一哩的時候，我的手機響了。馬路上很靜，只有放學的車聲。我在想利用午後剩下的時間去跑步，即使天色已經慢慢暗了下來。

「喂？」

「嘿，是我。你看得怎麼樣？」

「還好，不錯。你的工作就是這樣嗎？」

「差不多。好像不怎麼樣哦？」

「如果你每天都是這樣，我想是不怎麼樣。我一直想，你要聽別人說那些事，一定非常無聊。」

「一點也不會。別忘了，每個人都不同。每個人從不同的方向，朝那個困難的點前進。你現在在做什麼？」

「我準備回家然後檢查三遍。幹嘛？」

「那我晚點再打給你，好嗎？我要帶老爸去花園中心，我只是想……讓你知道我在想你。」

「等我做完檢查，我也可以打電話給你。這樣好嗎？」

「太好了。我會把手機帶在身邊。」

我一直想著之前跟亞利斯特談到的事。甲理論和乙理論——我需要好好想想。甲理論是如果我哪一次沒有好好檢查公寓，就會有人闖進來。不是隨便哪個人，而是那個李會闖進來，而我不會發現是他。乙理論是其實檢查門一次就足夠，檢查很多遍並不會讓門戶更安全，做檢查的理由只是因為我太擔心自己會有危險。這兩個理論相駁斥，也不可能同時成真。當然，合理的理論是乙，也就是我重複檢查一切並不會讓我比只檢查一次安全。

即使我接受乙理論，我又怎能確定那是真的呢？根據亞利斯特的說法，唯一的辦法就是進行一場科學實驗，看看哪個理論站得住腳，哪個理論禁不起仔細審查。

結果會怎樣非常明顯。我檢查次數變少，沒發生壞事，因此檢查很多遍完全是浪費他媽的時間，而我應該從此停止那樣做。

我不是白痴——我也知道那是浪費時間，但那樣並不會阻止我去做。

最讓我擔憂的，是這個所謂的「科學測驗」並沒有把一件事算進去：我的恐懼並非來自什麼荒謬、胡謅的危險。

而是根據李的確在某處找我的事實。

假設他還沒找到我的話。

二〇〇四年四月二十六日星期一

星期天李在家裡待了幾個鐘頭，之前他都在上班，或是做些他不在家時會做的事。星期天晚上他自己開門進來時，我以為他又要打我，但他看起來滿高興的，好像做了什麼聰明事而得意洋洋。

「你為什麼要換鎖？」一起吃午餐時，他隨口這麼問。

我緊張起來。「不知道啊，」我開朗地說：「你也知道，那次被偷以後，我想這樣可能比較安全。」

「你本來會想給我新的鑰匙嗎？」

「當然。」

他大笑，但我可不覺得有趣。

今天早上我去上班，寄了封電子郵件給喬納森．鮑德溫，問起他想找的人的細節，下午的時候我收到回信：

凱瑟琳：

很高興接到你的回信。原本我的確想找人幫我建立紐約分公司——最好是一個有諮商經驗的，但更重要的是一個熱忱、願意投入心血的人，可以在機會出現時靈活掌握。我記得幾年前，你就像是那種會掌管某個大機構的人。

我可以負責L1轉調簽證，在上東城區也有短租公寓（不算太豪華，但有朝南的陽台，這點滿稀有的）。如果營運順利，未來可能有機會成為公司夥伴。

缺點是我急需人手——我一直接到紐約那邊來電談合夥機會，但我卻必須因為英國的事業而一一拒絕，因此我能越快找到人幫我設立好這裡的分公司，對我就越好。

有什麼點子嗎？

祝好

喬納森

不知道我能不能做到。如果能夠單靠電話和電郵，利用上班時間跟他交談、討論細節，那麼這可能是我的逃脫機會。我可以在李毫不知情的情況下去紐約。如果我可以簽短期合約去紐約，即便是三個月也好，那就可能有時間決定接下來該怎麼做。也許我能跟公司請有薪假。

我只需要足夠的時間逃離他。

二〇〇八年二月十五日星期五

高街依舊繁忙，一直到轉進塔爾波路的最後一個轉角。我已經累了，需要更專心檢查，免得犯錯。進了巷子，轉進房屋後方。我抬頭看著每一扇窗戶，陽台露出玻璃窗的六個窗格，臥室的窗簾是拉上了的。史都家的臥室亮著一盞燈，我把我的開關預設器放在那裡，十一點的時候燈會熄滅。樓下，麥肯西太太的家一片漆黑。一切看起來都正常。我繼續走到巷子盡頭，轉進屋子前方。

進屋後我關上大門，忽然發覺我是屋裡唯一的人了。今晚在這棟大屋裡睡覺的就只有我，沒有麥肯西太太，沒有史都，只有我。昨晚我跟史都聊了好幾個鐘頭，所以感覺就像他還在；而不像我是單獨一人。今晚感覺卻不同。

我檢查著門，用手觸摸邊緣，感覺有沒有代表門被人翹開過的突起或隆起。然後是門閂，然後是鎖。轉動把手，一邊六下，換邊再六下。我想念麥肯西太太的電視聲。我想念她出來看我。

我在第一組檢查的最後停住。這時候她通常會在我身後打開家門。

我不確定是我真的感覺到什麼，還是心理作用：可能是一股涼風，一股老舊的烹煮氣味，一絲冷空氣。我慢慢轉身，看著門。麥肯西太太被送上救護車那晚，我們關好了門，還上了鎖。史都打電話給負責租屋的管理公司，告訴他們發生了什麼事。他們會派人過來取走鑰匙，但目前為止都沒人來。

我皺眉，瞇起眼。門看起來怪怪的。

我走近些。

門開了一條縫，門縫間露出一道細細的漆黑。我又感到有風吹過，這次我很肯定了，是門內傳來的一絲冷風。

我拉了拉門把，門猛地大開。門沒鎖。裡面一片漆黑，黑得像墓穴。

我再次密實地關上門。門閂卡緊了，之後我轉動把手時，門並沒有開。史都的備用鑰匙在我包包裡，他把麥肯西太太家的鑰匙跟他自己的其他鑰匙放在同一個鑰匙圈上。

我找到鑰匙，插進鎖孔，鎖上了門。我用力扯動把手，轉動耶魯門鎖，榫眼鎖把門栓得緊緊地。好了，這下子絕對關好、鎖住了。如果有人在裡面，就需要鑰匙才出得來。

我回到前門，開始第二次檢查。不過卻不太順利，因為我滿腦子都在想麥肯西太太家的門，門就在我背後。要是我沒有好好鎖住呢？要是在我背對著門的時候，門又忽然打開呢？要是在我沒注意的時候，門又打開了呢？

我又檢查了一次。門還是鎖著的，我試了試耶魯門鎖。

我第三次檢查前門，好把這一切平衡回來。最後我覺得好多了。我上樓，進了自己家。跟我離開時一樣，餐廳的燈亮著，其他房間則又黑又冷。我在房內站了一會兒，聽著屋裡的聲音，想聽出任何不尋常、不對勁的聲響。什麼都沒有。

我開始檢查家門，隱約感到不安，卻不清楚為什麼。我就是甩不掉我是單獨一人的念頭。完全只有我一個。

等我做完檢查，已經快九點了。我一直期待會找出錯誤，但一切都在該在的地方。這樣也好。

終於我坐下來，打電話給史都。

「嘿，是我。」

「終於打來了，我都快放棄希望了！」他聽起來很累。

「你爸還好嗎？」

史都嘆了口氣，把聲音壓低一些。我聽出電話那頭有微弱的電視聲。「其實他還好，比我上次看到他又虛弱了一些。我想瑞秋並沒注意到，因為她每天看到他。」

「你去了花園中心了嗎？」

「去了，但當時下雨，後來我們多數時間都在溫室裡逛。你不會相信那老頭可以看多少種不同的植物都不覺得厭煩。而且那裡冷得要命。凱西，我真的好想你。」

「是嗎？」我覺得雙頰發紅，同時也發現自己想他。即使我們之間幾乎沒見面，但少了他，卻讓我覺得他不在的感覺像一種疼痛。

「對。真希望你在這裡。」

「你星期天晚上就回來了。很快的。」
「不會。至少對我不會。你星期六要做什麼？」
「不知道。洗衣服，不然就慢跑吧。我好久沒跑了。」
一陣沉默。「所以還順利囉？你跟亞利斯特見面的事？」
「對，我有回家作業要做——替所有事情打分數，你知道的。」
「你現在感覺可以嗎？」
我知道他想問什麼。他想判斷跟我討論我的症狀會引發恐慌發作的可能性有多少。「我覺得沒問題。一個人在這裡反而讓我比較緊張。我是說，樓下沒有麥肯西太太，樓上沒有你，只有我和鬼魂。」
「你是說很寧靜。」
「對啊。怎麼了？」
「對。噢，可是有件事。我們上次鎖門了對吧？是用鑰匙鎖住的？」
「我回家的時候，門是開著的。麥肯西太太家的門。開了一條縫。」
「那一定是管理公司來過了。他們說過會來的，不是嗎？」
「對，但他們總該把門鎖上，而不是讓門開著吧。」
「也許他們只是不小心。總之，我打賭現在一定鎖得緊緊的了！」
「希望是。」
「凱西，你鎖上了，沒問題的。」
我沒回答。
「我剛認識你的時候，這些事都是你獨自完成的。你每天晚上把自己鎖進家門，檢查門戶是否緊密，而且你都很好。現在也一樣，沒什麼不同。」

我想裝出歡樂的語氣。「對，我知道。我沒事，真的。」

「你下次願意跟我一起來阿伯丁嗎？」

「也許吧，如果你早點知會我的話。」

「瑞秋超想見你的。」

「說真的，史都，你有沒有告訴她強迫症的事？」

「沒有。怎麼，我該說嗎？」

「我只想確定她對我有完整、正確的了解。」

「強迫症又不是你的一部分，那只是個症狀，就像鼻涕是感冒的一部分那樣。」

「很好。那你是怎麼對他們說的？」

「我說我認識了一個女人，她有銀色的頭髮、深色眼睛，風趣聰明又迷人，有時候又難對付得要死。她一天可以喝掉五十杯茶，而且跟有玻璃眼珠的人比賽互瞪都不會輸。」

「現在我明白他們為什麼超想見我了。」我想壓抑呵欠，但那是不可能的。

「我讓你熬夜了？」

「我真的好累。對不起，我昨晚沒睡，今天又從那邊走路回來，因為公車全都塞住了。」

「你從李歐尼霍布斯屋走路回來？」

「拜託，又沒多遠。我喜歡走路。」

我又打了個呵欠。

「你上床時把電話也帶著，好嗎？」他說。

「為什麼？」

「如果你晚上醒來了，就打給我。好不好？」

「我可不想吵醒你，那樣不公平。」

「我不介意。如果你醒了，我想跟你一起醒著。」

「史都。這樣真的很奇怪。」

「什麼叫奇怪？」

「等你星期天回來，我們就不會像以前那樣了，對吧？一切都變了，自從那天開始。」

「你是指自從我吻了你以後。」

「對。」

「你說的對，情況是變了。我原本超篤定要保持距離，好讓你專心養病的。我想我現在做不到了。你會擔心嗎？」

「我不知道，我想不會吧。」

「我的飛機星期六晚上九點多到。我回去的時候可以去找你嗎？會很晚。」

現在就是那一刻了，轉捩點。

我遲疑著沒回答，很清楚要是答應代表什麼，要是不答應又代表什麼。

「凱西？」

「好，來找我吧。不管多晚都可以。」

二〇〇四年五月二十一日星期五

這個週末李都要上班。他一反往常地事先告訴了我。不知道這是不是測驗，看看我會不會逃跑。我肯定他不知道紐約的事，所以我想他仍覺得我想用其他方法逃離他身邊。他甚至說我今晚應該出去跟朋友見面。

過去幾個星期來，他越發表現出我倆的關係很正常。他並沒有對我施暴，也沒有不期然地出現，甚至沒提出什麼不合理的要求。他也很和善——我上星期感冒的時候，他照顧我、替我煮晚餐，還去買菜。要不是我見過他的另一面，我可能會因為這段關係越來越好而覺得高興。

我告訴他我想跟公司請有薪假的時候，情況變得更好了。我這麼做是預防措施：如果有人從公司打電話來，或是我不小心說溜了嘴，都能夠有辦法說得通。當然啦，他從一開始就一直想要我放棄工作。我以為那是因為他想多跟我見面，但當然那完全是出於控制欲，一直以來都是這樣。

我現在更了解他了。我上班的時候，他會在一天當中的不特定時間打電話來。如果我回到辦公桌，發現漏接了他的電話，就必須立刻回電。他總是問我有沒有場外會議或有無開會——他比我還清楚我的行程。有一次我被叫去跟主管開了好幾個鐘頭的會，我打電話給他的時候，本以為他會生氣，但他並沒有。原來他開車到我公司，在停車場找到我的車，用備用鑰匙打開車門（他現在有我所有鑰匙的備份。我並沒給他，但他還是有）檢查我車上的里程數沒錯，代表我並沒有在他不知情的狀況下開車。他清楚知道我的車開了多少里程，從家裡到公司和從公司到家裡的里程數。我不能開別的路。

我並沒有因為這些事跟他對質。我知道這樣不對。我知道他完全掌控住我。而我知情卻不流露出來，這是我個人的私密反抗。他不知道我腦子裡在想什麼，他不知道我在尋找機會脫逃，也不知道我明白自己只能嘗試這麼一次。如果我搞砸了，他會殺掉我，我知道他會。

我跟喬納森一直保持聯絡。我直截了當地告訴他，他應該考慮讓我去紐約替他工作的理由。我不記得告訴過任何人我有一天想開自己的公司，但如果我是在哪一場會議晚餐上，半醉狀態下說出口，我也不會驚訝。不管如何，我不在乎那是什麼工作——但我絕對會努力去做——因為那是我一直在找的逃脫途徑。幸運的是，這件事用公司的電子郵件進行，完全不需要用到我家地址——也沒有必要。一星期以前，我收到了替代護照，我就帶去公司，放在抽屜裡。

我希望喬納森會接納我，因為我幾乎假定事情會往前推進。要是沒有，我想我會無法保持理智。我的信用卡很久以前就換成無紙帳單了，因此如果我需要訂機票，李應該也不會知情。我在公司查看電子郵件。被闖空門之後，我懶得換掉筆電。我覺得沒有必要。

所以，現在他要怎麼觀察我都可以，我在蘭開夏郡的時間不多了。

很快我就自由了。

二〇〇八年二月十七日星期日

我聽到史都在樓梯上拖背包、背包撞上牆壁的聲音。我坐在沙發上，穿了襪子的腳蜷在屁股下，神經緊繃得像電網。聽到他進屋的聲音時，我在想要不要讓他先帶著包包爬到頂樓、回家、安頓好一切、沖個澡、喝杯水，做些旅人到家後會做的事情。即使我們星期五晚上才談過，即使他昨晚又提起，即使他從希斯洛機場傳簡訊來，說飛機已經降落，正在回家路上，我還是好奇他會不會忘了要來找我。

然後我想起了他的肩膀，接著我再也沒多想就衝到門口，解開門閂、扭開門鎖，打開了門。

他才剛走到樓梯平台。

他有些上氣不接下氣，背包躺在腳邊像隻被追捕的猛獸，一手穿過背包帶，好像準備一路拖回自己窩裡。「老天，」他說：「這包東西重得要死。」

「裡面裝了什麼？」

「一大堆書。真不知道我把書帶回來是在想什麼，原本都放在瑞秋的車庫裡。」

我凝視著他一會兒。「你要我幫忙搬到樓上嗎？」

他剛開始沒回答，一副忘記身在哪裡、在做什麼的模樣。他的表情迷惘。

「我可以進去嗎？」他終於說。

我點頭，讓到一旁。他把包包留在原地，讓包包仰躺在樓梯平台。

他一進門我就把門關上，展開鎖門和檢查的程序，盡可能在不犯錯的情況下迅速數數，史都就一直站在我身後等。

終於他說：「凱西，他媽的，這真是折磨。」

「我已經盡快了。」

「說真的，拜託。別檢查了，都鎖好了。」

「你越講話，我就要花越久時間，所以閉嘴行不行？」

他等待著。他一定跟著我一起數數，因為我一結束，還來不及重新開始，他就從後面過來，手臂環繞住我的腰。我沒有退縮。他的頭輕靠著我的頭，溫暖的氣息吹在我髮際。我低頭看他抱著我腰部的手，慢慢轉身，抬起頭望著他。他眼裡的表情難以捉摸。

「你很緊張。」我說。

他笑了。「那麼明顯喔？」

「沒關係。」我說著親親他。

經過那第一個吻之後，事情就簡單了。我帶他進臥室。他開始脫我衣服，我們被衣服纏住，我接手自己脫衣。

臥室是黑的，唯一的燈光來自客廳，但即便如此，我還是對傷痕很在意。黑暗中，他的手摸過我的皮膚，一定也摸到了傷痕，但他什麼也沒說。他親我的時候，嘴上一定也感覺到了。他什麼也沒說。

最奇怪的是我感覺得到，我感覺到了一切。通常我只會覺得癢、感到不安、緊繃和疼痛。我的皮膚表面傷痕累累，很多地方都已經失去感覺——當然是因為神經受到破壞的緣故。但他碰觸我的時候，我卻感覺到一切，就像有了新的皮膚。

二〇〇四年五月二十五日星期二

喬納森昨天打電話到我手機。幸虧當時我的辦公室裡沒人。這通電話應該是面談之類的，但我立刻就感覺得出，這不過是個形式。我試著想像他的樣子，但聲音跟面孔就是對不攏。不管怎樣我都很緊張，卻盡量不讓他聽出來。講起管理諮詢經驗的時候我稍稍誇大了一點——總之，收到效果了。他說他會用三個月的暫時合約僱用我，先把情況穩定好。如果我喜歡這份工作、他也喜歡我的表現，就再延長。他替我訂了機票，把時間用電子郵件傳給我——我得去機場取票。

我在那天下班前去找老闆，遞上辭呈。由於那年的假並未用完，我在這家公司的時間只剩下兩個星期多。老闆不高興。我裝得一副很抱歉她得新找一位人事主管的樣子，實際上我的心卻在唱歌。

於是，今天我難得地去了公共場合一趟。儘管我很想去郵局買點美金，卻猶豫著不敢直接過去，免得李在監視我。他本該去什麼地方上班的，但那並不表示他不會跟蹤我。他以前也這麼做過，後來經常如此，讓我不管走到哪都覺得看到他。也許多數時候都是我胡思亂想，但卻不是每次都這樣。

我閒步逛進藥妝店一會兒，假裝在看驗孕棒——要是他在看，這景象絕對會讓他瘋狂——然後又去看化妝品。

我的班機是六月十一日星期五下午四點——我在英國上班的最後一天會是星期四，也就是前一天。我決定買個皮箱放在公司，從家裡偷偷把衣服等重要東西運過來，一次一、兩樣，趁他不在的時候再多拿一些。我可以把皮箱藏在公司、我的儲藏室裡——幸好我是唯一進去過那裡的人。這辦法不是很理想，我以前也沒有這樣打包過，但只能將就了。我會帶最少量的衣服，等到了紐約再買新的。

不過，家裡的東西還是很多。我不能假裝我忽然想整理家裡——那樣冒險不值得。有了紐約的薪水，我可以持續替蘭開夏的房子付房租一陣子，也許兩個月後我可以回來，把鑰匙還給房東，把我的東西清走。我只需要兩個月的時間，長得讓他忘掉我、繼續過他的生活。

我大膽往上瞧了一眼，視線越過展示櫃台，他果然在那——就在店的另一頭，站在門口的一邊——我注意到他今天穿了西裝，也許他跟主管要開什麼會吧。

我得假裝沒看到他，儘管我很想跟他招手。不過這點讓我打消了去郵局的念頭，明天再想辦法好了，可以告訴他我要替朋友領個包裹什麼的。

二〇〇八年二月二十二日星期五

我從深沉、黑暗的睡眠當中，在幾秒鐘內忽然驚醒，睡意全消，心臟狂跳。

我在史都的床上，周圍伸手不見五指。除了身邊的他的呼吸，沒有其他聲響。我全神貫注地聆聽，想聽出是什麼吵醒了我。

寂靜。

我低頭看著史都，從窗外射入的昏暗光線照亮了他的身形，肩膀是蒼白的曲線。我仍然在適應跟他一起睡，即使自他從阿伯丁回來之後，我們空閒的每一分鐘都在一起。每次我醒來而他不在，我都得花上一陣子才能冷靜、回想起來。

我之前做夢，夢到西薇亞。史都跟我在一起，我們倆赤裸著身體，在床上如入無人之境地做愛，就跟我們幾個鐘頭前所做的一樣。在夢裡，我抬起頭，她就在門口，一頂紅色的貝雷帽牢牢頂在她的金髮上，薄薄的嘴唇，不懷好意的微笑。

又來了，那個聲音。不過不是在家裡，而是外面。我下床，爬到另一邊的窗戶，經過門的時候，從門後鉤子上拿起史都的襯衫穿上，把兩襟在身前拉緊。

還不到黎明時分，仍然一片漆黑，天空才剛開始要轉灰白。我從窗旁看著後院，牆壁是黑暗的長方形，形狀普通，下方長著草灰色的草叢。從這裡我看不到小屋，被樓下我的陽台擋住了。我靠向窗台，凝視著黑暗，正要開始放鬆，忽然間——有東西移動了。

就在同一時間，床上的史都開口，把我嚇得半死。「你在做什麼？快回床上來。」

「外面有人。」我以急切的低語說。

「什麼？」他雙腿一甩跨下床，伸了個懶腰，然後站到我身邊。「哪裡？」

「下面那裡，」我低聲說：「在小屋旁邊。」

我從窗邊退開一些，免得擋住他的視線。

「我什麼也沒看到。」他伸臂攬住我肩膀，打了個呵欠。「你好冷，回床上去吧？」

他看到我的表情，又往窗外看了一眼，然後竟然掀起窗簾，讓我大驚失色。窗簾發出宛如地獄之門打開的聲音。「你看。」他忽然說，指著外面。

一個影子衝過草坪，從大門和草坪之間的縫隙溜掉。那是個黑暗的形影，但絕對不是人。他說：「是狐狸，是狐狸。現在過來吧。」

他把窗簾放下，從我肩上脫下那件襯衫，拉我回溫暖的床上。我貼著他的皮膚是冷的，但他很快就讓我暖和起來，用舌頭、雙手和全裸的身軀緊貼著我，直到我把剛才看到的形影完全忘記；忘記那完全不像狐狸，而是更大、更深、更結實的形影；忘記那影子好像就在我家陽台上，在我們樓下；忘記我看到灰色天空反映在一個閃亮、狹長、纖薄的東西上，像一把長刀。

二〇〇四年六月十日星期四

希望李在我計畫逃脫的那天會去上班，實在是太異想天開了。不過，說起來，有他在家跟我一起也不錯。要是他在看我，我也清楚知道他人在哪。要是我能夠提早離開，說不定還能搶先他一步。

昨晚，深夜時間他自己開門進來，我正在沙發上看電視。逃離他的念頭和這一切都是大錯特錯的恐懼，讓我的腦子轉個不停。聽到他的鑰匙插進門的聲音時，我擠出笑容，保持冷靜，什麼都不洩漏。

他今天穿了西裝。他把外套披上餐廳的椅背，過來親了我一下。
「要我拿點什麼給你嗎？」我問。
「啤酒會很不錯。」他說。他看起來很累。
我從冰箱裡拿出一瓶啤酒，遞給他。
「我在想，」他說：「我們應該去度假。你說呢？離開這些事情一陣子，就你我兩個人。」
「聽起來很棒啊。」
「你寄出那些護照表格了沒？」
我看著他，希望他沒看出我嚇了一跳。「寄出去了，但還沒有回音。好久喔，對不對？」
李揚起眉毛，喝了一口啤酒。「我一直想去美國，我從來沒去過。你呢？」
「沒有。」
「也許去賭城，或是紐約。你說呢？」
我的心臟狂跳，聲音大得他一定都聽得見。「嗯。」
「凱瑟琳，你知道我愛你吧？」
我對他笑。「當然。」
「我覺得我們互相坦誠很重要。你愛我嗎？」
「愛。」
「我們可以在賭城結婚，你覺得呢？」
那一刻，我願意同意任何事，只為了讓他閉嘴。我只需要幾個鐘頭。
「我覺得實在太棒了。」我說著吻了他。

二〇〇八年二月二十八日星期四

今天我的恐慌症又發作了。

這一次並不像之前幾次那麼糟。我想，沒有一次發作會比平安夜那天，我第一次跟珊・赫蘭茲講電話還要糟，但就在我開始以為那些藥片發揮作用、我的焦慮症開始好轉之時，發生了一件破壞平衡的事。

我在公車上一直待到離家只隔一個轉角的葛夫公園。我走一貫的繞彎路線，從後面巷子進去，抬頭看窗簾，檢查陽台窗玻璃的每一格，確保窗簾是拉上的。我看著大門，大門沒關緊。毫無疑問，有小動物把這裡當路走：小徑上的草被踩踏過，木頭間夾了幾撮灰色的毛。大門看起來不像是被弄開過。如果有人去過我的陽台，一定是爬牆過去的。我抬頭看了一眼。陽台足足超過六呎高，建造得堅固，要跳過去並不容易。

我又想起了麥肯西太太，還有她說看到外面有東西的事。也許她是說外面的什麼讓她嚇了一跳，結果就跌倒了。

我的視線越過大門，仔細看著一樓的窗戶，也就是她家的落地窗。看起來很正常。樓下的公寓一片漆黑，跟我們上次離開時一樣。

史都已經到家了，正在頂樓準備晚餐。我準備把上班的衣服換掉，再帶些乾淨的衣服明天穿。

今晚，做檢查感覺像是家常便飯，尤其因為史都已經在樓上了，我在樓下摸門窗的每一分鐘都是浪費。

我一直檢查到臥室才出錯，而且甚至還花了一下子才發覺。

窗簾是拉開的。

一開始，那股驚嚇像一桶冰水迎面兜來。我覺得胸腔裡的心臟開始狂跳，聲音大得蓋過了我耳朵裡轟隆隆的血流聲。我先是無法呼吸，然後又呼吸得急且用力。我一直到覺得頭暈目眩，才想到應該專心——深呼吸、慢下來，吸氣——屏住——吐氣。

我現在很擅長這樣了，也很會用理智去看事情。沒人來過這裡，你很安全，沒人來過這裡——你只是上次來的時候沒拉上窗簾而已。呼吸。深呼吸。

通常我早上起床時，天正要亮。今天早上，我拉開史都家的窗簾，讓光線射進屋內。上次我在自己家是——什麼時候？星期一傍晚？我離開家，上樓準備晚餐的時候，史都還沒下班回來，天還是大亮著的。那麼幾分鐘前我站在巷子外、仰頭看著窗戶時，窗簾是開著的嗎？我試著回憶，但就是不敢確定——我當時看著陽台，然後看了麥肯西太太的家，我甚至不記得自己看了臥室的窗。要是我沒拉上窗簾，一定會注意到的，不是嗎？

是我沒拉上窗簾。沒人來過這裡，我只是沒把窗簾拉好。這是唯一可能的解釋。

我大可以接受這件事，認定是因為當時天色還亮，所以我沒有拉上窗簾，只不過屋裡的其他窗簾——除了陽台的是故意拉開那麼大——都是拉上的。

也許星期一傍晚我根本沒有到臥室呢？星期一我是否仔細檢查過家裡？還是我匆匆忙忙，完全忘記了臥室，而窗簾沒拉上是再上一次的事？我想追溯出星期一的記憶，想回憶我做了什麼，但記憶卻跟上星期三和上上星期一的事混雜在一起。

我不斷呼吸，直到開始覺得身體能動了。我走到窗簾邊，站了一會兒，看著外面的院子，看看有沒有什麼跟以前不同。黃水仙生長茂盛，都超過邊界了，草也長得老高，院子裡沒有任何事情跟以前不同或是不對勁。沒什麼好擔心的。

我檢查窗戶，觸摸著邊緣。這裡也沒什麼不對。我拉上窗簾，換了衣服，同時不斷說自己是傻瓜、是笨蛋。我的牛仔褲還在床上，跟我上次放著的時候一樣，折疊得好好地。我穿上牛仔褲，找到一件乾淨的恤衫。我從衣櫃裡找出一件乾淨的上衣準備明天穿，還有一條長裙和那雙搭配的海藍色高跟鞋，把東西整齊疊好，把鞋子放在上面。

我把衣服放進包包，把包包放在門口，然後再次開始巡視整個家，檢查一切是否關好。這一次我沒有犯錯。窗簾都拉上了，除了餐廳的窗簾能讓我從後面巷子看進來以外。我把窗簾拉開一半，讓布料以我清楚知道能夠認得的準確方式打著摺。

我上樓往史都家走的時候，其實感覺還不錯。我們吃著晚餐，我說起我差點嚇壞、在自己臥室裡崩潰，只因為我忘記這個星期沒把窗簾拉上，這時候我也覺得還可以。我們笑著這件事，我也覺得沒問題。我一直都覺得很好，直到我們偎在史都家客廳的沙發上，看一齣喜劇，大笑到眼淚流下我面頰。

我也一直覺得很好，直到我把手插進牛仔褲口袋要找衛生紙，結果不但沒找到，反而拉出一顆鈕扣的那一刻為止。那顆小鈕扣有著紅緞面，後面還接著一塊紅緞子，布料扭得很緊很緊，彷彿有人一直旋轉鈕扣直到釦子從衣服上掉落為止。

那之後我就不好了。

二〇〇四年六月十一日星期五

這天下午四點，我就自由了。

這天早上我睜開眼睛，身邊的李還睡得很沉，他的睫毛呈扇狀橫過臉頰，像鳥兒的翅膀。他看起來很美、很寧靜，彷彿他不會傷害任何人。

時間早得不像話，但我已經完全不累了——我的腦子裡嗡嗡地充滿緊張的活力，彷彿我即將登上皇家阿爾伯特音樂廳的舞台，或是要進行一場出人意表、妙絕古今的珠寶搶劫。我把今天計畫得滴水不漏，還有緊急對策，以備萬一事情出錯、他起疑、或是有意料之外的事情發生。

昨晚上床前我告訴他，我今天要提早上班，因為下午要開的會需要我提早準備。他甚至沒露出關切的神情，完全沒有懷疑——事實上我覺得他根本沒在聽。目前為止，一切都好。

五點四十五分。我盡可能不發出聲音地起床，就是不想吵醒他。我走進浴室換衣服，穿上海藍色的西裝和有一點跟的鞋，跟我上星期穿的一樣。我想吃點東西當早餐，但胃翻攪得嚴重，我覺得好像快要吐了。

我就快吐了。

我即時趕到樓下浴室，嘴裡嘔出液狀的嘔吐物。老天，我一定比想像中還要緊張。我用冷水漱口，雙手有點發抖。

即便李還在樓上沉睡，我仍該保持一貫的程序，這套程序是我仔細思量出來的，跟平常上班日一模一樣。我把頭髮在腦後綁成整齊的髻，化好妝，喝下一杯水，沖洗杯子，放回水槽。想了一想，我也沖洗了一個乾淨的麥片碗和湯匙，也放在水槽。

我拿起包包和鑰匙，悄悄地關上身後的門。時間是將近六點半。

二〇〇八年二月二十八日星期四

「對，好多了——來。深呼吸，再一次，慢一點。」

「我做不到——這次很糟——」

「沒關係。我在這裡，一切都很好，凱西。」

那一小塊紅布放在地毯中央，像個裂開的傷口。我沒辦法看。背景裡的電視聲嘲笑著我的歇斯底里，我猜在局外人看來，我一定很滑稽吧。

等我差不多又鎮靜下來，他帶我去廚房，要我坐在桌旁，他則去煮茶。

「怎麼回事？」他說。他總是那麼鎮定，那麼不慌不忙。

「是那個，在我口袋裡。」

史都看著地毯。「那是什麼？」

我搖頭，從左到右又從右到左，直到覺得頭暈。「是——只是個鈕扣，但那不是重點，重點是鈕扣怎麼會進我的口袋？不是我放的。也不應該在那裡。這表示他來過我家了，他闖進去，把鈕扣放在我的口袋裡。」

「嘿，拜託，再做一次深呼吸。你可以控制的，別被這件事弄昏了頭。這是你的茶，來，喝一口。」

我喝了幾大口，茶燙傷我的喉嚨，我覺得想吐。我的手在發抖。「你不懂。」

他端著茶坐在我對面，等我說。總是擺出那副他媽的永無止境的耐心，實在讓我受不了，讓我想到那個瘋狂混亂的爛醫院裡，那批他媽的護士。

「可不可以別說了？拜託，我現在好了。」

他沒說話。

我喝著茶。儘管如此，我開始冷靜下來了。我還是沒辦法看、沒辦法想這代表什麼意義。最後，我擠出一絲聲音：「可以請你把那東西丟掉嗎？」

「那我得讓你單獨待在這裡幾分鐘。」

「好，別走太遠。」

「我把東西放在外面的垃圾桶。好嗎？」

他從桌旁起身。我伸手掩住臉，遮住視線。我緊閉眼睛，直到聽見他關上門——近來他很清楚最好不要虛掩著門——聽見他下樓的腳步聲。我想要尖叫，想要一直尖叫不要停，但我忍住了，數到十，告訴自己那東西已經消失了，永遠消失了，也許它從一開始就沒出現，也許都是我的想像。

幾分鐘後他回來，坐回廚房桌旁。我喝了茶，對他笑笑，希望表現出有信心的樣子。「看吧？」我說：「沒什麼好擔心的。只是你的瘋狂女友又毫無理由地發瘋了。」

他只是目光定定地注視我。「我想要你跟我說，我想那樣會有幫助。」

我沒回答，不知道能不能拒絕，不知道要是我說了，他會不會滿意，還是他會繼續追問……

「這是我的過去的一部分。我想擺脫掉、忘掉。」我說。

「你這部分的過去顯然對現在的你有很大的影響。」

「你以為是我自己放進去的嗎？」

「我沒這麼說。」

我咬著嘴唇。我只喝了一半的茶，否則我可能已經站起來走掉了。不管怎樣，我想到樓下開始檢查，弄明白他到底是怎麼進來的。

「聽我說，」他終於開口：「我不是想鑽進你腦袋，我只想知道該怎麼幫你。你可以試著忘掉我的職業，單純地告訴我嗎？我不是你的治療師，凱西。我只是個愛你的可憐混蛋。」

儘管不高興，我還是笑了。「對不起。這段往事我悶著不說這麼久，現在很難一下子就說出來，你懂嗎？」

「我懂。」

我起身，坐在他大腿上，蜷起身子縮進他懷裡，把頭埋進他下巴。他用雙臂環繞住我，抱著我。

「我有一件紅色洋裝。我遇見他的時候就是穿那件，他對這件衣服有些著迷。」

我短暫地回憶起買下那件洋裝的情景，衣服完美貼身，我得另外買鞋子才能搭配。一開始我非常喜愛這件衣服，什麼時候都想穿。

「這個鈕扣讓你回想起那件洋裝上的鈕子嗎？」

「對——也不對，不只那樣。鈕子是洋裝上的，我很肯定——噢，我不知道啦！」我一直努力搜尋回憶，想知道那件洋裝的模樣，鈕扣的大小，鈕子背面究竟是金屬還是塑膠。我從十分肯定回到懷疑。當然，現在鈕扣在外面的垃圾桶裡，我也無法確認。不過，有一件事卻毋庸置疑：「史都，這就是他會做的事。他以前就愛玩這種邪惡的遊戲。他把那——東西——放進我口袋，讓我知道他回來了。」

史都的手指摸著我前臂，但我感覺得到他的緊繃，從他抱我的方式就知道。我在等他說出來。**那只是一顆鈕扣，不代表什麼。**

「可能是你從哪裡拿到的。」他輕聲說。

「不，」我說。「我不會就那樣拿起什麼東西。你會嗎？你會隨便亂走，把別人的垃圾撿起來嗎？不會吧？我也不會。」

「也許鈕子跟你要洗的衣服混在一起了，」他說：「在洗衣室裡，那地方那麼小。可能是上一個用洗衣機的人掉在機器裡的。鈕子扭得很嚴重不是嗎？也許是被卡在機器裡之類的。那樣也是有可能。」

「你站在誰那邊？」

我站起來，忽然覺得他抱著我的手臂讓我喘不過氣。我走到房間另一頭，改變主意又走回來，踱著步子，想停止恐慌、憤怒和那股對這一切感到純粹、可怕的絕望。

「我可不知道還有邊可以選。」

「住口，不要像個蠢蛋！」我喊。

他住口了。失態的我立刻感覺難過。「對不起，我不是那個意思。」

「你應該報警。」他終於說。

「有什麼用？他們不會相信我的。」我難過地說。

「可能會。」

「你都不相信我，他們何必相信？」

「不是我不相信你。我認為過去的事讓你嚴重受創，而且你現在害怕了，就會忽略掉口袋裡有釦子這件事可能有合理解釋的事實。」

「史都，這就是重點。釦子在我口袋裡。不是卡在洗衣機，而是在我他媽的口袋裡。釦子不會無緣無故掉進去，而且也不是我放的，是他。你難道不懂嗎？他以前就會做這種事。他會趁我不在闖進我家，留紙條給我，把東西換個位置，一些你不一定會注意到的東西，就是這樣我才開始檢查的。」

「他會闖進你家？」

「他——算是專家了。我一直弄不懂他是怎麼進去的。他可以神不知鬼不覺地闖進任何房子。」

「老天爺。你的意思是，他是小偷？」

「不，他不是小偷。他是警察。」

二〇〇四年六月十一日星期五

我開車離家，不敢回頭。

太陽已經很大了，無雲的天空一片蔚藍，空氣涼爽卻不冷。今天會是個晴朗的好天。我開到馬路盡頭，打右轉方向燈，轉了彎，感覺體內有聲叫喊、大笑、解放的狂笑正在沸騰。那些恐慌在我身體裡鬱積了那麼久。

我開車到公司，從後門進去，免得跟警衛打招呼，然後從隱藏地取出行李箱。行李箱的側面口袋裡有我的美金、護照和三個月的簽證，還有旅行文件。我的辦公室空蕩蕩地，下星期才會有人進駐。我拖著行李箱走出後門，希望警衛這時候並沒有在看閉路電視，希望沒人看到我，問我過得如何，說我不是早就該離開了嗎？

計畫的第一部分很順利。

開上高速公路後，我唱起歌來。我開上高速公路往普林斯頓的兩條交流道，在漸漸開始變多的尖峰時間車流中，慢慢往火車站前進。下一條馬路有家二手汽車經銷商。我把車子停在馬路上，在停滿車的前院前方。我旁邊的乘客座上放著汽車記錄本和交通部認證。我已經簽好了V5的部分，說明我要賣車，並把其他部分留白。我在旁邊還寫了張紙條：

敬啟者：

請照顧這輛車，我已經不需要了。謝謝。

我把車鑰匙留在鎖孔內。希望發現車子的人不會覺得有必要報警。

我把行李箱從後車廂拉出來，拖到車站入口。我付現買了去倫敦的車票，拖著行李走上月台等車。倫敦的火車再過五分鐘就要來了。我已經想離開了，即使我知道李可能還在床上呼呼大睡，但我想遠離他，想要逃得遠遠地再也不要回頭。

火車剛開始很擁擠，每一站都有新乘客上車，也有一些乘客下車。我想放輕鬆、看本書，做出普通人的樣子。我動也不動地坐著，凝視窗外一閃而逝的鄉間和小鎮，火車經過的每一站都讓我離過去的生活更遠，離自由更近。

距離今天整整一個星期以前的深夜，他進了家門——已經過了十一點。我以為他整晚都不會在，以為我至少可以安全到星期六，但他出現了，自己開門進來。我正在看一個紐約的節目，前門打開又關上的聲音嚇了我一跳，我想都不想就關掉電視。

酒精的氣味比他的人先飄進客廳。我知道今晚不會好過了。

「你在做什麼？」他質問。

「我正準備上床。要我替你弄杯酒嗎？」

「我喝的酒他媽的夠多了。」

他在我身邊倒上沙發，身上仍然穿著兩天前去上班時的牛仔褲和連帽運動上衣。他疲憊地伸出一隻手摸過前額。「我昨天晚上在鎮上看到你。」他語氣挑釁地說。

「是嗎？」我也看到他了，但我可不準備承認。「我跟珊米去喝酒。我跟你說過的，記得嗎？」

「對啦，隨便。」

「我以為你在上班。」我說，真希望可以直接叫他滾開，再也不要跟蹤我。

「我他媽的是在上班，」他說：「我只是看到你從切雪酒吧轉去卓依酒吧。看起來你笑得很開心。那個男的是誰？」

「哪個男的？」

「跟你在一起的那個，他還摟著你。」

我想著，強迫自己回憶。「我不記得他摟過我，但跟我們在一起的是珊米的男友。」

「過來。」他張開雙臂，有些搖晃，我咬緊牙關，蜷進他的懷抱。他緊緊抱住我，用力把我的臉按進他的運動衣。他身上有酒館、柏油、外帶食物和酒精的氣味，他把我臉上的頭髮撥開，然後捧起我的臉要親，動作有些笨拙。

一分鐘後他問：「你那個來了嗎？」

我差點想點頭，但那樣對我也沒好處。「沒有。」

「那你為什麼這麼不友善？」

「我沒有不友善啊，」我盡量想讓語氣高興點。「我只是累了。」為了證明我的話，我故意以手掩嘴打了個呵欠。

「你總是他媽的累了。」

我又到了那個十字路口，在那裡的我不是要鼓起勇氣，讓他得到他想要的，就是得設法抵抗，冒著被毒打一頓的風險。他醉成這樣的時候，光說「不」是沒有用的，我也不想冒險帶著一張青腫的臉，展開我在紐約的新工作。

「不過，我沒有累到那個地步。」我笑著說。我的手伸進他牛仔褲的胯間，揉了一下，解開他的皮帶。

最後，他還是打我了。他幹了我，我想盡辦法不要弄得太痛，想要拖長時間，做出我樂在其中的模樣。他幹我的時候開始打我後腰，我就知道事情會怎樣了：一開始是輕打，但他下手會越來越重，直到我不得不叫喊出聲。最近，這樣似乎更讓他興奮。他可以幹上好幾個小時，尤其要是他喝了酒，那話兒一下子勃起一下子軟垂，直到他找到傷害我的辦法——咬我，或是扯我頭髮直到我叫出來，然後一等他聽出我聲音裡真誠的痛苦，他就更用力，直到他把我弄痛到足以讓他超越界線，達到高潮。

他陡然抽身離開，把我轉了個身，呼吸變得粗重，眼裡閃著享樂的光。我屁股上的皮膚一陣刺痛，接觸到下方的地毯。

我不知道他準備怎麼做。我想到了現在，已經不可能還怕他了。他傷害我這麼多次，現在這件事幾乎成了家常便飯。他變得越來越有創意，用新法子來羞辱我。

「不要打我的臉。」我沉聲說。

「什麼？」

「什麼都好，就是不要打臉，公司的人問太多問題了。」

他不懷好意地笑了，醜陋地斜睨我一眼，一時之間我以為他就準備這麼做，一次又一次地打我的臉，直到我的皮膚裂開。我感覺淚水湧上眼眶，儘管我好恨讓他看到我哭。

「是嗎？」

我點頭，已經不敢看他了。然後他故意把一手放在我下巴，選擇好地點，大拇指在一邊，四根手指在另一邊。

「不，」我說：「拜託你，李……」

「他媽的閉嘴，」他說：「這樣很好，你會喜歡的。」

他幹著我，讓我肺腔裡沒有空氣，我的手指抓住喉嚨，想鬆開他的掌握，空氣燃燒著我的肺，耳際的隆隆聲說明再過幾分鐘我就會失去意識。

然後，仍然用力幹著我的他鬆開了手，我咳著、大口吸氣，把空氣吸進肺腔。唯一要他罷手的辦法就是屈服。我尖叫起來，盡量大聲、用力，淚水撲簌簌滾落雙頰。我差點看見了死亡。我真的嚇壞了，尖叫幾乎是出於本願──於是我大叫。

他並不想阻止我，沒掩住我的嘴，只是讓我叫。這麼做有效了。幾秒鐘後，他抽身離開，在我臉上射精。

現在我在火車上，中部的景色成綠色和陽光的一團模糊在眼前閃過，噁心的感覺讓我閉上眼睛。那之後，他從地毯上起身，跌跌撞撞地走到樓下廁所，在洗手臺旁洗淨，然後上樓栽倒在床上。我等待著，直到聽到他打鼾，才四肢著地地撐起身子，一面哭一面去沖澡。至少，這次我唯一的瘀青是在脖子上。這個星期我每天都在脖子上打一條絲巾去上班，大家都以為芳齡二十四歲的我上哪兒找了個男人，被男人在頸際種下一吻。

九點鐘，火車開進克洛鎮。我聽到車站廣播出接下來會停靠的站點，一直念到尤斯頓，然後說：「由於鈕伊頓的訊號失誤，本列車將延誤半小時。」

半小時？我看了看表，即使我清楚現在幾點。沒關係。除了提前三小時到希斯洛機場辦登機手續以外，我還多預留了兩小時，只要之後沒有再誤點，準時抵達機場應該是沒問題的。

我想睡覺，但我太累、太緊張了。我什麼時候才能夠鬆一口氣呢？等我上了飛機，就可以放鬆了嗎？還是等我抵達紐約？等我聽說他搬離蘭開夏，還是過了一年我仍然沒有他的消息？

我到底還能不能再放鬆呢？

二〇〇八年三月九日星期日

最後我打電話給卡姆登警局家暴部門的調查警司珊．赫蘭茲，只為了終結爭執。我終於跟她說上話的時候，她已經完全忘記我是誰了。我說了窗簾和鈕扣的事——說得結結巴巴地——還說這正是我跟李還在一起時，他最會做的。在我這麼說的同時，即使自己聽來都覺得愚蠢。聽起來像是有人為了吸引注意才說的。我以為她會因為我浪費警察的時間而訓我一頓，但實際上她卻沒說幾句話。只說她會打電話給蘭開夏的聯絡人，如果有什麼令人擔憂的消息，就再回電給我。

她並沒有回電。

那天晚上史都並沒睡好。我躺在他身邊，等他睡著。我知道他醒著是因為我告訴他的那些話。他應該跟比我更好的人在一起。他應該跟一個精神沒那麼多問題、沒有揹著一大堆負擔還拖著精神問題的人。我們靜靜地躺在床上，身體沒有互碰。我還想多談，但那樣沒有意義。

那不只是個鈕扣。那甚至不是隨便哪個紅鈕扣，現在我肯定這點了。那個釦子是我在另一段生活、另一段時間裡，敞開心房時穿過的一件洋裝上拿下來的。一件我深愛、之後又憎恨的洋裝。那之後的某一刻起，曾經帶著那份好奇及對感官的敬畏，輕撫那塊緞子的手指，抓住了那顆小釦子，用力絞扭直到脫落。

第二天早上我醒來時，史都已經穿好衣服，準備去上班了。「我們這個週末應該出門。」他說。

「出門？」

「去散散心。去市區隨便哪裡逛逛。你說呢？」

最後我們在山峰區的旅館度過週末，白天出門散步，傍晚吃到撐，然後整夜在有四根床柱的床上相擁而眠。那是美好的一個週末，而且跟原本的期待相反，我並不需要拉窗簾。

如果在幾年前，這樣的週末我會鉅細靡遺地告訴西薇亞，但當然現在不會發生這種事。有時候我也好奇她在哪、在做什麼，也許她就住在跟我家同一條馬路上，而我每天都會經過她家。我不知道她在哪裡。我猜如果我打電話去《每日郵報》，或許可以找到她，但時過境遷，往日不再，我不知道自己能不能這麼做。雖然西薇亞曾有一段很長、很長的時間是我最要好的朋友，卻屬於我的舊生活——我確信不能回頭的生活。

我現在有了新生活，跟史都一起。

慢慢地，我對那顆紅鈕扣的恐懼消淡，週末出遊也讓我沒機會思考。對我來說，口袋裡有釦子並沒有任何合理的解釋，於是我假裝事情從未發生。也許史都說的對——也許根本就是我自己放的，在某種反向心理的恍神情況中——也許這是我強迫症的反常新症狀。

但等我們回到家，我又開始仔細檢查。我特意每天早上上班前回家一趟，檢查一切都正常，回家後再次檢查，天黑了就把燈打開，如果外面有人在看，就會覺得我在家，但其實我都跟樓上的史都在一起。我又買了一個插頭定時器，下班回家時我會打開電視，然後設定在晚上十一點的時候自動關上。有時候我遵照亞利斯特的指導，成功地把檢查次數限制在三次，有時候卻更多。

至於那股被監視的感覺，卻從來沒有真正消失。現在那感覺完全回來了。在每條馬路、每家商店，每一次我出門，都覺得有眼睛在看我。我知道這是我的想像。畢竟，他離我好幾哩遠，不是嗎？他或許十二月底就被釋放了，但要是他要來找我，應該早就找了。

一部分的我希望他已經找到其他對象，另一部分的我又希望他沒有，為了她好。

二〇〇四年六月十一日星期五

等我抵達希斯洛機場，只剩下不到一小時的時間辦登機手續。從抵達尤斯頓、搭地鐵到帕丁頓站、搭上希斯洛特快車、拖著那箱蠢行李走來走去的後半段旅程非常辛苦。我越來越緊張。

我在美國航空櫃台辦理登機手續，而那正是決定性的一刻。我到了，我很安全。我花了幾分鐘逛航廈裡的商店，想著把錢花在我不需要的東西上。在我遇到李之前，從來沒買過性感內衣。要是我買了，他就會怪我跟別人上過床。我摸著內衣店裡精緻的蕾絲內褲，想著要買。然後，我的視線越過擁擠的航廈，瞥到一個太像是他的身影。我屏住呼吸，但那人轉過身，卻根本不是他。

李還在蘭開夏，我想。他以為我去上班了。他離這裡五百哩遠，就算他現在發現我不見了，等他趕來我也已經安全地上了飛機。他現在什麼也不能做。

我仍然想進入候機室。待在這裡一點意義都沒有。

我每跨出一步都覺得受到監視。即使在離家好幾哩、遠離李的這裡，我都覺得走到哪都會看到他的臉。能夠遠離這一切會有多美好。

我加入準備通過檢查站進入候機室的隊伍，朝航廈裡如海般的多張面孔望了最後一眼，那些要去洽公、快樂度假和疲憊的商務面孔。西裝、短褲、墨鏡和公事包。我就快到了。再走幾步，在候機室裡再待幾小時，我就可以上飛機，我就自由了。

然後，忽然間——他出現了，走過Tie Rack商店朝我過來。他注視著我，面無表情。

隊伍仍然彎彎曲曲地繞著金屬柵欄——我不能待在這裡。

慌張的我開始跑，使出全力奔跑，跑向安全警衛、那個穿制服的人沿著大廳走動，一點都不知道即將發生什麼事。我沒敢回頭望。要是有，就會看到李對安全警衛亮出警徽，警衛睜大雙眼，看著我朝他飛奔過來，我張大了嘴，發出無聲的叫喊，類似「救我！救我……」然後，警衛不但沒有橫身擋在我跟李之間，沒有當我的保護者、我的救星，反而抓住我，把我甩到地上，讓我的臉、手、膝蓋重重撞上花崗岩地板，還把我雙臂繞到背後，讓李取出手銬，銬上我手腕。李在粗聲喘氣，說「逮到你了，他媽的逮到你了」之時，警衛什麼也沒說，只是喘氣、流汗，一副才上工第二天就出力參與這麼戲劇化的事件的興奮樣。

我聽到自己啜泣著：「救救我，拜託，這是個大錯，他沒有逮捕我，我什麼也沒做……」但沒有用。警衛幫李把我拉起來。

「感謝你，朋友。」李說。

「沒問題。還需要幫忙嗎？」

「不了，朋友。我外面車上還有支援。謝謝你。」

一切在一分鐘內結束。當然，車上並沒有什麼支援，連車子都不存在。只有一輛車，一輛沒有標誌的警車，亮著警燈停在主要入口的接送區上。李緊緊抓住我的一邊手肘，粗魯地推我走出大門。

我大可以再次嘗試逃跑，但那樣沒有意義。

「凱瑟琳，乖乖的，」他對我說：「聽話。你知道你想要這樣。」

他把我推進汽車後座。我以為他會關上車門，爬進前座開車，但他卻跟我一起上了後座。

我不記得那之後發生了什麼事。

二〇〇八年三月十四日星期五

接下來那次見到亞利斯特時，我說這段時間又是難過的時候。我說起李喜歡搬動、藏東西的習慣，也說了我在口袋裡發現那塊被扭下的紅色破布和鈕扣。從他臉上的表情，我看得出他從沒聽過這樣的故事，即使他想盡辦法要隱藏。他大概以為是我自己弄的，可能還會想我除了焦慮症以外，是不是還有什麼精神病。

但他還不錯，安慰我的同時也很嚴格。不管發生了什麼，鈕扣就只是鈕扣，不代表任何意義。世界上多的是紅色的東西，他說，這些東西並不會帶給我們傷害。那顆紅鈕扣也沒有對我造成傷害。釦子在我口袋裡，我碰到了，提昇了我的焦慮程度，但除此之外，釦子並沒有真的傷害我，不是嗎？

問題不在於那個鈕扣，我好想大喊，而在釦子他媽的怎麼會進入我口袋！但對他這樣再來一次沒有意義，他也沒有辦法，而且我太習慣不被相信了。我需要聽警方那裡的消息，確定李仍然安全地在好幾百哩外。不管怎麼樣，在我看來有件事越來越清楚，就像黑暗中的一絲微光。不管是我自己拿起紅色物體來嚇自己，還是李真的又開始跟蹤我，我需要自亞利斯特身上得到的東西並沒有變。我需要學習這次不要當受害者——當我自己或任何人的受害者。我需要力量來應付生命中會遭遇到的壞事。我需要奪回掌控權。

目前，亞利斯特說我們應該專心治療創傷後壓力症候群。對付創傷後壓力症候群有幾個層面，在我的過往回憶忽然出現，或是想起李的時候，我應該讓這些往事出來，然後放開。

我記得跟史都在布萊頓的咖啡館，見到那個嚇著我的男人時，他也說了類似的話。重點是認知這些念頭只是症狀的一部分，而不能判定我這個人。

「我寧可完全不要有這些念頭。」我告訴他：「更別提接納了。」

亞利斯特搓著手，兩手中指規律地摩擦，這樣不知怎地很有鎮靜效果。

「凱西，你需要記得的是，這些念頭必須有地方可去。它們現在在你腦子裡，沒有出口，所以才會這樣令人沮喪。你有這些念頭，等它們再次出現，你試著把它們打回腦子裡。你想把它們推開，那它們當然只會再回來，因為你的腦袋並沒有時間去處理、應付它們。如果你讓這些念頭出現，好好咀嚼、思考，那麼你就能放開。不要害怕，只是念頭罷了。」

「話是這麼說。這些可能只是念頭，但還是可怕得要命。就像活在恐怖電影裡。」

「那就這樣想好了。這些念頭是恐怖片的一部分，不管有多可怕，遲早都會結束，只要你讓它們出現、再放開。」

他的聲音鎮靜，而且奇怪的是，很有安神效果。我試著想史都在這裡，負責看診，聽別人說他們的苦難、悲痛、寂寞，說他們再也不了解這個世界，想要一切終結。

然後我回到家，想消化這些事。

就跟其他上癮症狀一樣，在我獨自一人的夜晚，不讓史都或其他人知道的情形下，要縱容惡習非常容易。但檢查並不會帶給我任何實際上的樂趣，向來不會，頂多只有安慰——暫時驅趕掉恐懼。亞利斯特教我嘗試幾件事情來降低因為沒有好好檢查而產生的壓力，其中包括深呼吸、把恐懼合理化、給恐懼換個名字，這樣他們就變得不真實、不正常，只是強迫症的一種表現。這些都是不好的恐懼，是我症狀的一部分——我為什麼想要留住呢？

這天傍晚稍早時，我剛下班回家就接到一通電話。我的第一個念頭是史都打來的，結果卻是調查警司赫蘭茲。那忽然加快的心跳——會有恢復正常的一天嗎？我以為她會說李不見了，李告訴別人說要來找我，有一位警官被唬弄而把我家地址告訴了他。

「我只想讓你知道——我跟蘭開夏警局家暴部門的同事通過電話了。」

「結果呢？」

「在你打電話給我的那天早上，他們派人去查過布萊特曼先生。不能保證他沒去找你，但可能性非常小。他因為前一天晚上都在工作，因此都躺在床上。他在鎮上一家夜店上班。警察查過紀錄，你打電話來的那天晚上，他的確去上班了。他跑去倫敦不是不可能，但可能性很低。你有沒有其他理由，認為他可能知道你住哪裡？」

我嘆口氣。「其實沒有。我只是清楚他是怎樣的人。如果他要當守門人，不是應該要有什麼證明嗎？」

「他不是守門人，顯然他只負責收杯子。不過蘭開夏那邊會去查清楚的，別擔心。就算他的出獄並沒有任何附帶條件，我的印象是他們都在密切注意他。」

不可能夠密切的，我心想。

「凱西，我想你可以稍微放鬆一點。如果他真的要去找你，我想他現在應該已經找過了。你有我的電話，對吧？」

「對，謝謝。」

「如果你認為家裡有別人，就立刻報警。好嗎？」

「好。」

真希望我能甩掉這種感覺。我不是怕他有一天會來找我，而是很肯定會。重點不是他會不會找出我住哪裡，而是什麼時候。假設的確是我沒拉上窗簾、又恍神到不知從哪裡撿回一顆紅緞面的鈕扣的話，那麼他還沒出現的唯一原因，就是他不知道我住哪裡。

但等他知道了，就會來找我。

二〇〇四年六月十二日星期六

我注意到的第一件事是光——明亮的光照進我仍然閉著的眼睛。

我的嘴巴好乾。我無法張嘴。

我睡著了嗎？

一時之間我感覺不到雙臂，然後才發現手臂被綁在背後，而且綁得很緊。我身上從肩膀到指尖都在痛，疼痛來得突然且強烈。

手銬。

開始驚慌的我強迫自己睜眼，發現我是側躺著，一邊的臉緊貼著地毯。灰色的地毯，很熟悉。所以我在家，在客房裡。

我盡可能大幅度把臉轉到另一邊，但我看不到多少東西。花了一陣子我才想起之前我要去哪裡、發生了什麼事，而當我想起這些的時候，就像被人重重地打了一拳。我之前正要逃跑，我已經……那麼……接近……

至少，這裡不見他的蹤影，但我知道他不會離得太遠。我完全不知道在他回來之前，我還有多少時間，於是我強迫自己思考。

我的頭好痛。剛開始我分不出來，頭痛是因為以這種不自然的姿勢躺了很久呢，還是因為他打了我。每個念頭都像要被擠出來那樣痛苦。

從機場……回到家……他一定是開他的車載我回來的。我不記得。一定花了好幾個鐘頭。我完全沒有記憶。

我不知道現在幾點，甚至看不出來現在是不是白天，因為天花板上的燈是亮著的。窗簾一定都拉上了。

我想伸腿，但雙腿好像跟我的手腕綁在一起。我整個人被五花大綁，完全動不了。我想滾成仰臥姿勢，卻得立刻停止，因為每一個動作都痛得要命。我頭暈目眩，一時之間只看到金星亂冒。

發生了什麼事？我試著回想。我必須專心想，這件事太重要了。

他說他要逮捕我……周圍的人只是旁觀，有些人走路經過，好像什麼都沒發生一樣。他對安全警衛亮出拘捕令——然後他們問他是否需要協助。我一定一直在抵抗。我被拖走。我一直大叫，想告訴他們他是在綁架我，他會傷害我，但當然他們一定全都以為我是個瘋女人。要是我到了機場，正等著登機，準備去哪個炎熱的國外度假，看到這一幕也會這麼想的。瘋女人被逮捕，大概是吸毒吧。商務旅行，也許去紐約。

不知道我的行李箱怎麼了。他們一定把箱子從飛機上拉了出來。我打賭飛機一定延誤了。

還要多久才會有人注意到我不見了呢？要到下星期二我才會開始上班——還有三天。在那之前，強納森公寓的房東很可能以為我只是搭了更晚的班機——如果她能發覺我沒出現的話。四天可以讓李做出很大的破壞了。

淚水從我的眼睛滾到鼻子，滴落在地毯上。

他還有多久才會回來？我不能動。他肯定不會把我丟在這裡吧？我需要找出他有何計畫。如果他只是要殺掉我，我可能早就死了。不管他計畫怎樣，肯定比死更糟。

幾乎就在我這麼想的同時，就聽到了聲音——樓梯嘎吱作響，我記得那個聲音，我躺在床上、假裝睡著，等他上樓，猜想他的心情好不好、會不會來煩我。

客房的門是關著的，我聽到近距離內有鑰匙轉動的聲音。我甚至不知道客房的門有鎖。我以前從不需要上鎖過。所以只有一把鑰匙。

我感覺到他拉著我腦後的頭髮，好痛——他正在解開綁住我嘴的東西。我根本沒發現我的嘴被綁住了，但的確如此——用的是一塊布什麼的。布的下方，我的嘴角很痛，有乾硬掉的血跡。他把布拉開時，我感覺鮮血又開始流。我想說話，卻只發出一聲呻吟。我閉著眼睛。我不想看到他，再也不想看到他的臉。

「如果我解開手銬，你會乖乖的嗎？」他問。他的聲音冷靜、很克制。所以他沒喝醉，真是了不起。

我點頭，面頰擦著地毯。地毯聞起來還是新的。我感覺到他抓起我的一隻手腕，解開手銬，手銬哐噹噹地打開。我的手臂縮了回來，但突然的動作讓我痛得叫出聲。

「閉嘴，」他說，聲音還是很冷靜：「不然我就再把你打昏。」

我咬住嘴唇，淚水止不住地流。現在手銬拿掉了，我可以伸展雙腿，儘管連這麼做都痛得不得了。

過了一會兒，伸展四肢、側躺著的我，覺得應該可以坐起來了。我想用一隻手肘撐起身子，睜開眼睛。房間在旋轉。我看到我的手臂、手腕就在面前，已經腫起，被手銬銬住的地方破皮且紅腫。

還想什麼反抗呢，我心想，**我連動都有問題。**

他很有耐心地等著，看我不斷掙扎要坐起。等我終於坐好，看著他時，他背對著房門坐在地板上，雙腿在身前張開。他一副樂在其中的模樣。我用手背擦過嘴巴，結果帶著血，但不多。我的頭仍然陣陣發痛。他一定是打了我的頭，讓我昏過去的。

我仍然穿著那件西裝——是我為這趟紐約之旅所選的海藍色西裝，因為它不會皺。唔，現在當然都皺了。外套一邊的肩膀被扯裂，我一動就感覺得到裂口變大。裙子後面的拉鍊沒拉上。他是否想脫掉我的衣服？

我的腳踝上還有繩子，一條藍色的尼龍繩，不算太粗，繩子的一端沒綁住。一定是用來跟手銬綁在一起的。我想伸手去解開，但卻沒有力氣。

「你……你對我下藥了嗎？」我問，聲音微弱得聽不見。我的喉嚨好乾。

他大笑。「你只有這個問題要問我嗎？」

我聳肩，輕微得幾乎像是沒動。前一秒鐘這還像個好問題，但現在卻完全無關緊要了。你怎麼找到我的？我想問。你怎麼知道？你怎麼能這麼快就趕到希斯洛？最重要的是，怎麼會……我的計畫怎麼會失敗？我為什麼沒在飛機上，在大西洋上空？為什麼我不是已經到了紐約？

我說：「他們會找我的，要是我沒出現在紐約，他們會報警說我失蹤。有人會來找我。」

「誰？」

「我朋友。他要給我一個在紐約的工作。」

「你朋友？你是說強納森．鮑德溫嗎？」

聽到那名字從李嘴裡說出來，我的血液立刻變冷。

「什麼？你剛才說什麼？」

他伸手到背後，從牛仔褲後面的口袋裡取出什麼東西，朝我丟過來。一張名片。我麻木的手指拿了起來。名片的一面是綠色、金色的公司商標，上面以整齊的黑色字樣寫著：

強納森・鮑德溫
資深管理顧問

我翻到名片背面。那裡是我的筆跡，寫著：

改變管理會議，曼徹斯特
二〇〇〇年六月五日——十六日

他說：「名片在你的行事曆裡，你竟然他媽的就信了，每一個字都信。凱瑟琳，我本來就知道你天真，但沒想到你會這麼笨。」

所以根本就沒有紐約的工作。沒有公寓等著我，沒有逃脫。也沒人會注意到我沒出現：紐約沒有人，這裡也沒有。可能要等上好幾個星期、好幾個月，才會有人發現我失蹤了。到那時候我可能已經死了。我感到一股絕望排山倒海而來，一朵黑雲讓我難以專注去想任何其他事，只有痛苦。這不可能是真的，不可能。我跟他通過話，他還寫郵件給我，那不會是李，而是另一個男人，聲音更低，操著不一樣的口音。強納森是真有其人，我記得他。李不可能做得出來，就是不可能。

我啜泣著：「你設計我？這全是你設計出來的？」

「我的上一份工作就得一天到晚做這種事。犯罪的人疑心都重，有時候得花很久才能說服。但你立刻就上鉤了，甚至沒有遲疑。你甚至沒想一想這樣做對不對，反而一有機會離開、丟下我，你就抓得緊緊地。」

那麼是真的了。他耍了我，利用我想要逃開的欲望來對付我。我什麼也沒辦法做。那些曾經看到藍天、看到一絲自由的時刻，其實我都還在籠子裡。

我的疑問，最重要的那個問題，開始在茫然的腦子裡成形。「你準備怎麼樣？」這句話讓他思考起來。我不想迎視他的目光，但我看得出他正在專心思考。

「我還沒決定。」他終於說。

「你可以放我走。」我說。

「我可不這麼想，」他立刻說：「你是我的，你很清楚。你想要離開我。凱瑟琳，我給過你他媽的這麼多機會，可是你卻讓我失望。」

「你明知你不能把我關在這裡一輩子。會被人家發現的，你會丟掉工作。」

他輕笑了一聲。「是哦，對啦。你是說如果我計畫要做什麼，最好把你解決掉？」

我點頭。

「你要我殺了你？」他好奇地問。

我又點頭。我的鬥志都消失了，我想結束這一切。

他忽然站起來，站在我面前。我開始覺得想吐。「你看，凱瑟琳，這就是我他媽的恨你的原因。」他低吼著說：「你就是他媽的太容易放棄。」

他用膝蓋推我，我仰跌回地毯上，一面掙扎要再次坐起，同時淚水、鼻涕也滑下臉頰，流進我發痛的嘴角。

我等著被打。我等著頭上再被敲一記，等著被揍、或是被踢。我想要。我鼓起勇氣迎接，同時也渴望著。我貪圖著無知無覺。

他再次開口時，卻是咬著牙說話的，彷彿我讓他覺得太噁心，他幾乎沒辦法開口。「你是個爛女人。凱瑟琳，你是又髒又爛的婊子。我還沒決定要殺了你、幹你還是在你身上尿尿。」

聽到他拉下牛仔褲拉鍊的時候，我發出一聲啜泣，幾秒鐘後一股又暖又濕的尿液淋上我頭髮、那件正式卻殘破的套裝和嶄新的灰色地毯。我哭了，想閉住眼睛和嘴，免得尿流進來。那聲音、那氣味。我開始反胃。

結束後，他離開房間一會兒，房門大開著。看到門外的走廊、浴室，我開始朝門爬去，但還沒爬到，他已經回來了，帶著一桶冷水、一塊我用來清潔浴缸的海綿和一塊肥皂。那水有漂白水的氣味。他把水桶放在地毯上。

「賤人，自己洗乾淨。」他說。

然後他離開了房間，關上門後上了鎖。

我哀號著。但他並沒把手銬銬回來。

二〇〇八年三月十六日星期日

我在黑暗中睜開眼，呼吸急促，一顆心彷彿跳到了喉嚨。一時之間我不知道身在何處，然後史都在床上動了動，我才想起我跟他在一起，在他家。只有我和他，沒有李。又是一個噩夢。

這不是真的，我告訴自己。這只是病狀的一部分，讓這個念頭過來，然後放走。

我考慮要不要叫醒史都，但那樣不公平。我在黑暗中靜靜躺了一會兒，聆聽著。

我聽到聲音。

我花了一陣子才明白那是真正的噪音，而不是屋裡慣有的聲音，不是血液流過我腦子的聲音。

一聲砰響，距離遙遠。是樓下嗎？不，聽起來不像，而像是更遠的地方。也許是馬路上。從史都家裡，不像在我家，能把路上的聲音聽得那麼清楚。是汽車車門關上的聲音？

我看著史都的鬧鐘。現在是凌晨兩點五十分，夜裡最冷、最暗、最寂寞的時刻。我應該睡著的，我應該回去做噩夢。一時之間我不知道自己是不是真的醒著，還是還在做夢。

又是一聲砰響，接著是擦刮聲，聽起來像是有東西被拖過地板。某個沉重、無活動力的東西。

我從床上坐起，豎起耳朵想聽。好一陣子過去了，什麼聲音都沒有，只有史都深沉、規律的呼吸和廚房冰箱的輕微隆隆聲。屋外有輛車發動，開走了。

也許是那個吧——有人要下車。

史都移到我身邊，我躺了下來，貼合著他的身體曲線，拉他的手臂抱住我，保護我，保障我。我閉上眼，想要想些好事，想要睡著。

二〇〇四年六月十二日星期六

幾分鐘後，他回來拿走水桶。之前我只有氣無力地拿來刷地毯。現在已經感覺到手指的皮膚被水裡的漂白劑灼得發痛。被刷過的那塊地毯，顏色從淡灰色變成了骯髒的黃色。

之後，他好幾個鐘頭都沒回來。

我啜泣了一陣，但沒有太久。我想辦法出去——去撞門，但門不開。我用力敲窗戶，但窗戶朝屋子內庭，外面沒人看得到或聽得到。他清空了房裡一切能讓我拿來當武器或是打破窗戶的東西。

在我離家去機場之前，這間房裡有張單人床、一個衣櫃、一個書桌和一具舊電腦，一個五斗櫃、一台攜帶型小電視機，但其他幾樣小東西。現在房裡什麼都沒有，唯一的裝飾是窗簾桿和掛在桿子上的窗簾，但我完全沒有能把窗簾桿拿下來的東西。我想把窗簾拉下來，覺得可以用桿子來打破窗戶，但窗簾輕易地承受了我的體重，即使我跳上跳下都沒用。

我覺得好渴，不知道現在幾點，也不知道今天幾號。從我上次喝到水以來，已經過了多久？唔，這樣下去我撐不了多久的。要是他去上班，或是要外出好幾天，那麼我會先被脫水解決掉。

我試著大叫。「救命！救命！救我！」一次又一次，盡量大聲，但唯一的結果似乎只是讓我喉嚨痛。

我坐了一會兒，想要想個辦法。我想過可以用絲襪當絞索，他進房的時候就圈住他脖子，讓他窒息。這大概是我想得出的最好辦法了。口渴、恐懼和飢餓會讓思考比平常更困難。

我覺得頭後面發痛，摸到一塊隆起，我輕輕一按，就痛得快要暈過去。那塊隆起周圍的頭髮被乾掉的血液黏成糾結的一團。所以是他把我打昏了。不知道我昏迷了多久。

不知道等他回來，我還有沒有力氣跟他打，也不知道這麼做值不值得。如果我攻擊他，他會反擊，那麼他毫無疑問會因此揍我。

唔，我總不能坐在這裡，讓他為所欲為吧。如果他殺了我，至少這樁鳥事也結束了。

我想著用絲襪綁住窗簾桿，或是把窗簾撕成一條條，然後上吊。我想得好細好細，甚至都開始想像那個畫面，還有他看到我死了的表情。那也算是一種勝利。儘管我所有的朋友、他的同事、每個人都會認定我是因為憂鬱而自殺的。他也不會受到法律制裁——沒有人會知道他是怎麼對待我。而他可以再來一次，找上別人。

那時我轉了念，決定奮鬥下去。我又大叫了一次。

就因為這樣，我才沒聽到他從大門進來，爬樓梯，打開客房——也就是我的囚室——的門鎖。

二〇〇八年三月二十日星期四

今晚我下班回家時，廚房流理台上有個碗、一根湯匙和一個茶杯。

對任何理性的成年人來說，合理的解釋會是我吃完早餐麥片後，洗了碗，把碗放在那裡瀝乾，然後去上班。

但事實上，我根本沒做那種事。

從這裡可以看出我進步了多少，而且沒有被恐慌打敗。我甚至沒有衝回大門，重新開始所有檢查程序。我站在那兒，瞪著那個碗，知道那代表什麼。我的心在胸腔裡跳，幾乎怕得不敢回頭，免得李就站在我背後。

他根本不在我家——這我知道，我已經檢查過整個家一遍了。樓下的大門關得很緊，還上了鎖，自從史都搬來後每天都是這樣。家門也鎖得很密實，我進來時上了鎖、也檢查過。陽台的窗也上了鎖。家裡都很正常——正常——直到我最後進了廚房，想煮點東西吃。

我等待焦慮消退，決心不要屈服。先是那顆鈕扣，然後是這個。

那顆連著一塊破布的紅鈕扣就像是個警告——比這個新的訊息輕微許多。第一次就像豎起一根旗子，儘管東西很小，仍是道道地地的一竿紅旗，告訴我他回來了，找到了我。那代表警告。他知道不管我選擇告訴誰，別人都會用奇怪的眼光看我，心想哪有想吸引注意的人會把衣服上的釦子扯下來、塞進自己口袋，然後大發恐慌的。不過，這一次，他知道我完全不會告訴任何人。有什麼用呢？沒一個有理性的人會相信有人闖進來，什麼痕跡都沒留下，只把洗好的碗放在碗架上。

我把碗、湯匙和茶杯放進垃圾桶，把垃圾袋拿到外面樓梯間。之後我煮了一杯茶，讓自己有時間思考。

早在那顆鈕扣出現在我牛仔褲口袋的第二天，差不多一個月以前，那時我就應該搬出去的。我應該開始找另一個新地方過日子。現在我發覺要這麼做已經太遲了——他會跟蹤我，看著我找新家，然後在我還沒搬進去以前就知道我要住哪裡。

就算我逃跑，就算我拋下一切，跳上不知開往何處的火車，他還是會找到我。何況，我不能就這樣拋下一切——我的工作、公寓和史都。在亞利斯特辦公室裡開始成形的念頭現在越來越清晰，化成了決心。逃走有什麼用呢？上一次沒用，這一次也不會有用。我必須留下來，我得準備好對付他。

二〇〇四年六月十二日星期六

門重重地關上，聲音大得嚇了我一跳，我大叫到一半就停了。

接下來發生的事我完全沒有心裡準備——他的拳頭迅速打上我的顴骨，把我打得向後跌，已經很脆弱的後腦撞上牆壁。

一時之間我震驚得不能動，但反正我也沒時間去想接下來該怎麼辦。他拉起我頭髮，把我拉得用不穩的雙膝跪地，然後更用力地打我。這一次他的拳頭打上我鼻子，我感覺鼻血大量流出，從迷茫的眼中我看到灰色地毯上有一攤血跡。我作嘔、啜泣、反胃起來。

「給我他媽的閉嘴！」他吼：「你他媽的以為自己在幹嘛，叫成那樣？」

「放我走。」我沉聲哀求。

「凱瑟琳，我不同意。現在不行。」

這一次，我縮了縮才被打中——我的右眼和鼻梁。我的手舉起來想要護住臉，他卻把我的手拉開，放在地上。我看著他踩上我的手指，聽到斷裂聲。

我忍住叫喊，那股痛像利刃一樣穿透我。

「不，求求你，李——別這樣了。拜託。」

「把衣服脫掉。」

我抬頭看他。我的右眼感覺怪怪的，沒辦法定睛注視。

「不，不要……求求你。」

「媽的把衣服給我脫掉，你這又髒又蠢的婊子！把衣服脫掉！」

我坐著把外套從肩膀上脫下來。右手的動作不靈活，手指開始發腫。沒多久他就失去耐性，扯著我的外套，從我發痛的肩膀上扯開，然後直接把我的上衣撕破。然後他拖著我站起來，扯掉一大把我的頭髮，隨手丟在地毯上，在牛仔褲後面擦擦手，然後拉下我的裙子。

然後他住手了。想到他就讓我作嘔，但即便如此我還是仰起了頭。我想看他的眼睛，看看我能否看出他準備怎麼對付我。

我想盡辦法注視他的臉。他斜眼打量著。噢，老天爺。噢，慘了——他很樂，他完全樂在其中。

我看著他從牛仔褲後面的口袋取出一把刀，那把小刀有著黑色手把，弧狀刀鋒的一部分生著鋸齒，約五吋長。

我又找回了聲音。我哀求著、呼告著，聲音變成了哀號。「不，不，不，李——求求你不要……」

他傾身向前，刀鋒滑進我內褲的一側，在爽脆聲響中劃破內褲。我感覺到冰冷的刀鋒貼上赤裸的皮膚。我不能動。然後是另一側。他伸手到我腿間，抓起內褲然後拉開。

然後他退後一步，打量著我。「你好醜。」他說，聲音裡帶著笑意。

「對。」我說。我感覺到了。

「你瘦了好多，現在簡直像他媽的骷髏。」

我微微聳肩。

「你他媽的太瘦了。以前我喜歡你，那時候你身上還有肉，很漂亮、很美，我沒辦法不看你。你知道嗎？」

我又聳肩。我的右眼開始閉起，頭在發痛。我看著面前地上的血，那是從我斷掉的鼻子裡流出來的。到處都是血。誰會想得到那麼多血都是從一個鼻子裡流出來的呢？

他沉重地嘆氣。「我不能這樣幹你。你甚至一點魅力都沒有，你知道嗎？」

我點頭。

他轉身離開房間，但在我還沒完全弄清楚他已經走開以前，他又回來了，手裡拿了一個紅色的東西。他朝我丟過來，那東西滑過我赤裸的皮膚，像個吻，好輕。

「穿上。」

是我的紅色洋裝。我找到開口，套過頭，忍住淚水，一面把衣服往下拉。

我抬眼看他，想要微笑，想做出陶醉的模樣。

這一次又是他的手背甩了我一個巴掌。我跌在地上，那股痛是如此劇烈、純粹，我甚至聽到自己在笑。我就要死在這裡了，而我就是沒辦法不笑。

然後他騎到我身上，迫使我張開雙腿，因為用力而發出低哼，要把洋裝拉到我腰際。我聽到布料撕裂聲，這聲音似乎讓他更興奮。

更糟的是他身上並沒有酒味。他這次甚至沒有喝醉，不能用那個理由。

我躺著微笑，他則低哼著在我體內戳刺，一次次地擠進我身體。我想著全身上下的疼痛，從手腕上輕微擦傷、斷掉的手指、鼻子、頭、右眼和嘴角的裂傷，血就從傷口滲進去——我喝著、嚐著那血，幾乎希望還有更多——整件事真他媽的好笑。多麼諷刺！我差點搭上去紐約的飛機，而其實從頭到尾根本不必這麼麻煩。我大可以待在這裡，把自己鎖進客房，等著不可避免的事發生。

他用力以各種方式幹我的痛，不知怎麼竟然不比其他事情還嚴重。畢竟，這段過程我經歷過了。他強暴我的時候，就不會做其他事——不會殺掉我。

二〇〇八年三月二十八日星期五

「怎麼樣？」我走進亞利斯特的辦公室時，他問。

「還不錯。」我說著把花了整個星期努力完成的紙遞給他。

左邊是一列清單，以重要性排列我的檢查衝動，然後是我的避開衝動清單，也一樣以重要性排列。我們先從簡單的開始。我以「如果不做例行檢查，我覺得我會有多苦惱」來替每個項目評分，從一到一百。最糟糕的是檢查大門，得分九十五。得分最低的是沒檢查浴室窗戶，只有四十分。至於避免衝動——擁擠的地方得六十五分，警察得五十分，而紅色呢，當然啦，經過上次那件事之後，得分最高——八十。在那下方，是我的排序衝動——沒在特定日子裡購物、沒在特定日子裡吃東西這兩項都不如以往嚴重，只各得了二十分。最主要的排序衝動是在固定時間喝茶——我給這項打了七十五分。

我設下了自我挑戰目標，要盡可能頻繁地暴露在最低的恐懼下。在原始分數旁邊，我還寫下每一次暴露在恐懼下、焦慮感消退之後，我感覺有多苦惱。

亞利斯特邊看我的清單邊點頭，偶爾揚起眉毛。我覺得好像成了把回家作業交給老師的學生。「很好，非常好。」他說。

「有點讓我想到《哈利波特》，他們面對自己最害怕的東西時，就用魔法把那東西變得很可笑。」

「沒錯。或者說是《哈姆雷特》。」

「《哈姆雷特》？」

「『因為沒有什麼是好或壞，但思考卻讓事情有了好壞。』總之，說說你嘗試過的幾件事給我聽。」

我深吸了口氣。「唔，我成功看了電視上的幾個警察節目。我從戲劇開始，然後看那些實境節目，就是從警車後方跟拍的那種。」

「結果呢？」

「還可以。我很想關掉電視，但沒關。我不斷做深呼吸，最後變得滿有意思的。我一直告訴自己那不是真的。我以為看了以後會做噩夢，結果沒有。」

「聽起來真棒。不過你告訴自己那不是真的這件事，或是不管你告訴自己什麼，都要小心些。內心對話可能是另一個安全行為。再試一次，但這次你只要看、只要享受，接受那不過是個電視節目的事實，跟其他節目一樣。」

「好。」

「那檢查呢？」

「我沒檢查浴室。我回家時略過了浴室的檢查。」

「結果怎樣？」

「容易得讓我驚訝。」

「你這裡把苦惱程度寫成五——非常好。」

沒錯。我直接略過了浴室。我必須告訴自己，那裡絕對不可能不安全——畢竟，那扇鬼窗戶根本打不開——但即便如此，我還是沒檢查。一開始的感覺很不好。我檢查完其他地方，仍然覺得很不舒服，之後好一陣子我就坐著瞪視浴室門口，不斷想那扇窗戶沒問題、沒打開，想像窗戶的樣子。最後不安感消退，我也不覺得那麼糟了。

看見成果本身就是切實的推動力。我想回家嘗試更多、更困難的事。

亞利斯特再次拿起我的清單時，一個小時就快結束了。「我想你應該考慮到，你的單子上少了幾件事。」他說。

「比方說？」

「喝杯酒。你最大的恐懼是什麼？真正最大的。」

我想著，原本並不肯定他是什麼意思，後來忽然明白了，但卻不想說。我感到焦慮對我們剛才的討論起了反應——我的心跳加速，雙手開始顫抖。

「你在這裡很安全。試著說出來。」

我的聲音好遙遠。「李。」

「對了。你也需要對付那份恐懼，否則光是對付其他的，到頭來沒多大意義。我想我們越早開始越好。所有其他恐懼都起源於這個主要項目，不是嗎？所以如果我們能對付你對李的感覺，那其他的應該也會開始慢慢減弱。這麼說有道理嗎？」

「有。」我回答。這樣當然有道理。要是我再也不怕李，就沒必要檢查門戶或做任何其他愚蠢又沒意義的工作，把一天塞得滿滿的了，不是嗎？整件事聽起來真是再明顯不過。「但是，這不是毫無意義的恐懼，不是嗎？我是說，我可以理解檢查餐具抽屜六次很傻，很浪費時間，但是害怕李卻是自衛。」

亞利斯特點頭。「對，但你要想想我們在談的是目的相反的兩件事。一是李本身，二是『想到李』這件事。李這人很可能正在北邊的什麼地方忙著過日子，但想到李的念頭卻干擾了你的日常生活。你覺得你隨時隨地都看到他，你想像他會闖進你家，所以我們需要對付的，就是想到他的念頭、你在腦中為這個無所不在的人所幻想出的影像、這一切壞事的源頭。」

我開始頭痛了。

「我不是說你要去找李，跟他對質，然後等到焦慮消退。我想你需要處理的是對他的看法。用你處理衝動、暴露和回應預防的方式來做。」

「怎麼做？我要怎麼做？」

「讓那些念頭過來，然後放走。讓自己記得。讓焦慮出現，等待它消失，然後在焦慮完全消失之前，再次想到他。你在家的時候，想像他走進房間。想像那個畫面。想像你站在他面前，面對他，然後等待焦慮消退。凱西，這些都只是念頭而已。讓它們來，然後放它們走。」

他說得很容易。

「你會試試看嗎？」

「什麼——你說現在？」

「我們可以現在就試，但更重要的是你回家試。剛開始，如果想要的話，你可以請史都陪著，但不要拿他當盾牌。你要能夠靠自己做到這件事。」

「我不確定我做得到。」

「當然，這由你決定。但想想因為怕李而引發的問題吧，值得一試，不是嗎？如果我們現在就試，也許會比你回家後容易一些。至少在這裡你不會想要去檢查門窗。你說呢？」

我沒回答。

「先想一想：想到李會讓你多苦惱。我們用打分數的，從一到一百，你打幾分？」

「光是想到他嗎？九十分。」

「好。那我們試試看——好嗎？」

我閉上眼睛，不確定自己在幹嘛，也不知道這樣會不會糟糕透頂。李不難想像，畢竟他一直在我腦海中，就算我不願去想也一樣。這一次，我讓那個念頭過來。我想像著自己家，我坐在沙發上，看著門口，等待著。我想像門打開，李站在外面。

我感覺恐懼像海浪湧來，我的心跳加快，淚水湧上眼眶。

「就是這樣，」亞利斯特說：「讓它出現，不要嘗試阻止。」

我想像他朝我走來。李跟往常一樣英俊，有一頭短短的金髮，即使在深冬，他的膚色向來比被太陽曬過還要更深一些些。那對眼睛比夏季的天空還要藍。還有他的體格，手臂上、胸膛前的結實肌肉。他走來，站在沙發旁邊，低頭看我。他甚至還微笑。

我等待著。我已經覺得焦慮比剛開始想的時候少了。我期待情況會以排山倒海而來的恐慌收場，但結果還不壞。

「告訴我你想像到什麼。」亞利斯特說。

「李在我家，只是站著。」我說。

「嗯，好。現在我要你想像他離開。把他放進汽車裡，要他開車走掉。」

我照做了。他轉身，對我眨眨眼——真不知道這是怎麼來的——然後關上門離開了。我走到前面窗戶，看著他上了一輛銀色的車，關上車門開走。我想像自己回到沙發上，打開電視。

我睜開眼。

「怎麼樣？」

「我做到了。」我說。

「然後想想你的焦慮感。想起他，你現在有多焦慮？」

「大概——大概七十，或者八十分吧。」

「很好。看吧？你做得到。這是個好開始。」

二〇〇四年六月十二日星期六

花了很長一段時間，後來終於結束時，我幾乎要覺得遺憾。他抽身離開我體內，靠牆而坐，雙手抱頭。我看到他手上、臉上都有我的血，然後我聽到他啜泣。我輕手輕腳地改成坐姿。

「我在做什麼？」他說，潰不成聲。「噢，天哪。這到底……？」

我看著他，他竟然真的在哭。

我一點一點挪向他，身上每一吋皮膚都發痛。他哭著，我坐在他身旁，靠著牆，手臂攬住他肩頭。他轉頭靠著我脖子，臉上的淚水流到我身上。我把被他踩過的右手（其中三根手指腫得像香腸，已經麻木、冰冷）放在他一邊的臉頰上。「噓，沒事了。」我的聲音聽起來很扭曲，嘴唇裂開、腫起。「沒事了，李。沒關係，真的。」

他靠在我身上哭了好久，我則抱著他，一面納悶我到底會不會沒事。

「我會被關起來，」他說，呼吸夾雜著粗啞的啜泣：「我會因為這樣去坐牢的。」

「不，不會的，」我安慰他：「我不會說。我們不會有事，真的。只有你跟我。」

「真的嗎？」他抬眼看我，像個小孩。

不知道他到底看不看得到我慘遭蹂躪過的臉。我的安慰表現得夠像嗎？他怎麼可能以為事情真的會再次變好？

我必須繼續演下去——這是我唯一的機會。「你必須先讓我把身上弄乾淨。」

「當然。」

我很訝異，他真的站起來離開了房間。

我爬過樓梯間，來到浴室，開始淋浴。我站著看鮮血被沖淡、沖走，映襯著白色琺瑯表面，旋轉成漩渦狀，那景象幾乎是美麗的。我沖掉頭髮上的尿，盡量不去看指縫間流下、堵塞住排水孔的一團團頭髮。我的皮膚刺痛著，右手仍然使不上力。不知道要是我手上的骨頭斷了，又一直沒受到治療會怎麼樣。

幸好浴室的浴巾是那條海藍色的，而不是白的，這樣我擦乾身體時，浴巾上沾到的血跡不是那麼明顯。我雙腿間在流血。大概是月經吧，我想，遲來的月經。我之前並沒想過，現在想到我掉的體重、受到的壓力，還有我一直沒有規律地吃東西。也許月經遲來是受傷造成的。

感覺就像這一切都發生在別人身上。我走進臥室，找到衛生棉、內褲、要穿的衣服、牛仔褲、皮帶和一件寬鬆的毛衣。那時候我大可以逃走，我可以跑到馬路上，大聲求救。

但那正是重點：我不能跑。我無處可去。我不能找警察，對吧？他就是警察。他們會看著我，然後他會編出故事，說我在他當臥底的時候出過事，受到創傷，以及我有哪些精神疾病的徵兆，而他一直在幫我。他們會帶我去醫院，替我綁繃帶，最後我會被關進精神病院。或者更糟：他們會送我回家。我用左手有氣無力地清掉客房裡的血──血到處都是，牆上、地毯上，門上也有血跡。最後我放棄了，直接上樓。

二〇〇八年三月二十八日星期五

離開李歐尼霍布斯屋後我走得很快，跨著大步，想讓心跳加快。如果今晚可以讓身體疲憊，那能夠睡著的機率就比較高。至少照理說應該是這樣。我發覺在自家越來越難入眠，總是清醒地躺著聆聽戶外的聲響。就算跟史都一起在樓上睡也不容易，每個聲響都像是從樓下我家傳來的。

我轉離大路，走上羅利瑪路，車流的聲音變小了。

我聽到跟我腳下完全合拍的腳步聲。走了好幾碼路，我一直以為那就是我的腳步聲，後來才發覺人行道上有人走在我後面。我以為那人隔得很遠，所以大膽回頭一看。就這麼一瞥。

一個男人走在我身後約三十碼處，步調跟我相同。深色衣服、連帽上衣，帽子沒戴在頭上。他身後的路燈投下陰影，因此我看不到他的臉，只見冷空氣中有他呼出的氣息。

我加快腳步，等著他的步調也隨之加快。那聲音真是刺耳。

他也加快腳步了。

羅利瑪路盡頭又是那條大路。我看到公車仍然塞在車流裡不能動彈，但至少如果有需要，我可以跳上公車。我不在乎是哪一路。

但是在還沒走上大路之時，我發覺那腳步聲停了。我回過頭。那個男人不見了。他一定是轉進了其中一棟房子裡。

後來回到家，我不斷查看，檢查門窗和廚房，甚至還檢查了浴室，儘管我幾個星期以前就沒檢查那裡了。我知道他來過。我聞得出來、察覺出他的存在，就像兔子能感覺到狐狸那樣。

我花了比平常檢查又多一小時的時間才找到。就在我已經檢查過的餐具抽屜——一把刀子和一把叉子埋在其他餐具下方，被故意調換了位置，藏了起來。

二〇〇四年六月十二日星期六

他在廚房攪拌一杯茶。這幅快樂的家庭景象，出現在半小時前我們經歷的事情之後，實在很怪異。

他對我一笑。一頭金髮的前面沾到了紅色和棕色的血跡，因為他用沾了血的手順過頭髮。他在我頰上親了親，我擠出一個笑容作回應，嘴唇上的傷口又因此裂開。「你還好嗎？」他問。

我點頭。「你呢？」

「我很好。對不起。」

「我知道。」

我們走進客廳，我動作輕慢地坐進沙發。

「我不想要你離開。」他找不到更好的理由。他坐在對面的扶手椅上，給我多一些空間。我感到他身上的憤怒都消失了。如果我要逃跑，現在會是好機會，但我一點力氣也沒有了。

「唔，我現在哪裡也不會去了，不是嗎？」我的聲音聽起來好怪，不只因為我變形的嘴使得話聲模糊，我想我一邊的耳朵也怪怪的。我聽到一連串滋滋聲響。

「你為什麼要那樣？」我問。現在其實已經沒關係了，我是認真在問。我已經決定不要逃跑了。

李滿臉頹喪。他的膚色發白、疲憊，亮藍色的眼睛蒙上陰影。「我想知道你會怎麼做。」

「電話上的人是你嗎？假裝成強納森的？」

他點頭。「我以為你會認出我，但你沒有。我弄了個電郵帳號，其實很簡單，我完全沒想到你會上鉤。你根本沒查過這件事有沒有哪裡是假的，對吧？」

「你怎麼能這麼快就趕到希斯洛呢？」這是另一件讓我百思不解的事。

他搖搖頭，嘆口氣。「凱瑟琳，有時候你真是笨得無可救藥耶，你知道嗎？」

我聳肩。那怎樣？他說的對。

「我有警燈和警笛啊。可以不管交通堵塞和時速限制。」

哦，知道這點並沒讓我好過多少。

「當然，你還是讓我他媽的盲目追了一陣。」

「有嗎？」

「我以為你會一路開車去機場，沒想到你會搭火車。我在高速公路上沒找到你的車，就直接開到機場去了。你可知道你只差一點就能上那班飛機？要是我沒有盡快趕到，你就已經上飛機飛走了。」

我不想想我距離自由有多近這件事。太痛苦了。

「那機場的閉路電視呢？難道他們不會看出你假裝逮捕我？」

「我才不管閉路電視呢。你知道機場裡到處有攝影機——商店啦、出入口啦，每一吋地方都照得到。但那些都由不同公司管理，半數攝影機都沒有用，不是品質爛得什麼都看不清楚，就是每隔二十四小時就重複錄製帶子，因為他們沒錢買更多錄影帶。通常負責人去度假，就沒人知道該怎麼操作機器了。就算你把帶子全部拿來，也得花上好幾年才能看完單單一天裡的錄影。只要你知道該找誰，就能夠應付剩下的事。老實說，我還比較擔心ANPR呢。」

「那是什麼？」

「自動車牌辨識系統。那系統可以證明我的車一路開到了希斯洛機場，但那天我本該在局裡審閱監視紀錄才對。或是那正好能證明這點，因為我調換了車牌。」

這段對話毫無進展。不知道還要多久，我還可以忍受多少天。

喝完茶、吃完他替我做的三明治之後，我們一起看電視，假裝一切仍然正常。十一點時，他叫我脫光衣服。我毫無異議地照做了，儘管用一隻手脫衣很困難。我脫到只剩下內褲時，他叫我把雙手伸到身前，我照做，他則把手銬銬回我手腕。那冰冷的金屬劃過脆弱的皮膚，立刻又開始痛。他帶我回到樓上的客房，然後丟來一條毯子。

我坐在地板上，他則站在門口，本想離開，幾分鐘後又關上門，背靠著對面的牆坐在地上。

「我從來沒告訴你納歐蜜的事。」他說。

二〇〇八年三月二十九日星期六

星期六我早早起床去慢跑。

我把頭髮綁成馬尾，因為目前的長度是最討厭的——長得會被風吹到面前，吹進眼睛裡；又短得沒辦法剪成什麼樣式。頭後的馬尾約一顆球芽甘藍大小，而我只有女郵差掉在外面樓梯的一條紅色橡皮筋可以拿來綁。我開始跑的時候還太早，外面人不多，仍然有些冷。我以緩慢平穩的速度朝公園方向跑了起來，腳下的人行道濕漉漉的。現在天空有雲了，但或許晚點會放晴，我可以去買點東西，甚至可以試著找幾件新衣服。我已經好久沒有買新東西了。我也可以做點正事，治治強迫症。亞利斯特說要持續地做、不斷挑戰自己，不要讓焦慮感完全消失，而要習慣、習慣讓焦慮自行消失，不要靠檢查當撫慰。

回到塔爾波路時，我特地直接進去，沒有像慣常那樣繞路從後面巷子走。這麼做的感覺真的很怪。我檢查了大門、麥肯西太太的門之後，進家門的第一件事就是檢查窗簾——這一次從裡面檢查。窗簾沒問題。我檢查了家門，也沒問題。我檢查了其他地方，忽略了浴室，也沒問題。

我不斷想著應該出去，從後面巷子檢查公寓，但既然我人都進來了，那麼做就沒有意義了。即便如此，我還是感覺焦慮。

我換上牛仔褲和毛衣，開始做出門前的檢查，我決定要停止檢查餐具抽屜。我想做最後一次檢查，以備萬一，但我抗拒著這個念頭。為了補償這點，我把注意力放在大門上。這樣其實應該算作弊吧，以一種安全措施來代替另一種，但即便如此，我並沒有因此覺得舒服多少。

搭上公車之後，我試著評估那股焦慮感，認為差不多有四十分左右。不算太壞。尤其如果算得實際點，我一天大部分時間都在緊繃中度過，總是在找他的身影，總是等著什麼壞事發生。事實上，即使在沒檢查浴室和餐具抽屜以後，週末能夠出門可能還讓我比平常更舒服些。

真不敢相信這麼做真的有效。真不敢相信我竟然覺得舒服多了。

公車載我到卡姆登，我在卡姆登市集下車，開始信步逛起商店。我想過去市中心、也許去牛津街走走，但那樣有點可怕。現在這樣是個好開始。

我知道我在找什麼，想買什麼，等我終於在復古商店看到的時候，我就知道我非買不可。

那是紅色絲質的背心上衣，跟可憐的艾琳送我的聖誕節禮物很像。尺寸是十號。我盯著衣服幾分鐘，感覺身體有了反應，一切反應都叫我轉身跑開。這只是一件上衣，我告訴自己。只是一塊布料，縫在一起。並不會傷害我，不可能傷害我。

幾分鐘後，我摸了摸衣服。它很軟，非常軟，而且觸感溫暖得令我訝異，好像才剛被穿過。

「想試穿嗎？」我轉頭，看到一個有著一頭短黑髮、還挑染成亮藍色的矮個子女孩。

「我只是看看，謝謝。」

「這顏色很適合你，試試吧，傷害不了你的。」

我笑出來了。就很多方面來說，她說的沒錯。我取下衣架，走進更衣室。更衣室是店後的一塊凹室，一根桿子上用三個哐噹作響的鐵環掛了一塊棉布窗簾。我的心跳加速。

不要想，去做就好。

我把毛衣脫掉，背對鏡子。又從衣架上取下衣服，套頭穿上。我閉著眼睛。我覺得不安、暈眩，彷彿我正在搭乘什麼瘋狂的雲霄飛車。*現在你做到了*，我告訴自己，*現在你要睜開眼來看看。*

我看了，但不是看鏡子，而是低頭看自己。

衣服跟我那件紅洋裝並不是同一種紅。這件偏粉，像是櫻桃紅，而不是我那件的大紅色。衣服的料子極好，真的很漂亮，下襬還有一道金線鑲邊。

我受夠了。我把衣服脫掉，掛回衣架，再度穿上毛衣。想去洗手的衝動非常強烈。我把衣架掛回原本看到的架上，在那位銷售小姐還來不及說什麼以前，就立刻離開了那家店。

稍遠的地方有張長椅。我坐了下來，路人從旁邊走過。我想著自己有多害怕，並等待這股感覺消失。我已經知道我要怎麼做了，那個念頭可以阻擋恐懼不過來。我不知道自己是哪來的勇氣，這種事過去我可不在行呀。

等我覺得害怕程度差不多只有三十分的時候，我又站起來，繼續逛著各家商店。人很多，但沒有多到讓我害怕的程度。我找到一家香料店，替史都買了一些墨西哥混合香料。香料店隔壁是二手書店，我花了一陣子瀏覽著小說、旅遊書籍，有一會兒甚至看起了自我療癒的書。

之後，我坐在咖啡館裡，喝著一壺茶。通常我會走到咖啡店最裡面，離門越遠越好，不讓人看到，這樣我才能先別人一步看到任何進門的人。這次我卻選坐在窗邊。幸好店外有幾張桌子，桌旁都坐著人，我才沒有覺得太暴露，但即便如此，我也不覺得非常舒服。

史都已經傳來三通簡訊了，大概是趁看病人之間的空檔吧。問我好不好、有什麼計畫等等的。我傳了回音。

史，我在卡姆登買東西，你相信嗎？有沒有什麼要我幫你買？凱（啾）

他的回覆來得很快：

這表示我們下週末可以一起去買東西了嗎？史（啾）

我笑了。他想要我去買東西已經好久了，唯一行得通的辦法就是弄得像是一日遊，就像我們去布萊頓那次那樣。

我看著路人走過，覺得會看到哪個像李的人。事實上我幾乎是這麼希望著，這樣我才能測驗自己有何反應。每個路過的男人、每個跟他身材類似的男人，但沒有一個能夠讓我害怕。

現在該開始往回走了。

我沒想太多，就往回走。我走進那家店。銷售小姐對我笑：「嗨，我就覺得你會回來。」

我回以微笑。「實在忍不住。」我說著拿起那件上衣，放上櫃台。

「你的鞋子都穿幾號？」她問，同時偏著頭讚賞地看著我。

「六號，怎麼了？」

「這雙鞋才剛到貨。」她從櫃台後方舉起一個鞋盒，掀開蓋子。裡面有雙紅色仿麂皮的高跟鞋，後面露跟，前面露趾。是濃艷、櫻桃紅的仿麂皮。這雙鞋是新的，腳趾部位甚至還有紙團。她說：「試穿看看，鞋子標示五號，但有時候也不準。」

我脫下運動鞋和襪子，雙腳穿進鞋子裡。很剛好。再次穿上高跟鞋的感覺很怪。我低頭看自己的腳。這一切多麼奇怪啊。穿這樣的鞋卻覺得還好——或許有點頭暈目眩，但是不嚴重——是多麼奇怪的事！

「我買了。」我說。

「十鎊可以嗎？我還沒時間標價。」

「當然。」

拎著大袋子，袋裡裝了那件上衣和那雙鞋，感覺也很怪。我想著艾琳的禮物，想到自己連碰都不想碰就趕快丟掉。現在我卻買了一件上衣，還是紅色的絲質上衣。袋子沉甸甸的，我把袋子放在公車上的隔壁座位。我並沒有看它。等公車抵達高街、我要下車時，我得鼓起勇氣才能拎起袋子走。整段回家的路上，我的焦慮感都很重，大概有四十到五十分。我等著焦慮感消退，但卻沒消退多少。

我繞路走巷子，但並沒逗留，只是看著。我現在害怕了，因為自己做出來的事而害怕。我檢查了大門、麥肯西太太的門，整段時間裡，那只袋子都放在最底下一階的樓梯上等著。我可以想像那件紅色上衣，就像有生命似地脈動著。

那只是布料，我心想。傷害不了我。

不管怎樣，我還是把袋子一路拿到頂樓史都的家，然後放在門裡。

回到家做檢查時，一切都沒問題。我已經覺得好多了。我沒檢查餐具抽屜，也沒看浴室，卻喝了杯飲料、吃了一塊餅乾，我覺得還不錯。

這是個開始。

二〇〇四年六月十三日星期日

我沒睡好。我好冷。什麼姿勢都不舒服，身上每個地方都痛。看到窗簾後有光時，我發覺自己一定睡著了一會兒，但我卻不記得。

我竟然會成為這樣的人，我低聲啜泣著。我失去了奮鬥的意志。我想放棄，想要一切結束。我覺得羞恥之極。

現在，彷彿事情還不夠可怕，我滿腦子都想著納歐蜜。

「納歐蜜？」當時我問。

「她是我的工作，是線報來源。她嫁給一個我們要追查的人，我吸收了她——哄她跟我們合作。她要提供情報給我們，好讓我們逮到那個男的。」

他垂眼看著指節和上面的瘀青，伸展著手指，笑了。「她是我見過最美麗的女人。我本該跟她合作的，但我卻幹了她，還愛上她。他們都不知道，以為我只是盡職做工作而已，但有過第一次之後我卻控制不住了。我本想辭職不幹，在遠遠的地方買一棟房子給她，找個讓她那個爛丈夫傷害不了她的地方。」

「後來呢？」我輕聲問。

他看著我，好像忘了我還在。他把手握成拳，看著指節上的皮膚發白。「她不但騙了我的身體，也騙了我的感情。提供那男人有何計畫的情報給我的同時，那男人也忙著告訴她該怎麼說。」

他的頭靠上牆，大大嘆口氣，然後重重敲上磚牆。之後又一次。「我真不敢相信我他媽的會這麼蠢。我相信了她說的一切。」

「也許她太怕她先生了。」我說。

「唔，那就是她不對了，不是嗎？」

我想了想。「那她後來怎麼了呢？」

「有一起持槍搶劫，就跟我們一直在等的一樣，只不過我們等錯了地方，到了鎮上的另一頭。我們全都像白痴一樣停車等候，結果另一位珠寶商卻損失了價值二十五萬鎊的股票，店內助理的頭還被球棒打破。就在我納悶到底出了什麼事的時候，納歐蜜傳簡訊來說要跟我見面。我去了老地方，打開她的車門，裡面卻坐著她先生。整件事讓他笑得非常開心。我被利用了，他說。他們兩個把我耍得團團轉。」

他彎起雙膝，把瘀青的手輕放在膝上，所有的緊繃都消失了。

「一個星期後，我接到她打來的電話。她哭著說那男人怎樣給她壓力、她有多害怕、想知道我說要讓她離開他的話是否真心。我叫她打包行李，到老地方見我。」

「你幫她逃掉了？」

他大笑。「沒有。我割斷她的喉嚨，把她丟進水溝。沒人舉報她失蹤，甚至也沒人找她。」

他站了起來，伸展身體，好像剛說了個床邊故事。然後他打開門，留下我，關了燈，讓房間陷入一片黑暗。

二〇〇八年四月五日星期六

我覺得今天又看到他了。

到頭來，這樣幾乎是個解脫。

史都工作到很晚，所以我沒吵醒他，自己到高街去買東西。從合作超市開始——感覺就像平常被監視那樣，只是這次更為強烈。店裡頗為擁擠，每條走道都有很多人，不管我走到哪裡，都會看到彷彿熟悉的臉，像是見到了以前見過的人。

排隊等候結帳時，我站在另外三個人身後，那股感覺更強烈了。我抬起頭，他就站在超市另一頭的蔬果區盯著我看。我毫不懷疑那人是他，雖然他有些地方看起來不太一樣。一開始我還沒發覺。

我告訴自己這樣沒關係。我在結帳隊伍裡練習規律的深呼吸，把每一次呼吸當成當下最重要的事去做，即使我真正想做的是大叫然後逃跑。

這不是真的，我告訴自己。這是強迫症的一部分，是豐富的想像力讓你昏了頭。他不是真的，只是個長得有點像他的人，你知道的。他不在這裡。

等我再次往那裡看，他已經不見了。

我提著購物袋回家，一路上都在檢查是否會在哪裡看到他——超市門口、路過汽車的前座、在我身後過馬路、走開的人，檢查所有我見過他的地方。

再也沒有出現了。也許真是我想像的——一個長得有點像他的人？

回到家，我檢查過自家後，就帶著購物袋上樓到史都那裡。我先從大門開始，慢慢檢查整個家，最後來到浴室。一切都很正常。我幾乎是急著想找出什麼不對勁，找到放錯位置的東西，這樣就能證明他真的來過，但我其實離開得還不夠久，至少假如他剛才出去監視我的話。畢竟，就算是李，也不可能同時出現在兩個地方。

我用一杯茶、一個吻叫醒史都。他睜開眼，打個呵欠，掀開被子，給我一個邀請的笑容，於是我鑽進被子裡，躺到他身邊。那一刻的我，最想要的就是脫掉身上的衣服，緊靠著我那身體暖和又赤裸的男友躺下。

我不準備告訴他見到李的事，但後來我的頭枕著他肩膀時，他忽然說：「你今天不太正常喔。」

我抬起頭，看著他。「是嗎？什麼意思？」

他翻個身，手肘撐起上半身看著我，又拿起我的手，親了親手掌，然後用手指慢慢地摸上我手臂、摸過傷疤，仔細地看著。「發生什麼了嗎？」

我聳肩。「其實沒什麼。我以為我在店裡看到認識的人了，就這樣。」

「你是說李？」

跟我不同的是，史都毫無困難地說出李的名字。史都向來擅長面對恐懼，說出來、處理掉然後繼續向前。這件事我才剛開始學。

「我本以為是，但只有一下子。」

他用那雙熱切的綠色眸子打量著我，好像我是全世界唯一的人。「你走到哪都看到他，」他說。這不是問句。「我們以前談過這件事。」

「這一次不同。」

「怎樣不同？」

我不想這樣，我不想承認，因為談起這件事就會讓它變得真實。要是我不說，就還是可以裝作是我想像出來的。但想要結束這段對話完全沒有意義，在他問出滿意的答案以前，絕對不會罷休的。

「他穿了不一樣的衣服，頭髮也變短了。行了嗎？高興了？」我扭身離開，爬下床，穿上衣服。

他用半感興趣、半好奇的表情看著我。「記得你幾個月前問過我，我為什麼不能幫你嗎？」

「嗯。」

「唔，這就是原因。」他抓住我手腕，把我拉回床上到他身邊，給我搔癢直到我忍不住笑出來。然後他住手，認真地看著我。「搬來跟我一起住。」他說。

「少來。我根本已經算是住在這裡了。」

「那就搬吧，省點錢，一天到晚跟我在一起。」

「好讓你保護我嗎？」

「你想的話。」

忽然間我明白了。「你覺得那真的是他。」我說。

他被我揭穿。「不見得啦。」

「不見得？這他媽的什麼意思？」

他遲疑了幾分鐘才回答：「這表示我認為你是理智的人。我們知道李在幾個月前結束了監禁。我們還是無法解釋那顆鈕扣怎麼跑進你口袋裡。但即便如此，我認為現在的你已經清楚自己的情況，知道哪些事情不可能是想像出來的，而你認為那人可能是他。所以，我也認為那可能是他。」

「少他媽的像精神科醫生那樣說話。」我邊說邊拿枕頭砸他。

「要是我同意不那樣說話，你會有什麼感覺？」他不懷好意地笑。

我對他翻了個白眼。

「說真的，」等我再次被他抱住時，他說：「這一次不同。所以我們可以下兩個結論——最可能的是你看到一個讓你想起他的人，但同時那人的長相又不同，使你無法確定，這點就很不尋常。」

「而且這人從超市的另一頭盯著我看。」我補充。

「換句話說，他離你有一段頗遠的距離。」

我不願去想第二個結論會是什麼。我想用親吻讓他分心，一個持續了好幾分鐘，又長、又慢、又深的吻。他很擅長親吻，而且不帶任何目的——他可以一直親我而不要求更多。

「你願意嗎？」他終於沉聲問，臉離我好近。

「願意什麼？」

「搬來跟我住。」

「我會考慮。」我說。我想他其實也沒期望我立刻答應。

二〇〇四年六月十三日星期日

他幾乎一整天都沒來。有時候我好奇他是不是出去了，然後就會聽到屋裡某處傳來聲音，發現他其實一直都在。有敲打聲，來自屋外某處——車庫嗎？他在做什麼？

我花點時間看著窗外，希望能用念力讓人看到我。我看著隔壁鄰居的花園，急切地希望他們出來，那我就可以用力敲窗子。我試著用手銬敲玻璃，但那聲音可怕之極，我怕他會上樓查看。而且反正也沒有用，除了他以外，沒有別人聽得到。

天氣變了，現在下雨而且有風，不像六月，反而像十月天。我背靠著牆而坐，等他來找我。我盯著手腕，看著上面的紅斑，又細又密，沿著昨天手銬銬出來的擦痕延伸。要是我動得太厲害，傷口又會裂開，於是我坐著不動。我右手的三根手指無法彎曲，膚色變紫，顏色有深有淺，但腫起的部分已經消退了一些。很高興這裡沒有鏡子。我的一隻眼睛仍然睜不太開，耳朵裡也還是嗡嗡響。

天色開始變暗時，我感覺疲憊和口渴朝我湧來。我再次躺下，拿毯子裹住身體。我一定睡著了，因為醒來時他在屋裡，站在我上方。儘管我鼻子被打斷了，我還是聞到了一點氣味。

「起來。」他說，語氣堅定但沒有生氣。我發痛的四肢掙扎著坐起。地板上，就著走廊傳來的光，我看到一包用紙包著的薯條和一桶水。沒有漂白水的氣味。我壓抑著想探頭到水桶裡、把水全部喝光的衝動。

他轉身，鎖上身後的門。

「謝謝。」我聲音沙啞地喊。然後把水桶弄斜，開始大口喝進我滿是灰塵的嘴裡。

燈光熄了，門鎖上了。幾分鐘後我躺在地毯上，盡量把毯子拉好，聞著尿、血和漂白水的氣味。我想著納歐蜜，不知道自己還剩多少時間。

二〇〇四年六月十四日星期一

睜開眼睛的時候，我的第一個念頭是：**今天我就會死。**

我會知道是因為那股痛。疼痛的程度跟以前不同，從我一睜開眼，那股痛就像火車般朝我衝來。我出汗、發抖，儘管我肯定時昏時醒了好幾個鐘頭，卻忽然看清了現實，而且知道了。

晚上的時候，在薄薄的毯子下方，鮮血從我兩腿間大量流出，多得我以為他一定弄破了我體內的哪裡，而且我一定會在自家客房失血過多而死。他什麼都不必做了，光是他已經做了的事，就可以讓我死掉。

儘管他給了我吃的，我仍然虛弱得無法動彈，也發抖得太厲害，沒辦法抓住地板上的什麼來撐起身體，因此我躺在地上，全身上上下下都痛，但最主要的痛來自體內，在我肚子那邊。

我昏迷了一會兒，有一次甚至夢見自己成功到了紐約。我躺在大床上，大片玻璃窗外是自由女神像和中央公園、帝國大廈和胡佛水庫。我肚子痛是因為我吃得太多，而且還宿醉，只要睡上一陣子就會好。

因此等他進來的時候——是幾個鐘頭以後嗎？也可能過了一天——我甚至已經不確定他到底在不在了。也許他也是我夢裡的。也許他拉起我頭髮，讓我抬起頭，又放手讓我倒在地毯上這件事，也是我在做夢。我覺得我好像在飛。

「凱瑟琳。」

我聽到他的聲音，對那聲音微笑。他聽起來好好玩，好像在水下面。

「凱瑟琳，醒一醒。睜開眼睛。」

他在我身邊的地上。忽然間，我那殘缺的鼻子聞到了氣味——酒精。或者也許是我從他靠近我臉的氣息裡聞到的。

「凱瑟琳，你這個婊子。醒一醒。」

噢，老天爺救我。我那時笑了。笑聲變成咳嗽，讓我好痛。

「睜開眼睛。」

只有一隻眼睛睜開，而且也只開了一條縫。然後我只看見一個銀色和黑色的東西，影像逐漸清晰，成為一個又長、又亮的東西。幾乎是美麗的。

最後，他第一次割我的時候，我只清楚知道那是一把刀。我沒發出聲音。他想要我叫出來，但我已經叫不出來了。

第二刀割在我的左上臂，有點痛，但我感覺比較強烈的卻是那股溫暖流過我冷冷的皮膚。

再下一刀和下下一刀、又一刀割上身時，我聽到他在吸鼻子，也許在哭吧，我再次用力睜開眼睛，努力想看清他。他準備這樣殺掉我。為什麼不乾脆割斷我的喉嚨呢？或是我的手腕？這樣可以快一些，而不是這樣慢慢來。

我沒有抵抗。他掀開我身上的毯子，準備割我的腿。「老天。」我聽到他說。我甚至沒發覺他停手了，但我猜他一定有。

我躺在那兒，感覺傷口張開，那只是小傷口。我的手臂、雙腿，體內的血不斷流出，我下方的地毯早已不是淡灰色了。

二〇〇八年四月八日星期二

卡洛琳和我終於展開替新公司地點面試倉庫人員的程序。昨天到今天的面試都很順利，直到十點鐘時，卡洛琳下樓去叫下一位候選人。

我看著那人的履歷表——麥克・紐威爾，三十七歲，沒多少倉儲經驗，但履歷表寫得清楚又細心，比之前得被我們丟掉的大部分履歷表好得多。沒有小孩，住在倫敦南部，在興趣欄上寫著世界歷史和電子工程。我們會請他來面試，是因為他對「你為何認為自己能夠滿足路易斯藥廠的這個工作」的回答中，有一句是「儘管我在倉儲方面的經驗不多，我覺得我有熱情和意願去學習，把工作做好，我也能夠全心全意為公司付出」——熱情、投入、意願——這三點都是我們很需要的。

面試房間的門打開時，卡洛琳正在跟他說話。我站起來，做出歡迎的笑容，準備歡迎我們那天要面試的第十五位人選。

我的心跳停止了。

是李。

他給我一個溫暖的笑容，跟我握手，卡洛琳請他坐下，不必拘謹；我則站著，臉上毫無血色，嘴巴發乾。

是我看到幻象嗎？他在這裡，穿著西裝，臉上是個令人舒服的友善笑容，目光幾乎不跟我接觸。他表現得就像完全不認得我，彷彿他的名字就是麥克．紐威爾，而不是李．布萊特曼。

我想衝到門口。不知道我會不會真的嘔吐出來。然後我想到他的舉止，他表現得截然不同；我也納悶自己是否真的昏了頭，完全發瘋，而這是某種特殊的幻覺。

「那麼，紐威爾先生，」卡洛琳輕快地說：「我會對本公司和這項工作稍做說明，然後我們會問你幾個問題，好多認識你一點，最後如果你有問題想問，我們再回答。這樣可以嗎？」

「當然可以。」那是李的聲音，但口音不一樣——蘇格蘭腔？總之是北部腔調。

是他嗎？

卡洛琳展開一貫的路易斯藥廠說明以及目前的擴展計畫時，我帶著一種驚訝的恐懼望著他。他的髮色比以前深了些，頭髮也更短，他更蒼白了——唔，這不難想像——而且也老了些，眼睛周圍出現了以前沒有的皺紋。這點也很合理。他熱切地望著卡洛琳，在適當的時機點頭，好像正把我們所說的一切都吸收進去。我以前從沒見過他穿那樣的西裝——其實並不適合他。看起來就像是借來的。我無法想像李穿著讓他看來不夠完美的衣服。當然，除非是他在當臥底，那時的他就會穿髒衣服，好像都在露宿街頭似地。

我對這人到底是不是他，興起一股短暫的懷疑。

自從在碼頭區聆聽證詞那次見到他以來，已過了近三年。當然，我也沒去那裡看判刑。審判結束前三天，是我第二次進精神病院。他被關進牢裡時，我被灌了鎮靜劑，一天裡大部分時間都盯著牆上的污點瞧。

我試著回憶出他當時的面容，卻感到困惑。我一直想盡辦法要把他屏除腦海。在我做噩夢時，即便是在路上、超市，在看到他的那些時刻裡，他的身影都是沒有臉的。

是他嗎？

卡洛琳快要說完了，隨時都會輪到我。

我發覺自己在不經意中，已經在做又深又慢的呼吸，利用每一次呼吸來鎮靜、安撫自己，因為我非得這樣不可。我試著去想焦慮的程度：至少有六十分，可能有七十分。我不能在這裡崩潰。我急切需要這份工作——當年他們冒險僱用我，我可不能搞砸。我等待著恐懼消散。得花上一陣子。我必須處理好。

「那麼，」我說，發現自己切換成某種自動導航模式。「紐威爾先生。」

他轉頭看我，笑著。那對眼睛——不對。顏色太深了。這人不是他，不可能。是我在想像，就像我在其他時候也都一直想像自己見到他那樣。

「你可以說說你的上一份工作是什麼，還有你為何決定離職嗎？」

我發現自己聽著他的話，卻沒有真正聽進去。卡洛琳的筆在筆記本上寫著，這樣很好，因為我絕對記不住他說的任何話。什麼他前兩年都在國外工作、在西班牙開酒吧，幫一個朋友的忙之類的。當然我們會去查證，但如果這人是李，這種事情他輕而易舉就可以捏造出來。

內心深處，我漸漸從全然的恐怖——我就坐在一個差點把我殺掉、打我還強暴我的男人對面——中轉移。我聽著他說起職業生涯，說他服役時換過不少工作——這些我們肯定也查得出來吧？這種事應該會有記錄，不是嗎？他也說他叫麥克．紐威爾，在諾森伯蘭長大——不是康沃爾——但多數時間都在蘇格蘭工作。他沒有提到蘭開夏，也沒提到犯過人身侵犯罪，更沒提到做過三年的牢。

卡洛琳接棒繼續，給他機會問我們問題。

「我只是好奇，」他用那混雜了多種口音、讓我無法判定的奇特腔調說：「在你們想找的理想候選人特質當中，有沒有哪種是我今天沒有表現出來的？」

卡洛琳看著我，壓抑住那興味盎然的笑容。「凱西？你可以回答這個問題嗎？」

這是我在面試當中，聽過最棒的問題之一。「當然，」我說，盡量用堅定的語氣：「如果你在倉儲方面有經驗會更好，但這並非必要。過去幾天來，我們面試了不少有經驗的應徵者，希望能在明天中午以前，針對這個職位做出決定。」

他對我一笑。牙齒也跟李的不同——更白？更整齊了？現在再次看著他，我發現他真的很不一樣。不只是那對眼睛，還有牙齒、頭髮——身材，他肯定沒有李那麼結實。即使穿了那套不合身的西裝，我記得李的二頭肌也總能脹滿衣服的袖子。這一切都跟從前有些許令人厭惡的差異。

「紐威爾先生，非常謝謝你來面試。」我說著跟他握了握手。他的掌握堅定、溫暖，沒有手汗——是你會想僱用的人選的完美握手。

卡洛琳帶他下樓，我單獨留在面試室，腦中思緒轉得飛快。是他嗎？我看著他的履歷表——整齊的筆跡，全是大寫——筆跡不像他的，但拜託哦，他大可以請人幫他寫，這不代表什麼。他可能戴了隱形眼鏡，可以矯正牙齒。他坐牢期間不可能運動健身。至於上一份工作，在西班牙的酒吧裡做了兩年？他那裡有朋友；電話那頭的人可以替他作證，我們什麼也查不出來。而且他也不算曬黑。

門外的卡洛琳帶來下一位面試人選，我做出歡迎的微笑。太陽穴後方，一場超級大頭痛正蓄勢待發。

面試一結束，我告訴卡洛琳我要喝點東西，吃幾顆藥。我們休息了一會兒，然後又面試了三個人才下班。

卡洛琳一直不停地談起麥克．紐威爾。

「我覺得他輕輕鬆鬆就當上今天的最佳人選，你不覺得嗎？雖然他以前沒有倉儲工作經驗，但他顯然聰明而且願意學習，對吧？還有最後那個問題——我要記下來，下次去面試的時候要用。你的答案棒透了——老實說我根本不知道該怎麼回答哩。還有，我知道這樣不專業，但老天啊，他的眼神好迷人對吧？真的好有魅力……」

「我們待會見，好嗎？」是我好不容易才擠出來的回答。我從書桌抽屜抓起包包，朝大樓的後門走去。

我拿出手機，和那張寫有調查警司赫蘭茲電話的紙片。

手機沒開，於是我試打了另一支電話。「公共保護部門，我是偵查警員洛伊德。可以幫什麼忙？」

「呃，你好，我想找珊．赫蘭茲。」

「調查警司赫蘭茲正在開會，我可以幫忙嗎？」

「可以可以，我需要有人幫忙。」老天哪，該怎麼把這一切用幾句話說完？要怎麼告訴別人這件事有多緊急，卻不會讓他們把你當成瘋子？

「喂？你現在有危險嗎？」

「不，我想沒有。」我覺得快要流淚了。拜託，我心想，不要對我好，我無法承受。

「你叫什麼名字？」

「凱西，我是凱西．貝利。四年前我被一個叫李．布萊特曼的男人攻擊，他因此坐了三年牢，我聽說他在聖誕節被釋放了。事情發生在北方的蘭開夏。」

「嗯。」那個聲音說。

「赫蘭茲告訴我他被釋放了。我覺得我幾天前在倫敦看到他，也告訴了赫蘭茲，她請蘭開夏那邊去查，對方說他還在那裡。」

「現在你又看到他了？」

「我是人事經理，我認為我剛剛面試的人就是他，他來應徵我公司的一個職位。」

「你認為？」

「他看起來不大一樣，但差別不大。他自稱是麥克．紐威爾，但長得非常像他——同樣的聲音，其他一切都像。不知道蘭開夏那邊能不能，嗯，現在就派人去查一查？因為他半小時以前才剛離開這裡。如果真的是他，他就不會在蘭開夏。」

「你有強制令或限制令之類的嗎？」

「沒有。」

「那他有沒有保釋條件是不能跟你聯絡的？」

「我想他沒有。」

「好。但他宣稱自己是別人？」

「對——他投履歷表來應徵這份工作，好像他有完整的就職經驗，但這些都可能是捏造的。他的履歷表上寫他過去兩年都在西班牙工作。」

一段長長的沉默。我看了看表——再過五分鐘，我們就要準備回面試室了。

「他有沒有威脅你？」

「你說在面試的時候嗎？沒有。」我說。

「他有沒有表現出認得你的樣子，或者表現得好像他不是他所宣稱的那個人？」

「沒有，他表現得很像。」

「但你確定那就是他？」

我盡可能避開這個問題。「他以前經常這樣。他很喜歡不期然地出現來嚇我。他會在我出門購物時觀察我，如果他覺得我花了太久時間，就會在我回家以後打我一頓。他喜歡玩動腦遊戲，我知道他會出現在我公司，假裝成別人，就為了看我有什麼反應。」

又是一段長長的沉默。不知道她是不是在寫筆記。

「好的。我可以打這支電話回你嗎？」

「我要回去面試到五點以後，但你可以留言。」

「交給我吧，我會回你電話。」

我衝回大樓，跑進女廁。我洗過手，看了看鏡子裡的倒影。我看起來比感覺上好很多。頭髮長長了，我去剪了個整齊的短髮，髮尾在我下巴處擺盪。我看起來蒼白而且有些疲倦，那件深紫色的外套把我的臉色襯得有些發綠，但這些都能用妝彌補。

卡洛琳已經在面試室了。「準備進行第三輪了嗎？」

「當然。」

「你還好嗎？」她一臉關懷，好像才剛發現我有點怪怪地。

「沒事。」我說：「頭痛一直沒停——剛才太專心了。」

「噢。」她說：「我把上一個人選——就是那個紐威爾——帶進來的時候，你看起來好像見到鬼。我以為你會暈倒呢。」

這次該我去帶人了。我對她笑了笑，希望這笑容燦爛得能讓她滿意，然後下樓去接下一位面試人選。

最後一場面試結束後，卡洛琳和我短暫休息，之後才要開會討論所有人選，並決定哪位該僱用、哪位該回絕。

我走到戶外透氣，頭痛仍然沒停。剛才吃的頭痛藥一點用也沒有。我打開手機，放了一會兒，直到嗶聲告訴我有新留言。我撥了答錄機的電話。

「嗨，我要留言給凱西．貝利。我是卡姆登警局的珊德拉．洛伊德。我想告訴你，我剛才跟蘭開夏那邊聯絡過了，他們會派人去查布萊特曼先生。我還沒接到他們的回音，但一有答覆我就知會你。好啦，就這樣，掰掰。」

我就知道這樣沒用——等他們找到他，時間已經長得可以讓他趕回蘭開夏了。

我慢慢繞著停車場走，享受著陽光，一面納悶史都什麼時候下班。這時我的手機響了：「喂？」

「凱西嗎？我是洛伊德。你有沒有聽到我的留言？」

「有，謝謝。你有其他消息嗎？」

「蘭開夏那邊回電了。他們去了他家，但家裡沒人。跟我說話的女的說，她昨天看到他，他並沒提起要去倫敦的事。你確定看到的人就是他嗎？」

我該怎麼回答呢？不，我不確定，但同時我也沒有瘋。這不是我的幻覺。

「我並不是百分之百確定。」

「我想應該非常不可能——畢竟，他知道你在倫敦嗎？他知道你在哪上班嗎？」

「希望他不知道。」

「是這樣的，他並不受任何保釋條件約束，這表示嚴格說來，他可以不受監視，想去哪裡就去哪裡。我在蘭開夏的同事可以偶爾去查看，但如果他沒做任何可疑的事，他們就不能一直去騷擾他。」

「他差點殺掉我。」我說，聲音來自遙遠的地方。

珊德拉．洛伊德的語氣說明她多數時間都是有同情心的。「沒錯，但那是很久以前的事了。很可能他在各方面都已經變了。我知道蘭開夏那邊會盡可能持續注意他，所以你也要盡量別擔心。」

「好的，謝謝。」我有氣無力地說。

我甚至不覺得驚訝。他們上次不相信我，現在也沒有理由相信。

如果那人不是他，而我只是起了超級真實的幻覺，那麼我只得學習應付這些幻覺，直到情況變好。

如果那人是他，那我單憑自己一個人，絕對無法證明他沒有乖乖待在蘭開夏。我只能等待他攤牌的時刻，並且準備照他的遊戲規則玩。

回到辦公室時，卡洛琳穿著外套。

「走吧。我們要出去。」她說。

「是嗎？」我說。頭痛得讓我難以專心。

「沒錯。我們要離開這個地方，走。」

我們走出大門，彎過轉角，來到大門靠商業園區的那家酒館。裡面擠滿了來喝一杯的上班族，但我們成功找到一張靠近後方廚房的桌位。這裡很暗。

卡洛琳把我們的飲料放在桌上。「你看起來累壞了。」她說。

我笑了。「好極了。」

「說真的，」她說：「怎麼回事？」

我看著她的臉。她是我的朋友，是除了史都以外，我在倫敦唯一真正的朋友。

「說來話長。」我說。

「我有時間。」

我深深吸了口氣。實在好難。說這個故事一直沒有變得容易。我感到淚水、疲憊、虛脫，但盡量忍住。我可不要崩潰，不要在這裡。

「四年前，我男友攻擊我，差點把我殺掉。他被捕了，經過冗長的偵辦和審判，他被判了三年徒刑。」

「天啊，」她說：「你這可憐的女孩。好可憐好可憐。」

「我搬來倫敦，因為我知道他不久就會出獄，而且會來找我。所以我來了這裡。」

「事情是發生在你之前住的地方吧？蘭開夏，對不對？」

「對。我想在他被釋放時，離得遠遠地。免得他決定要來找我。」

卡洛琳一臉警戒。

「你想他會嗎？」

我認真地考慮了一下。這件事本來就很恐怖，再怎麼說都沒辦法把它說得不像。「我想他會。」

卡洛琳吁了口氣。「那——那他應該快出獄了。」

「他已經出獄了。聖誕節的時候就被釋放了。」

「天啊！難怪你的臉色一直那麼蒼白。你一定嚇壞了。」

我點頭。我又想哭了，但哭有什麼幫助呢？我只想回家，跟史都在一起。

「那個人，紐威爾先生。」

「怎樣？」

「他看起來就像他，我以為就是，所以我才會有那種表情。你說我好像見到鬼——我的確見到了。」

我看著她。一頭亮麗的深紅色頭髮經過專業修剪，穿著合身的灰色套裝，她給人溫暖、像母親的感覺。她眼中泛淚。「你這可憐的女孩。」

她抱了抱我，時間比我預料中還要長。我感覺淚水即將湧上眼眶。我要忍住，等一個人的時候再哭。

「你以前怎麼不告訴我？」她低聲說。那不是責問——她真的想幫我。

「我很難信任人。」我說。

終於回到家之後，我檢查大門兩次。門關好了，關得很緊，家門看起來也很正常，但實際上顯然不是這樣。我準備再好好檢查一次。這不是強迫症，而是自衛。

檢查完畢，打開熱水瓶開關的時候，我的手機響了。我以為是史都，但那個之前被我儲存起來的號碼顯示出「赫蘭茲」。

「喂？」

「凱西嗎？我是卡姆登警局的珊・赫蘭茲。」
「是的，你好。」
「聽說你剛才跟我同事談過了？」
「是的，沒錯。她很熱心。你有其他消息嗎？」
一段沉默，然後是翻紙的刷刷聲。「我接到蘭開夏那邊打來的電話。他們十五分鐘前，派人去了布萊特曼先生的住址，就在他們敲門的時候，他剛抵達那個住址。」
我迅速心算了一下——面試時間是一點半，結束於兩點以前，剛好夠讓他搭上沒有誤點的火車，趕在警察敲門以前回到蘭開夏。
不過，我開始覺得有點不可能了。
「我想他們沒提他穿了什麼衣服吧？」
「沒有。洛伊德說他去面試了？」
我笑了。她相信我，她真的相信我。「是的。我真的認為那人就是他，但我已經三年沒見到他了。他看起來好像瘦了。但我猜那樣很正常，對吧？」
「他沒有認出你嗎？」
「沒有。他表現得就像來面試的人——有點緊張、有點熱切。但他向來很會演戲。別忘了他在毆打我的時候也一直都在上班。」
我沒提那是什麼工作。反正她都已經知道了。
「那你現在在哪裡？」
「我在家。我沒事，我覺得很好。謝謝你。謝謝你相信我。」

「別擔心。對了——如果你需要幫助，就再打電話來，好嗎？」
「我會的。」
「還有一件事：想個代稱。如果你遇上麻煩，可以用一個即使他在場，你也可以說的字眼，而不會引他起疑。」
「呃——你說現在嗎？」
「對。一個無害的字眼。『復活節』怎麼樣？」
「『復活節』？」
「對。假如我跟你講電話時，你正好有麻煩，就問我復活節過得如何。假裝我是朋友或同事。好嗎？」
「好的。」
「我想你不會用到的，但為了安全起見，我把你家住址標進了警戒系統，如果你打電話來，所有來電都會被當成緊急事件。這種狀況會在系統裡留三個月，如果你一直沒打電話來，就會自動取消。如果你只是想找人談談或是想聽建議，就打我的手機。」
「好的，謝謝你，警官。你人真的很好。」
「珊，叫我珊。把我的電話存進你手機，就用『珊』這個名字，這樣有需要的時候你就可以打來。」
我遲疑了。「你認為我有危險？」
「我只是覺得準備萬全一點沒什麼不好。如果他高高興興地在蘭開夏過日子，無意來找你，那我們也沒有損失，不是嗎？」
我掛斷電話，泡了杯茶，加進牛奶，直到茶色變得理想。
我花了超過一小時的時間思考，之後我做了個決定。

我打開從公司帶回家的筆電，找出被選來參加倉儲職位面試的人選名單檔案，往下捲動，最後找到了他。麥克．紐威爾。住址在赫納丘，還有一個電話。

我遲疑了一會兒，不知道要不要等史都回來再說。我並不準備跟麥威爾先生說話，只想聽聽那個聲音。如果我再聽到那聲音，就會知道了。我就可以肯定。而且，當然啦，如果他在蘭開夏，就不可能接聽赫納丘的電話。

當然，等我聽到了聲音，整個人嚇到了骨子裡。幾秒鐘過後我才發覺，其實我早就預料到這個結果了。

「喂？」一個女人的聲音，這聲音我太熟悉了。就這麼一個字，已經說出了所有我想知道的事。

我沒說話，思考著。這段短暫的停頓，已經讓她追問：「喂？喂，你哪位？」

我找回了聲音：「你在做什麼？」

現在輪到她遲疑了。她的「電話」聲音——介於英國西北和洛狄恩區的口音——變得冰冷。「什麼叫做我在做什麼？」

不知道我的聲音是否傳達出我想表達的自信。「等你跟他說話的時候——我知道他現在不在——你可以告訴他，我已經不怕他了。」

我掛了電話。再一次被背叛。

二〇〇八年四月九日星期三

這幾天，儘管醒來的時間早得出奇，我卻覺得很好。我喜歡起床後看日出，粉紅色的活潑天空滿載著希望，鳥兒放聲鳴唱。

史都還在自家的床上睡，在我身邊。

他看起來好好。一臉寧靜，清晨的光線在他白皙的皮膚上投下清晰的陰影，那雙美麗的眼睛緊閉著。不知道要是我叫醒他、就為了看他睜開眼看我，他會怎麼說。他的手放在床上的空處，我幾分鐘前躺著的地方。那雙修長的手，手指柔軟又精明，多麼擅長讓我興奮。

昨晚他回到家，訝異我已經在了。在我來不及做什麼、說什麼以前，他拉起我的手，牽我到臥室，脫下我的衣服。每當我想說話，他就用吻封住我的嘴——最後，我發覺自己對他有多飢渴。

之後，我倆躺在亂成一團的被子裡，微風從客廳敞開的窗戶輕輕拂過我們的皮膚，讓我們起了雞皮疙瘩。

「你今天怎麼了？」他簡單地問。

不知道他怎麼知道的。

一開始我沒回答，不知道該怎麼說才會讓他相信。

「記得我告訴過你西薇亞的事嗎？」

「你在公車上看到的那個人？我記得。」

我起身，套上史都丟在臥室外面地上的襯衫，襯衫有他的味道、他一天上班的氣味、鬍後水和汗水的氣味。我進廚房，從冰箱裡拿了瓶白酒。回到臥室，我關上窗戶——天開始冷了。

他從床上坐起，眼神疲憊。看到酒瓶時，他笑了：「遇到我以前，你從來不喝酒的。」他說。

「我知道——很棒吧？」

我們輪流就著瓶口喝酒。酒沁涼如冰。

他以無止境的耐心等我找到適當的字眼，儘管他上班時間長成那樣，現在最想做的就是睡覺。

「她對警方做了口供。她說她以為我瘋了，還說我變得想要獨占李，覺得他跟別人有染。她告訴警方，如果他下班後很晚回家，我就會大發脾氣。她還做口供說，我會用刀片割傷自己。」

他看著我，等待著。

「我從來也絕對不自殘的。就算經過那一切之後我再厭惡自己，也從來沒那樣做過，不管之前或之後都一樣。那樣感覺就像失敗。好像放棄了。」

「我不懂。她為什麼要那樣？」他就著瓶口喝了一大口，然後把瓶子遞給我。

酒精散入血管，我覺得雙頰暖和起來。「我想，他跟她上了床。」

他從我手裡取過酒瓶，小心地放上床頭櫃。「你從來沒告訴過我，你上庭的情形。」他說。

「對。就很多方面來說，那比真正受到攻擊還要糟糕。」

「我想也是。」他說。

「我並沒有撐完整場審判。記得到了第三天我就沒去了，隔天我就進了精神病院。但從他們事後告訴我的情況聽來，他們做了內部調查，決定他要被判嚴重身體傷害罪。還有什麼曲解正義的，因為他們證實他在第一次接受審訊時撒了謊。」

「但他的確想要殺掉你吧？怎麼沒判他企圖殺人罪呢？」

「李是調查警司，有近四年的時間都在當掩護行動警官。在那之前他在警局的情報處工作，替掩護行動提供技術支援。在那以前他在軍隊，儘管他從來沒跟我說過是什麼軍種、地點在哪。他的記錄毫無瑕疵。他們調查我的說詞時，他卻提供了完全相反的故事，說我跟蹤他、讓他很不好做事、他早就應該舉報我，但他卻替我感到難過等等的鬼話。」

史都緩緩搖頭。「那實在——但是還有你的傷呀？」

我聳肩。「他說多數的傷都是在他離開我之後，我自己弄出來的。他承認他幽禁我，但那是為了他和我的安全，他也承認他這麼做不對，但說他純粹是出於對我的關心，不想看我因為自己做的事情而惹上麻煩。他說我一定是在想要用頭撞他的時候弄斷了鼻子。這些解釋不怎麼樣，但卻達到了在人心裡種下懷疑種子的效果。」

「而且他們還有西薇亞替整個故事背書？」

「沒錯。在他們叫我提供證據以前，我已進了精神病院。他們一直沒聽到事情真相，沒聽到我這邊的說法。」

「就算這樣好了，難道沒人提出醫療證據嗎？」

「唯一給證據的醫生是一位善良的精神醫生，他告訴警方我不能出席，因為我被強制帶離法庭，而且因崩潰而被關進封閉病房，以求安全。」

「可是身體上的——不是精神上的。老天爺，你受了傷耶……」

「他們第一次帶我去醫院時，我的體重是六點五英石。我手臂、雙腿和軀幹上有超過一百二十道割傷，再加上已經開始流產，他們估計我損失了四品脫的血。」

他緩緩搖頭，目光一直沒離開我。「這樣他們竟然還會認為那是你自己弄出來的？」

我聳肩。「他用完刀子，擦乾淨之後就放到我手裡。沒有一道傷痕是在我自己搆不著的地方。最後，他唯一承認弄傷我之處，就是他抓住我上臂時造成的瘀青，和他說我拿刀衝向他時，他出於自衛打了我，因此我臉上有瘀青。對了，在他說我發瘋、開始攻擊他以前，他也承認我們很喜歡他所謂的『粗暴性愛』。」

「可是任何對自殘有些了解的人，都看得出來那些傷不是你自己弄出來的。沒有人會那樣自殘。就是不會。」

我的手越過他身體拿酒，然後盤腿坐在床上，喝了一口。談起這段往事比我想像中還要困難。

「我知道聽起來很荒謬。我在腦子裡把這整件事想過了無數次——這一切有多不公平、他們怎麼可以這樣對我，但這樣沒用。仔細分析下來，其實就是他跟我的說詞相違背。而且當時他在庭上，穿著正式西裝，在他感覺自在的執法環境下，用他的語言，告訴法庭情況怎麼變質，而他的出發點一直是良善的，還說他感到多麼遺憾。我卻在安全室裡精神崩潰。他們該相信誰呢？其實，他們起訴他就已經是個奇蹟了。沒送他什麼他媽的獎章也是個奇蹟。」

即使喝下了超過半瓶酒，有著令人愉悅、溫暖的微醺氛圍，我也看得出他聽夠了。我看出他眼中的神情，就跟之前在卡洛琳眼裡見到的一樣。感謝老天，那不是不相信，而是——恐懼。

我知道目前說到這裡已經夠了，我也不會把剩下的故事說出來。我不能告訴他今天還見到了李。這樣會太多，彷彿他上班時見到的噩夢忽然開始侵入他回家後的生活。

「你看，」我說，把酒瓶放回床頭櫃：「史都，我好多了。看看我。」

他看了。

即使在昏暗的光線下，我全身上下的傷痕仍然清楚，那是我皮膚上的毀滅痕跡。

「我現在沒流血，也不再受傷了。已經結束了，好嗎？我們不能改變已經發生的事，但我們可以改變從現在起要發生的一切。你教了我這麼多療癒的事，從現在起只會變好的。」

他伸出手，手指摸過我身體，從肩膀到胸部再到小腹。我朝他移近，近到他的嘴可以沿著手指剛才摸過的地方移動。

已經不需要說話了。

二〇〇八年四月十三日星期日

我搭上前往赫納丘的公車。

這天是今年第一個真正溫暖的日子，我已經後悔帶夾克出來了。今早出門時，太陽還沒升到屋頂，天也頗涼，現在我把外套夾在腋下，卻開始覺得外套很多餘。

我繞了段長路走到屋子，儘管我清楚位置——我離家前已經研究過地圖。馬路上空蕩蕩的，倫敦寧靜得出奇，彷彿大家都去了海邊，把整個大市區都留給我。

來到屋前時，我成功激起強烈的憤慨情緒，並希望這樣會足夠。

這棟屋子跟我們家很像：有著大大的維多利亞式露台，跟這條街上下一棟、下下棟房子的露台相連排列。地下公寓另有出入口，由幾條蜿蜒的小石階往下通往鮮紅色的前門。一道高雅的石階通往一扇可惜急需重新上漆的黑色大門，一排五個的門鈴顯示出屋裡有幾間公寓。我爬上樓梯，來到大門口。履歷表上寫的是二號公寓。門鈴上沒有名字，儘管其他幾戶都有。一號公寓，萊波維茲。四A公寓，歐拉·漢瑞克森，四B公寓，路易斯。五號公寓，史密斯與羅伯茲。我很好奇，那麼三號公寓到哪去了？

我按下二號公寓的門鈴，等待著。

沒有聲音。

我猶豫著要不要回家，就在最上面的臺階上坐了一會兒，感覺陽光暖暖地照在臉上。然後我轉身看著門，站起來，輕輕推了推。門立刻打開，門後是一條走廊，有著原本的黑白格子地磚。

二號公寓在屋子最後，位於一樓。公寓的門是樸素的硬木，只有一個耶魯門鎖。我用力敲門，然後等待。

門內傳來腳步聲和低聲講話的聲音。

然後門開了，開得很突然。門裡站著西薇亞，頭上裹著一條浴巾，另一條浴巾鬆鬆地披在身上。

「噢，」她說：「是你。」

「是我。可以進來嗎？」

「有必要嗎？」她擺出那副頤指氣使的表情，我見過她對別人那樣——對服務生、酒保、公務員、官員等——但從來不是對我。

「我想跟你談談。」

她鬆手放開門，自顧自往家裡走去，把門開著讓我自行進入。

「我馬上要出門。」她說。

「放心，我也沒打算久待。」我說。

等她穿衣服的時候，我信步逛著客廳，把西薇亞式的凌亂看進眼裡——牆上掛著巨幅的藝術海報，把狹窄的空間弄得眼花撩亂；沙發上披著幾條不一樣但都顏色鮮明的罩巾；那間小廚房除了拿來冰蘇維農白酒以外，大概從來沒派上用場過。

沒有李的蹤跡。我本以為應該會看到他的幾件衣服、鞋子、袋子之類的，甚至有他的照片，但這裡就像他從沒來過似的。

厚重的棕色大窗簾比房間高度還長了幾吋，窗簾後方有扇露台門，通往後面的院子。院子裡的草已經過長，全是野草，突兀的色彩東一處、西一處，那是這座院子還有人照顧時的痕跡。

不知道那間地下公寓是誰住，也替他們得置身地下世界感到難過。我也住過那種地方。

「好了，」她說著一陣風似地回到房間，屋裡頓時顯得擁擠。「你要什麼？」

我聳肩。「我猜我只是來看看你。」

她一臉困惑。「哦，那我在這裡。你看過了。」

她比我們上次見面時還瘦，而且儘管她身上穿的仍是西薇亞式的亮麗色彩——郵筒紅的牛仔褲、紫色毛衣搭配翡翠綠的真皮皮帶、一雙閃閃發亮的高跟鞋——這些明艷的色彩卻讓她顯得呆板，她的頭髮不是金色，顏色更為黯淡，沉重的捲度在腦後用樸素的黑色夾子夾住。妝容下的她臉色蒼白。

「對不起，」我只說：「我也是來說這句話的。對不起。」

她也沒料到會這樣。

「你離開時我沒繼續保持聯絡，對不起。」

「這裡很不好過，你知道嗎？比我想像得還困難。我那時很想你。」

「我也想你。我覺得好像忽然沒了朋友。你離開以後，好像太陽躲到雲後面去了。」

「我猜我也該更努力跟你保持聯絡的。」她這麼承認。

我心想：**反正那時你已經忙著跟我的前男友上床了，不是嗎？**

她笑了，態度軟化了些。要是我得迎合她、恭維她，我也願意。

「嘿，」她說：「你要來點什麼嗎？酒？茶？」

「來杯茶會很棒，謝謝。」

她按下廚房的熱水壺，把櫥櫃裡弄得哐噹作響好一陣子。「我去年才買下這間公寓的。很棒吧？」

她的聲音蓋過熱水壺裡煮水的咕嚕聲。

「對。」我說：「很有你的風格。」

她笑了，跟我道謝，好像我剛才說了讚美她的話。「你呢？你住在這裡嗎？」

「對。」我說。

「那我在公車站看到的人果然是你。」她說。

「對。」

「我不確定。你的樣子不一樣了，頭髮……變得這麼短。」

她用力去拉露台門，讓門打開一道縫，金屬門框在嘎吱聲中擦過外面的鋪板，拉出一條深溝，顯示出門已經年久失修。我們各自拿著茶杯坐在外頭隔離草地和露台的矮牆上。

「當然，我也花了一大筆錢。在老家，我買這間公寓的錢，都夠買一棟有四間臥房的別墅了。」

「那當然。」露台門下方有一道護柵，約三呎寬，下方毫無疑問有幾扇窗，這樣那間地下公寓才能有點自然光。但卻沒有逃脫路徑。要是我住在那裡，這些鐵桿會讓我害怕。

「你看起來很好。」她說。

我沒發覺她一直在盯著我。我對她笑了笑。「我覺得很好。大概比以前都好。」

她把手放在我膝上。「凱瑟琳，我很高興，真的。也許我們可以忘記過去的不愉快。那些事真的很可惜。」

我的憤慨悶燒著。我需要讓它繼續悶燒，因為再來幾句挑釁，就會變成我無法控制、有殺傷力且充滿報復的怒火。

「對。」我說。

西薇亞啜了口茶。鳥兒鳴叫著，院子一片寧靜、安祥。就像我們到了哪裡的鄉間，陽光暖暖地照在我頭上。

忽然間她發出銀鈴般的悅耳笑聲。「他突然出現在公司，一定嚇了你一跳吧？還冷靜得像什麼一樣。嗨，我來面試囉。」

「嗯，差不多是那樣。」

「我真的有叫他別那樣，倫敦多得是工作機會什麼的，但他想要給你驚喜。他說他要試試跟你和好，看看我們能不能回到從前，繼續當朋友。」

「我想他沒機會跟我攀談。我們那天有很多面試。」

她瞥了我一眼。「會給他那份工作嗎？」

「我們還要見一些人。」

她皺眉。「他是個好男人，你知道的吧？好男人。」

真不知道她住在哪個星球，不知道他對她說了什麼、做了什麼，讓她相信他而不相信我。也許她只是相信自己想信的事。

我想跟她玩下去，同意她的話，對，他是好男人，但那樣就太超過了。我只能假裝她其實是在說史都，那我就可以點頭。

「你知道，他在牢裡很不好過。監獄裡都不太喜歡前任警察。」

很好，我想。她期望我說什麼？可憐的李，他一定受了可怕的折磨？

「你有新男友了嗎？」她問，聲音裡又出現那股妖艷的笑意，還用手肘頂了頂我。

我笑著。「我？沒有。一直沒有——你也知道的，大城市，忙著工作。」

她點頭同意。「我跟幾個人約會過——你知道的。但我從沒遇到像李那樣的人，他非常——特別。

但當然，你已經知道了。」

我看著她，因為她選用的字眼很怪。她望著露台門，好像聽到屋裡有什麼聲音，一股了悟的驚恐在那時籠罩住我。

他在那裡。他在公寓裡面。整段時間都在。

「你準備怎麼做？」她問，聲音低了些。帶著不安。她的目光一直沒離開露台門，看著門另一邊黑暗的客廳。

「沒怎麼做，」我也沉聲說：「我什麼都不會做。」

「那就好了。」她朗聲說，帶著笑容轉向我，那是個溫暖且開心的笑。

我們喝完了茶，我已經沒有理由逗留。我想盡快逃離這裡，再也不要回來，但在可以這麼做以前，我得先走進公寓到門口。

我強迫雙腳移動，等我進了屋裡，感覺就好了一些。屋裡很安靜，只有西薇亞在水槽沖洗茶杯、閒聊著我們應該另外約時間喝咖啡、找天晚上一起去夜店、她計畫生日那天出去玩玩，不知道我能不能參加等等的聲音。

從狹窄的走廊，我可以看到她的臥室裡，臥房門大開著，床鋪沒整理，衣櫃門開著，兩側的接合處鼓起，一大堆顏色鮮麗的衣服突出衣架——浴室在另一邊，浴缸靠著盡頭的牆。一定是我想像的——這裡沒地方可躲。他根本不在這裡。

到了門口，她對我溫暖地一笑。我是來這裡警告她的，現在卻做不出來。我本想對她說，告訴他，如果他敢靠近我，我會殺了他。我真的會殺了他。但我卻什麼也沒說。

反而，我對她笑著，答應會保持聯絡，然後慢步下樓，往大馬路和公車站走，感覺她的目光從黑色大門那裡望著我。

我覺得這幾年來從沒有這麼自由過。我走得越遠，步履就越輕快，抵達馬路時幾乎是在跳舞了。我並沒有行動計畫——還沒有——但現在至少我可以開始思考，訂定計畫。

我從赫納丘往康柏威爾的方向走。六十八路公車載我到了毛斯里醫院，我跳下車。史都再過半小時就可以下班。當然，要是有緊急狀況，他會在那之後的好幾個小時才下班，但我可以希望不會有。我也希望他會從大門口出來，而不是從側門，但我也不會擔心這件事。

我坐在牆上，在陽光下晃盪著雙腿。這段馬路很繁忙，但仍比週間的時候安靜一些。我看著公車來來去去，看著行人走過。

我差點錯過了他。我朝公車站看去，赫然看到他。他提早下班了。

「嘿。」我說。

史都轉身看到我，臉上發光。他回頭跑過來，用力親我的嘴。然後坐在我身邊的牆上。

「嘿。你在這裡做什麼？」

「等船入港啊。」我說。

「喔。有好消息嗎？」

「目前為止不錯喔。」

「我們可以去找間好酒館繼續等，對吧？你說呢？」

我們去了公牛酒館，這間不管對任何人來說，都稱不上「好」，但至少它很近。啤酒園裡滿是一看就像大半天都坐在這裡喝酒的人，於是我們進裡面坐，點了一瓶酒兩人分，坐在涼涼的空氣裡，聽著敞開的門外隨風飄來的零星交談。

「我在想那個假期。」他說。

「什麼假期？」

「就是我們原本想等到天氣變冷再訂的假期啊。後來一直沒有訂。」

「那是因為你和你那新教徒式的工作觀。」

「就算是吧，我們還是應該訂一下。」

我看著窗外，啜著酒。這些天來，我已經能夠喝下幾杯酒而不醉了。

他又說了句什麼，但我並沒有專心聽。然後我隱約發覺他說的話很重要。「你剛才說什麼？」

「我說我們應該找個好地方，也許訂秋天的時候。」

「你剛才不是說這個。」

他臉紅了。他看著我，頭偏向一邊。

「好吧。我說我們可以訂個蜜月。不要笑。」

「我沒笑。在去度蜜月之前，不是得先做一件別的事嗎？」

「那也許我說錯順序了。」

我不太敢相信剛才聽到的事。他現在完全抓住我的注意力了。戶外傳來哄笑聲，彷彿剛才有人說了全世界最棒的笑話，搏得了滿堂彩。

「那就照順序問。」

他喝下一大口酒。「好吧，就這樣。凱西，你願不願意嫁給我，然後我們就可以到熱帶國家好好度個假？」

我沒有立刻回答，他大概以為自己搞砸了，因為他接著說：「這種事我最不在行了。我不知道該說什麼、又該怎麼說，我只知道我愛你，而且我們遲早會結婚、永遠幸福快樂，但在某個時間我應該問問你是否也願意這麼做。而且我買了這個給你。」

他在包包裡摸索，取出一個小盒。

好長一段時間，我看著那個盒子，就放在我倆中間的桌上。我並不是故意要折磨他，我甚至不是因為感到困惑而沒有作答。我知道嫁給史都、跟他度過餘生絕對是我最最想要的事。

但時間還沒到。

史都完全沒有表情，除了眼神。他的眼神讓我心碎。「你不要，對吧？」

我深吸了口氣。「是『還沒』。」

「那是好事嗎？」

我沒辦法再看他的眼神了。我起身坐上他膝頭，又久又深地吻著他，感到他有了回應，即使他仍覺得受傷。即使因為我沒答應而傷了他。有個呆子從啤酒園進來補充飲料，對我們吹著口哨，說什麼免費節目的，但我沒有停。我想史都根本沒聽到。

最後我們回到塔爾波路的家，直接跑上頂樓，我甚至沒有檢查前門，一次也沒。我們衝進家門，只勉強在進門後關上房門，一路剝掉身上的衣服，甚至還沒抵達臥室就已經在客廳地板上赤裸著身子，之後又裸身到了廚房，後來也這樣進了浴室。

幾個鐘頭過後，天色暗了，從窗戶吹來的風變冷，他輕聲說：「留著。把戒指留著，好嗎？留到『還沒』變成『願意』的時候。」

二〇〇八年四月二十二日星期二

我忽然醒了，從睡眠到清醒只有幾秒時間。心臟狂跳。

怎麼回事？

史都在我身邊動了動，抬起一手輕拉我手臂，要我躺下來。「嘿，」他低聲說：「繼續睡吧。」

「我聽到聲音了。」我說。

「你在做夢。」

他的手臂攬住我的腰，我躺了下來，動也不動，心臟仍怦怦跳著。又是那個聲音，跟以前一樣。一聲砰響。

寂靜，只有我的心跳和史都的呼吸聲。沒有別的聲音。

這樣沒用。我絕對不可能還睡得著。

我盡量不吵醒他地下了床，穿上恤衫和一條短褲，赤著腳輕輕走出臥房。

家裡一片漆黑。我低頭看著前門，前門也回瞪著我，堅硬、寂靜、有保障。前室很亮，下方街燈的橘色燈光照亮了天花板。我縮身坐在其中一個低矮的窗台上，看著下面的馬路。

一片靜謐，沒有動靜也沒有車子。連貓都沒有。唯一的聲音是一架飛機的遙遠嗡嗡聲，燈光像星星般在深橘色的天空裡一閃而過。

我正想著要回到床上，就又聽到了那個聲音。一聲砰響，沉悶、窒鬱，像有什麼軟軟的東西緩緩掉下來。

聲音從大樓某處傳來，是樓下。樓下的某個地方。

我想著要不要叫醒史都。我的焦慮程度很高，差不多在七十到八十分左右。我的手指顫抖，站起來的時候膝蓋發軟。我等著聽到更多聲音。什麼都沒有。

媽的，我不能後半輩子都一直這樣。我要去檢查。

我赤腳走到門口，遲疑了一陣子之後把門打開。樓梯一片陰暗、冰冷，風從樓下吹上來。我等自己的心不再怦怦跳得那麼厲害。我告訴自己，沒什麼好擔心的。這是我們的大樓，只有史都和我，沒有別人。去看看。

我下樓，讓史都的門開著。樓下大門的燈亮著，單調的光線從窗戶照上樓梯間。除此之外就是一片漆黑。

來到自家門外時，我停步等候，聆聽。什麼聲音都沒有。

實在太荒謬了。

我走到樓下，一次下一級階梯，靠著階梯邊緣走，免得發出聲響。風更大了，吹起我頸後的毛髮。潮濕、陳舊的空氣——冰冷土壤的氣味。墓地泥土的味道。

我可以看到前門了，關得密實。沒有曾被打開的跡象。

然後，忽然間——砰——就在近處。

聲音不大，但肯定大得夠讓我嚇一跳。我伏低身子，以便從樓梯扶手間看著麥肯西太太家的門。

那扇門又開了，大開著。

我僵在當地，看著漆黑如毯的公寓內部。剛才聽到的聲音是櫥櫃門關上的聲音，在空蕩的房間裡迴盪。有人在裡面。

我盡可能慢而深地呼吸，想要收束心神、想要思考。實在瘋狂。裡面不可能會有人。如果有，也只是在暗中摸索，為什麼不乾脆開燈呢？我抱著雙膝，等待驚慌消退。當然，回到樓上、叫史都過來，回去開始檢查自家公寓，確保一切都安好當然比較容易，但我已經自己一個人走了這麼一大段路下樓，現在可不想放棄。

「凱西？」

我身後、正後方的聲音讓我尖聲大叫，跳了起來。我叫得越來越大聲、越來越用力，超乎我的想像。

「嘿，是我，沒關係——到底——凱西，對不起，我不是故意要嚇你。」

我從頭到腳都在發抖，身子緊貼著另一邊的牆壁。我指著敞開的門，那道裂口，露出後面的一片漆黑。「我聽到——我聽到……」

「沒關係。來，多呼吸幾次。」

驚慌之外，我也極度憤怒。

「他媽的搞什……？」可以開口的時候，我說：「你到底為什麼不說幾句話？你差點讓我心臟病發。」

他聳肩。「我以為你是在夢遊。」

「我這輩子從來沒有他媽的夢遊過。」

「唔，那你在幹什麼？」

我看著門口。如果裡面有人，我們大概把那人嚇壞了。光是我的尖叫聲就足以吵醒半條街上的人。

「我聽到聲音，就過來看看。然後——就看到——門是開著的。我確實鎖上了的，鎖上之後還檢查過。現在門卻是開的。」

他發出嘖嘖聲，像在說「哎唷，又來了」的聲音，然後從我身邊走過。他走到一樓，扭亮電燈。我們都眨眨眼，突來的明亮讓我們遮住眼睛。門口仍然沒變，依舊又黑又空。我看到那有著瘋狂圖案的幾呎地毯。

史都用超級疲憊的表情看著我，站到了門口。

「喂？」他喊：「有人在裡面嗎？」

沒聲音。他走了進去。

「小心。」我說。

幾分鐘之後，公寓裡的燈亮了。我悄步下樓。燈亮之後，一切都沒那麼可怕了。史都在麥肯西太太的客廳，穿著內褲、赤著腳站在沙發旁。「這裡沒人，」他說：「你看吧？」

我還是感覺到有風。「你看。」我說。

廚房門最下面一格的玻璃被打破了，一塊約一呎寬的三角形玻璃碎裂在地板上。洞口傳來院子和晚風的氣味，涼風也吹上我赤裸的腿。

「別走近，」他說：「小心割傷。」然後他卻沒理會自己剛才的警告，反而走近了些。

「上面的玻璃有毛，看來是有狐狸闖進來了。」

「又是那隻討厭的狐狸。」我說：「你想狐狸會用榔頭打碎窗戶嗎？」

他站起來，走到廚房裡我這一頭，避開碎玻璃。他說：「這裡沒有人，我們回到樓上去。」

我們關上門，用力關緊。史都不肯讓我檢查。門閂拴上了，我們都聽到拴上的聲音。我們回到樓上，史都上床睡覺。我坐在亮著燈的廚房，喝著一杯茶，手仍在發抖。即便如此，我卻覺得頗為鎮靜。真不敢相信我竟然做到了，獨自在深更半夜下樓，離開了安全的地方，離開了史都的床，從門口走到樓下。

儘管那格窗玻璃破了，儘管麥肯西太太的家顯然被人闖入——而且不是被狐狸或其他動物，而是被人——我仍覺得鎮靜、自由且沉著。

而且依舊憤怒。不只因為他偷偷從我後面走來，不只因為他害我尖叫、讓原本在裡面的人有了警覺，還因為他認為那是我做的。他認為是我打開了那扇公寓的門。他沒有說，但我從他的眼神看得出來。

他開始懷疑我，就跟克萊兒、西薇亞和後來的警察、法官、醫生、所有人一樣。

我並沒有回到床上。我打開電視，熬夜看到天色微亮，心不在焉地一面看節目，一面練習想像李。我已經很緊張了，所以更進一步去測試到極點的焦慮程度似乎不難。

我想像他闖進麥肯西太太的家。想像他住在黑暗的下面，聆聽樓上的史都和我，聽我們說話、做愛。我想像著他和他可能打算做的事。

等到天終於亮的時候，我臉上有淚。我並不驚慌，我的呼吸很規律。控制驚慌肯定變得更容易了。

聽到史都醒來的聲音，我走進廚房燒開水。

我替他端去一杯茶。

「你還好吧？」他說，聲音充滿睡意。

「我沒事。」

「對不起，」他說：「對不起我昨晚嚇到你。」

「沒關係。」

「晚點我會打電話給管理公司，要他們派人來修理破掉的玻璃，然後再換一個鎖。好嗎？」

「好啊，我要下樓去準備上班。」

他碰了碰我手臂。「現在就去嗎？再回來睡一下。」

「已經快七點了。我們今晚見，好嗎？」

我親了親他。他在床上翻個身，準備再睡五分鐘，我也不叫他，自顧自下樓回家。那股想要開始檢查一切的衝動還在，但現在我都能自我控制了。我沒有檢查跟上次離開時一樣沒動過的門窗和窗簾，而檢查起其他東西。

如果史都、亞利斯特或任何其他人問起我為什麼這麼做，為什麼檢查，我就沒有辦法解釋。沒有別人會注意到我注意到的事情，那些李曾經來過這裡的微小徵兆。門總是鎖著的，就跟我上次離開時一樣，但那不代表什麼。我無法解釋我如何知道他趁我不在的時候又來過。

我就是知道。

二〇〇八年四月二十三日星期三

史都下班後，上樓時敲了敲我家的門。我考慮置之不理，就像好幾個月前他第一次來敲我家門的時候那樣。

「嗨。」我說。

他一臉疲憊。「你要上樓嗎？」

「不，我有工作得做。做完之後我要早點睡。可以嗎？我昨晚沒好好睡，而且你看起來也累壞了。」

「我是滿累的。那上來吃晚餐吧，一小時就好。拜託嘛？」

我考慮了一會兒。

「我買了羊排，要跟檸檬和小茴香一起做肉串配飯。」

我軟化了。他給我五分鐘鎖門。等我到頂樓時，他已經在把羊肉塊串上肉叉了。

「我打電話給管理公司了。」他說。

「哦，是嗎？」我從冰箱裡拿酒，又從餐具抽屜拿出開瓶器。

「他們會派人過來修理樓下那戶的玻璃，還會換鎖。」

「我想他們一定來過了。那扇門口的地上有好多木屑，也許他們裝了個榫眼之類的。」

他打開烤箱。大蒜、香料和檸檬的氣味已經很誘人了。「他們問我麥肯西太太狀況怎樣。」

「他們還沒看過她嗎？」

他聳肩。「聽來是沒有。我跟他們掛斷電話之後，也打了通電話去病房。沒有改變。我想他們也沒抱著多大希望，而且依舊找不到她的親人。」

「可憐的麥肯西太太。我下週再去看她。」

我們坐下來吃飯。

「我們應該再去什麼地方玩玩，現在天氣暖和些了。」他邊嚼邊說。

「去什麼地方？」

「度個週末之類的，拋開這一切。」

「好好吃喔。」我說。

「我們可以去阿伯丁，或是布萊頓——可以去布萊頓度週末，你覺得呢？」

我沒回答。

他停止咀嚼，看著我，一面喝了口酒。他用那種精神科醫生的方式看我：緘默、擔憂、好奇。

「我不知道。」我說：「目前我工作上的事情好多，我得跟卡洛琳看完所有雇員合約，還要跟亞利斯特約診治療，我還想把家裡布置一下——」

「嘿，」他沉聲說，打斷我的話：「停。」

「停什麼？」

「不要把我撇下。」

「我沒有，我沒有撇下你，只是真的很忙，而且——」

「不要把我撇下。」

我不該看他眼睛的，我迷失了。我盯著他，一開始先是生氣，就那麼一會兒，然後開始融化。我並不想單獨這麼做，我並不想不靠他這麼做。

「那扇門，麥肯西太太的門……」

「怎麼樣？」他問，一面握住我的手。

「我昨晚想過了——你以為是我開的。你以為我故意讓門開著。對不對？」

他搖頭。「不對。」

「我覺得你不相信我。」

「我相信你，凱西。」

「有人想闖進來，闖進樓下。所以窗玻璃才會破。」

「對。」他說。

「那你為什麼說是狐狸？」

「我沒說打破窗戶的是狐狸。」

他說得對——他其實並沒有說類似的話。

「那你為什麼不擔心？可能有人進了那戶公寓。」

他聳肩。「凱西，我們住在倫敦。闖空門這種事一天到晚發生。我住在漢普斯敦的時候，家裡就被偷過。兩年前我的車也被偷了，一直沒找回來。羅飛也在海德公園被人搶劫。這種事情一天到晚有，跟李一點關係都沒有。」

「可是——」

「不管是誰打破了那扇窗，屋裡並沒有那人進來的痕跡。後門仍然關著而且是鎖住的。」

「公寓門是開著的！」

「你我都知道那個門閂不怎麼可靠，可能是從破掉窗格吹來的風把門閂吹開的。」

我咬住嘴唇。討論毫無結果。

「凱西，不是李。」他柔聲說：「他不在這裡。只有你跟我。好嗎？」

我收拾盤子。沖洗盤子並把盤子放進洗碗機時，我感到悲哀和疲倦。他阻止了我，從我沾滿肥皂的手裡小心翼翼地拿過盤子，要我轉身面對他。他抬起我的下巴，好讓我看著他，直視他的眼睛。

「我愛你。」他說：「而且我以你為傲。你堅強、勇敢又大膽，遠比你想像得還要勇敢。」

淚水撲簌簌滾下我滾燙的雙頰。他把淚吻掉，抱著我輕輕搖晃，之後我完全忘了要下樓，假裝必須把工作做完。我完全忘了破掉的玻璃、地板上的木屑，也忘了在我腳踝邊吹過的冷風。我忘了一切，只有他，史都，和他溫暖的手觸摸著我皮膚。

二〇〇八年五月七日星期三

又過了兩個星期，一切如常。新的倉庫展開正式的開幕儀式，所有上層長官和我們培訓的倉儲員工都忙碌著，情況很順利。公司總監寫了封信感謝我們的辛苦。

我跟亞利斯特每週見面治療，也努力把檢查減少到完全沒有。我成功做到了幾次。非得檢查的時候，只檢查家裡可能被移動過的東西。在我們發現麥肯西太太的家門是開著的那天晚上之後，就一直沒發生其他事。晚上沒有聲響，公寓裡也沒有他或其他人來過的證據。什麼都沒有。

史都一直忙著他的研究計畫，也都加班到很晚才回家。我近來都睡在自己家，這樣他回家的時候就可以不受打擾地睡。結果是我幾乎整個星期都沒見到他。

卡洛琳和我正在享受喝茶聊天的時光，過去這幾個星期以來我們很少這麼做。她問起史都時，我正好收到簡訊：

凱，都忘了家是什麼樣子了。想辦法讓週末不必工作。愛你。史（啾）

幾分鐘後，我的工作電話響了。我本以為會是史都，但卻不是。我很驚訝打來的是西薇亞。

「嗨，」她說：「抱歉打到公司找你，但我沒有你家電話。」她的聲音怪怪地，有點回音，但我聽出有汽車聲。

「沒關係。你好嗎？」

「我很好，」她說：「我只有一分鐘時間。你可以跟我見面吃午餐嗎？今天？」

「西薇亞，我有點忙。」

「拜託。如果不是重要的事，我不會這樣要求的。」

我瞥了一眼桌曆——下午兩點要開會，但我那時候應該早回來了。「那好吧。你想在哪見面？」

「牛津街的約翰路易斯——四樓的那間咖啡館。你知道嗎？」

那不是西薇亞會去的典型地點，但那語調如此熟悉——她期待所有人都隨著她的步調起舞，在她的世界跟她會面，彷彿繞著她轉的地球太慢了。「我會找到的。」

「十二點可以嗎？」

「我盡量。」

「那就到時候見。還有，凱瑟琳，謝謝你。」

她有些喘不過氣，但聽起來仍然像她是在什麼洞穴裡。然後她掛斷了。

我整個早上都在想這件事。感覺像是陷阱，但布置得很聰明。去那樣的地方跟人見面，我不該害怕。那裡很公開、繁忙，很多出入口，李不可能綁走我，他要跟蹤我進出也不容易。除非她幫忙。如果她又邀我去她家，我就會拒絕了。

我想著好幾個星期以前那個陽光燦爛的星期天早上，我讓她吃了一驚，大概也嚇了他一跳。我沒看出他能夠躲在那間公寓的哪裡，但她看著陰暗、有涼意的室內時，那副神情卻讓我肯定他當時在聽，而且就在屋裡。

不管怎樣，不管這是不是陷阱，我都要去。

出了有空調的辦公室，戶外令人驚訝地暖和。陽光照耀著，馬路上滿是前往公園和綠地享受片刻陽光的上班族。我走了三條街，過了幾次馬路，然後忽然決定跳上一輛計程車。我不知道為什麼：如果西薇亞想見我，那他肯定知道我要去哪，如果他在監視我的話。他大有可能已經在約翰路易斯等我了。也許這次見面是她想讓我們三個聚在一起，在中立地帶展開文明對談的方式吧。我不怕，但卻覺得頗為不安，好像我正要接觸一件可怕、無法預測的事。

計程車停下來、然後又開始穿越馬路時，我坐著享受從敞開的窗戶吹來的微風。十分鐘後，我到了一條小路，就在那家百貨公司的其中一扇後門外。這裡有涼意，陽光照不到，微風吹過我赤裸的雙腿。四樓的咖啡館很多人，我迅速瞥了一眼，以為自己比她先到了，但就在我轉身要走時卻看到了她。她從座位上站起來，舉手揮舞。她坐在很後面靠近廁所的位置，但那並不是我沒注意到的原因。她穿了一件黑色裙子和一件白色短袖上衣，黑色高跟鞋。我之前想找的卻是她一貫的孔雀般鮮亮的色彩，而眼前的她打扮得幾乎像個辦公小姐。

「哈囉。」她說，還令我訝異地對我張開雙臂，把臉湊過來要親。

「我差點沒認出你。」我說。

「噢，你說這副打扮？」她發出銀鈴般的笑聲。「我剛買的。我待會要面試法律服務負責人，有時候打扮得低調點比較好。你懂我意思吧？」

她已經替我點了茶，兩塊肉桂麵包就放在桌上等我們開動。「就跟以前一樣，」我坐下來的時候，她說：「這樣讓我想起樂園咖啡館。」

我打量著周遭；我無法想像這裡跟樂園咖啡館有任何相似處，但我沒說。

「那麼，」她爽朗地咀嚼著，一邊說：「都好嗎？」

「很好，謝謝。」我說，等待著。

「那麼他沒得到工作了。我是說麥克。」

麥克。「沒有。他畢竟經驗不足。我是說，在西班牙經營酒吧十八個月，不能算是對倉儲有用的工作經驗吧？」

她看了我一眼。

「恐怕也不是我的決定。所有事情都要打上分數，而他的分數沒有其他人高。就這樣。我也不能做什麼。」

西薇亞聳聳肩，好像在說事情跟她無關，然後看著我喝茶。茶已經不能算溫的了。不知道她已經在這裡坐了多久。我克制著想回頭看看、打量四周，從門口看商店樓層的衝動。他就在這裡的某處，這點我很肯定。

「是我，」她說：「如果你想知道的話。」

「什麼是你？」

「是我告訴他怎麼找到你的。我在《夜間標準報》上看到那個徵才廣告，上面有你的名字和聯絡細節。『如欲更多資訊和申請表，請聯繫凱西．貝利……』我就想這很可能是同一個凱瑟琳。」

我想了一會兒。「唔，你想得沒錯。的確是我。」

「對不起。」她說。

「已經沒關係了。」我說，仍不確定她是在為哪一樁重大背叛而道歉。「總而言之，你好嗎？」

她一直沒機會告訴我，因為就在那時，她那支一直放在我們中間桌上的手機響了。她幾乎嚇了一跳，立刻拿起，接聽時語氣緊張：「喂？」

我假裝沒在聽。

「對。不，我在跟朋友喝咖啡。」她看了看我，努力想擠出笑容。「不，不是你認識的人。怎麼，你想一起來嗎……那好吧。不，我在公司了。為什麼……好吧，我們待會見。」她掛斷電話，幾乎露出鬆一口氣的神情。

「剛才真抱歉。」她說。我發覺她臉色蒼白，以前會畫的妝也沒那麼鮮亮了。她看起來就像被丟進洗衣機、用熱水洗了太多次那樣。她似乎失了神采。我想問是不是他的緣故，但這樣問沒有意義，我已經知道答案了。我認定這次是陷阱。他不知出於什麼詭異的原因，要我信任西薇亞、對她說出真心話。而放在桌上的那支手機裝了竊聽器，錄下我們的對話。

「男朋友，」她說：「你也知道他們會怎樣——總是愛檢查。」

我聳聳肩，微笑：「是嗎？」

「總之呢，」她說，想裝出活潑的語氣：「我不能久待。我只想打聲招呼，看看你好不好。」她喝下最後一口咖啡，完全沒碰她的那塊肉桂麵包。她站起來的時候，我看出她瘦了，即使從我上次見到她才過了幾個星期。

「你要走了？」我問。

「對，抱歉。我還得去那個面試。我們保持聯絡，好嗎？凱瑟琳，要保重喔。」

她的聲音怪怪地，有點低，彷彿克制住什麼大而無法控制的話沒說。我捕捉到她的眼神，看出原本沒預期的東西。

她抱了抱我，緊抱我的時間比我預期還要長，然後從桌子底下拿出一個大袋子，看樣子裡面裝了一堆顏色鮮艷的布料，一雙鮮紅色的高跟鞋，每個腳趾的位置上還有朵棉布的花飾。

我看著她走遠，繞過桌子，消失在拿著餐盤和裝有名牌服飾和埃及棉床單購物袋、排隊等著結帳的購物人潮中。

二〇〇八年五月十一日星期日

一直到現在，在我跟西薇亞去咖啡館碰面後，又過了整整四天，我才發現那張紙條。史都還在上班，我有時間去洗衣服。紙條塞在我鬆鬆的裙子口袋裡，非常小，要不是我那迫不得已的習慣讓我在把衣服丟進洗衣機前，先檢查每個口袋，我很可能一直都沒發現。

我盯著紙條一陣子，清楚那是什麼意思，然後才打開。上面只有七個字，字跡工整——那可能是任何人寫的，然而這些字只可能是她寫的。

現在我相信你了

七個字，草草寫在約翰路易斯咖啡館的收據背面，折了又折好幾次。

幾秒鐘後我忽然明白箇中的可怕，也納悶會不會已經太遲。我想過再去那裡一趟，救她出來，然後逃跑。我們能去哪裡呢？我想過去找他，帶把刀，出其不意地以四年前就希望的方式終結這一切。我想過打電話到史都上班的地方，問他我該怎麼做。

最後我做了能做的唯一務實的事。

我帶著手機上樓，開門進入史都的家。家裡沒有他，一片寂靜空蕩。太陽西下，到了屋頂上方，他的廚房沉浸在一片金光下。我坐在廚房桌旁，撥打了那個號碼。

「請找調查警司赫蘭茲好嗎？」電話有人接聽時，我這麼問。

我得等上幾分鐘，她才接起電話。在這段時間裡，我聽著坎頓警局家暴部門的背景聲音，有人在講電話，想讓對方鎮靜下來。

「……試著做幾次深呼吸。不，別擔心，慢慢來。我知道……非常困難。完全不會——我們就是要幫助你的。」

「喂？凱西嗎？」

她的語氣輕快、就事論事。我忽然不確定自己是否做對了。

「對不起打擾你了。我擔心一個朋友，我想她可能有了麻煩。」

星期天傍晚這麼早的時間，放心酒吧裡很安靜，吧台邊有幾名常客，拿著幾杯麥酒，談著房市。我到得早，點了一杯白酒，坐在史都上次握著我的手、告訴我漢娜如何背叛他的那張沙發上。從那時到現在，我們都變了不少。

她比說好要到的時間晚了十分鐘。我不知道該期待什麼，但她一通過那扇門，夾帶著一陣晚風，我就知道是她。牛仔褲、黑色恤衫，短短的金髮剪成原本可能像是早期黛安娜王妃的髮型，但她的頭髮卻太粗重，無法維持必須的側分。她比我想像中矮，卻有一副吵架時你會希望有她助勢的身材。

她直接走向吧台，點了半品脫的飲料，然後走過來。「凱西嗎？」

我跟她握手。「你怎麼知道是我？」

她笑著：「你一個人呀。」

珊打量了酒吧一眼，建議我們改去啤酒園那邊坐。我根本不知道這裡有啤酒園，但從開著的門走到酒吧後方，那裡就是了。只有兩張桌子，但習習微風足以讓氣溫變得舒服些。

「謝謝你見我。」我說。老實說，我很訝異她會一口答應放棄傍晚的時間，來聽這個令人遺憾的西薇亞故事。

「沒關係啦，」她開心地說：「這麼棒的傍晚，待在屋裡太可惜了。」

她喝了一口啤酒，舔了舔嘴唇，然後用期待的表情望著我。

我把整件事都告訴了她。我跟西薇亞的友誼、她前往倫敦時我倆關係如何變冷、還有我一直想擺脫跟李的感情。也說了我在公車上看到她、李用她家地址當成到我公司應徵職位的基地。我還說我幾個星期前去見了她，後來又跟她約見，最後——是那張紙條。

我從口袋裡取出紙條攤平，遞給她。她研究了一會兒，然後交還給我。

「你認為那是什麼意思？」她問。

我感覺耐性被磨掉了一些。「唔，代表她相信李曾經對我施暴，因為他現在也對她這樣。」

「她跟你說過她跟李在一起了嗎？」

「不算有。」

「她跟你說過她怕他嗎？或是曾經暗示過？」

「她沒說，但很多事這樣看起來都合理。她星期三打電話給我約時間的時候，用的是電話亭而不是她的手機。李以前會監聽我的電話、看我的電子郵件，他因此得知我計畫逃脫，因此他也可以用同樣的方式對她。她選擇跟我見面的地點是公共場合，有許多不同的出入口，代表她認為我們其中一個很可能被跟蹤。還有，我見到她時，她穿了最不一樣的衣服。」

珊不解地望著我。她有雙深深的淺藍色大眼睛，卻嵌在一張既不天真又誠懇的臉上。

「西薇亞向來都穿非常鮮艷的顏色——她就像天堂鳥，總穿著黃色、粉紅、紫色、藍綠色那類的衣服。絲質、羊毛、皮革，從沒穿過普通衣服。星期三那天，她卻穿著黑色裙子和白色上衣，說她是剛買的，因為要去一場正式的面試，想打扮得低調一點。她把原本穿的衣服塞進身邊的提袋裡，我從來沒見她這麼做過。她會那樣穿，因為她認為這種打扮風格才能讓她鶴立雞群。」

「所以你覺得她是想混進人群裡？」

「沒錯。他一定跟蹤過她，就像他以前對我那樣。她也沒帶包包，只有那個提袋。」

「沒有包包？」

「我當時並沒有想到。但很可能包包裡被他放了監聽器或追蹤器之類的。我知道這些聽起來很瘋狂，要真正跟那樣的人住過才知道其實並不會。」

她微微聳肩，點點頭。「但她並沒說起他，也沒說她不快樂？即使她沒帶包包？」

「沒有。我猜她原本想說的，那時卻接到手機有人打來，然後她幾乎是立刻就離開了。我們才到那裡沒幾分鐘。我假設來電的是他。」

「你認為她偷偷把紙條塞進你口袋。」

「那是她買飲料和食物的收據。你看，上面的日期和時間就是我們見面那天。她一定是在我到咖啡館以前就寫好的。」

珊再次拿起紙條，打量起收據背面潦草寫出的字。不知道她是不是在想紙條也可能是我寫的。

「你想，她為什麼忽然會相信我？她在法庭上作證說，李並沒有傷害我，說我是徹頭徹尾的瘋子，還說我的傷都是自己造成的，但她是我最要好的朋友耶！有什麼事會讓她忽然相信我？」

珊深深吸了口氣，然後長嘆一聲，朝小花園其他地方瞥了一眼，然後朝我靠近。

「我來這裡以前，打了個電話到你給我的那個地址。沒人接聽。希望我們不需要擔心什麼事，但我承認布萊特曼先生的確像是想跟你聯絡。」

「你要擔心的不是我，」我大膽地說：「我清楚知道他是怎樣的人、會做出什麼事。」

她對我安慰地一笑。「我會盡量想辦法，好嗎？我會去打聽一下，查看她的情況，確保她不會出事。同時，恐怕他依舊還沒做出能夠證明是騷擾的事，在那之前我們也不能考慮發禁止令，不讓他來找你。」

我聳肩。「他假裝的那個人——麥克．紐威爾——不知道警察可不可以去查他的履歷表？看看他在西班牙的朋友是否仍肯假裝他過去一年曾在那裡工作過。儘管這點仍然不能證明麥克．紐威爾和李．布萊特曼就是同一個人。」

「交給我吧，」她說著喝完最後一口酒。「我們保持聯絡。同時，我也會去看看你朋友那邊。」

她站起來，伸個懶腰。

「老天，今天還真累。」

「你現在下班了嗎？」

珊點頭，笑了。「對。我要去吃咖哩，然後好好泡個澡。」

我陪她一路走到塔爾波路路口，然後跟她握手道別，她轉身走向地鐵站。

「別忘了，」她說：「如果你需要幫忙，復活節。」

「不會的。」我說，對她一笑。

回到家的時候天色已經快暗了。把鑰匙插進公寓大門時，我仍然在笑。我沒轉動鑰匙，門就已經開了。有人沒把門鎖上。

我家前門仍然鎖著，跟我離開時一樣，裡面也沒有任何東西被移動過。沒有怪異之處，但我仍覺得不安。

我站在客廳中央，往外看著陽台門和門外的院子，樹靜止不動，屋內的空氣陳舊窒悶。我再次查看陽台門——仍是鎖著且安全的——然後把門打開。在放心酒吧院子裡把我皮膚吹涼的風已經停了，儘管太陽開始下沉，溫度仍然暖和。

樓下院子的門是開著的，鉸鏈已經鬆脫，自從去年二月颳過強風以來就是這樣。我請管理公司來修，他們也派人來過一次，那人把門又放正，卻做得不盡不實。反正沒人用院子，老實說我也從來沒看過別人走上繞過院子後方的小徑，因此半開的門並不是讓我心煩的原因。

完全沒有聲音，沒有呼吸、鳥鳴、低語，但感覺還是很怪異。空氣封閉且沉重，雲朵聚集在上空。

不知道他在做什麼、在哪裡，不知道西薇亞是否被鎖在浴室，正流血等著別人來救，像溫蒂救了我那樣。

溫蒂事後告訴我，她當時正把採買回來的東西從車子後車廂拿出來，就看到他從前門走出來。她說他看起來昏沉沉地，好像有點喝醉，然後上車開走，但那並不是引起她注意的地方。他轉身坐上駕駛座的時候，她看到他手上有血，襯衫前面也有血。

而且，我很幸運的地方是，他並沒有把門關好。溫蒂跟我說，等她確定他走了，就把門推開，邊喊「有人嗎」邊上樓，發現我躺在客房的地毯上。她以為我已經死了。沉著、鎮靜、溫柔的溫蒂大聲呼救，震驚地啜泣，因為有人全身赤裸，身上各處有一百道傷口都在流血，而且幾乎沒有呼吸。我有些聽不下去。我想那可能是我上法庭的最後一天——反正大部分審判的其他事我都不記得。

忽然間，沙發上包包裡的手機響了，我嚇了一跳。

「喂？」史都說，聲音聽來累得不得了。「我今天好想你。」

「你快下班了嗎？」

「對。我只要再寫一些筆記，就可以走了。要不要我在路上買點東西我們一起吃？」

「聽來不錯，」我說：「對了——我現在要出去一會兒。我想去看看公司的一件事。」

他的聲音變了。「你要回公司？」

「對，別擔心，不會太久的。可能在你到家以前，我就回來了。」

電話那頭沉默了一陣。「凱西，你沒事吧？對不對？」

「沒事，」我說，讓笑意出現在聲音裡：「當然沒事。我只是想快點把事情弄完，免得整夜都在擔心。」

「好吧，」他說：「把手機帶著。」

「我會的。待會見了。」

「我愛你。」

「我也是。」我說。

掛斷電話後，我站了一會兒，想著剛才說的話，想著如果有人在聽，那些話會讓那人怎麼想。我曾經避免在自家跟史都通話，免得李放了監聽器偷聽。不知道我能這樣撐多久。

我找到一輛大致上開往正確方向——河的南邊——的公車。交通開始變得順暢，等我來到西薇亞家的那條路，天色已經全黑了。我從公車放我下來的車站開始走，想回憶出這些看似一模一樣的路哪一條才是對的。從史都打電話給家裡的我到現在，已經將近一小時了。

上漆的黑門這一次很快就關上了。我按下二號公寓的門鈴，聽到鈴聲響徹整棟房屋，但沒人回應。我等了一會兒，然後再試一次。我看了看表。九點十分，她應該在家了吧？大部分的人星期日晚上都會在家，連倫敦也不例外。我又摁了一次門鈴，這次對講機發出滋滋聲，有了回應。但不是西薇亞，而是別人。

「拜託，她顯然不在家。你怎麼還不快滾？」

「對不起，」我說：「我跟她約好要見面的，可以請你開門讓我進去嗎？」

沒有回答——對講機又沉默了。

唔，我可沒辦法在這裡坐一整夜。我走到馬路盡頭，左轉，順著露台三角牆的那端，走上房屋後方唯一的一條小巷。這裡伸手不見五指，毫無疑問有滿地的狗屎、倒置的垃圾桶和各種可怕的東西——但至少在某處是西薇亞家的背面，和我們曾經坐在陽光下喝茶的那座花園。

在凹凸不平的地上走了兩百一十步，這數字跟我從她家前面走到馬路盡頭的步數完全一樣，現在我面對著花園門，門下面長滿茂密的雜草，還有一堵快要坍倒的牆。我摸著粗糙的磚，手指攀住與肩同高的磚面，把身體往上拉，膝蓋擦著牆，想讓球鞋找到落腳處。

手肘上了牆頭之後，我可以看到花園裡，和下方的窗——一片漆黑。上面二、三樓的每一扇窗都是亮著的，在這個溫暖的夜晚也都敞開著。我不能發出聲音。

我撐起身體上了牆，小心翼翼地讓屁股平衡在牆頭，思忖著該怎麼做。非常可能她只是不在家，週末出門了，去拜訪別處的朋友，或者甚至回蘭開夏看她爸媽。她從他身邊逃離，也許永遠逃離，以我未能成功的方式。

或者，她還在裡面，但家裡沒開燈。

唔，我既然都來了，總不能不查看一下就回家。我雙腿移到牆內花園的那一邊，慢慢放低身子，用雙腿後方擦過牆面，一面自責怎麼沒穿比背心裙更合適的衣服。

我聽到樓上的公寓傳來說話和笑聲，還有古典樂——有撫慰作用且旋律優雅的鋼琴聲。或許他們正在開晚餐派對。

我走進被樓上燈光照得明亮如白晝的花園，一面對天祈禱那些人不會選這時候往外頭看。這時我才及時想起那道下降成門廊、縮在陰影中的矮牆。

等眼睛適應了黑暗，我透過上方客廳的玻璃往裡看。跟我印象中差不多——海報、形狀扭曲的沙發上蓋滿鍛料的毯子，書和雜誌亂七八糟地堆著。從門口望進一片昏暗，我隱約看到走廊的門，以及印象中位於左邊的浴室和右邊的臥室。

兩扇門都虛掩著。

這樣就夠了。不管她在哪，都沒有被囚禁在自家。

我退後一步，覺得腳下的地往下陷，那是窗戶上方通往地下樓層的柵欄。我看著下方的黑暗地窖，樓上的光勉強照出窗戶的輪廓，即使裡面一片漆黑，仍讓我打了個顫。

我現在覺得自己很傻了，冒險快跑到花園盡頭，一直以為樓上會有人注意到光著臂膀、露出雙腿的我快跑過草地，而隨時喊叫出來。

但在我換過一口氣之前，人已經到了牆角。從這裡看來，牆更高了，磚面也更平滑。我要想盡辦法才能翻過去。通往巷子的門上有副大又閃亮的掛鎖，因此要從那裡出去也不容易。一個有著金屬蓋的舊畚箕放在離牆幾呎之處，看起來裡面是空的，儘管氣味並不好聞。我把畚箕拖過幾呎的雜草，貼牆而靠，每次發出的擦刮和哐噹聲都大得足以蓋過發自樓上房間蕭士塔高維契的第二鋼琴協奏曲。

我站在垃圾桶蓋上試了試，蓋子承受得起我的體重。我其實只要跨上一條腿，而且其實我也只能這樣，因為我的雙臂才剛抓住牆頭，桶蓋就從我腳下滑開，在哐噹鏗鏘聲中跌上草地。我手忙腳亂地翻過牆，音樂聲忽然靜止，那些聲音——擔憂地在問：「什麼聲音？」……「噢，大概是狐狸吧……真的，別擔心啦，親愛的。」

那時我已經到了牆的另一邊，上氣不接下氣，還覺得自己很蠢，一面納悶明明可以在家跟史都待在一起，幹嘛他媽的跑來爬牆。史都現在應該已經在奇怪我什麼時候才會回家了。該走了。不管西薇亞在哪，至少我來找過了。

我跳回開往正確方向的唯一一輛公車。公車停靠在公園另一邊不到一哩處，我半走半跑地通過黑暗，回到塔爾波路。熱氣越來越強，來自遠方的隆隆雷聲跟著我的腳步響，就快下雨了。

我順著馬路走，一面抬眼看頂樓史都的窗，發覺燈是亮著的。他比我先到了。我壓抑住直接進去的衝動，繼續走到馬路盡頭，左轉，繞到後面的小巷。

我想要思考。

從公車站走來的路上，我一個人也沒見到。幾輛汽車和一位單車騎士經過我身邊，但沒人用走的。近來，倫敦已經沒人走路了，至少在城市近郊是如此，而且天黑之後更不會。

只有我。

西薇亞出事了。我清楚得就像知道自己的名字。她看起來太過不同，不再折磨人，而且更安靜，她的雙眼露出煩惱的神色。我以為他只是利用她來找我，但要是他對我已經不感興趣了呢？要是他另外找了人來控制呢？

我想到這裡的時候，視線穿過屋後院子門和門閂之間的縫隙，看到我家飯廳的窗簾完全拉開，燈光從裡面照出來。

我站了一會兒，僵在當地。他進去過了，很可能還在裡面。

我想了一會兒，不知道該不該打電話給珊・赫蘭茲，然後又想可能是史都——我把鑰匙給了他——他不知道我是不是在樓下，於是決定下來看看我好不好。

就在那時一個人影出現在窗前，我縮身回去，一會兒之後才呼出一口長氣。那人是史都，他站在窗前，手裡拿著手機，正在按鈕。就在那時，我口袋裡的手機振動了。

凱，你在哪裡？還好嗎？史（啾）

那時的我，想見他遠超過世界上的任何事。我跑到巷子盡頭，手忙腳亂地跑過高低不平的草地，一面笑著，因為他就在那裡，一切果然都安好。

我一路跑到前門，把鑰匙插進鎖孔，但不知怎麼我已經知道沒必要了。我把鎖孔裡的鑰匙一推，門就打開了。我拉過門閂，把門鎖上，習慣使然我檢查了一次，同時覺得開心又高興，一心只想上樓，想跟史都在一起，想抱著他，忘掉過去的一切，只要想未來。

到了我家門口，我停了一下，聆聽著。沒有聲音，沒有氣息，沒有低語。

我轉動鎖孔裡的鑰匙，開了門，讓門開著。在我面前是客廳和飯廳，但卻沒有光。唯一的燈光來自我的臥室。

有什麼事非常不對勁。史都為什麼要關燈？

又在那時，站在門口的我嗅到了，嗅到了他的氣味。很微弱，但我認得出來，這味道讓我心狂跳，胃部翻攪。

李。

他一定在裡面，在客廳裡。

我試著想像他可能躲在哪裡，等著我回去。

我踏進走廊一步，又跨出一步，來到打開的門前。我床頭的燈光在地板上投下柔柔的光和又長又深的陰影。

史都躺在我的床上，怎麼看都像是睡熟了。一時之間我吁了口氣，感覺自己放鬆了點，但他的姿勢就是不自然，而且沒有脫下鞋子。然後我看到枕頭上的紅色，從他的頭部擴散到白色的棉布上。

我沒多想就行動了。「史都！噢，不！」我衝到他身邊，一手捧起他的頭，萬般驚恐地瞪著手指上的紅。他在呼吸，規律輕淺的呼吸。

我聽到身後有聲音，身體一僵。

我緩緩站起，轉身。

他就在我臥房的門口，擋住我的出路。

這感覺實在怪異。即使我的心臟狂跳，即使我覺得噁心又頭暈，卻感到一股怪異的鎮靜。我認得這種感覺：這就是上一次他準備殺掉我以前，那股可怕而無可避免的感覺。當然，當時他並沒有成功弄死我。要是他那次沒成功，這次就會成功。我自動算起焦慮程度時，差點笑出來——大概有六十分。

「紐威爾先生，」我說：「你順道來訪，真好啊。」

他笑了。就在那一刻，我察覺到他的不確定。他不像以前那麼可怕了，或者是我在腦子裡編織出這個大怪物的呢？不管怎樣，我想他也不認得我了。跟當年被他拋下的凱瑟琳相比，我非常不一樣。

「別擔心你的新男友，」他說：「我只是推了他一下。」

「你想要怎樣？」

「只要談談。」

「那就來談啊。」

他竟然讓我通過，我很訝異。我瞥了前門一眼，想知道要不要冒險衝出去，同時也知道我不能丟下史都不管。

我扭開沙發旁的燈，坐了下來。手機在我裙子口袋裡。他動身坐到我對面時，我按下面板上的按鈕，希望會重撥上一通撥出的號碼。我等了幾秒鐘，然後按下掛斷。希望那時間足夠接通到對方。

「你看起來很不錯，」他說。然後又讓我驚嚇地說出：「我想你。」

「真的嗎？」

「當然。我每天每天都在想你。事情根本不該那樣結束的，完全錯了。」

「什麼意思？」我感覺怒意上漲。讓我更想挑釁了。我試著盤算我有哪些選擇：好好對他？還是兇一點？哪一種可以讓我爭取到最多時間？

「你早該告訴我的。」

「告訴你什麼？」

「說你懷孕了。凱瑟琳，你應該告訴我的。」他的聲音很低，幾乎是溫柔的。

真不敢相信會聽到這種話。「你在說什麼？」

「你流掉了一個孩子，我們的孩子，不是嗎？要是你早告訴我，情況就會不一樣了。我們還會在一起。」

「你是說，要是你知道我懷孕了，你就不會想殺掉我？」

「我就會阻止你……對自己那麼粗暴。我會更仔細地照顧你、替你找醫生，免得事情變成後來……」

我緩緩搖頭。「你真的認為那是我的錯？你相信自己說的謊？」

「凱瑟琳，你想想。你知道自己是怎樣。那當然是你的錯。所以我才得找到你、再見你一面，就為了阻止你傷害自己。阻止你再來一次。我們可以好好地來——試著懷孕。我們可以組成小家庭。」

我盯著他一會兒，幾乎想要大笑。在過去四年來我一直預期的所有事情當中，這絕對不是其中之一。「我想喝杯酒，」我終於開口。「你要不要？」

他盯著我好一陣子，那雙藍色眸子思量著。「好啊。」

我走到廚房，從冰箱裡取出一瓶白酒。我在想拿酒瓶當武器。我想他也發覺這一點了，因為他站了起來，朝我走來。這時我口袋裡的手機響起。

我們面對面站著。我取出手機，看著面板。

「不要接。」他說。就在同一時刻，我按下「接聽」鈕。

「嗨！珊！你好嗎？」

電話那頭是珊．赫蘭茲的聲音，她是我的救星。她聽起來很累。「我沒接到電話。一切都好嗎？」

「你的復活節過得好嗎？」我說：「我一直在想你……」

李從我手裡抓過電話，朝廚房牆面摔去。電話摔成好幾片，散落在磁磚地上。「我叫你別接。你沒在聽嗎？還跟以前一樣？」他提高聲音，想用大聲來嚇唬我。

「那樣有點蠢吧，」我說：「要是她過來看我怎麼辦？」

我越界了。他用手背甩我耳光，我退到廚房流理台，臉頰熱辣辣地發痛，嘴裡流血。我應該害怕的，但我實在受夠了被這男人控制住我的人生這麼多年。

「打來的是誰？」

「珊，」我說：「我以為你聽見我叫名字了。當然啦，既然你摔壞了我的手機，就沒辦法查看我說的是不是真話了，對吧？」

他不懷好意地笑。「珊米在蘭開夏，所以她不太可能會打來，對吧？」

「是另一個珊。」

我把握住這個放鬆的時機，抓起酒瓶瓶頸，用盡力氣揮過去，憤怒的叫喊聲大概快把他震聾了。我是瞄準了他的頭，但卻打中他肩膀，不夠造成傷害，但卻讓他踉蹌了一下。酒瓶摔碎在地。

我趁機衝向浴室，重重關上身後的門，鎖住。

「走開！」我大叫：「走開！離我遠遠地！」

好像他會聽話似的。一秒鐘後他開始用力敲門，然後停了一下，再用肩膀撞門。門鎖被撞得一跳一跳，但沒打開。看樣子撐不了多久。

等門撞上浴缸邊緣，發出彷彿末日將臨的聲響之時，我已經準備好對付他了。我僅有的武器是一瓶止汗劑，趁他對我揮舞雙拳要打但沒打到的時候，朝他臉上噴去。他退出浴室，雙手遮住臉，一面咳嗽一面大叫。「你這個婊子！凱瑟琳，你他媽的是個瘋婆子！」

我也大叫著：「你把史都怎麼了？混蛋，你做了什麼事？爛人！」

我衝過他身邊，跑進廚房拿刀，拿什麼都好。我拉抽屜的時候，覺得手指像果凍般發軟，我亂翻亂找，卻只找到一把削皮刀。我緊緊抓在手裡，轉身面對他。

他不在。除了我怦怦狂跳的心，什麼聲音都沒有。幾滴重重的雨水開始灑落外面的陽台，撞上玻璃。又過了幾分鐘。

「出來！」我吼著：「你在哪裡？混蛋東西！你他媽的在哪裡！我已經不怕你了。給我出來啊，你這個窩囊的雞屎！」

我的手在發抖，但仍緊握削皮刀，高舉著，彷彿那是把長達六吋的鋼刀，而不是兩吋的塑膠把手鈍刀。

要是他站在我面前，我就會把刀刺進他身體，越深越好，刺進他脖子、他的臉。但他不在。就著臥室的微光，我狂亂地看著四周。他可能從前門出去了。我大膽打量了廚房一眼，看到了其他東西——點燃瓦斯爐的打火機。我把削皮刀放進口袋，拿起了打火機。

「給我出來！」我吼著：「你在等什麼？」

從這裡我可以看到虛掩的前門，走廊的光透了進來。「不好。」我低聲說，然後朝門口跑去追他。沙發後面的他忽然站起把我絆倒，止汗劑和打火機從我手裡飛出，滑到地上，我面朝下倒在地毯上，發出大大的悶響。

他大笑，昏暗中他的表情瘋狂，臉上有淚，是噴霧劑在他眼睛周圍造成的。「你不怕？是嗎？你剛才是這麼說的嗎？」他跨坐在我胸口，我出拳用力打他身上每一個打得到的地方，但他顯然不痛不癢。

「爛人，給我起來。」我咬牙說：「他媽的快起來！」

他抓住我的一隻手，正想抓住另一隻，我打他、捶他，想戳他眼睛，不管刮他身上哪裡都好。要是被他抓到我的另一隻手，被他綁起來，那就一切都完了。

「西薇亞呢？」我對他齜牙咧嘴地喊：「你把她怎麼了？」

他又大笑，彷彿我說了什麼好笑的話。「西薇亞——老天爺。這麼說吧，她不會投訴了。」

外面有輛車的車頭燈把房間照亮了一秒，我看到他的眼睛和眼裡的神情——恐懼差點把我淹沒。在那之前，我一直都不怕。但現在我看出他準備殺掉我了，而且這次他會做得很快。

我的左手放棄攻擊他的臉，轉而摸進口袋，找到那把削皮刀。我使出全身力氣，一刀刺進他體側，他幾乎立刻從我身上離開，一面大叫一面按著腰際。

削皮刀的把手還突出在他腰際。他轉身去看，輕輕用手去摸。

我爬進陰影下，在地毯上摸索著要找那罐止汗噴霧劑和有著光滑金屬的打火機。我的手指剛接觸到這兩樣東西，他就抓住了我的腳踝。我用力往後踢，鞋子碰到了不知哪裡，他痛喊一聲。

就在這時我轉過身，一面噴霧一面按下打火機。

烈焰噴進了客廳，越過那原本癱倒在地的人影。我看到他的眼睛，眼底有震驚和恐懼，接著我調整方向，對準他的臉。之後他就只是個被火焰吞噬的人影，雙手掩面，向後栽倒，雙臂狂揮。我以為他不會發出聲音，但他卻在大叫，嘴裡滿是火焰的他發出的聲音是我這輩子聽過最可怕的。

我的手也燒到了，我把罐子丟掉，站著好奇我是不是該做點什麼，因為他倒在地毯上，左右滾動，像是惡靈附身似地亂扭。火焰已經熄滅了，他卻躺著沒動，一張臉黑黑的，襯衫縐成一團。

我吁了口氣，發出一聲啜泣，就在這時我聽到樓梯上有腳步聲，比窗外叮咚作響的雨聲還大，比我腦袋裡嗶嗶作響的煙霧警鈴還大，然後門猛地打開。我轉頭看到門口進來兩個人，只有兩個人，兩個穿制服的人——他們在想什麼呀？但看到這兩個人，我這輩子從來沒有這麼感激過。

我跪倒在地毯上，開始哭。

二〇〇九年三月四日星期三

我坐在主要大樓外的矮牆上，看到他跑過停車場，看準車流間的空隙冒險鑽入，在車與車間穿梭，燈號變了之後就放慢步伐。

終於到我身邊時，他上氣不接下氣。

「嗨，」他說：「我遲到了嗎？」

我搖頭。「遇到一些麻煩——他們要半小時後才會開始，大家都還在外面的走廊等。」

「她也在裡面嗎？」

「對。」

他在我一邊的面頰上親了親，然後又親另一邊，摸在我臉上的手指是涼的。

「史都。你很緊張。」

「有一點。你呢？」

「有一點。」

「我們進去吧，早點解決。」

珊・赫蘭茲在裡面等我們。

「凱西，你感覺如何？」她問。她今天穿得很正式，一套褲裝，還剪了個新髮型。她早上已經作證過了。

「我很好，謝謝。」

「他們延遲了，」珊對史都說：「看來布萊特曼先生又不舒服了。」

「還真教人訝異啊。」史都說。

我心不在焉地聽著，目光掃過等候區，看著來來往往的人群，一面找她。她在哪裡？她應該要來的。

「珊，她在……？」

「她去洗手間了。」

史都仍緊緊抓住我的手。他親了我的手一下：「去找她吧，我們裡面見。別看他。有必要的話，看我就好。」

「你去吧，」我說：「我不會有事的。真的。」

他走進門，在旁聽席上找位子。審判室裡的人越來越多。

「我最好也進去了，」珊說：「除非你要我等？」

「不，你去吧。我去找她。」

她遲疑了一會兒。庭吏在門口晃來晃去，一副煩躁樣。

「我們會讓他吃不了兜著走的。」她說。

我笑了，然後她進去了。

進了女廁，西薇亞站在水槽邊，盯著鏡中的自己。「嘿。」我說。

她想辦法化了點妝，讓臉色亮了些，但仍然蒼白得可怕。

「我好怕，凱瑟琳。」她說。

「我知道。」

「你昨天真勇敢。他們都聽你說。」

「他們也會聽你說的。」

我看到她垮下臉，跨前一步去抱她。她在發抖，瘦弱的肩膀因恐懼而僵硬。

「沒關係的，」我說：「害怕沒有關係。但你知道嗎？他比你更怕。你現在是掌握所有力量的人了。知道嗎？他不能再傷害我們。我們只要撐過去，一切都會變好。」

她抽身，拿紙巾用力擦眼。「我知道，我知道。你說得對。可是——」

「第一天的時候，你有沒有聽到他的聲音？記得他們問他姓名，他要抗辯的時候嗎？聲音微弱得很。他就只剩下這樣了，他什麼都不是。」

她點頭，微笑。深吸了一口氣。

「對。」

「如果你不想，就別看他。看我或史都，或珊。我們都陪著你。我們都在同一條船上，對不對？」

「那我們走吧。」我說。

「再等一下。」她在包包裡摸索，找出一條口紅。鮮紅色的。搽口紅的時候，她的手沒發抖。

時候到了。

內倫敦皇冠法庭

李・安東尼・布萊特曼

二〇〇九年三月四日星期三

晨間審查

庭上：尊敬的法官麥肯先生

史考特女士　請陳述你的全名。

巴特列小姐　西薇亞・珍・萊絲莉・巴特列。

史考特女士　謝謝。巴特列小姐，你認識布萊特曼先生多久了？

巴特列小姐　大約五年半。

史考特女士　你跟他發展出戀情？

巴特列小姐　是的。

法官麥肯先生　巴特列小姐，請你說大聲點。

巴特列小姐　抱歉，是的。

史考特女士　被告在坐牢期間，你仍跟被告維持關係。是嗎？

巴特列小姐　是的。

史考特女士　他於二〇〇七年十二月出獄後，你又可以跟他在一起了嗎？

巴特列小姐　當時我住在倫敦，李本該待在蘭開夏。他每星期都去警察局報到，見緩刑官之類的。所以我並沒有常常見到他。

史考特女士　布萊特曼先生是否來倫敦找過你？

巴特列小姐　是的，只要他有時間。

史考特女士　你會怎麼形容這段時間當中，你們的關係？你們在一起幸福嗎？

史考特女士　慢慢來沒關係。

法官麥肯先生　巴特列小姐，你想坐下嗎？

巴特列小姐　謝謝。對不起。李出獄的時候，非常不一樣。有時候很難相處。

史考特女士　你這麼說是什麼意思？

巴特列小姐　他——呃——喜歡爭辯，而且情緒不穩。

史考特女士　他是否對你暴力相向？

法官麥肯先生　巴特列小姐，你需要喝杯水嗎？

巴特列小姐　不，不用。對不起。他說的話可能很傷人，我很怕他，但他只有那最後一次才對我動粗。

史考特女士　謝謝。我知道談這件事讓你很難過。他出獄時，布萊特曼先生是否對你提及凱瑟琳．貝利？

巴特列小姐　沒有。我去年一月時見到凱瑟琳。當時我在公車上，她在外面的公車站等車。看到李的時候我就說我看到了她。

史考特女士　他的反應如何？

巴特列小姐　他並沒有說什麼，但他一定一直在找她。我在報上看到一篇徵人廣告，發現聯繫人的名字是凱瑟琳。凱瑟琳之前在人事部工作，因此我想應該是她。我把報紙給李看，他說他要去應徵，反正好玩。他想用我的地址來寫履歷表。

史考特女士　你對這件事有何感覺？

巴特列小姐　他想再跟她聯絡，我並不高興。我們吵了一架。

史考特女士　幾分鐘前，你說布萊特曼先生只有最後一次對你動粗。你能否告訴庭上，造成那起事件的情況是什麼？

巴特列小姐 （聽不見）

法官麥肯先生 巴特列小姐，請你說大聲一點，讓庭上的人聽到好嗎？

史考特女士 你可以繼續嗎？

巴特列小姐 是的，謝謝。

史考特女士 我剛才是問在布萊特曼先生被捕之前，你最後一次跟他見面的情形。

巴特列小姐 我看過他的包包。他來的時候帶了一個包包。通常他離開的時候也會把包包帶走，但那一次他沒帶走，我就看了裡面。

史考特女士 你發現了什麼？

巴特列小姐 大部分是衣服，一雙鞋，一些你週末出遊會帶的東西。但在包包最下面，我發現了其他東西。有一張凱瑟琳的照片，不雅照。還有一些工具和電子儀器，不知道是做什麼用的。還有一把刀。

史考特女士 了解。我想問清楚些，這件事發生在什麼時候？你記得嗎？

巴特列小姐 那天是去年五月六日星期二。

史考特女士 接下來你又見到布萊特曼先生的時候，有沒有告訴他你的發現？

巴特列小姐 有。就在第二天早上。我不知道前天晚上他去了哪裡，但他並沒有回家。

史考特女士 那他的反應如何？

巴特列小姐 非常生氣。他揍了我後腦一拳。我喪失意識了幾分鐘，等我醒來，他就……他……

史考特女士　慢慢說沒關係。

巴特列小姐　對不起。他在我身上，強暴我。

史考特女士　他強暴了你？

巴特列小姐　是的。

史考特女士　接下來發生了什麼？

巴特列小姐　他走了。他拿起包包，走出去了。

史考特女士　你有沒有報警？

巴特列小姐　沒有。我太害怕了。我不知道他去了哪裡，以為他隨時可能回來。

史考特女士　你做了什麼事？

巴特列小姐　我泡了個澡。換上乾淨的衣服，到公共電話亭，打電話到凱瑟琳公司，要她跟我見面。

史考特女士　你跟凱瑟琳在牛津街見面的，對嗎？

巴特列小姐　是的。我想選公共場合，免得他跟蹤我。

史考特女士　你打算把你的事情告訴凱瑟琳嗎？

巴特列小姐　是的，我想警告她。

史考特女士　警告她？

巴特列小姐　我以為他準備去找她。我以為他計畫再攻擊她。

史考特女士　你跟凱瑟琳見面時，有沒有說起這件事呢？

巴特列小姐　（聽不見）

史考特女士　西薇亞，為了庭上的人著想，可以請你回答嗎？

巴特列小姐　不，我沒有說。我沒機會告訴她。凱瑟琳到的時候，李打電話給我。他在電話上聽起來很正常，但我知道他在看我們。他問我為什麼穿那樣的衣服。

史考特女士　請你說明你認為他的意思是什麼？

巴特列小姐　通常我會穿顏色鮮艷的服裝。當時我卻穿了樸素的黑裙子和一件白襯衫。我以為假如他跟蹤我，這樣他就不容易認出我來。

史考特女士　而他對你的衣著發表意見？

巴特列小姐　是的。他問我要跟誰見面。我說是他不認識的人。他說我撒謊，那是我們都很熟的人。我就知道他在盯著我們。

史考特女士　你怎麼做？

巴特列小姐　我離開了。我想如果我丟下凱瑟琳先走，她就會安全。我以為他會跟蹤我而不是她。

史考特女士　結果實際上是如此嗎？

巴特列小姐　是的。

史考特女士　你去哪裡了？

巴特列小姐　我逛了一會兒，想要甩掉他。我去了畫廊、商店，最後回到家時已經快天黑了。他在樓梯上等我。看到他，我很害怕，可是他……卻非常平靜，幾乎是令人安心的。然後他說他要給我看一樣東西，然後帶我下樓梯，到了地下層。

史考特女士　可以請你對庭上說明嗎？那裡不是你的公寓，對不對？

巴特列小姐　不。我們大樓的地下層是空的。我想那裡應該還要裝修，裡面沒有家具，連電都沒接。

史考特女士　他帶你下去之後，發生了什麼事？

巴特列小姐　對不起，我……

法官麥肯先生　巴特列小姐，你需要休息嗎？

史考特女士　如果目擊者願意繼續的話，我只剩下幾個問題了。

巴特列小姐　我沒事了，對不起。

史考特女士　你可以告訴我們，你到了那層樓之後，發生了什麼事？

巴特列小姐　他打我、踢我，對我大叫，說我笨得不得了。他說我不應該活著。

史考特女士　這次攻擊持續了多久？

巴特列小姐　我不確定，感覺很久。他把我拖進浴室。那邊有個馬桶和洗手臺，還有淋浴配備，但除此之外全是空的。沒有窗戶，空間很小。他把我鎖在裡面。

史考特女士　這就是你最後一次見到他嗎？

巴特列小姐　不。之後他又回來，戴著手套。我以為他要殺掉我。

史考特女士 他又攻擊你了嗎？

巴特列小姐 沒有。他說他要去找凱瑟琳，還說他想把事情釐清。

史考特女士 你覺得他這麼說是什麼意思？

尼可森先生 庭上，目擊者被問及個人意見。

巴特列小姐 庭上，我覺得目擊者當時的處境，是能夠詮釋被告所說的話的。

法官麥肯先生 我明白你的意思，但我希望巴特列小姐能夠單就被問及的事件回答。請繼續。

史考特女士 布萊特曼先生進了房間，告訴你他要去找凱瑟琳。那之後發生了什麼事？

巴特列小姐 他離開了，走的時候鎖上了門，把我留在裡面。我想出去，也試過用力敲門，但沒人聽見。我逃不出去。

史考特女士 我相信你在裡面關了四天，對嗎？

巴特列小姐 是的。

史考特女士 所以你可以喝到水，但他沒留下食物給你？

巴特列小姐 沒有。

史考特女士 謝謝。庭上，我沒有其他問題了。

法官麥肯先生 謝謝，史考特女士。各位先生女士，我們稍事休息，三點鐘再繼續。

——交叉質詢——

尼可森先生 巴特列小姐，你跟布萊特曼先生初次見面的情形如何？

巴特列小姐 凱瑟琳介紹我們認識的。

尼可森先生 你跟布萊特曼先生展開關係時，他跟貝利小姐仍然有親密往來嗎？

巴特列小姐 對，但他說——

尼可森先生 謝謝。你當時知道他在跟你約會時，仍跟貝利小姐持續關係？

巴特列小姐 是的，但——

尼可森先生 巴特列小姐，你會說自己是個真誠的人嗎？

巴特列小姐 當然。

尼可森先生 二〇〇五年，你是否對警方陳述過你跟貝利小姐的友誼？

巴特列小姐 是的。

尼可森先生 你是否記得說過，在你跟貝利小姐前幾年的友誼當中，你知道她曾經拿刀割自己皮膚自殘？

巴特列小姐 是的。

尼可森先生 巴特列小姐，你的陳述是真的嗎？

巴特列小姐 不是。

尼可森先生 你承認你在對警方的陳述中撒謊？

史考特女士 目擊者已經回答過這個問題了。

法官麥肯先生 尼可森先生，我必須說我非常關切你的質詢方向。

尼可森先生 庭上，我覺得這裡有個法律觀點需要釐清，我想請求私下聽證。

法官麥肯先生 那好。各位先生女士，現在我們將要深入討論一件事，請各位離開陪審室。能夠繼續的時候我會盡快再請各位回來。謝謝。

——陪審團離開——

法官麥肯先生 史考特女士？

史考特女士 我想說明，尼可森先生非常清楚巴特列小姐做了第二次陳述，陳述中清楚說明了是被告要她撒謊的。此事已經仔細詢問過巴特列小姐。

尼可森先生 庭上，很顯然我們不能仰賴巴特列小姐做出前後一致的證詞。這正是我急著想引起陪審團注意的地方。

史考特女士 庭上，她很怕布萊特曼先生。我覺得要是他叫她做口供否認自己的存在，她也會照辦的。

法官麥肯先生 尼可森先生，我覺得，如果巴特列小姐做了第二次陳述，說明她第一次為何沒說真話，那麼這點也應該讓陪審團知道。

尼可森先生 好。

法官麥肯先生 謝謝。可以請你叫陪審團回來嗎？我們從剛才那裡繼續。

二〇一〇年五月二十三日星期日

珊．赫蘭茲在外面等我。

「早安，」我坐進乘客座時，她說：「今天是個適合神祕之旅的好天氣。你之前說我們要去哪？」

「聖奧爾本斯。」

我們朝大馬路上開去。

「我真的很感激，珊。我知道在你休假的日子裡，大概有更好的事情可以做。」

「再說一次，你收到一封信？」

昨天我買完東西回家，信就在等我了，上面沒有任何徵兆顯示裡面有令人討厭的震驚內容。那是個普通的信封，外面列印出我的姓名和住址，一張快遞郵票和糊掉的郵戳。我把信唸給珊聽。

親愛的凱瑟琳：

我常常想你。我想告訴你，發生的一切我很抱歉。我對很多事情感到抱歉，現在我要給你一個禮物，希望能讓情況改善些。

你要去聖奧耳本斯以北的法利路工業區，工業區最北端是二十三號樓。如果你停在那棟樓前面，就可以繞著樓走到後方。那裡有塊長了樹的空地。跟著那一排樹走到盡頭，就會找到我留給你的東西。

希望你願意替我做這最後一件事，並將之當成我道歉的方式。

「就這樣？」

「什麼？」

「我只覺得這樣結束一封信很怪。通常人家從『親愛的誰誰誰』開頭，就會以『愛你的誰誰誰』結束，不是嗎？」

我們在M1路上，朝M25方向行駛。高速公路對面的車流在面前閃過。我咬著唇。

「凱西……？」

「第二頁還有幾行字，是私人內容。」

「什麼樣的私人內容？」

「反正是沒有影響的，真的。」

「凱西。這不只是一封信，還是證據。你知道的吧？」

「我們先等著看這到底是怎麼回事，好嗎？也許是什麼很蠢的事。」

「史都對這件事有何看法？」

「他這幾天出差，去比利時一家新開的大醫院開會。」

她雙眼直視前方，堅決地抿著唇來表示不滿。反正我最後還是會把信給她看的，非這麼做不可，但目前我想讓事情保留在他跟我之間。

「你認為呢？」珊問。

「我在想會不會是陷阱。」

「唔，他還被關在裡面，所以你不必擔心他跑來這裡見我們。我早上打過電話去監獄了。」

「這不是監獄的信。」我說。

「我注意到了。他一定是請人偷渡出來的。不管怎麼樣，我都會寫報告上去。」

我們駛離高速公路，聽著珊的導航系統以冷靜的聲音，叫我們下個路口左轉、右轉，然後直行二點四哩。

「史都都好嗎？」

「他很好，我們都好。」

「婚後的感覺怎麼樣？」

我笑了。「跟以前沒什麼不同。反正也才五個月，給我們機會多適應一陣吧。」

「還沒小孩？」

「還沒。別告訴我你想生了？」

「才沒有，但喬會。我想我們明年會結婚吧。」

「珊，你怎麼從來沒提？」

「唔，我們在一起十年了，也差不多是時候了。」

「你問過她了嗎？」

「還沒。」

「你應該積極點去問。很值得的。我們可以參加婚禮嗎？」

「當然可以。我也會請西薇亞來。」

「她會很高興的。」

「總之，我們到了。」

法利工業區空無一人，長且寬的馬路上沒有汽車，垃圾被風吹過坑坑洞洞的路面。我們經過一輛沙威瑪貨車，車上的窗板都關著。半棟大樓都是空的，整塊地方給人荒涼之感，二十三號樓也不例外。彎過最後一個轉角後，走到底就是了，感覺像是到了世界盡頭。

珊把車子停在大樓前方。

「繞過那邊，你看。」

在大樓周圍的雜草間，一條窄窄的泥土路從鐵網圍欄和大樓牆面之間蜿蜒而出。刺人的蕁麻高度及胸，被風吹得朝我們搖擺。

珊一馬當先，撥開草沿著小路走，一手扶著牆。一隻兔子跑過我們前方，嚇了我們一跳。

大樓後方的小空地忽然開展成一片荒原。我們跨越大片水泥地，雜草從地面裂縫中長出來。太陽照在頭頂上方，一隻鳥兒在高處鳴唱。這裡一片荒涼，放眼望去看不到一個人。

「現在該怎麼走？」

我遮住陽光，看著四周，往他形容的樹木看去，就看到了。在灰色、棕色和綠色的荒野中，我看到一片色彩。

「那裡，看到了嗎？」

那是一塊紅色、猩紅色的東西，像一面旗子，我們走近時，那塊東西就像活了一樣對我們舞動。我已經知道那是什麼了，但真正看到還是很驚嚇。我感覺淚水湧上眼眶，在來不及忍住以前就滾落雙頰。就像看到一個老朋友，看到一場噩夢。

「這是什麼？」珊問。

「是我的洋裝。」

衣服邊緣被扯破了，沾滿灰塵而且髒兮兮地，但我仍認得出。洋裝上的所有鈕扣都沒了，有些地方被剪掉，只剩殘破的邊緣被風侵蝕、在風裡擺盪。衣服在這裡一定好一陣子了。

「就這樣？只是一件舊衣服？」

一把生鏽的舊鏟子把衣服固定在布滿石頭的土上，鏟子壓著衣服，一堆石頭壓在上方，像石椎，像墳墓。

「不，」我說：「這是標記。」

她在我看到之後沒多久也看到了。風吹上一簇深色頭髮時，土溝底部的動靜引起我的注意。剛開始那頭髮看起來像假的，像磨損的破布，皮膚則像舊帆布。接著忽然露出白色的斷骨，就毫無疑問了。

「噢，糟糕，糟糕。」珊抓起手機，開始撥電話叫支援，我在乾土和石頭間雙膝跪地，手指摸過柔軟的布料尋求安慰。

「我想她叫做納歐蜜。」我說。

從牛仔褲後面的口袋裡，我取出那封信的第二頁。

「珊。你最好看看這個。」

很抱歉我那樣對西薇亞，還有你家樓下那個老女人。她們只是找到你的工具，對我毫無意義。你應該明白，沒有人、沒有東西能夠阻止我找到你，凱瑟琳。我留下這個禮物給你，代表我願意承受一切責難。但這樣並不會阻止我。不管要花多久，我都會等你。有一天我會自由，那時我會找到你，我們就可以在一起。

凱瑟琳，等我。

我愛你。

李

暢／小說

誰在門那邊

042

原著書名：Into the Darkest Corner • 作者：伊莉莎白．海涅斯(Elizabeth Haynes) • 翻譯：韓宜辰 • 副總編輯：陳瀅如 • 編輯總監：劉麗真 • 總經理：陳逸瑛 • 發行人：凃玉雲 • 出版社：麥田出版／城邦文化事業股份有限公司／104台北市中山區民生東路二段141號5樓／電話：(02) 25007696／傳真：(02) 25001966 • 發行：英屬蓋曼群島商家庭傳媒股份有限公司城邦分公司／台北市中山區民生東路二段141號11樓／書虫客戶服務專線：(02) 25007718；25007719／24小時傳真服務：(02) 25001990；25001991／讀者服務信箱：service@readingclub.com.tw／劃撥帳號：19863813／戶名：書虫股份有限公司 • 香港發行所：城邦（香港）出版集團有限公司／香港灣仔駱克道東超商業中心1樓／電話：(852) 25086231／傳真：(852) 25789337／E-mail：hkcite@biznetvigator.com • 馬新發行所／城邦(馬新)出版集團【Cite (M) Sdn Bhd／41, Jalan Radin Anum, Bandar Baru Sri Petaling, 57000 Kuala Lumpur, Malaysia.／電話：(603) 90578822／傳真：(603) 90576622 • 印刷：前進彩藝有限公司 • 2013年（民102）10月初版 • 定價360元

國家圖書館出版品預行編目資料

誰在門那邊／伊莉莎白．海涅斯（Elizabeth Haynes）著；韓宜辰譯. -- 初版. -- 臺北市：麥田, 城邦文化出版：家庭傳媒城邦分公司發行, 民102.10
面； 公分. --（Hit暢小說；42）
譯自：Into the darkest corner
ISBN 978-986-173-989-2（平裝）

873.57　　102017421

城邦讀書花園
www.cite.com.tw

麥田出版
Rye Field Publications

讀者回函卡

cite城邦媒體

※為提供訂購、行銷、客戶管理或其他合於營業登記項目或章程所定業務需要之目的，家庭傳媒集團（即英屬蓋曼群島商家庭傳媒股份有限公司城邦分公司、城邦文化事業股份有限公司、書虫股份有限公司、墨刻出版股份有限公司、城邦原創股份有限公司），於本集團之營運期間及地區內，將以e-mail、傳真、電話、簡訊、郵寄或其他公告方式利用您提供之資料（資料類別：C001、C002、C003、C011等）。利用對象除本集團外，亦可能包括相關服務的協力機構。如您有依個資法第三條或其他需服務之處，得致電本公司客服中心電話請求協助。相關資料如為非必填項目，不提供亦不影響您的權益。

☐ 請勾選：本人已詳閱上述注意事項，並同意麥田出版使用所填資料於限定用途。

姓名：＿＿＿＿＿＿＿＿＿＿ 聯絡電話：＿＿＿＿＿＿＿＿＿＿

聯絡地址：☐☐☐☐☐＿＿＿＿＿＿＿＿＿＿

電子信箱：＿＿＿＿＿＿＿＿＿＿

身分證字號：＿＿＿＿＿＿＿＿＿＿（此即您的讀者編號）

生日：＿＿年＿＿月＿＿日 性別：☐男 ☐女 ☐其他＿＿＿＿＿

職業：☐軍警 ☐公教 ☐學生 ☐傳播業 ☐製造業 ☐金融業 ☐資訊業 ☐銷售業

☐其他＿＿＿＿＿＿＿＿＿＿

教育程度：☐碩士及以上 ☐大學 ☐專科 ☐高中 ☐國中及以下

購買方式：☐書店 ☐郵購 ☐其他＿＿＿＿＿＿＿＿＿＿

喜歡閱讀的種類：（可複選）

☐文學 ☐商業 ☐軍事 ☐歷史 ☐旅遊 ☐藝術 ☐科學 ☐推理 ☐傳記 ☐生活、勵志

☐教育、心理 ☐其他＿＿＿＿＿＿＿＿＿＿

您從何處得知本書的消息？（可複選）

☐書店 ☐報章雜誌 ☐網路 ☐廣播 ☐電視 ☐書訊 ☐親友 ☐其他＿＿＿＿＿

本書優點：（可複選）

☐內容符合期待 ☐文筆流暢 ☐具實用性 ☐版面、圖片、字體安排適當

☐其他＿＿＿＿＿＿＿＿＿＿

本書缺點：（可複選）

☐內容不符合期待 ☐文筆欠佳 ☐內容保守 ☐版面、圖片、字體安排不易閱讀 ☐價格偏高

☐其他＿＿＿＿＿＿＿＿＿＿

您對我們的建議：＿＿＿＿＿＿＿＿＿＿

＿＿＿＿＿＿＿＿＿＿＿＿＿＿＿＿＿＿＿＿